ONDE MORA O CORAÇÃO

JILL SHALVIS

ONDE MORA O CORAÇÃO

Na adolescência, ele partiu seu coração. Agora, ele a faz vê-lo de modo diferente. Será uma segunda chance?

Tradução:
Fábio Alberti

COPYRIGHT © 2016 BY JILL SHALVIS
PUBLISHED BY ARRANGEMENT WITH AVON, AN IMPRINT OF HARPER COLLINS PUBLISHERS.
COPYRIGHT © FARO EDITORIAL, 2019

Todos os direitos reservados.
Nenhuma parte deste livro pode ser reproduzida sob quaisquer meios existentes sem autorização por escrito do editor.

Diretor editorial **PEDRO ALMEIDA**
Coordenação editorial **CARLA SACRATO**
Preparação **LUIZA DEL MONACO**
Revisão **GABRIELA DE AVILA**
Capa e Diagramação **OSMANE GARCIA FILHO**
Imagem de capa **SVETIKD | ISTOCK**

Dados Internacionais de Catalogação na Publicação (CIP)
Angélica Ilacqua CRB-8/7057

Shalvis, Jill
  Onde mora o coração / Jill Shalvis ; tradução de Fábio Alberti. —São Paulo : Faro Editorial, 2019.
  304 p.

  ISBN 978-85-9581-076-1
  Título original: The trouble with mistletoe

  1. Ficção norte-americana I. Título II. Alberti, Fábio

19-0482   CDD-813.6

Índice para catálogo sistemático:
1. Ficção norte-americana 813.6

1ª edição brasileira: 2019
Direitos de edição em língua portuguesa, para o Brasil, adquiridos por **FARO EDITORIAL**

Avenida Andrômeda, 885 – Sala 310
Alphaville – Barueri – SP – Brasil
CEP: 06473-000 – Tel.: +55 11 4208-0868
www.faroeditorial.com.br

ONDE MORA O CORAÇÃO

PRÓLOGO

— Quer entrar comigo, Willa? Podemos ir lá para cima. — Ele perguntou, a voz exalando sensualidade.

O que ela realmente queria era pôr as mãos no peito dele e apalpá-lo, agora que sabia que era tão sólido. Porém, em vez disso, ela agarrou com força os dois lados do assento.

— Claro que não — ela respondeu.

— Eu acho que quer, sim. E que você também quer algo mais.

— Tudo o que eu quero é o jantar que me prometeu — Willa retrucou, tentando parecer fria.

— Mentirosa — ele disse, de uma maneira descontraída.

— Ei, nós saímos para um encontro e você me chama de mentirosa? Isso é meio grosseiro, não acha?

— Então isso é um encontro? — Keane disse, com um tom de voz ao mesmo tempo másculo e convencido. Isso deveria ter irritado Willa, mas o efeito foi bem diferente, como uma espécie de apelo erótico que a deixou ainda mais interessada.

Percebendo isso, Keane sorriu e mordiscou o lábio inferior enquanto a observava.

Seria tão bom se ela pudesse provar aqueles lábios! Como ela queria fazer isso. Willa o desejava com uma urgência escandalosa, e subitamente não conseguia lembrar por que não devia desejá-lo. Tentou acessar sua mente a fim de procurar indícios e informações sobre o assunto, mas seu cérebro travou e, por fim, congelou. Seguramente foi esse o motivo que a levou a correr seus dedos pelo cabelo dele e... roçar seus lábios nos de Keane.

Ele não moveu nem um músculo mas, quando Willa se afastou, os olhos dele tinham se tornado negros e chegavam a atravessá-la com sua intensidade.

— Não interprete isso da maneira errada — ela sussurrou.

— E como é possível interpretar do modo errado quando uma mulher linda beija um homem?

À minha filha por ter me acompanhado incansavelmente por toda São Francisco sempre que eu precisava fazer pesquisas para este livro.

#PaixãoÀVista

O sol havia acabado de despontar no horizonte e Willa Davis já estava cercada de cachorrinhos e de cocô, o que era comum para ela. Como proprietária do pet shop Companhia do Latido, ela passava a maior parte do seu tempo mimando, distribuindo petiscos, fazendo banho e tosa e distribuindo mais petiscos. Esse era um truque que ajudava na educação dos pets, como uma forma de gratificação e, quando necessário, de suborno.

Por isso, Willa sempre carregava essas iguarias. Assim, ela se tornava irresistível a toda e qualquer criatura de quatro patas dotada de faro. Era mesmo uma pena que ainda não tivessem inventado um petisco que a tornasse irresistível também às criaturas de *duas* patas do sexo masculino. Isso seria uma ajuda e tanto.

Por outro lado, ela havia resolvido tirar férias dos homens e, portanto, não precisava desse tipo de artifício.

— *Au au!*

O som veio de um dos cachorrinhos que ela estava dando banho. O filhote se esticou todo e deu uma lambida no queixo de Willa.

— Não adianta tentar me bajular — ela disse sem convicção e, incapaz de resistir à linda carinha do filhote, deu um beijo bem na ponta de seu focinho.

Uma de suas clientes regulares havia trazido seus diabinhos — quer dizer, seus filhotes de golden retriever — para tomarem banho.

Seis deles.

Ainda faltava mais de uma hora para que o pet shop abrisse, às nove da manhã, mas sua cliente a havia procurado em pânico porque os filhotes tinham rolado sobre cocô de cavalo. Só Deus sabe onde haviam encontrado cocô de cavalo na área de Cow Hollow, em plena São Francisco — talvez algum desagradável monte deixado na rua por um cavalo da polícia —, o fato é que eles estavam imundos.

E, agora, Willa também estava.

Era possível controlar dois filhotes, até mesmo três. Mas lidar com seis ao mesmo tempo era uma tarefa insana.

— Certo, agora escutem aqui! — Ela disse para os filhotes que se debatiam sem parar, na maior felicidade, na grande banheira da sua sala de banho e tosa. — Todos sentados!

Número Um e número Dois se sentaram. Número Três escalou os dois e sacudiu o corpinho rechonchudo, encharcando Willa.

Já os filhotes Quatro, Cinco e Seis com suas orelhas caídas sobre os olhos e suas caudas balançando furiosamente, resolveram tentar escapar da banheira, tateando e arranhando com suas patinhas e subindo um em cima do outro como se fossem artistas de circo.

— Rory? — Willa chamou em voz alta. — Estou precisando de uma mãozinha aqui. — Ou duas...

Nenhuma resposta. Sua funcionária, de vinte e três anos, provavelmente estava com seus fones de ouvido enterrados nas orelhas, com o som no máximo, ou então estava no Instagram e não queria perder nenhum post.

— *Rory!*

A garota finalmente pôs a cabeça para dentro da porta da sala, segurando o celular em uma das mãos, a tela estava iluminada.

Era mesmo o Instagram.

— Nossa, que merda! — Rory disse, arregalando os olhos. — Literalmente.

Willa abaixou a cabeça e olhou para si mesma. Seu avental e suas roupas estavam salpicados de água e espuma, e havia também algumas outras manchas suspeitas que poderiam indicar a presença de cocô de cavalo. Ela tinha quase certeza de que seu cabelo loiro avermelhado cortado em camadas estava todo bagunçado, lembrando uma explosão numa fábrica de travesseiros de penas de ganso. Ainda bem que ela não havia se maquiado para aquele atendimento de emergência; caso contrário, a maquiagem estaria escorrendo por todo o seu rosto.

— Me ajuda aqui!

Rory entrou em ação na mesma hora, alegremente, sem se importar em ficar suja ou em molhar sua roupa. Juntas, elas conseguiram retirar os filhotes da banheira, secá-los e colocar todos no cercado em vinte minutos. Todos caíram no mais profundo sono, um sono daqueles que só os bebês e os bêbados podiam alcançar, com exceção do número Seis, que permanecia teimosamente desperto, escalando seus irmãozinhos em sua inabalável determinação de voltar para os braços de Willa.

Rindo, ela ergueu o pequenino. Suas perninhas se moviam no ar e o rabinho balançava descontroladamente numa velocidade estonteante.

— Sem sono, né? — Willa disse.

Ele esticou o focinho na direção dela, com a clara intenção de lhe lamber o rosto.

— Ah, não, nem pensar. Sei muito bem por onde andou essa língua.

Aninhando-o nos braços, ela carregou o cãozinho até a parte da loja onde ficavam os artigos à venda e o colocou em outro cercado com alguns brinquedos, visível para quem passasse pela rua.

— Agora fique aqui sendo fofinho e consiga alguns clientes para a loja, certo?

Saltitando alegremente, o filhote atacou um brinquedo e se engalfinhou com ele. Willa tratou de tomar as providências rotineiras para a abertura da loja, ligando as luzes ao longo do setor de vendas. A incrível quantidade de decorações de Natal que ela havia colocado uma semana antes rapidamente deu vida à loja, incluindo a iluminadíssima árvore natalina de dois metros de altura que fora instalada na parte da frente.

— Estamos só no primeiro dia de dezembro e o Natal já chegou com força total aqui — Rory disse parada na porta de entrada.

Willa olhou ao seu redor, contemplando a loja dos seus sonhos, que finalmente operava no azul... ao menos na maior parte do tempo.

— Sim, mas com classe. Não acha?

Rory correu os olhos pelos quilômetros de luzes natalinas e pela exuberante árvore de Natal, que devia ser mais decorada que qualquer outra na face da Terra.

— Ahn... sim, claro.

Willa ignorou o sarcasmo velado. Antes de mais nada, era preciso lembrar que Rory não vinha de um lar estável. E Willa também não. Para as duas o Natal havia sido sempre um luxo que em geral estava fora de alcance, assim como ter um teto para chamar de seu. Ambas lidavam com isso de modo diferente, cada uma à sua maneira. Rory não precisava da pompa da celebração do Natal.

Mas Willa precisava. Desesperadamente. Por isso levava muito a sério as festividades natalinas, mesmo agora, com vinte e sete anos de idade.

— Meu. Deus. Do. Céu! — Rory disse, olhando para o novo artigo à venda ao lado da caixa registradora. — O que são essas coisas? Tiaras com antenas em forma de pênis?

— Não! — Willa respondeu, rindo. — São tiaras com chifres de rena, e são feitas para cachorros.

Rory ficou olhando para ela sem dizer nada.

Willa fez uma careta.

— Certo, Rory, talvez eu tenha me empolgado um pouco e...

— Um *pouco*?

Willa deu uma risadinha e pegou uma das tiaras de rena. O objeto não lembrava um pênis para ela; mas fazia tanto tempo que ela não via um ao vivo e em cores que talvez fosse difícil julgar.

— Isso vai vender que nem água, pode acreditar.

— Ah, não, não ponha essa coisa na cabeça! — Rory disse, horrorizada. E foi justamente isso que Willa fez.

— O nome disso é marketing. — Willa olhou para cima para conferir a galhada que pairava sobre a sua cabeça. — Merda.

Rory deu um sorrisinho malvado e apontou para o pote dos palavrões que Willa havia colocado na loja para mantê-las na linha. Na verdade, o objetivo principal era manter a própria Willa na linha. Elas usavam o dinheiro reunido no pote para sustentar o vício em café e muffins.

— É, acho que esses chifres lembram um pouco penises. — Willa admitiu, enfiando um dólar no pote. — Ou seria... pênis mesmo? Qual é o singular de pênis?

— Pene? — Rory arriscou, e as duas caíram na gargalhada.

— Dá para perceber que estou precisando *demais* da cafeína da Tina — Willa disse, depois de se recompor.

— Vou até lá — Rory respondeu. — Eu vi quando ela entrou no pátio, logo no começo do dia, usando tênis de cano alto e o cabelo apontando para as nuvens. Ela parecia ter, tipo, dois metros e meio de altura.

Tina costumava ser Tim algum tempo atrás, e todos no boêmio prédio histórico de cinco andares do Pier 39 gostavam de Tim — mas *amavam* Tina. Tina era demais.

— O que você quer que eu traga? — Rory perguntou.

Os cafés de Tina tinham temas e Willa sabia bem do que precisava para enfrentar aquele dia.

— Quero um da linha "Está muito cedo pra pensar nas contradições da vida". — E então ela puxou mais algumas moedas de seu bolso. Elas vieram acompanhadas por um punhado de petiscos para filhotes que caíram e se espalharam pelo chão.

— Não consigo entender porque você não consegue namorar. — Rory disse, irônica.

— Não é que eu não *consiga* — Willa corrigiu. — Eu não quero namorar. Tenho dedo podre para homens. E não sou a única, né?

Rory suspirou, reconhecendo a verdade dessa declaração. Suas sobrancelhas se ergueram ao ouvir o estômago de Willa, que roncava tão alto quanto o som de um trovão.

— Tudo bem, pode me trazer um muffin também. — Tina fazia os melhores muffins do planeta. — Não, me traga dois. Pensando bem, três. Não, espere. — Tinha sido difícil abotoar sua calça jeans naquela manhã. — Diabos, três muffins seriam basicamente tudo o que eu posso consumir de calorias em um dia. Um só basta — ela disse, decidida. — Um muffin para mim, e pegue um de mirtilo, porque aí pode contar como uma porção de frutas.

— Certo, entendi. Um café, um muffin de mirtilo e uma camisa de força para acompanhar.

— Rá rá, que engraçadinha você é. Melhor dar logo o fora antes que eu mude o meu pedido de novo.

O pet shop tinha duas portas: uma para a rua e outra para o pátio do prédio, com suas paredes de pedras e a velha fonte. Sempre que passava pela fonte, Willa atirava uma moeda e fazia o mesmo pedido: encontrar o verdadeiro amor.

Rory caminhou na direção da porta que levava ao pátio.

— Ei — Willa chamou. — Se sobrar algum trocadinho, pode jogar uma moeda na fonte para mim?

— Então você decidiu fazer um embargo a todos os homens, mas ao mesmo tempo ainda deseja encontrar o verdadeiro amor?

— Sim. Apenas faça isso, por favor.

— Tudo bem, a moedinha é sua. — Rory balançou a cabeça. Ela não acreditava em nada disso e não estava disposta a desperdiçar nem um centavo com desejos, mas atenderia ao pedido de Willa.

Quando ela se foi, o sorriso de Willa murchou. As três funcionárias que trabalhavam em sua loja eram jovens e tinham uma coisa em comum...

Elas haviam sido mastigadas e cuspidas pela vida ainda com pouca idade e acabaram sozinhas e desamparadas.

Como Willa já estivera em situação parecida, ela ajudava essas garotas, oferecendo-lhes um emprego e dando conselhos que elas ouviam apenas metade das vezes.

Mas Willa acreditava que 50% era melhor do que 0%.

Sua contratada mais recente era Lyndie, de dezenove anos, ainda um pouco rebelde — mas elas estavam cuidando disso. Também havia Cara, que já era sua funcionária fazia um bom tempo. Rory era a funcionária mais antiga. Embora aparentasse firmeza, a garota ainda tinha problemas. Prova disso eram as marcas ainda visíveis de um hematoma em sua mandíbula, resultado de uma agressão que sofrera do seu ex-namorado.

Willa ficava brava só de pensar nisso. Às vezes, ela ficava imaginando maneiras de se vingar do sujeito. Um dos seus castigos preferidos era cortar fora as bolas dele com uma faca cega. Mas isso ficava apenas no terreno da fantasia, já que ela não tinha vontade de ir para a cadeia.

Rory merecia coisa melhor. Ela aparentava ser durona, mas por dentro era uma manteiga derretida, e faria tudo por Willa. Era comovente, mas também uma grande responsabilidade, porque Rory tinha Willa como um modelo a ser seguido.

E aquela era uma responsabilidade assustadora, para dizer o mínimo.

Ela foi checar o cãozinho número Seis, que finalmente dormia, com a barriga para cima e as perninhas bem afastadas.

Então, ela foi checar os irmãozinhos dele. Todos dormiam. Sentindo-se como uma mãe de sêxtuplos, se afastou na ponta dos pés e foi até a parte da frente da loja e abriu seu laptop, se preparando para fazer o inventário dos novos suprimentos que havia recebido na noite anterior.

Willa estava ajoelhada, conferindo quatro sacos de ração para pássaro, quando alguém bateu na porta da frente.

Havia um homem parado do outro lado da porta de vidro, de cara fechada e com uma expressão que demonstrava muita atitude. Ele era muito atraente, com um ar pensativo e... espere um pouco. Havia algo de familiar nele, o suficiente para que os pés dela a impulsionassem para a frente por pura curiosidade. Quando chegou perto da porta ela parou, imóvel, com o coração ameaçando sair pela boca.

— Keane Winters! — ela murmurou. Naquele momento, ela estava olhando para o único homem do planeta que podia fazê-la sentir-se ao mesmo tempo contrariada e satisfeita com sua decisão de desistir dos homens.

Na verdade, se tivesse desistido deles mais cedo, mais precisamente no primeiro ano do ensino médio, quando Keane a deixara plantada esperando num baile, Willa teria evitado muita dor de cabeça.

No outro lado da porta, Keane empurrou seus óculos escuros espelhados para o topo da cabeça, revelando seus olhos cor de chocolate. Willa sabia bem que os olhos dele podiam ser encantadores quando ele se sentia feliz ou podiam se tornar gelados se as coisas não estivessem bem.

E os olhos dele estavam gelados agora.

Quando percebeu que ela o havia visto, Keane ergueu uma caixa de transporte para gatos. Uma deslumbrante caixa cor-de-rosa.

Ele tinha um gato.

Ao perceber esse detalhe, Willa desejou profundamente ser mais compreensiva, porque de algum modo isso deveria significar que ele era um cara legal.

Por sorte, o cérebro dela entrou em ação e a fez lembrar de cada detalhe do que havia acontecido muito tempo atrás. Ela se recordou de ter pedido um vestido emprestado para uma das garotas de sua classe, para poder usar no baile, e da forma como a menina zombou dela; também se recordou de ter implorado à sua mãe adotiva para que a deixasse ir ao evento. Além disso, se lembrou perfeitamente de que havia saído cedo para ir ao baile e teve de ficar sem comer nada até voltar para casa, pois não tinha um centavo para comprar um mísero salgado.

— Estamos fechados — ela disse, diante da porta de vidro que ainda estava trancada.

Nem uma palavra saiu dos lábios de Keane. Ele simplesmente levantou mais um pouco a caixa, como se fosse um presente de Deus.

E ele de fato era um presente de Deus. Ou havia sido, na época da escola.

Desejando ter ingerido um pouco de cafeína antes de ter que lidar com uma situação como aquela, Willa deu um passo à frente e levou a mão à maçaneta, irritada consigo mesma por não conseguir desviar seu olhar do dele enquanto destrancava e abria a porta. Ela repetia para si mesma que ele era um cliente como outro qualquer. Um cliente que havia arruinado a vida dela como se não significasse nada, sem nem ao menos pedir desculpa.

— Bom dia — ela disse, determinada a ser educada.

Ele não deu o menor sinal de tê-la reconhecido, nem mesmo piscou, e Willa descobriu algo ainda mais perturbador do que a visão daquele homem parado à sua porta.

O fato de que ela havia sido tão descartável que Keane nem mesmo se lembrava dela.

— Nós só abrimos às nove. — Ela falou com seu tom de voz mais agradável, embora um leve toque de "dane-se você" *possa ter* ficado implícito.

— Eu preciso estar no trabalho às nove — ele respondeu. — Eu queria hospedagem para uma gata.

Keane sempre havia sido grande e intimidador. Era o que fazia dele um atleta tão eficiente. Ele brilhava no campo de futebol, na quadra de basquete e *também* no campo de beisebol. Era a trinca perfeita, o pacote completo.

Todas as garotas do colégio — e um bom número de professoras também — haviam passado uma vergonhosa quantidade de tempo observando aquele pacote.

No entanto, assim como havia desistido dos homens, fazia um bom tempo que Willa tinha desistido de pensar naquela época da escola, sem dúvida os piores anos da sua vida. Enquanto Keane passava seus dias quebrando recordes e conquistando corações, ela lutava para não ser esmagada pelas pressões da escola e do trabalho, sem mencionar a mera batalha diária pela sobrevivência.

Ela entendia que não era culpa de Keane que as lembranças que tinha daquele tempo fossem tão horríveis. E também entendia que não era culpa dele que todas essas recordações tivessem voltado à sua mente assim que pôs os olhos nele. Mas não se pode esperar que emoções sejam lógicas.

— Peço que me desculpe — ela disse —, mas não há vagas para hoje.

— Eu pago o dobro do preço.

Ele tinha uma voz única... Talvez fosse apenas a sua imaginação, mas ela estava se esforçando para digerir o fato de que Keane continuava o mesmo, mas ainda assim estava mudado. Ele continuava alto, é claro, e *que inferno*, continuava incrivelmente sexy. Ombros largos, cintura estreita e bíceps que esticavam a manga da camisa.

Uma calça jeans desbotada e rasgada cobria suas pernas e ele calçava botas. Sua única concessão ao inverno de São Francisco era uma camiseta de manga comprida que valorizava todos seus músculos, tão bem definidos que pareciam convidá-la, como se as palavras "ME MORDA" estivessem gravadas em letras gigantes no peito dele.

Willa não iria negar nem mentir para si mesma: Ela queria isso. *Muito.*

Ele ficou ali, de pé, esbanjando masculinidade — não que ela ligasse muito para isso. E também não ligava para a expressão no rosto dele, que indicava que talvez seu dia tivesse sido ruim.

Sou especialista em dias ruins. Bem-vindo ao meu clube, ela pensou, para logo em seguida se censurar. Ninguém entraria em seu clube. Ela havia erguido muros em torno de si mesma. Era como a Suíça: neutra. Não trocava olhares ardentes e nem promessas com ninguém.

Ponto-final.

Principalmente com Keane Winters. De qualquer maneira, ela não contava com um serviço de hospedagem para animais aberto ao público em geral. Era verdade que às vezes ela costumava fazer isso como um favor especial para clientes, mas ela não tinha espaço suficiente para oferecer hospedagem oficialmente. Hospedar um animal significava ter que levá-lo para sua própria casa durante a noite, e por isso tinha de ser extremamente seletiva.

E homens bonitos que, no passado, foram garotos ruins a ponto de desprezar grosseiramente garotas tímidas que haviam reunido todo o seu estoque de coragem para pedir a eles uma dança... Bem, esse tipo de homem definitivamente *não* se encaixava nos critérios dela.

— Eu não hospedo animais, e... — Willa começou a falar, mas foi interrompida por um horrível uivo vindo de dentro da caixa de transporte cor-de-rosa.

No mesmo instante ela estendeu a mão para pegar a caixa, e Keane a entregou prontamente, exibindo uma engraçada expressão de alívio.

Virando as costas para ele, Willa levou a caixa até o balcão, sabendo muito bem que Keane a seguia, movendo-se com inesperada leveza para um sujeito tão grande.

A gata agora uivava sem parar. Então Willa rapidamente abriu a caixa imaginando que o animal dentro dela estivesse morrendo, dado o grau de infelicidade que transmitia.

Os miados pararam imediatamente e uma enorme gata siamesa piscou seus expressivos olhos azuis para Willa. Ela tinha uma pelagem bege, mas as orelhas e patas tinham cor escura.

— Vejam só que coisa mais linda — Willa disse com voz suave, deslizando as mãos delicadamente para dentro da caixa.

A gata permitiu ser levantada e, empurrando o rosto contra a garganta de Willa, esboçou uma carícia de gratidão.

— Own... — Willa gemeu, encantada. — Está tudo bem agora, eu estou com você. Você odeia ficar lá dentro, não é?

— Agora virou a criatura mais doce do mundo — Keane disse olhando para a gata, com as duas mãos na cintura. — Está de brincadeira comigo?

— Quê?

— Minha tia-avó está doente e precisa de ajuda — ele informou, com a expressão séria. — Ela deixou a gata comigo na noite passada.

Ponto para ele. Era um belo gesto.

— No minuto em que a minha tia Sally foi embora — Keane prosseguiu —, essa criatura enlouqueceu.

Willa olhou para a gata que, por sua vez, a fitou com uma expressão calma, serena, quase angelical.

— Mas o que foi que ela fez?

— O que foi que ela *não* fez! Essa seria a pergunta mais correta. Ela se escondeu debaixo da minha cama e rasgou todo o meu colchão. Então ela atacou todas as coisas que estavam nas minhas mesas, derrubando tudo no chão. Destruiu meu laptop, meu tablet e meu telefone de uma só vez. E depois ela... — Keane fez uma pausa e engoliu em seco.

— O quê?

— Fez um cocô enorme em cima dos meus tênis de corrida favoritos.

Willa fez um enorme esforço para não cair na gargalhada e dizer "boa menina". Levou um bom minuto para que conseguisse recuperar o foco.

— Talvez ela esteja irritada por estar longe de casa, e sentindo falta da sua tia. Gatos não gostam de mudanças, são criaturas de hábitos. — Ela falava com Keane sem desviar os olhos da gata, pois não queria fitar aqueles olhos negros e encantadores que não a haviam reconhecido. Se fizesse isso, ela poderia ficar tentada a pegar uma das tiaras expostas no balcão e usá-la para martelar a cabeça dele.

— Como ela se chama? — Willa perguntou.

— Petúnia, mas eu resolvi chamá-la de Pê. Pê de pentelha, não de Petúnia.

Willa acariciou as costas da gata e Petúnia empurrou o corpo contra a mão dela, incentivando-a a continuar. Um baixo e profundo ronronado ecoou pela sala e os olhos de Petúnia lacrimejaram de prazer.

Willa continuou a mimá-la. Keane suspirou, sem acreditar na cena.

— Inacreditável — ele disse. — Você está usando erva-de-gato como perfume, né?

— Você acha que esse é o único motivo pelo qual ela gostaria de mim? — Willa comentou, erguendo as sobrancelhas.

— Sim.

Se era assim, tudo bem. Willa abriu a boca para colocar um fim naquela conversa e dizer que não iria ajudá-lo, mas então olhou para os olhos azuis de Petúnia, e sentiu um aperto no coração. *Que droga!*

— Tudo bem — ela cedeu, a contragosto. — Se você puder comprovar que Petúnia tomou a vacina contra raiva e a polivalente, posso ficar com ela hoje.

— Obrigado — Keane disse, num tom de voz tão sincero que a fez olhar diretamente para ele.

Um grande erro.

Seus olhos negros agora haviam adquirido um tom acolhedor, como o de chocolate amargo derretido.

— Queria perguntar uma coisa.

— Sim? — Ela disse com cautela.

— Você sempre usa essas tiaras pornô?

Willa levou imediatamente as mãos à cabeça. Ela havia se esquecido totalmente da tiara com enfeite de pênis que estava usando.

— Você está se referindo à minha tiara com chifres de rena?

— Chifres de rena, é?

— Isso mesmo.

— Como você quiser.

Ele estava sorrindo agora, e é claro que tinha um sorriso irresistível. Era inacreditável, mas o seu corpo estava respondendo aos encantos dele, claramente insistindo em burlar a sua decisão de barrar os homens. Especialmente *esse* homem.

— A propósito, meu nome é Keane — ele informou. — Keane Winters.

Ele olhou para Willa, certamente esperando que ela lhe dissesse seu nome também; mas agora ela estava diante de um dilema. Se dissesse seu nome a Keane e ele a reconhecesse, ele também se lembraria quão patética ela fora no passado. E se ele *não* a reconhecesse, isso significaria que ela era ainda mais insignificante do que pensava e ela acabaria jogando a tiara de pênis nele por causa disso.

— E você é...? — ele perguntou, um pouco surpreso diante do silêncio dela.

Diabos. *Bem, não posso fazer nada, é agora ou nunca*, ela pensou.

— Willa Davis — ela disse, ansiosa.

Mas não houve absolutamente nenhuma mudança na expressão dele. Sim, ela havia sido insignificante para Keane. Esse pensamento a fez cerrar os dentes de raiva.

— Obrigado de verdade por fazer isso por mim, Willa.

A necessidade de falar a obrigou a destravar a mandíbula.

— Não estou fazendo isso por você. Estou fazendo pela Petúnia. E você precisa voltar para pegá-la antes do horário de fechar.

— Fechado.

— Só temos de resolver mais alguns detalhes — Willa disse. — Preciso de um número de telefone para contato, de dados da sua carteira de motorista e... preciso também saber onde você cursou o ensino médio. — Ela mal podia acreditar que havia feito essa pergunta, mas não podia resistir: queria refrescar a memória dele.

— O ensino médio? — Ele arqueou as sobrancelhas.

— Sim. Informação nunca é demais, e a gente nunca sabe o que pode vir a ser importante.

Keane reagiu ao pedido com bom humor.

— Contanto que eu não tenha de usar essa tiara, pode me pedir todas as informações que quiser, Willa.

Cinco longos minutos depois, ele havia respondido o formulário após ter ligado para sua tia, aparentemente sem que suas lembranças a respeito de Willa dessem sinal de vida. Depois ele olhou uma última vez para a galhada de rena na cabeça dela, também conhecida como tiara de pênis, deu uma risadinha e saiu pela porta.

Willa ainda estava observando-o ir embora quando Rory se aproximou e parou ao lado dela, bebendo tranquilamente o seu café e entregando o de Willa.

— Nós estamos olhando para a bunda desse cara? — Rory quis saber.

Sim, e para o desgosto de Willa, era a melhor bunda que ela já tinha visto em toda a sua vida. Aquilo era tão injusto! Será que ele não poderia ao menos ter um pouco de gordura nas laterais do corpo?

— De jeito nenhum.

— Pois eu acho que a gente deveria, porque *uaaaau!* Tudo de bom.

— Ele é velho demais pra você.

— Tem trinta anos. Que foi? — ela disse, quando Willa a fitou com cara de espanto. — A cópia da carteira de motorista dele está bem aqui, em cima do balcão. Eu fiz as contas, isso não é nenhum crime. E de qualquer modo você tem razão, ele é velho. Velho *mesmo*.

— Você sabe que eu sou apenas alguns anos mais nova do que ele, né?

— Você também é velha — Rory disse, empurrando o ombro de Willa com o seu, gesto que equivalia a um grande e apertado abraço.

— E só para constar — a garota continuou —, eu estava reparando naquela bunda para *você*.

— Então tá — Willa retrucou. — Nem o diabo em pessoa poderia obrigar o meu cadáver a sair com aquele cara, mesmo que ele seja super gostoso. Eu desisti dos homens, está lembrada? Agora é isso o que eu sou: uma mulher que não precisa de um homem.

— Você é uma mulher teimosa, muito teimosa, que tem amor pra dar e vender, mas no momento parece mais uma galinha medrosa. Se você quiser deixar as más decisões que tomou no passado dominarem a sua vida e viver como uma freira, é só continuar exatamente como está.

— Caramba — Willa disse com um tom seco. — Obrigada.

— Não tem de quê. Mas eu me reservo o direito de questionar o seu QI. Ouvi dizer que a gente perde pontos no QI quando envelhece. — Ela sorriu docemente. — Talvez fosse melhor você começar a tomar uns suplementos ou coisa parecida. Quer que eu saia para comprar um frasco?

Willa jogou a tiara nela, mas Rory conseguiu se abaixar a tempo.

#AtirandoNoPróprioPé

Duas manhãs depois, o alarme de Willa tocou pouco antes de amanhecer e ela continuou deitada por alguns instantes, deixando seus pensamentos fluírem livremente... sonhando. Na noite em que Keane retornou para pegar Petúnia ela estava atendendo um cliente e, portanto, não precisou lidar com ele.

Mesmo assim, ela ficou o tempo todo o observando, sem conseguir mover seu olhar em outra direção.

E isso a incomodava. Como era possível que ela gostasse tanto assim de olhar para Keane? Talvez porque ele era tão incrível que poderia estar na capa de qualquer revista.

O ponto era que Willa não devia ligar para a aparência de Keane, nem para sua voz sexy e calorosa, nem para o fato de que ele estava tomando conta da gata da sua tia.

Se liga, você foi largada no baile...

— Dane-se. — A voz dela ecoou pelo quarto, e ela rolou para o lado, enfiando a cabeça debaixo do travesseiro.

Estava ocupada demais para perder tempo com um cara. Ela tinha seu trabalho, e aquilo era o suficiente. Adorava ter a segurança de uma conta bancária; afinal, houve um tempo em que não possuía nada seu e só podia contar consigo mesma.

Willa estava orgulhosa por ter chegado tão longe. Orgulhosa por ser capaz de ajudar jovens que passavam pela mesma situação que ela havia passado um dia.

Quando o alarme disparou de novo, ela despertou de vez, soltou alguns grunhidos e deslizou para fora da cama. Sem conseguir enxergar direito, piscou várias vezes e olhou para seu relógio.

Eram quatro da manhã.

Willa jamais acordaria às quatro da manhã se pudesse, mas aquele dia precisava começar cedo. Ela teria que passar no mercado de flores e fazer algumas compras para um evento ao qual compareceria naquela noite, e também para a sua loja, pois tinha que se preparar para o Santa Extravaganza, evento anual em que as pessoas podiam levar seus bichinhos para tirar fotos com o Papai Noel. Era uma excelente oportunidade de fazer dinheiro, e metade dos lucros era doada a abrigos para animais de São Francisco.

Willa foi às compras, arrastando Rory que estava de péssimo humor. Elas compraram suprimentos para o evento da noite, uma cabine fotográfica e *também* enfeites adicionais.

— Para que tudo isso? — Rory perguntou.

— Mais material para incrementar o Natal.

— Você tem um problema realmente sério — Rory comentou, balançando a cabeça.

— Agora me conte algo que eu não saiba.

As duas retornaram ao pet shop por volta de seis e meia da manhã e começaram a trabalhar. Sentando-se no balcão de pernas cruzadas e com um bloco de notas em mãos, Willa escreveu os preparativos para o casamento que ela tinha sido contratada como consultora, designer e celebrante.

Era o casamento de dois poodles gigantes.

Às sete em ponto, seus amigos Pru, Elle e Haley apareceram com o café da manhã, como faziam muitas vezes durante a semana, já que todos eles moravam ou trabalhavam no prédio. Então eles devoraram uma cesta de muffins da Tina, antes de irem para o trabalho. Haley ainda não estava vestindo o jaleco que usava quando estava em seu estágio de optometria no piso superior do prédio, e seus óculos fofos com armação vermelha estavam encaixados no seu nariz. Pru vestia o seu traje de capitã para o seu trabalho de comandante em um barco de turismo no Píer 39. Elle era a gerente comercial do prédio, e também estava vestida de acordo: usava um terno azul-cobalto e sandálias abertas brancas de salto fino.

Willa também estava usando roupas de trabalho: jeans e uma blusa de alcinha, embora fosse inverno. A loja era aquecida, por causa dos animais, e ela mantinha os braços livres para facilitar o trabalho de banho e tosa.

Elas estavam falando de homens e sobre os prós e os contras de se relacionar com um. Pru tinha um homem. Era noiva de Finn, o cara que administrava um pub irlandês que ficava naquela área — um sujeito realmente legal, e também um dos melhores amigos de Willa. Nem é preciso dizer que Pru tinha muitos prós para acrescentar à discussão.

— Por exemplo — ela disse, argumentando em defesa do amor. — Vamos supor que uma mulher precise de um orgasmo arrebatador, do tipo que faz o corpo todo tremer. Se ela tem uma relação com um cara e eles estão apaixonados, ele vai fazer um sexo oral fantástico sem esperar nada em troca, porque sabe que ela faria o mesmo por ele. O amor é paciente, o amor é atencioso. — Ela sorriu. — Amor é ter sexo oral sem a obrigação de corresponder.

— Amor é manter seu vibrador sempre com pilhas. — Elle retrucou, e as outras riram, concordando. Todas elas tinham muitos itens para acrescentar na lista de contras quando se tratava de relacionamentos com homens. Bem, a não ser Haley, que namorava mulheres.

Mas uma coisa Willa não podia negar: tinha gostado muito da ideia do orgasmo arrebatador...

— Certo, mas e quanto às aranhas? — Pru perguntou. — Um homem pode dar um fim nas aranhas.

Todas fizeram silêncio, refletindo sobre essa inesperada vantagem de ter um homem por perto.

— Eu aprendi a capturá-las e colocá-las para fora sem feri-las — Haley disse, por fim. — Por causa de Leeza.

A última namorada de Haley era uma ativista ambiental.

— Para isso eu uso o meu aspirador de pó — Elle revelou, parecendo orgulhosa. — Muito mais eficiente e sem conversinhas esquisitas na manhã seguinte.

— Hoje nós estamos falando da Willa, então não me faça dizer certas verdades a seu respeito — Pru disse a ela. — Bastava você e Archer se olharem e já soltavam faíscas pelo ar. Me lembrem de voltar a esse tema depois.

Elle balançou a mão no ar com descaso e respondeu:

— Você já ouviu dizer que os opostos se atraem? Bom, eu e Archer... Nós éramos o caso clássico de opostos que se *repelem*. Ou seja, nós não gostamos um do outro.

Todas riram, porém pararam abruptamente quando Elle lançou um olhar glacial na direção delas.

Bem, pelo visto todos sabiam que Elle ainda sentia algo por Archer — exceto a própria Elle. E Archer.

Willa se sentia aliviada por não ser mais o centro das atenções na conversa, embora desejasse que voltassem ao fascinante assunto sobre o qual ela não tinha muito conhecimento. Escolher homens não era o forte de Willa, e ela tendia a agravar suas escolhas ruins prolongando demais a relação em vez de sair dela. Talvez esse fosse o motivo que a levava a fracassar sempre. Da próxima vez que fosse estúpida o suficiente para dar uma chance a algum cara, talvez devesse escolher algo casual e rápido, para poder fugir correndo na primeira oportunidade.

— Seja sincera — Pru disse. — Eu fico muito chata quando começo a falar do meu relacionamento com o Finn? Quer dizer, numa escala que vá de zero até uma daquelas amigas que acabam de ter um bebê e querem mostrar as fotos dele por horas a fio?

Os olhares de Elle, Haley e Willa se encontraram, e com ar bem-humorado elas murmuraram que "não, não é nada tão ruim assim".

— Merda — Pru disse, suspirando. — Eu sou totalmente mamãe de primeira viagem com fotos do bebê.

— Ei, reconhecer isso já é meio caminho andado — Elle comentou, conciliadora, e como a hábil manipuladora de conversas que era, voltou a atenção para Willa. — Conte-nos mais sobre aquele cara com a gata.

— Uma coisa eu posso dizer a vocês, ele é gostoso — Rory disse, ao passar perto delas com uma caixa de comida de hamster. — Tipo *bem* gostoso. E a Willa conhece o sujeito dos tempos do colégio. Parece que ele deu um bolo nela em um baile, mas ele não se lembra disso nem se lembra dela.

— Nossa, que rude — Haley declarou, em apoio a Willa, que gostou da atitude.

— Eu não acho que ele tenha sido rude — Rory retrucou. — Willa estava dando banho em vários filhotes e estava com uma aparência deplorável, pra ser sincera, toda coberta de bolhas de sabão e baba. Acho até que tinha um pouco de cocô nela. Nem vocês a reconheceriam daquele jeito.

— A minha aparência era a mesma de sempre — Willa disse em sua própria defesa. — E a parte do colégio era segredo.

— Opa, desculpa — Rory disse, sem parecer nem um pouco arrependida. — Bem, eu estarei nos fundos, dando um banho no Thor.

Thor, o cachorro de Pru, tinha o hábito de rolar em cima de coisas que não devia — e quanto mais nojentas fossem essas coisas, melhor. Pru mandou um beijo agradecido para Rory e se voltou para Willa.

— Bom, vamos voltar ao gostosão da Willa. Mais informações, por favor.

— O que mais tem para ser dito? — Willa suspirou. — Nós estudamos juntos no colégio e ele nunca nem ao menos prestou atenção em mim, então eu não deveria ligar pra isso.

— Você o conhecia bem? — Elle perguntou, com uma expressão pensativa. Ela era a mente lógica do grupo, dada a analisar todo tipo de coisa.

— Não muito bem, obviamente — Willa respondeu, tamborilando no seu bloco de anotações.

— Humm — Elle murmurou.

— Eu estou sem tempo para decifrar esse "humm" — Willa avisou.

— Você se lembra de quando Archer e Spence ameaçaram castrar o seu ex?

Spence e Archer eram os últimos integrantes do pequeno grupo de amigos de Willa. Spence era um gênio da informática. Archer era um ex-policial. Quando juntavam suas habilidades, os dois podiam ir longe. E não deixaram Willa na mão quando ela precisou.

— Aquilo foi diferente, Elle — ela disse. Ethan havia sido um grande babaca, sem sombra de dúvida. — Keane nunca vai ser meu ex, nem um babaca ou qualquer coisa do gênero, porque nós dois nunca teremos um lance. E agora, se nós já terminamos de fuçar a minha vida, eu tenho uma porção de coisas para fazer antes do casamento.

Ela havia ficado até tarde da noite trabalhando nas roupas que a sua cliente queria que os poodles usassem. Ela achava graça quando diziam que a Companhia do Latido tinha mais lucro com tiaras, casamentos e acessórios do que com ração e cuidados de banho e tosa; mas nem por isso deixava de levar os desejos dos seus clientes a sério.

E quem disse que ela não faria a mesma coisa se tivesse seus próprios pets e mais dinheiro do que conseguisse gastar? Mas o fato é que ela duvidava sinceramente disso. No mundo dela, o amor sempre havia sido temporário, o oposto de tudo que um casamento representava.

Ainda assim, Willa colocou a gravata do poodle gigante e se olhou no espelho, pronta para acreditar no amor eterno, pelo menos para os outros.

— E aí, fiquei bem?

— Muito fofa — Pru disse. — Agora dê uns saltos e faça tudo o que um cão faria.

Willa saltitou e deu corridinhas de um lado para o outro, com as mãos na altura de seu peito e os pulsos dobrados, como um cão numa exibição, e ficou andando aos saltos para testar o enfeite. As garotas riram muito, e ainda estavam rindo quando alguém bateu na porta da frente.

Mais uma vez faltavam dez minutos para as nove e Willa ficou imóvel. Os olhares nos rostos de todas as amigas confirmavam o que ela precisava saber. Mesmo assim ela se voltou para a porta lentamente, esperando estar errada.

Mas não.

Não havia erro.

Keane Winters estava parado à porta, olhando para ela.

— Perfeito — ela disse, com sua dignidade em farrapos. — O que vocês acham que ele viu?

— Tudo — Elle respondeu.

— Você devia abrir a porta — Pru comentou. — Ele é tão gostosão quanto Rory disse, mas parece que está com pressa.

— Eu não vou abrir — Willa esbravejou baixinho, arrancando a gravata. — Só depois que vocês todas forem embora. Saiam pelos fundos, e rápido!

Mas ninguém teve muita pressa. Na verdade, ninguém nem mesmo se moveu do lugar.

Keane bateu mais uma vez na porta e, quando Willa se voltou para olhá-lo novamente, ele ergueu as sobrancelhas, como um lindo quadro da mais perfeita impaciência.

— Honestamente — Pru disse. — Será que os homens nascem sabendo esse tipo de olhar?

— Willa, minha querida, nem pense em sair correndo — Elle pediu. — Leve um pouco mais de tempo para tirar essa expressão de pânico do rosto e esboçar um sorriso. Não tem nada a ganhar deixando-o perceber que afeta você.

— Pois é — Willa disse, olhando para Haley e Pru. — Pelo menos uma de vocês não se deixa influenciar por olhos negros e hipnóticos, e um sorriso mais hipnótico ainda combinados com a calça jeans mais sexy que já se viu.

— Não é bem assim. — Elle disse. — É que estou muito mais curiosa do que influenciada por tudo isso. Atenda a porta, Wi. Vamos ver o que ele tem a oferecer.

— Mas ele acabou de me ver dançando como um poodle!

— Exatamente, e mesmo assim você não o espantou. Ele não se impressiona fácil, deve ser duro na queda.

Willa suspirou e foi em direção à porta.

Como da primeira vez, Keane segurava no ar a linda caixa cor-de-rosa com a gata, que deveria fazê-lo parecer ridículo, mas na verdade aumentava ainda mais a sua masculinidade. Seus olhos penetrantes acompanhavam Willa, mas dessa vez transmitiam um calor que a fazia derreter por dentro enquanto andava na direção dele. Ela parou bem diante da porta de vidro fechada, com as mãos nos quadris, esperando parecer irritada, ainda que não se sentisse exatamente assim.

O olhar de Keane se moveu do rosto de Willa para percorrer todo seu corpo e ela sentiu novamente um calor indesejável tomar conta de suas entranhas. Que droga. Agora ela estava irritada *e* excitada — o que não era uma boa combinação.

A boca de Keane se curvou quando ele leu as palavras no avental dela: "Querido Papai Noel, eu posso explicar".

Ela respirou fundo e abriu a porta.

— Você me trouxe a Petúnia novamente. Espero que isso não signifique que a sua tia continua doente.

Ele pareceu surpreso por constatar que Willa se importava e até mesmo se lembrava do nome da sua tia.

— Eu não sei — ele respondeu de maneira um tanto brusca. — Ela me deixou uma mensagem dizendo que eu seria o responsável pela gata durante uma semana, mas faz dois dias que a Pê está destruindo o meu local de trabalho na maior felicidade. Eu vim implorar a sua ajuda. Pode me ajudar?

Nossa. Ele devia estar desesperado de verdade para se comportar como se estivesse pedindo um favor e não contratando um serviço. Mas a Petúnia era um doce e Willa sabia que acabaria concordando.

— Eu posso até contar em que colégio estudei. — ele comentou, e então sorriu de uma maneira incrivelmente charmosa.

Uau. Ele não havia perdido o seu dom de fazer uma mulher se encantar.

— Não é necessário — ela respondeu, sabendo que tinha uma plateia ouvindo suas palavras, para o seu desgosto.

De repente algo logo acima da cabeça de Willa chamou a atenção de Keane. Seguindo o olhar dele, ela encontrou um enfeite de ramo de visgo pendurado na prateleira alta onde ficavam as piscinas portáteis dos cachorros. *Ramo de visgo? Que diabos está fazendo aí?* Ela olhou para trás e, quem diria, viu Rory e Cara movendo-se rápido como um raio, como se estivessem muito, mas *muito* ocupadas.

— Quem colocou o ramo de visgo aqui em cima? — Ela perguntou às duas. — E por quê?

— Eu estava esperando que um cara gato aparecesse e se posicionasse debaixo do ramo para ter uma boa desculpa para tascar um beijo nele. — Rory respondeu.

Willa fuzilou as duas com o olhar, e ambas sumiram rapidamente, cada uma para um lado.

— Interessante — Keane comentou, parecendo achar graça da situação.

— Eu não vou beijar você.

A boca de Keane se curvou.

— Se me ajudar e ficar com a Pê hoje, *eu* é que vou beijar *você*.

— Não será necessário — Willa disse, o coração batendo tão forte que era difícil acreditar que ninguém além dela o estivesse ouvindo. — Aceito ficar com a Petúnia. Sem necessidade nenhuma de beijos.

Mentirosa, mentirosa...

Keane deu um passo e entrou na loja, mas como Willa não se afastou para trás o suficiente, eles ficaram muito perto um do outro, quase a ponto de se tocarem. Ela não pôde deixar de notar que o cabelo dele estava um pouco úmido, como se ele tivesse acabado de tomar banho. Ou seja: não era só um cara sexy, era um cara sexy cheirando a sabonete. Keane usava uma calça jeans desbotada com um rasgo numa das coxas, e uma camiseta de manga comprida com os dizeres *SF EDIFICAÇÕES* na altura do peito, o que indicava que ele provavelmente trabalhava no setor de construção, como Willa havia imaginado.

E ele estava coberto de pelos de gato.

Atrás dele, uma cliente regular do pet shop se aproximava. Janie Sharp tinha trinta e poucos anos e cinco filhos, todos com menos de dez anos; ela trabalhava como professora do ensino médio. Janie vivia atrasada, estressada, exausta e desesperada.

Seus três filhos mais novos corriam ao redor dela em círculos, a toda velocidade, berrando e se estapeando, e Janie segurava no alto um aquário, tentando evitar derramar água enquanto era empurrada sem parar de um lado para outro.

— É, eu sei — ela gritou para Willa. — Cheguei muito cedo. Mas vou ter que me matar se você não me ajudar.

Janie vivia repetindo esse tipo de coisa como se fosse um mantra.

— Contanto que você não deixe os seus filhos comigo, tudo bem — Willa disse. Ela também costumava repetir isso como se fosse um mantra.

Keane deixou escapar um "puxa" bem-humorado.

— Ela está só brincando quando fala em se matar — Willa disse a ele. — Mas eu não estou brincando quanto aos filhos dela.

Janie fez que sim com a cabeça e declarou:

— Eles não passam de pequenos demônios, esses meus filhos.

— Como se chamam? — Keane perguntou.

Janie piscou como se somente naquele momento tivesse notado a presença de Keane. Os olhos da mulher ficaram vidrados e um sorriso bobo se estampou no rosto dela.

— Dustin, Tanner e Lizzie — ela respondeu com voz fraca.

Keane estalou os dedos e as crianças pararam de correr em torno de Janie. E pararam de fazer barulho.

Keane apontou para um dos meninos:

— Dustin ou Tanner?

— Tanner — o garotinho respondeu, enfiando o dedo polegar na boca.

Keane olhou para os outros dois e ambos começaram a falar ao mesmo tempo. Keane levantou um dedo no ar e apontou para a garotinha.

— Eu sou um anjo — ela disse ofegante. — Foi meu pai quem disse isso.

— Você sabe que os anjos protegem as pessoas de quem gostam? — Keane disse à menina. — Eles é que mandam.

Um olhar travesso se estampou no rosto da menina.

— Então eu tenho que mandar no Tan e no Dust?

— Você tem que *tomar conta* deles. — Keane voltou a atenção para os garotos. — E, em troca, vocês têm que tomar conta dela. Nada deve acontecer a ela quando vocês estiverem por perto, nunca. Vocês me entenderam?

Os meninos balançaram suas cabecinhas para cima e para baixo.

Janie encarou seus três filhos, agora silenciosos e respeitosos, com absoluto espanto.

— O que temos aqui é um verdadeiro milagre — Ela disse assombrada, e olhou para Keane. — Você toma conta de crianças?

Keane apenas sorriu, e por um momento o seu sorriso contagiou todo o ambiente. Era um sorriso incrível, que transportava a mente para um mundo de beijos ardentes, demorados, profundos e intermináveis.

E mais.

Muito, muito mais...

— *Não* — Willa disse, e pegou o aquário das mãos de Janie. — Você não vai entregar os seus filhos a um estranho.

— Você daria uma babá e tanto — Janie murmurou, e então se dirigiu novamente a Willa. — Bem, nós vamos passar a noite em Napa. Posso deixar Fric e Frac com você?

— Sim, e você sabe que vou tomar conta deles muito bem — Willa prometeu, e deu um abraço em Janie. — Aproveite para descansar um pouco.

Quando Janie se foi, Keane tinha uma expressão intrigada no rosto.
— Peixe? Você hospeda peixes?
— Tomo conta — Willa corrigiu, estreitando os olhos. — Você está me julgando?
Ele balançou a cabeça numa negativa.
— Acabei de trazer a gata mais infernal que o mundo já viu. Não estou em posição de julgar.
Ela riu com vontade e os olhos dele se fixaram em sua boca; esse gesto não passou despercebido por ela.
— Obrigado — Keane disse. — Muito obrigado por tomar conta da Pê hoje. Não tenho nem palavras para agradecer.
Atrás do balcão ouviu-se um "own" em voz baixa, e então um "shh!". Isso fez Willa lançar para as amigas um olhar de censura.
Keane virou a cabeça para olhar também, mas Elle, Pru e Haley inclinaram a cabeça na direção de seus celulares antes que ele pudesse perceber alguma coisa.
Rory voltou a aparecer, carregando outra caixa de ração, e notou a grande proximidade entre Willa e Keane.
— Que legal — Rory disse. — Ainda bem que você caiu em si e desistiu da oposição ao sexo oposto. Fico feliz.
Willa a fitou com cara de poucos amigos.
— Ai, droga! — Rory deu um tapa na própria testa. — Guarde isso para si mesma, Rory. Quase esqueci.
— Como é? — Keane olhou para Willa com um sorrisinho. — Oposição a quê?
— Nada, não ligue para ela. — Willa colocou o aquário no balcão e pegou a caixa que transportava Petúnia. — Está lembrado do acordo, não é?
— Acho que sim. Eu pago o dobro por ser um tremendo chato e você finge não gostar de mim, é isso? — Ele abriu um sorriso quase letal. — Sim, concordo com os termos.
— Me refiro ao acordo de buscá-la antes de fecharmos. — Ela suspirou.
— E eu não vou cobrar o dobro de você.
O sorriso dele ganhou um contorno maroto.
— Viu só? Viu como você *gosta* de mim?
E então Keane se foi.
Willa se virou para as suas amigas e funcionárias. Todas estavam olhando para Keane enquanto ele se afastava.
— Realmente... Que beleza de bunda — Pru comentou.

— Concordo — Haley disse. — E olha que eu nem gosto de homem.

— Eu nem percebi. — Willa balançou os ombros com descaso. — Não gosto dele.

Todo mundo caiu na risada.

— Nós poderíamos corrigir você. — Elle disse, ainda sorrindo, — mas você é teimosa e obstinada demais e não admitiria nem que batêssemos com a verdade na sua cabeça.

Willa fuzilou-as com o olhar porque as amigas continuavam rindo; sem dúvida acreditavam que ela devia estar totalmente louca se não gostasse de Keane.

E o pior era que Willa também acreditava nisso.

#QueBelezaDeNatal

Keane Winters estava acostumado a trabalhar muito e em horários malucos. Naquele dia, em particular, ele com certeza teria que fazer isso, pois os funcionários terceirizados não fizeram o que deveriam fazer e o caos estava sendo despejado sobre a Terra na forma de um temporal horrível que a toda hora fazia cair a energia elétrica. Isso sem mencionar o tempo e o dinheiro que ele precisou perder para substituir seu celular e seu laptop, estragados pela gata da sua tia. Quer dizer... Petúnia *parecia* uma gata, mas Keane tinha quase certeza de que ela era o próprio anticristo.

Seu celular vibrou e ele soltou seu cinto de ferramentas para poder tirar o aparelho do bolso. Um de seus funcionários lhe havia mandado o link para um artigo do *San Francisco Chronicle*. Ele começou a ler: "Keane Winters, uma das Pessoas de Destaque de São Francisco nesse ano, é um empreendedor do ramo imobiliário que...".

Keane acreditava que realmente podia ser considerado um empreendedor. Atualmente ele estava ocupado com a remodelagem de três propriedades na área de North Bay para revendê-las, o que estava levando tanto tempo que a sua equipe principal já começava a se atrasar. Eles todos precisavam de um descanso, mas isso ainda iria demorar para acontecer.

Ele continuou a ler: "Winters se especializou em adquirir imóveis dilapidados em áreas valorizadas e transformá-los em propriedades fantásticas e cobiçadas. E ele não é dado a sentimentalismos quando se trata de negócios; vende as propriedades assim que termina de trabalhar nelas".

Isso também era verdade. Do ponto de vista financeiro, não compensava manter as propriedades. Houve um tempo, bem recente, em que ele era *obrigado* a vender o projeto imediatamente após completá-lo, sob risco de ir à falência. E talvez ele tivesse tido sorte no seu primeiro projeto, mas desde então a palavra sorte não fazia parte do seu dicionário. Era um empresário agressivo, corria riscos e sabia como obter retorno em seu negócio. Em consequência disso, Keane havia se tornado bom em deixar o sentimentalismo de lado, não apenas em sua atividade profissional, mas também em sua vida pessoal.

E por falar em vida pessoal, ele passava pelo pet shop Companhia do Latido todas as manhãs depois de comprar seu café; fazia isso havia meses e nunca lhe ocorrera visitar a loja. Keane não tinha um cachorro desde que perdera Blue, um ano antes de sair de casa, e com certeza não tinha vontade nenhuma de se sentir tão devastado novamente. Não queria passar por tamanho sofrimento tão cedo.

Na verdade, não queria passar por aquilo nunca mais.

Mas então sua tia-avó Sally teve de deixar Petúnia, e ele conheceu a sexy proprietária da Companhia do Latido. Keane nem imaginava por que sua presença parecia irritar Willa, mas ele sentia tudo *menos* irritação assim que a via. Ele pensava que talvez a culpa fosse dos olhos da garota, os olhos verdes mais luminosos que ele já havia visto, e também do temperamento dela, que parecia combinar com seu cabelo loiro-avermelhado; aliás, mais avermelhado do que loiro.

Ele caminhou pelo piso superior da casa de Vallejo Street, o favorito dos três projetos que estava tocando atualmente. Os outros dois, em North Beach e Mission Street, eram decisões de negócios puramente estratégicas e seriam colocados à venda no instante em que fossem terminados.

Comprar barato, restaurar com competência, vender caro. Esse era o seu *modus operandi*, sempre.

Mas a casa de Vallejo Street... Ele havia adquirido a residência vitoriana de 1940 por uma grande soma de dinheiro cinco anos atrás, na única grande extravagância que cometera na vida. Na época, Keane percebeu o potencial da propriedade de três andares e 470 metros quadrados assim que pôs os olhos nela, embora estivesse negligenciada e quase caindo aos pedaços.

Desde então, ele se dedicava a outros projetos específicos a fim de recuperar o capital investido na propriedade de Vallejo Street e trabalhava nela apenas quando lhe sobrava tempo.

Foi por isso que Keane levou tanto tempo para terminar o trabalho na propriedade, ou, na verdade, quase terminar. No ano passado, o piso térreo havia servido como escritório para ele e também como moradia. Tudo isso iria mudar quando Keane pusesse o lugar à venda, e ele teria de fazer isso, pois com a venda da propriedade obteria capital para novos projetos.

Ele foi até uma das janelas panorâmicas e olhou para fora. Já começava a escurecer. As luzes da cidade apareciam aos poucos, e ao fundo era possível ver a Golden Gate e, mais à frente, a baía.

— Ei, meu velho — Mason o chamou, parado na entrada do recinto. Ele era o braço-direito de Keane. — Nós precisamos trazer o pessoal pra cá essa semana para trabalhar no sótão, porque com a sua fobia de altura nós não... Keane, você está me ouvindo?

— Claro — Keane respondeu, parado diante da janela. De lá, era possível ver o Pacific Pier Building, e ele imaginava Willa em sua loja, vestindo um dos seus aventais engraçados, governando seu mundo com charme e originalidade.

Alguém bufou. Era Sass, sua gerente, que também havia entrado no recinto e era conhecida por gostar de resolver as coisas rapidamente, sem rodeios.

— Ele não está me escutando — Mason se queixou.

— Dá pra perceber — Sass concordou.

O alarme do celular de Keane soou.

— Preciso ir — ele disse. — Tenho dez minutos para apanhar a Petúnia antes que a Companhia do Latido feche.

— Eu posso ir buscá-la para você — Sass se ofereceu, e em seguida encarou Mason, que a olhava com expressão de espanto. — Que foi? Eu faço coisas legais para os outros o tempo todo.

— Você *nunca* faz coisas legais para ninguém — Mason retrucou.

— Faço *o tempo todo*.

— Ah, faz mesmo? Então cite *um* caso — Mason desafiou.

— Bom, todo santo dia eu tenho vontade de dar um tapa na sua cabeça — ela disse. — Mas eu resisto até a vontade passar. Viu só? Eu acho que essa é uma atitude incrivelmente legal.

Keane os deixou ali discutindo e foi embora. Levaria menos de cinco minutos para ir andando até a Companhia do Latido, mas ele preferiu ir de carro porque Petúnia não gostava de passar frio na caminhada de volta. Conseguir lugar para estacionar era sempre uma tarefa difícil, e vinte minutos se passaram até que ele conseguisse encontrar uma vaga.

Ele caminhou pela rua, admirando por um momento a notável e antiga arquitetura do lugar; detalhes na fachada e treliças de aço expostas, as grandes janelas panorâmicas, as pedras sob seus pés e a enorme fonte ornamental onde os idiotas da cidade jogavam uma moedinha para desejar que o amor aparecesse em suas vidas.

O lugar todo havia sido decorado para o Natal, com guirlandas e luzes em todas as portas e janelas, sem mencionar a gigante árvore de Natal perto da entrada da rua.

Mas nenhum desses detalhes chamou a atenção de Keane a ponto de fazê-lo se deter. Essa honra coube aos preparativos que estavam sendo realizados no local, aparentemente para um casamento. Ao menos era o que qualquer pessoa deduziria ao ver o grande volume de flores brancas e de luzes, os diversos castiçais dispostos ao lado de laranjas decoradas com cravos-da-índia e os ramos de azevinho que se estendiam ao longo de metade de um arco bem torto que...

De repente caiu, espantando-o.

— Merda!

A mulher que gritou tinha cabelo loiro-avermelhado, mais avermelhado do que loiro.

Willa se agachou sobre as partes espalhadas do arco, tentando... só Deus sabe o que ela estava tentando fazer.

— Merda! Merda, merda, merda. — ela resmungava, enquanto sacudia com ódio a parafusadeira em sua mão. — Por que está fazendo isso comigo?

— A culpa não é da parafusadeira — Keane disse, aproximando-se dela por trás. — É da pessoa que está usando.

Ela reagiu com um movimento súbito, perdendo o equilíbrio e caindo sentada no chão. Suspendendo o pescoço, Willa olhou para ele.

— Por que se aproximou desse jeito sorrateiro? Quer me matar de susto?

Ele estendeu a mão para Willa e a ajudou a se levantar. Foi então que ele percebeu que ela usava outro daqueles aventais com frases engraçadas. A frase da vez era *TOC: Transtorno Obsessivo por Confraternizações*.

Depois de rir baixinho da verdade contida nesses dizeres, ele pegou a parafusadeira da mão dela.

— Está quebrada — ela disse.

Keane inspecionou a ferramenta e balançou a cabeça numa negativa.

— Não, só não tem pregos. — Ele se agachou e apanhou alguns pregos na caixa perto dos seus pés para poder recarregar a parafusadeira.

Willa ficou parada observando seus movimentos e ele aproveitou para comentar a respeito do que ela estava fazendo.

— Você percebeu que este arco só tem um metro de altura, não é?

— Sim, a altura é perfeita — ela respondeu.

— Em que universo essa altura é perfeita?
— No universo dos cães. Esse é um casamento canino.
Ele hesitou por um segundo, e então sentiu um sorriso se abrindo em seu rosto.
— Hunf — Willa resmungou, olhando para ele.
— Que foi? — Será que ele tinha um pedaço de chocolate preso no dente? No caminho para o pet shop Keane havia devorado uma barra de chocolate, a única coisa que tinha conseguido comer nas últimas quatro horas.
— Você sorriu — ela disse, quase como se o estivesse acusando.
— Você já me viu sorrir.
— Na verdade, não, não desde que... — Ela interrompeu a frase no meio e pegou a ferramenta da mão dele. — Não importa. E obrigada.
— É sério que vai acontecer um casamento de cães? Aqui no pátio? — Ele perguntou.
— Em menos de uma hora, a não ser que eu consiga estragar tudo. Sou a organizadora do casamento. — Willa o encarou, como se estivesse esperando alguma reação de Keane, mas a expressão no rosto dele não se alterou. — Você não vai rir? Você me parece o tipo de cara que riria da ideia de um casamento entre dois cachorros.
— Escute — Keane disse, com voz séria. — Sendo completamente honesto: eu sou um cara que decidiu procurar uma babá de pets após ter sido aterrorizado por uma gata de quatro quilos, então não estou em posição de julgar ninguém. Falando nisso, onde está o pequeno demônio peludo?
— Ela está na minha loja, sã e salva, com muita comida e água, tirando uma soneca no ponto mais quente do lugar: entre o Macaroni e a Luna.
Keane inclinou a cabeça, parecendo intrigado, e Willa explicou:
— Os dois outros pets que estão sob os meus cuidados hoje. Bom, na verdade é a Cara, uma das minhas funcionárias, quem está tomando conta deles nesse momento.
— Espero que você não seja muito apegada a esses outros bichinhos — ele disse. — Porque a Pê vai fatiá-los de cima a baixo na primeira oportunidade.
Willa riu e puxou seu telefone celular de dentro do bolso de seu avental; ao fazer isso, alguns petiscos caninos também pularam para fora do bolso, se espalhando pelo chão.
Ela soltou uma exclamação e quando se agachou para apanhá-los, bateu o topo de sua cabeça na ponta do queixo de Keane, que também havia se abaixado.
Dessa vez, os dois caíram de bunda no chão.

— *Ai!* — Ela disse, levando as mãos à cabeça. — Me desculpe! Você está bem?

Ah, sim. Ele só estava esperando a sua cabeça parar de girar.

— Não se preocupe, vou sobreviver — Keane respondeu e, estendendo sua mão, massageou delicadamente o topo da cabeça dela. O cabelo de Willa era macio e sedoso, e tinha um cheiro delicioso. — E você?

— Ah, minha cabeça é dura que nem pedra, pode perguntar a todo mundo que me conhece — ela brincou.

Os olhares dos dois se encontraram, e não se desviaram. Keane percebeu que eles estavam muito próximos um do outro e que suas pernas estavam entrelaçadas. Uma súbita e instintiva necessidade de tomá-la nos braços o invadiu.

Mas Willa, numa sintonia claramente diferente da dele, pegou seu celular e começou a rolar as fotos armazenadas no aparelho.

— *Ahá!* — Ela exclamou, triunfante. — *Aqui está.* — Willa se inclinou para mostrar a Keane a tela do seu celular, batendo seu braço no dele. Quando Keane chegou mais perto a fim de poder ver, o cabelo dela roçou em seu rosto, e alguns fios grudaram teimosamente na sua barba por fazer. — Acredite se quiser.

Keane piscou a fim de sair do torpor que ela lhe havia colocado, e então percebeu que Willa estava mostrando uma foto da sala da frente de seu pet shop. E, exatamente como ela havia dito, diante de uma falsa lareira com decoração natalina dormiam um enorme pit bull e um minúsculo... porquinho. Aninhados um no outro.

Deitada entre os dois estava a familiar bola de pelos dos seus pesadelos, que estava tranquilamente colada ao focinho do pit bull. Keane ficou olhando para a foto por um longo momento.

— É Photoshop, não é? — Ele perguntou por fim. — Só para me sacanear?

Willa riu, e ele se pegou sorrindo só por ouvir o som da risada dela. Mas no instante em que ele sorriu a alegria dela desapareceu, como se Willa tivesse acabado de se lembrar de que não gostava dele. Ela se levantou.

— Puxa, finalmente.

— O quê? — Keane quis saber.

— Archer e Spence estão aqui.

— Os cães?

— Não, dois amigos meus. Meus melhores amigos.

— Eu já vi os seus melhores amigos — ele respondeu. — São aquelas meninas que estavam na loja hoje pela manhã assistindo à nossa conversa como se estivessem vendo um filme, certo?

— Eu tenho uma gangue inteira de amigos — ela disse. — Archer e Spence vão se encarregar da segurança do casamento esta noite.

O celular dela tocou. Ela olhou para a tela e soltou um palavrão.

— O anticristo cometeu um assassinato, não? — ele brincou.

— Não, claro que não! Surgiu um problema com o bolo.

— Bem, eu não posso competir com isso. Vá em frente, faça o que tem de fazer. Eu vou montar o arco para os cães.

— Hum, não sei não. — Ela pareceu insegura. — Isso precisa ficar perfeito.

Keane havia construído casas inteiras partindo do zero e ela estava questionando sua capacidade de pôr um arco em pé. Para cães.

— Ei, você não tem que resolver a emergência do bolo? — Ele observou.

— Merda. Tudo bem. — Ela olhou para Keane com expressão séria. — Não vai precisar de ajuda?

Ele cutucou a bochecha com a língua.

— Estou totalmente certo de que posso lidar com isso.

Ela deixou escapar um suspiro, parecendo dividida.

— Bom, se você tem certeza... Obrigada.

Keane apenas acenou para a srta. Trabalho Perfeito, mas não conseguiu resistir à tentação de observá-la enquanto ela se afastava, com pressa. Seu olhar focou-se no lindo traseiro dela, dentro de um jeans justo enfiado em um par de botas enormes. Ele a observou o quanto pôde, o pescoço todo esticado, até que ela saiu de seu campo de visão. Então, ele se voltou para retomar o trabalho com o arco... e quase trombou em dois caras que estavam ali de pé, lado a lado, olhando para ele. Eram os dois sujeitos que Willa havia apontado como Archer e Spence.

Nenhum deles disse uma palavra.

— Ahn... Vocês são parentes da noiva ou do noivo? — Keane perguntou.

Os dois permaneceram calados.

— Eu só estou brincando — Keane prosseguiu. — Porque o noivo e a noiva são cachorros. Entenderam a graça?

Nenhuma resposta. Eles nem sorriram.

— Plateia difícil essa. — Keane murmurou baixinho.

— Nós estamos aqui por causa da Willa — um deles explicou. Um sujeito grandão, cheio de atitude, que aparentava já ter visto o lado mais obscuro do mundo e, talvez, ainda vivesse nele. O outro era mais magro, mas com uma postura semelhante à do primeiro; seus olhos avaliavam Keane com interesse.

— Ei! — Willa gritou, do outro lado da fonte do pátio. — Comportem-se! — Ela apontou para os dois amigos. — Principalmente vocês dois.

Spence e Archer sorriram e acenaram para ela de forma amigável. Porém, assim que ela virou de costas para eles, os dois voltaram a encarar Keane com a mesma expressão sombria e impassível.

— Legal, foi bom falar com vocês — Keane disse. — Agora eu preciso montar esse arco para cães. Vocês podem continuar me olhando ou então podem vir me dar uma ajudinha.

— O último panaca com quem a Willa saiu gostava de fazê-la de idiota — disse, finalmente, o grandão. O tom de voz dele era calmo e seu olhar era direto e penetrante.

O outro, visivelmente o mais descontraído, deu um sorriso malvado e também falou:

— Nunca encontraram o corpo, não é?

O amigo balançou lentamente a cabeça, numa negativa.

— Que bom saber disso — Keane disse com ar tranquilo, mas tranquilidade era a última coisa que ele sentia naquele momento. Ele não gostava da ideia de outro cara transando com Willa. Ainda pensando nisso, ele virou-se de costas para os dois amigos dela e se concentrou no arco. Quando finalmente conseguiu se endireitar para começar a erguê-lo, quatro mãos extras apareceram. Os dois guarda-costas de Willa resolveram dar sua contribuição.

No entanto, ainda estavam no mais absoluto silêncio.

Depois disso eles aparentemente passaram a formar um time, e assim foram recrutados para o importante serviço de distribuição de cadeiras. Cento e cinquenta cadeiras, mais exatamente.

Para um casamento canino.

Os três estavam com calor e suados, mesmo com o frio ar de dezembro soprando sobre eles.

— Pelo menos está mais fácil do que aquela vez em que a ajudamos no casamento de South Beach, lembra-se, Arch? — Perguntou o mais magro, dando a Keane a primeira dica para que ele soubesse quem era Archer e quem era Spence.

Archer rosnou uma resposta qualquer enquanto arrumava a última fileira de cadeiras, dirigindo o olhar para o local do pátio onde Elle, usando um sedutor vestido vermelho, falava ao celular e trabalhava num iPad ao mesmo tempo.

Spence seguiu o olhar do amigo.

— Ela nunca fica suja nem suada, Arch? Isso não é possível.

— A Elle não sabe o que é sujeira nem suor — Archer respondeu. — Ela não é humana.

Spence riu.

— Ela continua brava com você?

— Ela sempre está brava comigo.

— E por qual motivo, você faz ideia?

Archer não respondeu.

Willa se juntou a eles com três garrafas de água.

— Que noite fria — ela disse.

Keane, que de vez em quando ainda recebia olhares gelados de Spence e Archer, bufou em resposta. Percebendo algo estranho no ar, Willa olhou bem para cada um deles.

— O que está acontecendo? — Ela quis saber, mas ninguém respondeu.

Ela agarrou Spence pela orelha. Ele fez uma careta de dor, mas não deu um gemido, pois não seria nada viril.

— Que raios é isso, Wil? — Spence reclamou.

— Por que está esse clima estranho aqui? O que aconteceu?

Spence retirou os dedos dela de sua orelha com cuidado.

— Por que você não torce a orelha do Archer? — Ele indagou.

— Porque o Archer provavelmente está armado com dois revólveres e uma faca — Willa respondeu.

Keane olhou para Archer discretamente. Sua linguagem corporal não havia se modificado nem um pouco após as indagações dela. Sua postura casual era estudada, enganosa; seu olhar era duro e atento. Keane pensou que ele provavelmente deveria ser do exército ou policial.

Willa colocou as mãos nos quadris.

Archer não se sentiu pressionado, mas Spence sim.

— A gente só estava verificando se esse cara aí serviria pra você depois que o Ethan... — Ele se calou no instante em que percebeu que Willa o fuzilava com o olhar.

Keane tinha duas irmãs mais velhas. Elas costumavam ignorá-lo, a menos que ele as tirasse do sério. Nessas ocasiões, quando atravessava o caminho das duas, elas lhe dirigiam olhares cheios de promessas de vingança, que poderia ou não incluir mutilação e tortura.

Willa tinha a capacidade de olhar dessa maneira.

— *Esse cara?* — Willa repetiu. — Ah, meu Deus.

Spence abriu a boca para dizer alguma coisa, mas Willa balançou a cabeça e apontou para ele.

— Não — ela disse. — Para ser sincera, isso tudo é culpa minha.

— Não é não — Archer retrucou com firmeza. — O Ethan era um babaca, um galinha que...

— Eu quis dizer que é minha culpa por ser amiga de vocês dois! — E então, estendendo o braço num movimento brusco, sem nem olhar direito o que fazia, ela colocou um dedo na cara de Keane, quase acertando o olho dele. — Eu não estou saindo com ele. — ela disse. — Não irei sair com ele. E, com certeza, não *saí* com ele no passado.

Keane abriu a boca para falar, mas em seguida a fechou de novo. Era a segunda vez que ela falava deles como se tivesse existido um passado entre os dois. Ele ficou tão entretido repassando a conversa em sua mente que quase não notou quando Spence e Archer se foram.

— Escute — Willa disse, quando os dois ficaram a sós. — Agradeço pela sua ajuda, na verdade agradeço muito, mas...

— Como você pode saber que não iremos sair juntos no futuro? — Diabos, ele não tinha percebido que isso o havia incomodado tanto.

Willa pareceu surpresa ao ouvir isso, e não respondeu de imediato.

— Eu simplesmente sei. — ela disse, por fim. — Eu...

Ela parou de falar quando percebeu que um garotinho que não deveria ter mais do que quatro anos de idade estava puxando seu avental. Imediatamente Willa sorriu, um sorriso doce e caloroso que encantou Keane mais do que deveria, e se abaixou para poder ficar na mesma altura que o menino.

— Olá, Keller. — Ela alisou o pequeno smoking do garoto. — Nossa, você está bem bonito essa noite.

— Meus pais disseram que já estão prontos.

— Perfeito, porque nós também estamos.

Keller inclinou a cabeça para cima a fim de olhar para Keane.

— Você está usando sapatos engraçados para um casamento — o menino comentou.

— São botas de trabalho — Keane respondeu. — E falando em sapatos, você colocou os seus nos pés errados.

Keller olhou para os seus sapatos e coçou a cabeça antes de inclina-la para cima novamente.

— Mas eu só tenho estes pés — o menino disse, finalmente.

Muito justo, Keane pensou, mas Willa já estava ajudando o garoto a se sentar e trocar os sapatos. Então, ela voltou a ser uma tirana adorável, mas implacável, dando ordens a todo mundo. Ninguém se queixava. Na verdade, todos pareciam felizes por ter a oportunidade de fazer o que ela mandava, no instante em que ela mandava.

Bem que ele poderia usá-la nos seus canteiros de obras.

Dez minutos mais tarde, o casamento já estava em pleno andamento. Era um casamento completo, com direito a certificados de matrimônio — cada cão deixava neles a impressão da sua pata — e filmagem feita por Rory. Aparentemente havia também uma lista de casamento, porque uma porção de presentes embrulhados estava espalhada em cima de uma mesa.

— Meu estoque daquelas belas coleiras acabou — Willa dizia a alguém depois da cerimônia, enquanto consultava um iPad. — Mas ficarei feliz em fazer um novo pedido.

Keane estava começando a conhecer um outro lado de Willa, com suas habilidades empresariais. E ele tinha que admitir que gostava desse outro lado dela. Embora ele não tenha conseguido notar logo de cara porque ela estava sempre cercada de coisinhas fofas e peludas, Willa era muito esperta.

Mais tarde, quando a maior parte das pessoas havia se retirado, Keane permaneceu para ajudá-la a desmontar tudo.

— Isso não é necessário — ela disse.

— Porque eu não faço parte nem do presente nem do futuro?

Willa o fitou longamente, e então se virou para lidar com o arco.

Aproximando-se dela para ajudar, Keane a envolveu com os braços e se posicionou para, juntos, separarem mais facilmente as duas peças do arco. Mas os dois ficaram imóveis, ela de costas para ele, porque o que pareceu ser um choque atingiu ambos em cheio.

— O que foi isso? — Ela sussurrou, sem mover um músculo sequer.

Ele já havia pensado sobre isso, e então soube exatamente o que responder.

— Atração animal — Keane disse.

Ela voltou a se mexer ao ouvir isso, deslizando por baixo dos braços dele para encará-lo.

— Ah, não mesmo. Não, não e não. Aí está uma coisa que nós não temos *de jeito nenhum.*

Ele deu uma risadinha, porque, pelo visto, Willa não havia pensado muito no assunto. Isso não era nada bom para o ego.

— Você vai mesmo me dizer que não sentiu isso?

Ela ficou em silêncio por um momento, pensativa.

— Estou dizendo a você que eu não *quero* sentir isso — Willa respondeu, por fim.

Bem-vinda ao meu clube, Keane pensou.

#*QuandoSurgemOsImprevistos*

Os dias que seguiram ao casamento passaram quase despercebidos para Willa, que estava ocupada demais com os preparativos para o Natal. Não que isso a incomodasse, pois, como sempre, a loja servia para preencher todos os vazios dentro dela, aqueles que os duros anos do seu passado haviam deixado.

Isso mesmo: ela levava uma vida totalmente plena e satisfatória.

Mas então, Keane Winters apareceu novamente em sua vida, e algo estranho e perturbador aconteceu. A presença dele fez com que ela percebesse que não tinha de fato conseguido preencher todos os seus vazios; dentro dela existia pelo menos um ainda aberto, ou até escancarado.

Resmungando, ela se levantou para enfrentar seu dia. O apartamento de Willa também ficava no Pacific Pier Building, bem perto da sua loja. Era pequeno, mas acolhedor. A sala de estar e a cozinha eram, na verdade, um só espaço, dividido por um pequeno balcão. Na parede entre a sala de estar e o curto corredor que levava ao seu quarto havia uma portinha que dava para um elevador de comida, uma relíquia dos tempos em que o prédio era um enorme rancho, nos idos do século XVIII, quando ainda existiam vacas de verdade na região de Cow Hollow, em São Francisco.

A porta do elevador para comida estava trancada agora, mas às vezes presentes misteriosos como cookies ou muffins eram deixados para ela ali. Certa vez, Archer fez uma simulação para os seus homens sob a forma de caça ao tesouro, e um dos itens a ser encontrados era Finn, que acabou se enfiando no poço do elevador enquanto fugia.

Para Archer, essa era a definição de diversão.

De qualquer modo, não havia nada para Willa ali naquele momento, independente do quanto ela gostaria de ter aberto a porta para encontrar alguns muffins; então ela tomou um banho e se vestiu. O uniforme de trabalho de hoje consistia em sua calça jeans favorita, que tinha um buraco na altura do joelho, e uma regata leve. Por cima da blusinha ela vestiu um suéter fácil de tirar, para os momentos em que tivesse que realizar banho e tosa.

Ela não se surpreendeu quando escutou batidas na porta da loja dez minutos antes do horário de abrir. E também não se surpreendeu quando percebeu que seus batimentos cardíacos se aceleraram de forma traiçoeira. Duas semanas já haviam transcorrido desde que Keane aparecera naquela primeira manhã. Desde então ele voltava sempre, de maneira irregular, de modo que ela não conseguia prever quando ele viria. Às vezes ele aparecia durante alguns dias em sequência, e então sumia por uns dias. Sempre que Willa perguntava a Keane sobre a sua tia, ele balançava a cabeça com expressão desolada e dizia "Ela ainda não está bem".

Willa odiava o fato de ficar à espreita todas as manhãs, perguntando-se se ele apareceria. Odiava ainda mais o fato de que começara a passar maquiagem e brilho labial para o caso de ele aparecer. Quando as batidas dele ecoavam pela loja, Willa lutava para se manter tranquila.

— Você vai querer ver isso — Elle disse, inclinada contra o balcão da frente da loja, bebericando seu chá quente.

— Eu aposto que não. — Willa respondeu.

Não precisava olhar porque já sabia o que iria ver: um daqueles caras que trabalhavam com construção, do tipo fortão, usando uma camiseta bem apertada para valorizar seus ombros largos e mais um monte de músculos aparentemente ganhos da maneira antiga, ou seja, simples trabalho braçal. O cabelo estava sempre negligentemente desarrumado, como se não se preocupasse com a sua aparência. E por que ele deveria? Quem é bonito desse jeito não precisa da porcaria de um espelho.

— Ele sabe se vestir — Elle disse com ar de aprovação. — Tenho que reconhecer. Deixe-o entrar, Willa.

— Eu acabei de colocar o leite no meu cereal — ela se queixou.

— Sim, e eu estou julgando você pela sua escolha sem graça de cereais matinais, sua doida. — Elle não tirava os olhos da porta da frente. — Mas pela minha santa mãezinha, eu juro que você vai querer ver isso, garota!

— Por quê?

— Porque ele está de terno, só por isso! Os meus olhos já nem sabem mais o que fazer dentro das órbitas.

Willa girou a cabeça tão rápido que quase teve torcicolo.

Keane estava examinando a loja com o olhar, e pousou os olhos em Willa de maneira tão penetrante que ela os sentiu desde os pés até a cabeça, e principalmente em alguns pontos no meio do caminho.
Toda hora isso, ela pensou.
— Meu Deus. — Ela disse, assim que o viu.
— Eu te disse. Eu achei que você tivesse dito que ele era carpinteiro ou algo assim.
— Ele se registrou como autônomo nos meus formulários quando deixou a Petúnia comigo pela primeira vez — Willa murmurou, incapaz de desgrudar os olhos de Keane, que continuava parado ali, como um presente de Deus.
Um presente de Deus carregando uma linda caixa de transporte cor-de-rosa.
— Eu não consigo decidir qual visual o deixa mais gostoso — Elle disse. — Traje a rigor ou camiseta e calça jeans.
— Eu acho que temos um empate. — Willa admitiu.
— Então você *realmente* gosta dele — Elle disse, triunfante.
— Não, mas eu não estou morta. Olhe só para ele!
— Eu estou olhando, pode acreditar. Então você vai mesmo ficar parada aí, insistindo que ele não mexe com você nem um pouco?
— Será que você simplesmente não consegue entender que não só ele me deu um bolo, mas também nem ao menos se lembra de ter feito isso? — Willa retrucou.
— E será que você não consegue entender que isso aconteceu muito tempo atrás? — Elle perguntou. — Ele ajudou você pra valer naquele casamento. É possível que você esteja fazendo drama?
— Não estou fazendo drama, eu *jamais* faço drama! — Willa parou de falar quando percebeu que estava balançando seus braços e a colher que segurava no ar de forma dramática. — Tá, eu sei. É o meu cabelo ruivo. Não dá pra lutar contra a genética.
— Sei, sei. — A expressão no rosto de Elle se abrandou. — Querida, eu sei que o seu passado não foi nada fácil, mas eu acho que você acabou enterrando esse homem no seu campo minado emocional. E antes que você diga que isso não é da minha conta, saiba que eu só estou dizendo isso porque entendo a situação, eu realmente entendo.
Willa suspirou, porque sabia que a amiga entendia. Afinal, Elle havia enfrentado situações ainda mais difíceis que as de Willa.

— Ter sido ignorada por Keane naquela época da minha vida foi um grande trauma — Willa disse. — Não há dúvida de que estou lançando culpa demais sobre ele, mas você se lembra a tortura que era a época de colégio, não? Ou talvez não se lembre, talvez você fosse popular como Keane era. Já eu, por outro lado... — Willa balançou a cabeça. — Eu era invisível, Elle. Invisível. E isso afetou demais a minha autoestima.

O sorriso de Elle murchou.

— Tudo bem. Vamos ficar bravas com ele então, Wil.

Willa sentiu um aperto no coração.

— Obrigada — ela disse, e saiu andando em direção à porta.

A manhã de Keane havia começado antes do nascer do sol, e já tinha sido bem movimentada: ele quase se envolveu em uma briga com um engenheiro, teve que bajular uma cliente que não seria capaz de se decidir nem que sua vida dependesse disso, e teve de comparecer a uma interminável reunião com o decorador de interiores da propriedade de North Beach, que adorava o som da própria voz. Agora ele estava diante da porta fechada do pet shop de Willa, mas dentro de vinte minutos teria de ir a outra reunião.

Willa levou um bom tempo para abrir a porta e, quando finalmente o fez, encarava Keane de uma forma estranha, como se nunca o tivesse visto antes.

— Keane? — Ela perguntou, sussurrando, como se estivesse em dúvida.

— Ele mesmo. — *E quem mais seria, caramba?*

— Só para ter certeza. — Ela o olhou de alto a baixo, com atenção. — Eu achei que você tivesse um irmão gêmeo ou coisa do tipo.

— É, e a gata odeia nós dois.

Willa riu. Foi algo inesperado, para dizer o mínimo. Keane a encarou. Os olhos verdes dela se iluminaram e o seu sorriso era simplesmente contagiante. Ele não tinha tempo para jogar conversa fora, mas não podia evitar quando estava na presença de Willa.

— Eu não estou brincando — ele disse.

— Eu sei — ela respondeu. — Por isso é tão engraçado.

A calça jeans dela estava gasta e desbotada, e se ajustava ao seu pequeno corpo curvilíneo como um velho amigo querido. Ele adorou sua blusa, em que se podia ler *Levada e Boazinha* na altura dos seios; a blusa tinha tiras minúsculas e era fina o suficiente para revelar que ela estava com frio.

Seu cabelo caía em camadas volumosas e rebeldes, parte dele acima dos olhos. Willa sabia exatamente por que ele estava ali, mas apenas ergueu as sobrancelhas e esperou que ele dissesse. Isso deveria irritá-lo, mas em vez disso ele estava sorridente.

— Diga-me que tem tempo para tomar conta da Pê hoje — ele pediu, da mesma maneira charmosa de sempre, pronto para implorar se fosse necessário. No dia anterior, Petúnia havia usado uma série de plantas baixas muito caras para afiar as garras, uma hora antes de uma reunião na qual aquelas plantas se fariam necessárias.

— Você mudou o seu uniforme de trabalho — ela disse, em vez de responder. — Está usando terno.

— Hoje não tenho escolha, é um mal necessário.

— Você parece... diferente.

Keane se sentiu dividido: por um lado, era uma satisfação constatar que ela prestava atenção em sua aparência; por outro, era irritante perceber que estava sendo criticado por suas roupas. Ele não respondeu de imediato.

Ser julgado não era exatamente uma novidade para ele. Quando era criança, seus pais o criticavam por acharem que não se dedicava o suficiente aos estudos. Na escola, era criticado por não ser um atleta nem um acadêmico, mas algo intermediário. Em consequência disso, ele trabalhou duro para encontrar o seu lugar, e tinha orgulho da sua capacidade de fazer isso.

— Você está me julgando pelas roupas que eu uso?

— Jamais — ela respondeu, num tom de voz que Keane já havia ouvido antes, o mesmo tom que sugeria, novamente, que ele deveria saber do que Willa estava falando.

— Tudo bem, eu desisto. Desculpe, é que não sou muito bom adivinho.

Willa olhou na direção de Elle, que balançou os ombros com indiferença.

— Acabe com ele, querida — ela disse, levantando-se de um pulo e saindo pela porta que dava para o pátio.

Keane não tinha tempo para isso.

— É impressão minha ou estou deixando escapar alguma coisa? — Ele perguntou, decidido a descobrir por que ela o tratava daquela forma. E, subitamente, ocorreu um estranho e incômodo pensamento. — Por acaso a gente já se conhece de algum lugar?

— Por quê? — Ela perguntou, com uma expressão séria. — Você se lembra de me conhecer de algum lugar?

— Não.

Willa olhou para ele por um longo momento, e então balançou a cabeça.

— Não, a gente não se conhece. Não mesmo. E sabe de uma coisa? — Ela acrescentou, estreitando os brilhantes olhos verdes. — Eu gostava mais de você quando você usava as suas roupas de carpinteiro. — E então ela pegou a caixa com Petúnia das mãos dele e se afastou.

Às seis horas e dois minutos daquela tarde, Keane deixou o seu veículo no estacionamento e saiu correndo pela rua, debaixo de chuva, até o pet shop.

A porta da frente da Companhia do Latido estava trancada, e as luzes apagadas, com exceção das luzes de Natal; fios, fios *e mais fios* de luzes natalinas, cortavam o interior da loja de um lado a outro.

A placa com o aviso "FECHADO" estava pendurada na porta, mas preso ao lado dela havia um pedaço de papel com algo escrito: "Se você for uma pessoa extremamente rude que se atrasou para vir buscar o seu precioso e amoroso bichinho, use a porta dos fundos".

Meu Deus, Keane pensou, *a quem será que ela está se referindo, não é mesmo?* Ele caminhou pelo pátio e entrou pela porta de trás da loja, e então se deparou com Willa dando banho num enorme Doberman. Ela estava coberta de espuma.

— Mas que garoto bonzinho — Willa dizia ao cão num tom de voz infantil, animado, enquanto ele arfava alegremente. — Isso mesmo! — Ela incentivava carinhosamente. — Você é, não é? Não é um bom garoto?

— Olha, eu não gosto de contar vantagem — Keane disse, apoiando-se no batente da porta. — Mas tenho meus momentos.

Ela levou um susto, virando-se rapidamente na direção de Keane.

— Eu não ouvi você chegar. — Willa olhou bem para ele. — Você mudou.

Keane conferiu sua calça jeans e sua camiseta de manga comprida.

— Eu tive que lidar com a parte elétrica em uma obra durante a maior parte do dia, até a tempestade começar — ele explicou. — Eu não queria estar de terno se fosse eletrocutado por acidente. Isso facilitaria demais as coisas para o agente funerário.

Willa não riu da brincadeira.

— Estava trabalhando com eletricidade com o clima nessas condições?

— Nem sempre é possível esperar o tempo ficar bom no meu trabalho. Mas não se preocupe, faço isso há anos e nunca tive um acidente sério.

Willa não respondeu, apenas esvaziou a banheira e enrolou Carl em uma enorme toalha. Então, prendeu a coleira do cão em um suporte.

— Só me dê um segundo — ela disse a Keane, e desapareceu no corredor.

Willa não foi muito longe, porque ele logo ouviu a voz dela:

— Preciso de um favor, Rory. Agora falta só enxugar e escovar o Carl. Pode terminar de cuidar disso para mim?

— Depende. — Agora era a voz de Rory. — O dono dele está aqui?

— O Max? — Willa disse. — Não, ele está com o Archer em um trabalho, mas logo virá pegar o Carl. Por quê? Algum problema com o Max?

— Não — Rory respondeu rápido. Rápido demais. — Tá bom — ela disse, suspirando. — Eu não consigo parar de pensar nele.

— E eu não consigo parar de pensar em queijo derretido — Willa brincou.

Rory riu.

— Quem dera meu problema fosse esse. — Rory ficou em silêncio por um momento. — Ele me chamou para sair de novo.

— Eu entendo — Willa disse, com voz suave. — Querida, ele é um cara legal, um bom sujeito. Archer não deixaria que ele fizesse parte de sua equipe se ele não fosse um cara decente.

— Meu radar continua quebrado.

— Bem, eu sei como é — Willa comentou, sentindo pena, e as duas então voltaram para a sala de banho.

Rory arregaçou as mangas.

— Agora é comigo. — Ela sorriu para Carl. — De qualquer maneira, é bem melhor ficar com você do que com a maratona de *American Horror Story* que eu planejava ver. — Rory beijou a cabeça do cão bem entre as enormes e pontudas orelhas.

Carl lambeu o rosto dela do queixo até a testa, fazendo a garota rir.

Willa gesticulou para que Keane a seguisse pelo corredor, e juntos eles caminharam até um local que parecia ser o escritório dela.

Petúnia estava estirada de costas sobre uma mesa de madeira, com todas as quatro patas voltadas para cima, como se tivesse morrido há dias e alguém a tivesse deixado ali.

Keane parou de repente, chocado com o que viu.

Mas Willa não. Rindo, ela foi até a mesa e fez cócegas na barriga da gata.

Petúnia deu um grande bocejo e se espreguiçou, esfregando o rosto contra o punho de Willa, e uma ridícula sensação de alívio invadiu Keane. Ele não precisaria ligar para Sally e lhe contar que a Pê havia morrido. Pelo menos não nessa noite.

— Papai veio buscar você — Willa disse, acariciando o nariz da gata.

— Muito engraçado — Keane comentou, e percebeu que havia um aquário vazio ao lado da Petúnia. — Estava tomando conta do peixe de novo?

— Estava — ela respondeu, deixando escapar um suspiro longo e triste. — Eu deixei a Petúnia passear um pouco pelo lugar, porque ela é uma doçura e os clientes a adoram. Eu a perdi de vista durante alguns minutos, enquanto ajudava Rory a cuidar de um cachorro, e foi então que... — Ela engoliu em seco e baixou a cabeça. — Acho que a Petúnia estava com fome.

— Meu Deus. — Keane sentiu seu sangue gelar nas veias. — Está brincando comigo?

— Sim.

— Hein? — Ele piscou várias vezes.

— Sim, eu estou brincando com você.

— Nossa. — Keane a encarou. — Agora você foi bem malvada.

— Não se atrase novamente — ela disse, com um sorriso presunçoso estampado no rosto.

Mas, por mais arrogante que fosse, aquele sorriso iluminara o dia de Keane de uma forma que nada nem ninguém havia conseguido. Como ela conseguia encantá-lo dessa maneira e, ao mesmo tempo, irritá-lo tanto? Era um mistério.

— Peço desculpa se me atrasei. Pode cobrar uma multa por atraso.

Willa balançou a cabeça numa negativa.

— Foram apenas alguns minutos de atraso e você estava trabalhando com eletricidade. Eu não ia querer que você acabasse eletrocutado.

— Ah. — ele respondeu. — Mais uma prova de que você se importa comigo.

— Eu me importo com o meu pagamento.

Ele riu.

— Vou tomar nota disso para não esquecer. — Keane sabia que deveria pegar Petúnia e ir embora. Estava morrendo de fome e ainda tinha muito trabalho burocrático pela frente, e com certeza ela também tinha coisas para fazer. Mas ele simplesmente não conseguia ir embora.

Os dois ainda estavam olhando um para o outro quando uma mulher pôs a cabeça para dentro da porta do escritório. Keane a reconheceu: era Kylie, uma das marceneiras que administravam o Madeiras Finas, uma loja que ficava no pátio e que era especializada em criar lindos móveis artesanais. No ano passado, Keane havia comprado vários itens dela. Ele sorriu para Kylie, e percebeu uma minúscula cabeça de cachorro saindo de um dos bolsos da sua jaqueta de brim.

— Olá, Keane — ela cumprimentou, e Willa pareceu surpresa ao notar que ambos já se conheciam. — O Keane é um cliente nosso — Kylie disse a ela. — E um dos bons. Olhe — ela continuou, cobrindo com cuidado a cabecinha do filhote. — Estou tomando conta desse rapazinho para um amigo.

— Que adorável! — Willa disse, aproximando-se para tocá-lo. — Qual a raça?

— Não sei dizer exatamente qual é, ele tem só três semanas. Ainda está na mamadeira. Mas eu acho que é um Chihuahua.

Não era o que Keane achava; ao menos não era o que as patas do filhote, que eram tão grandes quanto suas orelhas, indicavam.

— Eu acho que está muito frio para ele. — Kylie comentou. — Ele treme o tempo todo e bate os dois dentinhos que tem.

— Eu acho que posso dar um jeito nisso. — De um compartimento em sua mesa, Willa puxou o que parecia ser uma pilha de minúsculas blusas para bonecas.

— Você é demais! — Kylie disse, e pegou quatro blusinhas, uma das quais tinha motivos natalinos. — Me mande a conta. — Ela então se voltou para Keane. — Quando tiver tempo, dê uma passada na loja. Acabei de terminar aquela mobília de madeira reciclada em que você me viu trabalhando meses atrás.

— Vou fazer isso.

Kylie abriu um sorriso, jogou um beijo para Willa e foi embora.

Willa abriu seu laptop e apertou algumas teclas, lançando um rápido olhar para ele.

— Eu percebi a expressão no seu rosto quando você viu as roupas para cachorro. Sabe o que me faz ganhar mais dinheiro nesta loja? Roupas para cães, coleiras enfeitadas, tiaras e casamentos caninos.

— Um negócio tem que dar lucro, Willa. Ganhar dinheiro é uma coisa boa.

Ela olhou para Keane com atenção, por um longo momento, como se estivesse avaliando a sinceridade de suas palavras.

— Quando eu a vi em ação naquele casamento — ele disse —, fiquei impressionado. Pessoas e animais são importantes para você, e você criou um negócio realmente inteligente com base nisso.

— Os animais me fascinam — Willa revelou, com entusiasmo. — Mas eu fiz minha lição de casa antes de abrir esta loja, para ter certeza de que poderia ganhar a vida com isso. No fim das contas, ter esse negócio foi muito melhor do que eu jamais havia sonhado.

— Você tem que se sentir muito orgulhosa de tudo o que construiu aqui.

Willa ficou olhando para ele, parecendo um tanto quanto surpresa, como se ninguém jamais lhe tivesse dito uma coisa dessas antes. E então ela subitamente mudou de assunto, como se tivesse se dado conta de que estava sendo amável.

— Tem notícias da sua tia?

— Sem novidades ainda. — Keane balançou a cabeça. Era duro admitir que não tinha nenhuma informação a dar, porque ele era um sujeito que se orgulhava de ter sempre as respostas, ou de pelo menos ser capaz de obtê-las. Mas a verdade era que, quando se tratava da sua família, ele nunca sabia muito.

Ele jamais imaginara que Sally iria aparecer na sua casa do modo como fez duas semanas atrás, com uma bengala em uma mão e a caixa com Petúnia na outra. Ele concordou em ficar com a gata para aliviar um pouco do estresse dela, porque sua tia parecia frágil demais e bastante preocupada.

Mas Keane nunca esperou que fosse ficar *tanto* tempo com a gata.

Willa passou as mãos por debaixo da Petúnia e a ergueu da mesa, e a bendita gata se aconchegou no pescoço dela. E, pela primeira vez na sua vida, Keane se deu conta de que estava com ciúme de uma gata.

— Sério, qual é o seu segredo para lidar com ela? Tem alguma essência de atum no seu perfume?

Willa riu, e aninhou a gata nos seus braços.

— Digamos que eu falo a mesma língua que ela.

— Mesmo? E que língua é essa?

— Uma língua que um homem como você não compreenderia. — Ela beijou o rosto da Petúnia e a colocou gentilmente na caixa de transporte. — A língua da solidão.

Keane sentiu o seu peito se apertar.

— Você pode se surpreender comigo — ele disse.

Ela o encarou por um instante, e então pareceu repentinamente agitada, fechando a caixa de transporte e ajeitando as coisas em seu escritório, evitando olhar para Keane. Ele percebeu que ela havia ficado envergonhada. Deslizando as mãos sobre as dela, ele interrompeu seus movimentos.

— Venha jantar comigo.

Ela pareceu surpresa.

E Keane estava tão surpreso quanto ela.

— Não, me desculpe — ela respondeu com hesitação. — Eu não devia ter... Sinceramente, eu não tenho intenção de sair com...

— Eu sei — ele disse. — Eu ainda estou aqui porque quero continuar conversando com você, mas meu estômago está implorando por comida. Vamos, Willa. Já terminamos o expediente por hoje e nenhum de nós está usando aliança. Vamos comer alguma coisa.

— Assim, sem mais nem menos? — Ela o fitou intrigada. — Tipo, agora mesmo?

— Sim, agora.

— Não me parece uma boa ideia, Keane.

— Por que não?

Ela hesitou, e Keane quis perguntar por que na noite do casamento canino Archer e Spence haviam se referido ao ex dela como um babaca completo; mas isso não era da sua conta. Isso não significava que ele não tinha vontade de ir atrás do sujeito para lhe ensinar uma lição.

— Por várias razões — ela respondeu por fim.

— Cite uma.

Willa abriu a boca, mas logo em seguida a fechou.

— Eu não consigo apresentar nenhum motivo neste exato momento.

— Porque não existe um motivo — ele retrucou. — Escute: Você sairia comigo para jantar se eu fosse a Elle?

— Claro. Ela é minha amiga.

— E com o Spence? Ou o Archer? Se eu fosse um deles, você iria comer comigo?

— Mais uma vez, sim — ela disse, encarando-o.

— Mas não comigo.

— Não.

Keane tirou a caixa com a gata das mãos dela e a colocou sobre a mesa. Então, ele deu um passo à frente para que ambos ficassem frente a frente, e se curvou um pouco para olhar bem dentro dos olhos dela.

Willa prendeu a respiração. Mas essa não foi a sua única reação. Suas pupilas se dilataram e os seus mamilos se enrijeceram.

Ele quase deixou escapar esse detalhe, porque durante quase todo o tempo ela o manteve distraído com sua língua afiada e seu pensamento rápido. Mas essa atração insana que sentia por Willa? *Ela também sente a mesma coisa.*

— Diga-me o que eu faço agora — ele pediu, em voz baixa. — Sei que você está com fome. Posso ouvir o seu estômago roncando mais alto que o meu.

Ela levou as mãos ao abdômen na mesma hora e ele se contraiu com o toque.

— Que droga — ela disse, fitando-o com os olhos arregalados, sentindo os seus batimentos cardíacos cada vez mais acelerados. — Tem alguma coisa rugindo aqui dentro.

— Então me deixe alimentar a pobre coisa, Willa.

— Talvez eu não goste de você.

— Talvez?

— Eu ainda não consegui me decidir — ela admitiu.

Keane sorriu. Ele jamais fugia de um bom desafio.

— Bem, me avise quando se decidir. Está pronta?

Percebendo que Willa ainda hesitava, ele encostou delicadamente o seu polegar na base da garganta dela, sentindo seus batimentos acelerados.

— Eu a deixo nervosa, Willa?

— De jeito nenhum — ela respondeu, erguendo o queixo e aproximando demais a sua boca da dele. Keane olhava fixamente para os lábios dela, dominado pela torturante necessidade de cobri-los com os seus.

— Principalmente — Willa acrescentou, com voz suave e um brilho de malícia nos profundos olhos verdes — porque eu posso acertar uma bela joelhada bem nas suas partes, se for necessário.

— Obrigado por resistir à tentação — ele disse. — Podemos ir comer agora?

— Acho que sim.

— Uau! — Keane riu. — Vou morrer com tanta animação.

— Só que... não espere nada além disso. — ela avisou.

Ele olhou bem dentro dos olhos dela. Sim, definitivamente ela sentia atração por ele. Relutante, mas sentia.

Ele podia aceitar isso.

Keane pegou a caixa com uma mão, e com a outra segurou a mão dela.

— Tem medo de que eu mude de ideia? — Willa perguntou, com ar descontraído.

— Tenho mais medo de que você cumpra sua ameaça e decida acertar as minhas partes.

Ela riu com vontade, e o som dessa risada deixou Keane deliciado. *O jogo começou*, ele pensou. Mesmo que não fizesse ideia de que jogo era aquele.

#*CortesProfundosDemoramACicatrizar*.

Willa não tinha a menor ideia do que estava fazendo ao aceitar o convite de Keane para jantar, mas aparentemente os pés dela sabiam o que fazer, porque eles a conduziram de volta à sala de banho e tosa para avisar Rory.

A garota escovava Carl, sentada no chão com as pernas cruzadas. O cão estava sentado de frente para ela, mas mesmo assim sua cabeça ficava acima da de Rory. No entanto, ele era dócil e alegre, apesar do tamanho.

E Carl adorava atenção.

— Eu estou saindo — Willa avisou.

— Obrigada por me manter informada.

— Vou sair com Keane.

Rory ficou imóvel. Apenas os seus olhos giraram na direção de Willa.

— Caramba... — Rory exclamou. — Parem tudo! Será que o inferno congelou?

Willa suspirou. Os sentimentos que nutria por Keane naquele momento estavam entrando em conflito com os sentimentos que nutria pelo Keane que havia conhecido no passado; se ela mesma não conseguia entender o que estava acontecendo, como poderia explicar para outra pessoa?

— É só um jantar.

— Sim, claro — Rory murmurou, acariciando um alegre e satisfeito Carl. — Lembre-se que foi você quem disse que nem o diabo em pessoa conseguiria obrigar seu cadáver a sair com esse cara, mesmo que ele seja super gostoso, não foi?

— Shhh! — Willa deu uma rápida olhada para trás, mas felizmente Keane não a havia seguido. — Isso tudo é muito... complicado.

— Complicado — Rory repetiu, bem-humorada. — Talvez a gente devesse se sentar para que eu lhe dê uns bons conselhos, como você sempre tenta fazer comigo quando eu começo a gostar de caras que não servem para mim.

— Muito engraçadinha — Willa disse. O fato era que as duas *ainda* se sentiam atraídas pelos homens errados.

Mas Rory estava inspirada e começou a falar como se passasse um sermão, contando com os dedos cada conselho dado:

— Não durma com ele no primeiro encontro, mesmo que os beijos dele sejam incríveis. Não...

— Pelo amor de Deus, quer falar mais baixo? Nossa! — Willa olhou para trás mais uma vez. — Eu não vou dormir com ele no primeiro encontro. — Mesmo que o tom de voz baixo e sexy dele provocasse coisas ao mesmo tempo muito interessantes e *muito* perturbadoras no corpo dela. Nada disso. Ela não iria seguir por esse caminho, porque esse caminho sempre a levava a um beco sem saída. Os dois iam apenas jantar e nada mais. Só dessa maneira ela conseguiria garantir a sua integridade emocional. Chega de se apaixonar instantaneamente por um cara. Fim. Não vai acontecer.

Rory ainda não havia acabado de recitar as suas recomendações:

— Se vocês forem em algum lugar movimentado, fique de olho na sua bebida e não beba mais do que uma.

Todo o humor contido nessa inversão de papéis se dissipou rapidamente quando a conversa tomou um rumo que Willa não esperava, embora devesse. Nenhuma das duas jamais esqueceria a noite em que Rory havia entrado na vida de Willa.

Rory havia passado dez anos em um orfanato. Quando completou dezoito anos foi liberada para cuidar da própria vida e teve de se virar sozinha.

Willa sabia muito bem como era se sentir assim. Você se sentia como se tivesse sido jogada fora.

Em um bar, Rory acabou conhecendo um cara que parecia engraçado, sociável e carismático. Mas ela não percebeu as características de predador perigoso dele.

Certa noite, Willa caminhava na Marina Green quando encontrou Rory no parque, visivelmente alterada devido à droga que havia sido colocada na sua bebida. Willa a levou ao hospital, ajudou-a a se recuperar dos acontecimentos dos quais ela não conseguia se lembrar, deu a ela um emprego e praticamente a empurrou de volta à vida.

Willa sabia que Rory achava que lhe devia muito por tudo o que havia feito para ajudá-la. Mas não devia. Ela também sabia que Rory seria capaz de fazer qualquer coisa por ela, absolutamente tudo. Willa levava isso muito a sério, e precisava levar. Ela também já havia sido uma garota perdida na vida.

Rory a estava observando, seus olhos entregando a preocupação que sentia.

— Eu vou ficar bem — Willa disse. — De verdade.

Nesse momento, ouviu-se uma única batida na porta dos fundos. Max estava ali parado, com calça camuflada, uniforme e seus equipamentos; parecia bem durão, e claramente havia acabado de sair de um trabalho com a equipe de Archer.

— Olá — ele disse, olhando diretamente para Rory. — Tá tudo bem?

Como Rory parecia ter engolido a própria língua, Willa sorriu para o rapaz e respondeu:

— Tudo ótimo. A Rory já está terminando de cuidar do Carl. — Ela olhou para Rory. — Tranca pra mim?

Ainda em silêncio, algo que era muito incomum para ela, Rory fez que sim com a cabeça.

Willa teve a impressão de que havia alguma coisa no ar, algo que ela não conseguia captar; mas não podia perguntar nada a Rory com Max esperando bem ali — e Max também escondia segredos em seus olhos. Willa beijou a cabeça de Carl e fez o mesmo com Rory, arrancando uma risada da garota.

— Vá logo de uma vez — Rory disse, parecendo envergonhada.

— Fique bem, querida — Willa recomendou.

— Vou me certificar de que ela ficará — Max disse, com uma expressão séria no rosto.

Pois é. Algo definitivamente havia acontecido.

— Obrigada.

Cinco minutos depois, ela e Keane chegaram à picape dele. Ele colocou a caixa com a gata no banco de trás com muito cuidado, como se fosse uma espécie de bomba-relógio, mas fez Willa sorrir quando, por fim, passou o cinto de segurança para prendê-la.

Quando percebeu que ela o observava, Keane deu de ombros.

— Tenho medo de que numa freada brusca aconteça um acidente que a mate, e que depois ela resolva voltar para me assombrar. Por isso, tomo as precauções necessárias. — Ele abriu a porta do passageiro, mas segurou Willa antes que ela pudesse entrar e se sentar. — Você está fria.

Na verdade, ela estava congelando.

— Eu esqueci de trazer a minha jaqueta esta manhã, porque... Não, não precisa me dar a sua — ela disse, quando Keane fez menção de tirar a jaqueta.

Então, em vez de tirar sua jaqueta, ele a abriu e a passou em torno de Willa, cobrindo-a o máximo que pôde. Peito contra peito, coxas contra coxas. Eles estavam colados um ao outro, e de repente o frio deixou de ser um problema.

Tão aconchegante ficar assim.

Mas a sensação não era exatamente de aconchego.

Havia tensão sexual no ar, e das grandes.

Isso foi demais para Willa, e manter suas mãos paradas exigiria dela um controle maior do que ela poderia ter naquele momento. Ela passou os braços em torno de Keane e o apertou, deixando seus dedos trilharem os músculos definidos das costas dele.

Quando ela o tocou, os olhos de Keane — escuros, quentes — procuraram os dela. Essa não. Os problemas iam começar, e ela se forçou a recuar e sentar-se no seu banco.

Alguns momentos depois, Keane contornou a dianteira da picape e sentou-se atrás do volante. Ele esticou o pescoço para espiar Petúnia como se ela fosse uma cobra cascavel que estivesse estressada.

Willa riu, e Keane voltou-se para ela com toda aquela sensualidade concentrada.

— O que é?

— Fico imaginando a Pê voltando dos mortos para assombrar você...

Sorrindo, ele se inclinou para mais perto de Willa e correu os dedos pelo queixo dela.

— Acha isso engraçado, não é? — Ele disse.

— Eu faria a mesma coisa.

Ele abriu a boca, fazendo cara de espanto.

— Vingativa então, é isso?

— Com certeza.

Com os dedos ainda no queixo de Willa, Keane deslizou o polegar levemente sobre o lábio inferior dela, deixando-a ansiosa para ser tocada.

Para ser tocada por ele.

Para ser beijada por ele. Willa queria aquela boca colada à sua, e isso era tremendamente irritante.

— Isso não está acontecendo — ela disse em voz alta, como se esperasse que suas palavras se tornassem realidade ao dizê-las.

— O que é que não está acontecendo? — Keane perguntou. — Jantar comigo apesar de você ter dito que nem o diabo em pessoa poderia obrigar o seu cadáver a sair comigo, mesmo que eu seja supergostoso? Não foram essas as suas palavras?

— Eu não disse isso! — Ela sentiu seu rosto queimar de vergonha. Estava fazendo o possível e o impossível para controlar o ressentimento que nutria pelos acontecimentos do passado, mas tinha de admitir que estava perdendo rapidamente a batalha, por conta da curiosidade.

E do desejo.

— Se você vai se dar ao trabalho de ficar escutando escondido a conversa dos outros — Willa disse com a dignidade que lhe havia restado, e que não era muita —, pelo menos preste atenção para não repetir errado.

Keane riu, e o som da sua risada era tão sexy que mexia com todos os pontos sensíveis dela. E ele sabia disso. *Desgraçado!* Ela afundou um pouco em seu assento, cruzou os braços sobre o peito e olhou pela janela. — Pode rir o quanto quiser, eu não ligo.

Ele não parecia preocupado.

E isso a deixava preocupada.

Eles pararam em Vallejo Street, no topo da montanha, um lugar cercado de residências em estilo vitoriano. Um lugar onde as casas eram grandes, lindas e caras. A casa diante deles tinha alguns andaimes na frente, mas isso não diminuía a beleza.

— Espere aqui — Keane pediu, e estendeu o braço para pegar o transporte da gata. — Só vou levar o anticristo para dentro antes de irmos, para que ela não tenha que ficar dentro da picape esperando enquanto comemos.

— Você mora aqui?

— Esse é um dos meus projetos de reforma. Também é o meu escritório, e é onde tenho dormido temporariamente.

— É deslumbrante — Willa disse encantada, incapaz de tirar os olhos do lugar. — Uma das casas mais lindas que já vi.

— Obrigado. — Ele sorriu. — Mas você não diria isso se a tivesse visto na época em que eu a adquiri, sete anos atrás. Não olharia para ela duas vezes. — Ele fez menção de sair da picape, mas então hesitou. — Você ainda vai estar aqui quando eu voltar, não é?

Ela queria conhecer o interior daquela casa incrível.

— Você poderia me levar junto com você para garantir isso.

— **Confio em você, Willa.**

Ela não acreditou nisso nem por um segundo. Mas começou a acreditar que Keane não queria que ela entrasse na casa.

— Deixou pratos sujos na pia? — Willa perguntou. — Roupas espalhadas pelo chão? Ou talvez alguém esteja aí dentro esperando por você... — Estava só brincando, mas não era nada bom pensar que isso pudesse ser verdade.

— Uma mulher, você quer dizer?

Ele disse isso num tom casual, como se fosse tolice pensar em tal coisa.

— Deixe para lá, Keane. Faça o que tem de fazer.

Depois de ficar um instante em silêncio, ele colocou a caixa novamente no banco de trás e se inclinou para mais perto de Willa, colocando uma das mãos no encosto atrás da cabeça dela e a outra no assento, bem ao lado do quadril da garota. Keane a cercou e ficou com o rosto a centímetros do de Willa.

Sorrindo.

Ah, o miserável! Ele era a tentação em pessoa e sabia muito bem disso. E como se isso não fosse o suficiente, também cheirava bem. Willa nem imaginava como aquele cara conseguia trabalhar o dia todo, em uma atividade dura, e ainda assim ter um cheiro delicioso; mas ele conseguia. Willa lutou bravamente para se manter imóvel e não fazer o que tanto queria — grudar o rosto na curva do pescoço dele e aspirá-lo como se não houvesse amanhã.

— Quer entrar, Willa? Podemos ir juntos lá para cima. — Ele perguntou, a voz exalando sensualidade.

O que ela realmente queria era pôr as mãos no peito dele e apalpá-lo, agora que sabia que era tão sólido. Porém, em vez disso, ela agarrou com força os dois lados do assento.

— Claro que não — ela respondeu.

— Eu acho que quer, sim. E que você também quer algo mais.

— Tudo o que eu quero é o jantar que me prometeu — Willa retrucou, tentando parecer fria.

— Mentirosa — ele disse, de uma maneira descontraída.

— Ei, nós saímos para um encontro e você me chama de mentirosa? Isso é meio grosseiro, não acha?

— Então isso é um encontro? — Keane disse, com um tom de voz ao mesmo tempo másculo e convencido. Isso deveria ter irritado Willa, mas o efeito foi bem diferente, como uma espécie de apelo erótico que a deixou ainda mais interessada.

Percebendo isso, Keane sorriu e mordiscou o lábio inferior enquanto a observava.

Seria tão bom se ela pudesse provar aqueles lábios! Como ela queria fazer isso. Willa o desejava com uma urgência escandalosa, e subitamente não conseguia lembrar por que não deveria desejá-lo. Tentou acessar sua mente a fim de procurar indícios e informações sobre o assunto, mas seu cérebro travou e, por fim, congelou. Seguramente foi esse o motivo que a levou a correr seus dedos pelo cabelo dele e... roçar seus lábios nos de Keane.

Ele não moveu nem um músculo, mas, quando Willa se afastou, os olhos dele tinham se tornado negros e chegavam a atravessá-la com sua intensidade.

— Não interprete isso da maneira errada — ela sussurrou.

— E como é possível interpretar de modo errado quando uma mulher linda te beija?

— Hum...

Ele riu discretamente, com malícia, e então fez a mesma coisa que ela havia feito. Keane correu as mãos pelo pescoço de Willa e depois as mergulhou em seu cabelo, intensificando o prazer que já havia causado sérios danos ao corpo dela, fazendo com que o desejo abrisse um caminho de seu peito até o estômago, e seguisse descendo mais e mais.

— Hum...

Os lábios dele se curvaram.

— Você já disse isso.

Ela riu com nervosismo, sentindo-se novamente uma garota estúpida de dezesseis anos; por outro lado, se Keane continuasse falando com aquele tom de voz sereno ela com certeza faria algo realmente embaraçoso. A voz dele era tão profunda e tão rouca que ela podia *sentir* as suas palavras.

— Eu...

Ele esperou que Willa lhe dissesse algo, mas a verdade é que nada ocorria a ela. Nem um simples pensamento se formava em sua cabeça.

Keane sorriu — um sorriso cheio de feitiço e malícia —, e então puxou lentamente a cabeça dela para trás, com a mão que estava em seu cabelo. Então ele baixou sua boca perfeita sobre a dela num beijo devastadoramente demorado e calmo, cobrindo os lábios dela com os seus enquanto mantinha um braço poderoso em torno do quadril de Willa para contê-la.

Ondas pulsantes de calor se desdobravam dentro de Willa, e ela soltou um gemido impotente, estimulando-o a segurá-la com ainda mais força e aprofundar a conexão de ambos com um ângulo mais favorável e uma língua muito mais ávida.

Ela havia começado isso, havia estado no comando; mas agora já não tinha nenhum tipo de controle. Por um instante os dedos dela vagaram aqui e ali, e ela deixou escapar um lamento ruidoso, vindo do fundo da sua garganta — um som incrivelmente erótico. Então, Willa afastou o rosto e o encarou.

— Eu não tenho a menor ideia do que fiz para merecer isso — Keane murmurou com a voz tranquila, acariciando o rosto dela com um dedo. — Mas é melhor levar a Pê para dentro agora, antes que isso vá longe demais.

Eles continuaram olhando um para o outro, e ela pôde sentir um toque de humor que brincava nos olhos dele. *Tudo bem*, Willa pensou. Que bom. Um dos dois ainda conseguia raciocinar.

— De acordo? — Ele perguntou, e nesse instante Willa se deu conta de que estava agarrando a camisa dele e impedindo-o de ir.

— Claro. — Ela soltou a roupa dele e tentou alisar os vincos que tinha deixado, e mais uma vez pôde sentir seu abdome rijo sob o algodão. Muito rijo.

Ela adoraria lambê-lo como se fosse um sorvete.

Mas Keane não queria que as coisas fossem longe demais. Não com ela. Ela precisava se lembrar disso. Talvez devesse até mesmo escrever em um papel para não se esquecer. Estava distraída, imersa em seus pensamentos, quando ele disse o nome dela e esperou até que ela prestasse atenção.

— Não que eu não queira que isso vá longe demais — ele comentou, e seu olhar revelava o calor e o instinto animal que ela estava se acostumando a ver naqueles olhos. — Mas não na minha picape, Willa. Não com você.

— Keane saiu do carro e esperou que ela fizesse o mesmo. Então ele pegou a caixa com a gata dentro e segurou a mão de Willa.

— Tudo bem — ela disse rapidamente. — Eu posso esperar aqui.

— Não dê para trás agora — Keane respondeu, bem-humorado. — Você pode matar a sua curiosidade e se certificar de que eu não marquei dois encontros para a mesma noite.

Willa tentou soltar sua mão, mas ele não cedeu, e ela riu de um pensamento que veio à sua mente — *abusado, mas irresistível* — enquanto ele a empurrava, gentilmente, para dentro da casa.

Ela imediatamente esqueceu por que estava zangada. O primeiro andar era rico em detalhes da arquitetura vitoriana, com um lindo acabamento e uma primorosa escadaria com degraus e corrimão feitos de madeira trabalhada. Charmosas luminárias decoravam a entrada e a sala de estar, uma homenagem ao estilo de época da casa.

— Uau! — Ela murmurou, notando o espaço surpreendentemente aberto que ainda estava protegido da reforma com lonas estendidas pelo piso de madeira de lei. Ela podia enxergar a cozinha e a área de serviço tão bem quanto via o sótão inacabado acima e à esquerda. A sala de jantar e a área da sala de estar estavam claramente sendo usadas como escritório.

Mas ela não via nenhuma decoração de Natal. Nada mesmo.

— Você disse que mora aqui? — Ela perguntou.

— Temporariamente.

— Mas não está enfeitado para o Natal.

— Não. — Keane se agachou, colocou a caixa com Petúnia no chão e a destrancou. Então, voltou a se erguer, olhando fixamente para a caixa, com as mãos ao lado dos quadris como se estivesse pronto para se defender. — Eu estou tocando três projetos agora. Este é um deles.

Ela olhou ao redor, maravilhada.

— Como você começou nesse negócio, Keane?

— Para resumir: eu supliquei que me emprestassem dinheiro para a primeira propriedade degradada e depois fiz tudo o que estava ao meu alcance para não perder tudo no negócio.

— Propriedade degradada?

— Neste primeiro caso foi uma execução hipotecária. Eu dei uma melhorada na propriedade e rapidamente a passei para a frente, retirando disso um pequeno lucro. Pequeno *mesmo*. — Ele sorriu levemente. — Mas então, com o passar do tempo, as coisas melhoraram.

— Mas os moradores tiveram que sair da sua casa? — Ela perguntou. — E você lucrou com isso?

— Eles escolheram sair — Keane respondeu, pragmaticamente. — O banco queria seu dinheiro de volta. Eu tive de comer macarrão com queijo durante um ano para fazer dar certo.

Bem, era compreensível. Como ele já havia dito antes, você precisa fazer os negócios darem lucro. Além disso, o trabalho dele era incrível, brilhante, e seu talento a maravilhava.

— É fantástico, Keane.

— Você não diria a mesma coisa se tivesse visto como tudo estava antes, Willa. A casa estava praticamente arruinada. Faz tempo que venho trabalhando neste lugar. Trabalhei nele mais do que em qualquer outro projeto. Eu realmente preciso colocá-lo à venda; já passou da hora de fazer isso, na verdade.

— Mas... — Willa ficou confusa. — Como pode abrir mão desse lugar? Você deu tanto de si, se entregou de corpo e alma ao projeto.

— Ela vale muito dinheiro — ele respondeu, sem parecer se importar muito; mas alguma coisa na sua linguagem corporal, talvez a posição dos seus ombros largos, indicava que Keane estava omitindo alguma coisa. — O lucro obtido com a venda desta propriedade será usado no meu próximo projeto — ele disse.

Ainda assim, ele não havia vendido a casa. A propriedade deveria significar muito para Keane e Willa conseguia imaginar o motivo.

— Talvez você esteja apegado a ela, Keane.

Mostrando-se surpreso, ele balançou a cabeça numa negativa.

— Eu não me apego a nada.

— Nunca? — Willa o encarou.

— Não há lugar para isso no meu mundo.

— Sei — ela disse, pensando em todos os apegos e ligações emocionais *dela*. Seus amigos, que também eram sua família. Rory, Cara e todas as garotas que ela havia contratado e assumido. — Eu me apego a tudo e a todos — Willa admitiu.

— Não me diga.

Essa resposta a surpreendeu.

— O que você quer dizer com isso?

— Eu já vi você em ação, Willa. — Keane sorriu. — Não é difícil perceber que no instante em que você faz amizade com uma pessoa, ela permanece sua amiga até morrer. E o mesmo vale para os animais. Tenho certeza de que você jamais conheceu uma criatura de duas ou de quatro patas pela qual não tenha se apaixonado. Você acumula corações e almas do mesmo modo que a maioria das mulheres acumula sapatos.

— Ei! Eu tenho uma grande coleção de sapatos.

De qualquer maneira ele tinha razão, mas não completamente. Talvez ela até acumulasse corações e almas, mas não os mantinha. O fato de ter sido uma criança adotada lhe ensinou isso muito bem. Você ficava com as pessoas — e animais — que amava apenas por um certo período de tempo. Não podia continuar para sempre com eles.

Mesmo que quisesse.

— Eu realmente amo esse lugar — ela murmurou, virando o corpo devagar num círculo completo. — É tão aconchegante, tão acolhedor. Eu jamais venderia se fosse a minha casa.

— Aí é que está. Essa não é minha casa. Quero dizer, não de verdade.

— Onde fica a sua casa, então? — Willa indagou.

Ele demorou alguns instantes para responder.

— Eu ainda não me estabeleci para valer. — Keane olhou a sua volta como se estivesse vendo o lugar pela primeira vez. — Se eu estivesse pronto para isso, escolheria um lugar como este; mas, por enquanto, este é o local onde eu durmo e trabalho, nada além disso. Ainda falta terminar alguns detalhes aqui para poder negociar a propriedade.

Willa o observou enquanto ele falava. Ele agora estava olhando para a caixa de Petúnia, mas não foi isso que chamou a atenção dela.

O próprio Keane parecia não acreditar naquilo que lhe dizia. Willa não sabia se de fato ainda faltavam coisas a serem feitas na propriedade ou não. Mas ela sentia que Keane não estava *pronto* para dar o trabalho por encerrado.

Talvez... Talvez ele pudesse se apegar às coisas, afinal. Talvez fosse capaz de criar laços com a casa, por exemplo.

Ou comigo, pensou Willa.

Esse pensamento extravagante, saído sabe-se lá de que parte do seu ser, fez com que todos os seus alarmes internos disparassem. Ela precisou lutar para que o pânico não transparecesse em seu rosto. Isso não iria acontecer. Willa não permitiria. Não aqui, não com Keane; ela sabia, por experiência própria, que quando o pit bull que era o seu coração fechava a mandíbula sobre alguma coisa, só um milagre podia soltá-la.

#VamosVerDoQueVocêÉCapaz

Enquanto Willa remoía seus sentimentos indesejáveis por Keane, o mundo continuava girando como sempre, completamente alheio à ela.

Ela desejava muito que Keane não percebesse o que estava acontecendo, e para isso precisava ser cuidadosa, porque ele não era o tipo de cara que deixava esse tipo de coisa passar despercebido.

Na verdade, não era o tipo de cara que deixava qualquer coisa passar sem perceber.

Felizmente, Petúnia escolheu esse momento para sair do seu transporte, com o nariz para o ar e a cauda balançando majestosamente, numa perfeita pose de rainha.

Até que ela viu Willa. Então a gata imediatamente soltou um alegre gorjeio e foi trotando direto até ela, sua barriguinha balançando para lá e para cá; e quando a alcançou, começou a passear ao redor das pernas de Willa, ronronando.

— Ingrata — Keane disse, docemente.

Willa relaxou um pouco. Certo, aquele momento havia passado, ao menos um pouco. Isso era bom. Era *ótimo*. Deixou escapar um longo suspiro, que ficou preso em sua garganta quando Keane lhe perguntou, inesperadamente:

— O que aconteceu?

— Nada.

— Hum... — A expressão no rosto dele era de desconfiança. — Aconteceu alguma coisa sim. Algo de diferente. Algum problema com a casa? Ou pode ter sido o beijo, talvez?

Meu Deus do céu. A maioria dos homens são distraídos. Por que ela foi beijar logo aquele que não é?

Não, eles definitivamente não precisavam ter essa conversa.

Petúnia, visivelmente cansada dos humanos, virou as costas e se retirou. Willa a observou enquanto se afastava. *Por que não sou uma gata?*, pensou, melancólica. *Por que não fiquei lá na picape?*
— Willa.
— Hein? Só um segundo, meu celular está tocando. — Ela retirou o aparelho do bolso e agiu como se tivesse acabado de receber uma mensagem de texto importante, e rapidamente digitou uma mensagem em resposta.

Willa:
Alskjfa;oiw;af;o3ij;asjfe

Ela imediatamente recebeu uma resposta:

RainhaDaCocada:
Você está digitando coisas absurdas para parecer ocupada diante de uma pessoa com quem não quer conversar? Quem é dessa vez? Aquele funcionário do correio com gengivite?

Ela começou a digitar uma resposta, mas Keane surgiu por trás dela, *bem* atrás dela e, embora ele não tivesse tocado nela, Willa pôde sentir o seu calor, a força serena do seu corpo grande, e uma vibração tão forte que fez com que seus joelhos tremessem.

O celular dela emitiu um som avisando que uma mensagem havia chegado. Imaginando que fosse Elle continuando a provocação, Willa ignorou. Porém, ainda atrás dela, Keane segurou-lhe o pulso e aproximou a tela para que os dois pudessem enxergar o visor.

Não era Elle.

ExbabacãoNÃOresponda:
Tô com saudade.

— Gostei muito do nome que você colocou para ele em seus contatos — Keane comentou. — É o abominável Ethan?

Willa acenou que sim com a cabeça, um tanto quanto surpresa, porque não esperava que ele desse notícias depois de tudo que havia acontecido. No início, Ethan era um cara perfeitamente normal, mas com o tempo foi se tornando cada vez mais possessivo e ciumento. Isso aconteceu de maneira tão gradual que no começo ela acreditava que estivesse exagerando. Willa dizia a si mesma que Ethan era bom para ela, e por gostar de agradar os outros, ela redobrou seus esforços para provar que ele não tinha com o que se preocupar.

Clássico erro.

Quando Ethan explodiu e a confrontou certa noite em um pub por estar dançando com Finn, tentando arrancá-la à força do estabelecimento, ela resolveu tomar uma atitude. Acabou jogando o conteúdo de um copo de bebida bem na cara de Ethan, que gritou como um bebê.

E então ele foi jogado para fora do pub por Archer.

E Willa o jogou para fora da sua vida.

No dia seguinte, ela percebeu que faltavam trezentos dólares em seu caixa, e também deu pela falta de uma pilha de vale compras.

Por muito tempo ela culpou a si mesma por tudo, e depois a raiva passou a consumi-la, junto com o desejo de obter compensação e justiça. Mas esse desejo se enfraqueceu e foi substituído por uma espécie de maturidade obtida a duras penas. Willa já não era mais a mesma mulher que seria capaz de dar a roupa do corpo a um total estranho, a não ser que esse estranho tivesse quatro patas e miasse. Quando esse pensamento lhe veio à cabeça, ela deu uma risada abafada de escárnio.

— O que é tão engraçado? — Keane perguntou.

— Não é que seja engraçado de verdade, sabe? Não é algo que me faz chorar de rir. É mais como... — Com o dedo indicador e o polegar imitando o formato de um revólver, Willa fez o clássico gesto de atirar na própria têmpora. — Tipo, rir para não chorar.

Keane não pareceu achar graça.

— Esse é o maluco que você namorava, não é?

De repente, Keane pareceu ficar muito tenso, e ela sorriu para mostrar que Ethan era só um fantasma do seu passado e não a incomodava. Diabos, ela estava se acostumando com isso.

— Me dê só um segundo, Keane.

Ele concordou com a cabeça, mas não se afastou. Ok, tudo bem então, ela digitaria a sua resposta com plateia:

A pessoa que você está tentando contatar reenviou este texto para a polícia, que segue tentando localizar você. Por favor, digite o seu endereço e o seu local de trabalho para facilitar as coisas para os policiais, ainda que isso não seja necessário, pois, como você cometeu um crime, eles usarão as mensagens de celular para rastreá-lo.

Ela podia sentir a presença forte e marcante de Keane logo atrás dela.
— O que exatamente esse cara te fez? — Ele perguntou.
Nada que ela quisesse comentar naquele momento. Nem nunca mais.
— Nada além de fazer jus ao nome de contato que coloquei para ele.
— Essa história de rastrear o celular dele foi a parte que eu mais gostei — Keane disse.
Ela riu.
— Na verdade eu não sei se esse lance de rastrear mensagens funciona mesmo. Eu vi isso em *Criminal Minds* uma vez e fiquei impressionada.
— Que legal. — O tom de voz dele era caloroso, cheio de aprovação. — Agora só falta enviar o texto para os policiais, como você disse que faria.
Willa fez uma careta.
— A verdade é que isso foi só um blefe. Mas eu prometi ao Archer que o deixaria tomar conta pessoalmente da situação se o Ethan entrasse em contato comigo de novo. Archer foi policial e não perdeu nenhuma das suas habilidades. — Ela ergueu o pescoço e seus olhos encontraram os de Keane. — Ele com certeza está esperando ansiosamente por isso.
— Ótimo. Encaminhe a mensagem para ele.
— Agora?
— Agora.
Tá, tudo bem. Willa reenviou o texto para Archer.
— Está melhor agora? — Ela perguntou no mesmo instante que recebeu a resposta de Archer:
Vou cuidar disso. Não se preocupe.
— Sim — Keane disse. — Eu me sinto melhor.
Eles saíram da casa. Quando caminhavam para a picape, Willa olhou para a propriedade uma última vez. Parecia idiotice da parte dela se apaixonar por uma casa, mas era assim que se sentia.
Keane dirigiu até o Embarcadero. O lugar tinha uma vista que superava qualquer outra na cidade, pelo menos na opinião de Willa. Eles andaram até a água e pararam para apreciar a vista da baía, que era de tirar o fôlego.
— Que tal se a gente comesse aqui? — Keane disse, referindo-se ao Waterfront Restaurant atrás deles.
Ela hesitou.
— Quando você sugeriu que nós saíssemos para comer alguma coisa, eu pensei que fosse hambúrguer ou tacos — ela respondeu. — Se soubesse que a gente viria aqui eu teria colocado uma roupa melhor.

Keane correu os olhos por ela de alto a baixo, conferindo a blusa e a calça jeans justa de Willa e lançando um olhar de aprovação.

— Eu gosto do que você está vestindo — ele disse. — Você está linda.

Willa ficou sem palavras ao ouvir isso.

— Além disso, estou faminto demais para me satisfazer com uma rapidinha.

— Ei! É impressão minha ou isso teve duplo sentido?

— Acho que teve triplo sentido.

Willa sorriu e olhou para o restaurante. Já havia passado pelo lugar algumas vezes, sempre salivando diante da linda vista e do menu, mas nunca havia entrado.

A comida era realmente fantástica.

E a companhia também.

Enquanto comiam, os dois contemplavam a lua suspensa sobre a água. Uma brisa salgada corria pelo pátio externo, misturando-se com o ar quente que saía dos aquecedores posicionados ao lado de cada uma das mesas do restaurante.

Era tudo inesperadamente... romântico. Tão romântico que ela tentou se comunicar com os seus hormônios para pedir que aguentassem firme, mas eles não lhe deram ouvidos. Willa estava muito mais atraída por Keane do que gostaria. Era um homem inteligente, sexy, engraçado... A certa altura, ela teve a brilhante ideia de se concentrar nas coisas que *não gostava* nele.

— Por que você não colocou nenhuma decoração de Natal na casa onde mora? — Ela perguntou.

— Porque você comprou todo o estoque de enfeites de Natal de todas as lojas da cidade.

Willa não teve saída a não ser rir dessa resposta.

— Elle acha que na época do Natal e do Ano Novo a minha loja fica tão abarrotada de coisas que parece a selva amazônica... dos enfeites.

Keane sorriu, e ela pensou *Bingo, encontrei mais uma coisa que me desagrada nele*. Ele não apreciava a sua obsessiva necessidade de celebrar o Natal em grande estilo.

— Mas poderia ser ainda pior — ele disse. — Eu não vi o Papai Noel em carne e osso ir até sua loja.

— Mas ele virá — Willa revelou. — Para um evento de Santa Extravaganza. Os clientes levam seus pets para serem arrumados para a ocasião, e então os bichinhos tiram fotos com o Papai Noel.

— Legal. Adoro esse seu espírito empreendedor. — Ele sorriu. — Mas, me diga, você enlouquece em todas as datas comemorativas ou só no Natal?

Ela não percebeu nenhum sinal de gozação nos olhos negros de Keane ao fazer aquela pergunta e, por isso, respondeu com mais sinceridade do que pretendia.

— Em todas as datas. É um resquício da minha infância. Quando eu era criança, dificilmente participava de celebrações.

O sorriso de Keane se desfez enquanto ele observava Willa que, de repente, demonstrou um fascínio súbito pelo último gole de vinho da sua taça.

— Os seus pais não curtiam datas comemorativas? — Ele quis saber.

— Bom, a coisa é mais complicada que isso. Quando eu tinha dois anos, o meu pai morreu enquanto participava de uma caçada com amigos. Minha mãe era jovem quando eu nasci, jovem demais. Ela... não foi exatamente feita para criar filhos.

Mas era preciso reconhecer que sua mãe havia melhorado com o passar dos anos. Ela até telefonava de vez em quando para saber se estava tudo bem.

E para pedir dinheiro.

Keane pôs discretamente sua mão sobre a dela e apertou seus dedos com delicadeza.

— Então, eu fico feliz por saber que você aproveita as datas comemorativas ao máximo, porque você merece. E então, algum plano para a decoração de Ano Novo?

— Não. — Ela riu. — Mas o Cupido aparece no Dia dos Namorados.

Keane a olhou com espanto, e então caiu na risada — um som que deixava Willa cada vez mais viciada. Diabos. Ela tratou de vasculhar rapidamente o cérebro para encontrar mais coisas de que não gostasse em Keane. E achou: ele parecia não ter vontade de criar vínculos com a Petúnia. Não que ele fosse incapaz disso, o que seria diferente; o caso era que ele realmente *não tinha vontade*. Além do mais, era óbvio que ele não apreciava devidamente as habilidades de decoração de Willa. Como se isso não bastasse, havia ainda o fato de que Keane beijava como um mestre do sexo e... Epa, isso não. Isso era um pró, não um contra.

— E quanto a você, Keane? O que você acha de datas festivas?

— Eu não tenho um motivo tão bom quanto o seu para transformar os feriados em ocasiões especiais. Eu fui uma surpresa desagradável e tardia para um casal de professores universitários que já havia criado duas filhas. A prioridade dos dois era o trabalho. E feriados atrapalhavam esse trabalho.

Sem dúvida isso pareceu solitário. E triste.

— Então você também não pôde celebrar muito? — Willa perguntou, sentindo-se subitamente... pequena. Nos tempos de escola ela o enxergava de modo depreciativo por ser um atleta, mas talvez os esportes fossem a única coisa que lhe restava. E aquele pensamento abria uma caixa de Pandora...

— Não, não havia muita coisa para se celebrar na casa dos Winters — ele respondeu. — E você não quis *minha* piedade, Willa, então nem pense em me oferecer a sua. Eu não conhecia uma realidade diferente dessa. Isso não me incomodava.

— Mas... — ela começou, mas se conteve, porque ele estava certo. Keane tinha demonstrado respeito pelas escolhas dela, e ela precisava agir com a mesma consideração. — Vocês ainda mantêm contato com frequência?

— Não com tanta frequência assim. — Um sinal de arrependimento transpareceu nas feições dele. — Eu nem sabia que tinha uma tia-avó chamada Sally até que ela apareceu na porta da minha casa duas semanas atrás.

Durante anos Willa havia procurado em vão por sua família, da qual não tinha notícias fazia muito tempo. Estava impressionada com as revelações sobre a vida de Keane.

— Verdade mesmo?

— Sim. Ela é irmã da minha avó — Keane explicou. — Parece que anos atrás as duas tiveram um desentendimento sério porque se apaixonaram pelo mesmo homem.

— Nossa. E quem acabou ficando com o cara?

— A minha avó — ele respondeu. — Parece que um dia ela pegou a irmã flertando com ele, e então acusou Sally de tentar roubá-lo debaixo do nariz dela. Isso dividiu a família.

— Que situação péssima.

— Tenho certeza de que iríamos nos distanciar mesmo que esse escândalo não tivesse ocorrido, Willa. Nós, Winters, não somos muito de demonstrar emoções. Gostamos de manter as coisas sob controle, e somos bons nisso.

Willa apenas fez um aceno afirmativo com a cabeça. Sabia que Keane acreditava no que acabara de dizer; por outro lado, ele havia externado suas emoções na presença dela de diversas maneiras diferentes: havia demonstrado frustração e exaustão quando levou a Petúnia ao pet shop pela primeira vez. E, embora tivesse feito o possível para esconder sua reação, ele demonstrou raiva quando Willa recebeu a mensagem de texto de Ethan.

E o que dizer daquela inesperada explosão de paixão e calor no momento em que ele a beijou?

Sim, ele podia de fato sentir emoções. Só não gostava disso.

E Willa era capaz de compreender aquilo muito bem. Também não gostava quando as emoções tomavam conta dela. A diferença entre os dois é que ele conseguia calar suas emoções e seguir em frente.

Mas as coisas não funcionavam desse modo com Willa.

Depois do jantar, eles caminharam mais um pouco e foram parar no animado e apinhado Ferry Building Marketplace, que era uma espécie de mercado municipal. Ela comprou pão fresco e Keane comprou o que parecia ser um uísque caro. Quando Willa começou a perceber que aquele passeio despretensioso estava de fato se transformando em um encontro, ela fingiu estar surpresa com o horário e sugeriu que precisava voltar para casa.

Keane não demonstrou nenhum sinal de irritação ou desapontamento, apenas deu a mão a ela para caminharem juntos até a picape. Quando ele contornou o quarteirão do prédio de Willa, fazendo-a perceber que ele estava à procura de um lugar para estacionar, a ficha dela caiu.

Em primeiro lugar, ela olhou para a barba por fazer que Keane ostentava, e a vontade de senti-la novamente em contato com a sua pele foi tão forte que lhe causou dores físicas.

Em segundo lugar, ele tinha uma garrafa de álcool.

Em terceiro, ele estava claramente planejando acompanhá-la até o seu apartamento.

Tudo isso apontava para uma verdade incômoda: no instante em que Keane olhasse para a boca de Willa com aquele seu jeito másculo e intimidador, ela provavelmente iria para cima dele com tudo.

— Não precisa procurar um lugar para estacionar, não se preocupe com isso — ela avisou, apressadamente, levando a mão à maçaneta da porta enquanto ele diminuía a velocidade, atento a um carro que se preparava para sair. — Eu posso saltar aqui mesmo. — Willa deu um grande sorriso para ele, esperando ocultar os sinais de pânico na expressão do seu rosto. — E muito obrigado pelo jantar, tchau — ela disse, já saindo do carro.

— Willa? Espere um p...

Não, não ia dar. Ela precisava dar o fora do carro antes que fizesse alguma coisa estúpida. Por isso, correu até o pátio do seu prédio sem olhar para trás.

Sempre que se aproximava da fonte, Willa automaticamente vasculhava seus bolsos. Era uma reação instintiva, mais forte do que ela. Tateando seus bolsos, ela sentiu as guloseimas para cachorros. Suas chaves. E *Ahá!*, uma moedinha, que ela logo atirou na água para fazer seu pedido, como sempre.

O velho Eddie, um mendigo que vivia na região, pôs a cabeça para fora do seu esconderijo. Ele se abrigava dentro de uma caixa entre dois contêineres, seu lugar favorito, porque dali era possível enxergar tanto o pátio quanto a rua. Ele era sempre comunicativo e sorridente, mas nessa noite o sorriso dele não tinha a mesma força de sempre.

— Já teve algum desejo realizado? — Eddie perguntou.

— Não ainda. Você está bem?

— Esperando que o meu espírito de Natal apareça pra me dar inspiração. — Ele disse, balançando os ombros com descaso.

Muita gente no prédio havia decidido se revezar para garantir que Eddie tivesse tudo de que precisasse, mas, na realidade, Spence, Elle e a própria Willa eram quem de fato cuidava isso. Eles haviam tentado levar o velho Eddie a um abrigo diversas vezes, mas ele preferia permanecer na rua. Bastou espiar um pouco a sua volta para perceber por que Eddie não parecia muito animado: a noite estava escura e úmida.

— Eu trouxe o seu jantar — ela disse, entregando-lhe a sua quentinha.

— Linguini com lagosta. Ruim para a dieta, mas uma verdadeira delícia.

— Obrigado, minha amiga. Por que a pressa? Teve um encontro ruim?

— Pior — ela respondeu. — Foi um encontro *ótimo*.

Segurando a embalagem com a comida, o sem-teto fez que sim com a cabeça, como se entendesse perfeitamente o que Willa queria dizer.

— Obrigado pelo jantar. Acho que vou até o parque antes de comer. Todas as casas em estilo vitoriano estão decoradas com coroas de flores e luzes, e algumas delas têm cestas com doces do lado de fora.

— Cuide-se bem — ela disse, e ficou observando enquanto ele se afastava. Deixando os seus próprios problemas de lado por um momento, ela começou a pensar em uma maneira de ajudar Eddie a encontrar inspiração.

E foi então que ela teve uma ideia.

Mudando de direção, Willa correu até a sua loja e entrou rapidamente no estabelecimento. Em seguida, retirou um dos cordões de luzes natalinas que enfeitavam a caixa registradora. Pegou também um cabo de extensão e o seu grampeador. Menos de três minutos depois, ela estava de volta ao ponto onde Eddie ficava. Rapidamente Willa fixou o cordão de luzes sobre o cantinho de Eddie, entre os dois contêineres.

Afastou-se um pouco para contemplar o seu trabalho. As luzes agora iluminavam a rua com cores brilhantes, aquecendo a área e trazendo também um pouco de alegria. Sorrindo de satisfação, Willa seguiu seu caminho.

Quando chegou no quarto andar, cinco minutos depois, Willa tremia de frio e estava tão absorta nos próprios pensamentos que se apavorou ao deparar com a figura de um homem alto e forte parado diante dela.

— Meu Deus, Keane! — Ela gritou assustada com a mão no coração. — Que susto!

— Você foi mesmo decorar a rua para o sem-teto que mora ali? — Ele perguntou.

— Pode ser. E o nome dele é Eddie.

Keane a encarou por um longo momento, e o calor que vinha dos olhos dele a aqueceu. E o sorriso dele também.

— Está rindo de mim? — Ela indagou.

— Eu jamais riria de uma mulher que decora vielas escuras e carrega consigo um grampeador de madeira na altura da virilha.

Willa baixou a cabeça, olhando para a ferramenta que estava em sua mão, e então revirou os olhos.

— A rua parecia solitária demais.

— Você quer dizer que Eddie parecia solitário e você quis fazer alguma coisa por ele.

Keane suspendeu o rosto de Willa, e ela percebeu que os olhos dele estavam mais sérios agora.

— Você é uma pessoa maravilhosa, Willa. Sabia disso?

Ela ficou um pouco intimidada diante do elogio inesperado, mas Keane não lhe deu tempo para reagir.

— Se eu lhe fizesse uma pergunta séria, você me daria uma resposta sincera?

Ela hesitou.

— Talvez. — E talvez não.

— Por que você não quer gostar de mim?

— Quê? — Ela disse, com expressão de espanto.

— Você me ouviu. Tem alguma coisa que eu não sei, alguma coisa muito importante. Chega de joguinhos, Willa. Me conte o que está acontecendo. Você abriu mão de continuar guardando esse segredo depois que me beijou.

— Você também me beijou — ela sussurrou.

— Sim, e vou beijá-la de novo assim que você terminar de falar.

— Não, você não vai, pode acreditar. — Ela respirou fundo, um tanto trêmula, e após um instante, soltou o ar lentamente. — Tudo bem, vou lhe contar a verdade — ela declarou, cansada de guardar tudo para si. — Mas lembre-se: você que pediu.

Ele concordou com a cabeça.

— Durante o ensino médio, nós estudamos juntos por um ano. — Após dizer essas palavras, toda a história saiu da boca de Willa rapidamente, como se isso pudesse ajudá-la a diminuir os danos da humilhação que sofrera. — Você era um atleta popular e eu era... uma ninguém. Você me deu o cano em meu primeiro e último baile. — O simples fato de dizer essas coisas em voz alta já a deixava furiosa novamente. — E, para piorar, você nem ao menos se lembra disso.

Keane olhou bem para ela.

— Repita tudo isso para mim mais uma vez. Devagar.

— Não — ela disse, voltando-se para a porta da frente da sua casa. — Eu não vou repetir nada. Já foi bem difícil viver com isso e até mais difícil falar sobre isso uma única vez.

Keane a segurou, e com gentil firmeza a virou e a pressionou de encontro à parede do corredor. Ainda com as mãos nos braços dela, ele se inclinou para a frente, mantendo-a no lugar.

— Por que não me lembro de você?

— Porque você é um babaca? — Ela respondeu delicadamente, tentando empurrá-lo, em vão — Saia da minha frente.

— Só um minuto. — Não iria permitir que ela o distraísse. — Você não estava em nenhuma das classes que eu frequentava.

— Não. Eu era novata, e você era um aluno antigo. Houve um baile, e você era o único cara na escola inteira com quem eu queria ir. Eu não tinha nenhum amigo que pudesse me orientar ou me dar dicas. Vi você saindo de um dos seus treinos de futebol e pensei... Bom, não importa o que eu pensei. Você estava com pressa, mas eu só percebi isso quando o parei. — Ela fechou os olhos com força, pensando nessa lembrança. — Na ocasião eu falei muito rápido. Rápido demais. Você teve que me pedir para repetir a pergunta. Duas vezes.

Keane deixou escapar um suspiro desolado e, fechando os olhos, encostou sua testa na dela.

80

— Willa, por favor, me diga que eu fui legal com você. Me diga que eu não agi como um completo idiota de dezoito anos.

— Você não tem o direito de me perguntar isso — ela retrucou, dando-lhe mais um empurrão. — Porque eu era tão insignificante que você nem se lembra de mim.

— É, eu agi como um completo babaca de dezoito anos — ele resmungou. — *Merda*. — Ele a segurou com mais força quando ela tentou se soltar. — Me escute com atenção, Willa, porque eu quero deixar uma coisa bem clara aqui. — Ele olhou direto nos olhos dela. — Você é a pessoa mais inesquecível que já conheci na minha vida.

Ela deixou escapar um fraco e indesejado suspiro porque, por mais patético que fosse, aquelas palavras funcionaram como um bálsamo para a sua alma machucada.

— Keane, não...

— Me conte o que eu falei para você naquele dia.

— Você disse "parece legal". — Ela deixou a cabeça escorregar até o peito dele. — E eu voltei para casa praticamente flutuando. Eu não tinha vestido. Nem sapatos. Também não tinha dinheiro para ir ao baile. Eu precisei implorar, emprestar, roubar até, mas eu consegui enfim, fazer tudo o que era necessário para estar à altura de um encontro com Keane Winters.

O arrependimento estava estampado no rosto de Keane.

— Veja, eu tinha um problema sério com as garotas na época — ele disse. — Eu não sabia dizer não.

— Já posso ouvir os violinos ao fundo...

Ele fez uma careta.

— Sei o que parece. Mas é verdade, havia aquelas tietes que seguiam os times e...

— Ah, Deus. — Willa cobriu os ouvidos. — Pare com essa conversa! Não quero saber de nada disso.

— Só queria explicar que elas costumavam esperar na saída dos treinos e então corriam até nós quando saíamos do ginásio. Eu provavelmente achei que você era uma delas.

Inclinada a reconhecer que talvez ele estivesse falando a verdade, Willa ergueu as sobrancelhas para mostrar que lhe concedia o benefício da dúvida, mas continuou a exibir uma expressão brava.

— Você deveria ter percebido que eu não era no instante em que me viu.

— Tem razão. Mas garotos são babacas. — Ele parecia genuinamente arrependido. — Conte-me o resto.

— Não tenho muito mais para contar. Você não apareceu. E nem mesmo voltou a olhar para mim, nunca mais.

— Willa...

— Fim da história — ela disse. — E estamos de volta ao presente, ao aqui e agora. — Willa passou por debaixo dos braços dele, pegou as chaves da porta e praticamente pulou para dentro do seu apartamento, batendo a porta com mais força do que o necessário. Quando percebeu que Keane não tentaria segui-la, sentiu-se aliviada, mas também desapontada. Na verdade, ela não sabia dizer qual dos dois sentimentos era mais intenso.

#InevitávelQueda

Keane acordou sentindo uma enorme pressão no peito, semelhante a um ataque cardíaco. Com certeza era consequência da noite que havia passado, ansioso, vasculhando a memória, escavando o cérebro até o limite na tentativa de se lembrar de Willa nos tempos de escola.

Para o seu desgosto, porém, não conseguiu.

Havia sido totalmente sincero com Willa quando afirmara que várias garotas ficavam à espera dos jogadores depois dos treinos. Keane ignorava a maioria delas, e quando elas se recusavam a serem ignoradas, ele abria seu melhor sorriso e tentava contornar a situação até chegar ao estacionamento, fazendo o possível para não magoar ninguém.

Por isso, saber que tinha ferido Willa era insuportável para ele.

Mas a verdade era que Keane não parava para pensar no modo como aquelas garotas interpretavam os ridículos e estúpidos comentários que ele fazia com a intenção de escapar delas. Depois de ingressar no ensino secundário, Keane perdeu um pouco da sua vergonha com relação às mulheres.

Na verdade, ele perdeu completamente a vergonha.

Keane havia conhecido sua primeira namorada de verdade, Julie Carmen, no seu primeiro ano de faculdade, e os dois logo sucumbiram à insaciável luxúria característica dos jovens.

No final daquele primeiro ano, ele já não estava mais usando a cabeça para pensar, ao menos não a cabeça que ficava entre seus ombros. Pela primeira vez em sua vida, Keane tinha alguém que gostava tanto dele que queria estar sempre junto, e isso o enchia de prazer. Ele queria se casar com Julie, o que agora soava ridículo, mas na época não. Ele dizia a si mesmo que era melhor ir com calma, um passo de cada vez, mas não tinha experiência no assunto e acabou falando sobre isso com ela em um jogo de futebol regado a cerveja e sanduíche.

Quanta maturidade.

Julie não reagiu mal a isso, e ele estava... feliz, feliz de verdade, pela primeira vez na vida. Então, no final de duas semanas, ela simplesmente o dispensou, alegando que só havia entrado naquela relação porque Keane tinha um corpo legal e ela queria apenas se divertir e curtir; e disse que sentia muito, mas tinham de parar, porque ele queria muito mais do que ela poderia dar.

Nem por isso ele voltou a sentir vergonha de mulheres. Não; em vez disso, ele aceitou o fato de que não havia nascido para relacionamentos duradouros, não era bom nisso. Não seria difícil aceitar essa realidade, desde que não voltasse a entregar o coração a ninguém novamente.

Por outro lado, Keane se dedicou a ter diversos casos, o que fez com maestria durante anos a fio. Na verdade, até conhecer Willa. Ela era diferente de todas as mulheres que ele já havia conhecido. Era intensa, inteligente, sexy... e o fazia rir.

E o sorriso dela iluminava todo o seu dia.

Keane não tinha muita certeza do que fazer com relação a isso, mas sabia que queria fazer alguma coisa.

O peso em seu peito havia aumentado. É, provavelmente era um ataque cardíaco mesmo. Bom, ele já estava mesmo perto dos trinta anos e sua vida até que tinha sido boa.

Não tinha motivos para se lamentar.

Certo, talvez tivesse um: ele não voltaria a beijar Willa, nem veria aquele olhar suave e chocado no rosto dela depois do beijo, aquele olhar que deixava claro que ela o queria muito, assim como ele a queria.

A pressão em seu peito mudava de ponto, e se tornava cada vez mais intensa. Keane abriu os olhos, e em vez de um ataque cardíaco, quase teve um derrame.

Petúnia estava sentada em suas costas, a cabeça esticada e próxima da dele; nariz a nariz, ela o encarava com atenção.

— *Miiaaaou* — ela avisou, num tom que sugeria não apenas que estava com fome, mas também que afiaria as garrinhas no rosto de Keane se ele não se levantasse logo e lhe desse comida.

Lembrando-se que Willa havia reclamado de que ele não se esforçava para criar vínculos com a coisinha demoníaca, ele levantou uma mão e afagou a cabeça da gata.

Petúnia estreitou o olhar.

— Tudo bem, você é um gato, não um cachorro. — E então, ele acariciou as costas dela. A gata se arqueou quando foi tocada, e seus olhos quase se fecharam, numa reação que parecia ser de puro prazer.

— Gostou disso? — Ele murmurou, pensando *acho que acertei!* Então ele fez de novo o mesmo movimento. Um ruído longo saiu da garganta de Petúnia, áspero e irregular, como um motor que é ligado pela primeira vez depois de anos.

— Uau — ele disse. — Isso é um ronronado de verdade? Melhor ter cuidado, porque você pode até começar a gostar de mim.

Na terceira vez que ele acariciou o dorso da gata, ela o mordeu. Com força. Não com força suficiente para romper a pele, mas seus dentes afundaram um pouco e assim ela permaneceu, com os olhos semicerrados.

— Sei, ainda não somos amigos. — Ele cerrou os dentes. — Vou me lembrar disso. Agora dê o fora. — Como Petúnia não saiu de cima de Keane, ele se levantou e a desalojou. Com um miado que parecia uma queixa irritada, ela pulou para a extremidade da cama e, voltando as costas para ele, começou a se lamber.

Keane examinou sua mão. Não havia sangue, o que era um bom sinal. Pulou para fora da cama e...

Pisou em cheio em algo desagradavelmente pegajoso e ainda quente. Era vômito de gato. Keane saiu pulando e praguejando pelo quarto. Depois criou coragem e foi limpar toda aquela sujeira.

E por pouco não acabou ele mesmo vomitando.

Ele viu o pequeno anticristo sentado sobre a borda do piso inacabado do sótão, olhando na direção de Keane, que estava na cozinha.

— Está brincando comigo, não é?

— *Miau.*

Merda, ela estava com medo. Havia uma escada de mão encostada na parede, porque Mason tinha trabalhado no sótão naquela semana. Keane, que odiava alturas, evitara a todo custo subir lá, e nem imaginava de que maneira a gata tinha conseguido escalar aquela escada.

Reclamando, ele subiu até a metade da escada e estendeu os braços.

— Venha pra cá.

Petúnia ergueu a pata e começou a limpar o rosto.

Keane baixou a cabeça e riu. O que mais poderia fazer? A gata claramente não ligava nem um pouco para a fobia de altura dele, mas reconhecer isso não melhorava em nada a sua situação.

Ele olhou para baixo — ah, como odiava essa merda — e se assegurou de que estava a pouco mais de dois metros de altura apenas. Então, continuou.

— Pê — ele disse quando chegou ao topo e tentou alcançá-la.

A gata pulou, mas não para seus braços. Em vez disso, ela atingiu a escada por cima do ombro de Keane e passou correndo por ele de maneira ágil, como se fosse a própria Fada Sininho em pleno voo.

Do alto da escada, Keane olhou para baixo e sentiu que começava a suar. Praguejando e rangendo os dentes, ele desceu e viu Petúnia olhando com desprezo para a sua tigela de ração, que ainda estava cheia da comida que ele havia colocado na noite anterior.

Isso chamou a sua atenção.

— Você não comeu? Desde quando você recusa comida?

Ela abanou a cauda e respondeu com um miado que Keane interpretou como "essa merda é para gatos, e eu sou uma rainha, está lembrado?".

Ele a examinou atentamente, reparando que ela parecia um pouco mais magra do que o habitual. Isso era mais preocupante do que o comportamento da gata. Keane havia telefonado para Sally três vezes só naquela semana, mas a tia não lhe retornara nenhuma das ligações. E se a Petúnia definhasse e morresse antes que ela viesse buscá-la? Como explicaria isso?

Apreensivo, ele começou a vasculhar os seus armários quase vazios à caça de algo que a gata pudesse apreciar, e encontrou uma lata de atum. *Bingo.*

— Gatos adoram atum, não é, peluda? Ao menos foi o que a Willa disse.

Petúnia o encarou com seus profundos olhos azuis. Era um olhar de censura.

Levou algum tempo até que Keane encontrasse o abridor de latas, e ele se surpreendeu ao constatar que ele já vivia ali há cerca de seis meses e, embora aquela fosse, sem dúvida, a sua propriedade favorita, ele nem ao menos tinha se mudado para ela de verdade. Todas as suas coisas estavam ali, mas não eram muitas. Ele havia se mudado com frequência ao longo dos anos, passando de uma propriedade para a outra enquanto as reformava e depois vendia; por isso, se acostumara a carregar pouca coisa consigo, tornando-se bom nisso.

Talvez bom até demais.

Assim que pôs as mãos no abridor de latas, Keane o levantou no ar e o mostrou triunfantemente para a gata, que não pareceu nem um pouco impressionada. Ele abriu a lata, despejou o conteúdo em outra tigela e a colocou diante de Petúnia.

Ela ficou imóvel e começou a cheirar a comida com o cuidado de um chef de cozinha francês.

— Ei, isso é coisa de primeira.

Ela deu mais uma cheirada, virou as costas e se afastou.

— Sério mesmo? — Ele olhou indignado para a gata. — Você lambe a própria bunda o tempo todo mas recusa essa porra de atum?

Sem acreditar no que havia acabado de presenciar, Keane ainda encarava a gata quando seu telefone celular tocou.

— Keane Winters — ele grunhiu, sem olhar para o visor. — Estou vendendo uma gata.

Ninguém respondeu por um longo momento.

— Alô? — Ele disse.

— Você está vendendo *minha* gata? — A resposta veio de uma voz suave e ligeiramente trêmula de uma mulher idosa.

Merda. Era a sua tia-avó Sally.

— Perdão, foi uma brincadeira infeliz, tia. — Keane fez uma careta e mergulhou a mão no cabelo. — Que bom ter notícias suas. Eu andei telefonando...

— Eu sei. — A voz dela soou um pouco fraca. — Estou na frente da sua casa, será que posso entrar?

— Claro que sim. — Que pergunta! Ela estava ali pra levar Petúnia de volta, e ele estenderia um tapete vermelho para ela, se fosse preciso. — Você não precisa telefonar antes de...

— Eu não queria interromper nenhum... enfim, nenhum encontro seu. Se você estivesse recebendo uma mulher, quero dizer.

Keane sufocou uma risada enquanto se dirigia à porta da frente. Por que raios as pessoas pensavam que havia pencas de mulheres entrando e saindo da sua casa?

— Não se preocupe, tia, vou deixar todas as mulheres trancadas no quarto enquanto você estiver aqui — ele disse.

Ela engasgou do outro lado da linha.

— É brincadeira, tia Sally. Eu estou sozinho. — Mas não seria nada mau ter Willa estendida na sua cama naquele exato momento...

Ele abriu a porta. Sally estava toda agasalhada, com um casaco grosso, cachecol, luvas, botas e chapéu; com pouco mais de um metro e meio de altura, ela lembrava um hobbit. A velha senhora caminhou na frente de Keane até a sala de espera, com o chapéu se mexendo sobre sua cabeça, e parou abruptamente, com as costas voltadas para ele, como se examinasse o lugar.

— Está linda — ela disse brandamente. — O trabalho que você faz é maravilhoso. Eu nunca entendi por que seus pais desprezam as coisas que você é capaz de fazer com suas próprias mãos.

Keane ficou sem ação ao ouvir as palavras delas. E ela chamou a gata.

— Petúnia, querida, venha com a mamãe!

O bichinho apareceu correndo, com os olhos brilhando, e soltando breves gorjeios que se assemelhavam a gritinhos de felicidade — o mesmo som que ela usava com Willa.

A senhora idosa e a gata se abraçaram por um longo momento, e então sua tia endireitou o corpo lentamente, ainda virada de costas para Keane.

Um silêncio embaraçoso caiu sobre eles, e Keane não sabia como quebrá-lo. Não era exagero dizer que não conhecia muito bem nem mesmo seus próprios pais. Sim, eles o haviam criado. À maneira deles. Mas a verdade era que Keane havia sido um garoto indiferente, desinteressado, que passava a maior parte do tempo em eventos esportivos, na companhia de amigos, ou diante de um console de jogo eletrônico. Seus pais demonstraram um enorme alívio quando ele saiu de casa, ao completar dezoito anos. No final das contas, eles se tornaram estranhos um para o outro, pois haviam perdido a oportunidade de se conhecerem melhor durante todos aqueles anos de convívio.

E ele conhecia a sua tia ainda menos.

— Como está se sentindo? — Ele perguntou.

Sally não disse nada, permanecendo mais algum tempo em silêncio.

— Você guarda mágoas da sua família? — Ela perguntou em vez de responder. — Acha que nós não nos importamos muito uns com os outros?

Discutir sentimentos era algo que a família Winter não fazia. Jamais. Na verdade, eles enterravam seus sentimentos o mais fundo possível e fingiam que eles não existiam. Por isso, ele apenas olhou para as costas eretas dela, com uma desconfortável sensação de secura na garganta.

— Tudo bem. — Ela suspirou. — Keane, eu peço desculpa por isso.

Ah, merda.

— Me diga o que há de errado, tia.

A mulher permaneceu onde estava, mas ele percebeu que seus ombros se abaixaram um pouco quando ela abriu sua grande bolsa. De dentro da bolsa ela retirou um saco plástico com fecho ziplock, cheio de brinquedos para gatos.

— Para a Petúnia — ela disse.

— Mas...

— Eu também trouxe o cobertorzinho dela, para quando a minha garotinha quiser tirar suas sonecas.
— Tia Sally? — Ele gentilmente a virou para que o encarasse. — O que está havendo?
— Eu ainda não posso levar a Petúnia comigo. — Seus olhos azuis estavam cheios d'água. — Preciso que fique com ela por um pouco mais de tempo. Acha que pode fazer isso sem vendê-la?
— Eu estava brincando quando falei isso. — Mas até que a ideia não era má. De qualquer maneira, quanto ao pedido da sua tia a respeito da Petúnia... Bem, Keane já havia lidado com merdas de todo tipo na vida, então ele muito provavelmente poderia tomar conta de uma gatinha.

Além do mais, embora ficar com a Pê tivesse seus inconvenientes, também trazia algumas vantagens — por exemplo, a gata seria um bom motivo para que Willa o deixasse entrar em seu pet shop, e ele tinha certeza absoluta de que precisaria dar um motivo a Willa.

— Fale comigo, tia, conte o que houve.
— Nada com que você precise se preocupar. — Ela esticou o braço a fim de passar a mão na cabeça de Keane como se ele fosse uma criança mas, como era muito mais baixa que ele, a senhora teve de se contentar com um afago desajeitado no antebraço dele. — Petúnia precisa de rotina, de regularidade.
— E do que é que você precisa?
— Eu? — Ela estremeceu ligeiramente. — Preciso cuidar para que essa transição seja feita da melhor maneira possível para a Petúnia.

Keane tomou as pequenas e frágeis mãos da tia nas suas, que eram bem maiores.
— Entendi. Mas agora falemos de você, tia Sally. O que eu posso fazer por você?

Ela novamente ficou em silêncio por um longo momento, e então torceu o nariz, fazendo-o suspeitar de que algo ruim estava acontecendo.
— Eu não o conheci quando você era criança — ela disse em voz baixa. — A culpa disso é toda minha. Também não me importei com você quando ficou mais velho, e só o procurei quando precisei de você. E isso me deixa envergonhada. — Ela apertou os dedos de Keane. — Você é um bom homem, Keane Winters, e merecia mais da minha parte. Da parte de todos nós. Eu não tenho nenhum direito de lhe pedir isso, mas *por favor* tome conta da minha menina.

E então ela se foi.
Keane se voltou para a gata e a encarou, e ela o fitou também.

— Acho que nós estamos presos um ao outro agora.

Com uma expressão de total indiferença, ela se virou, levantou a cauda no ar e saiu andando.

— Ei, chega de vomitar bolas de pelo no meu quarto, você ouviu? — Ele disse atrás dela.

Que ótimo, agora estava falando com um gato. Balançando a cabeça, ele enfiou os pés nos seus tênis de corrida — seus *novos* tênis de corrida, já que duas semanas atrás a Petúnia tinha feito o maior cocô no seu amado par de tênis velho e surrado — e saiu para correr.

Ele não tinha um percurso certo a seguir. Corria para desanuviar a mente e deixava que seus pés o guiassem para onde quisessem ir. Algumas vezes ele ia parar no Embarcadero, ou em Fort Mason, ou no parque Presidio, ou então nos degraus da Lyon Street.

Hoje o passeio o havia levado até Cow Hollow.

Keane queria falar com Archer para ter certeza de que ele estava fazendo alguma coisa a respeito de Ethan, após o sujeito ter entrado em contato com Willa. Keane sabia que Archer tomava conta das pessoas de que gostava, e ele gostava de Willa. Ele viu isso de perto no casamento canino.

Keane não esperava que Archer estivesse trabalhando tão cedo. Pensou que teria de deixar uma mensagem; mas, quando chegou ao Pacific Pier Building e subiu as escadas até o escritório de Archer no segundo andar, encontrou-o de pé na sala da entrada com Elle, e ambos olhavam para a tela de um iPad. Havia dois outros homens: um mais jovem, com um Doberman ao seu lado, e outro vestido como se tivesse acabado de retornar de uma operação, carregando mais de uma arma. Quando Keane entrou, Archer falava e apontava para o iPad como se estivesse explicando alguma coisa.

Ele levantou a cabeça, com um olhar intenso e severo. Parecia irritado com o que estava vendo na tela, fosse lá o que fosse. Claramente não era um bom momento para interrompê-lo, mas Keane não ligava.

— É sobre o texto que a Willa recebeu do babaca do ex dela na noite passada — Keane disse.

Archer trocou um demorado olhar com os outros homens.

— Estamos cuidando disso — ele respondeu, por fim.

— Cuidando disso como? — Keane quis saber. — Ela não deveria ter que lidar com ele. Quero ter certeza de que ela não terá de fazer isso.

— Ela não vai — Archer retrucou com cara enfezada. — O cara não vai entrar em contato com ela de novo.

Keane esperou por uma explicação mais detalhada, mas aparentemente Archer não sentia necessidade de explicar coisa nenhuma.

Elle olhou feio para Archer e se voltou para Keane.

— A propósito, bom dia. Este é o Joe. — Ela apontou para o sujeito bem armado. — Ele é o segundo em comando do Archer. E o Max. — Ela indicou o sujeito mais jovem. — E este lindo garoto de quatro patas é o Carl. — A mulher afagou a cabeça do enorme cão. — E o que Archer quis dizer é que ele e o Max pegaram o Ethan. E como havia um mandado de prisão contra o Ethan por agredir e roubar outra mulher, eles jogaram o bunda-mole na cadeia.

— Sério? — A surpresa de Keane foi tamanha que ele ficou sem saber o que dizer. — Quando?

— Mais ou menos uma hora depois que ela me enviou a mensagem de texto na noite passada — Archer respondeu.

Elle sorriu discretamente, mas seu olhar era amigável.

— Como você sabe, a Willa é incrivelmente especial para todos nós. Nós olhamos por ela. — Ela ergueu as sobrancelhas. — E é legal saber que você também olha. Não é, Archer?

Archer balançou a cabeça com má vontade. Elle lhe dirigiu o olhar novamente, e ele bufou.

— É — Archer respondeu, enfim e então o seu olhar se endureceu novamente. — Mas não estrague tudo. Não apronte com ela.

— Tudo bem então — Elle disse alegremente. — Vamos em frente. Bem-vindo à gangue, Keane. Você é um de nós agora, certo, Archer?

— Contanto que ele não estrague tudo — Archer repetiu.

Os dois se encararam, e Keane fez um leve aceno afirmativo com a cabeça. Ele não iria estragar tudo. Não poderia.

Porque já havia feito isso.

De volta à rua, andando pela calçada, Keane sentiu a brisa fresca das primeiras horas da manhã, quando uma densa camada de cerração conferia à paisagem um tom de azul e cinza. As luzes estavam acesas dentro da loja de Willa, mas havia um aviso de FECHADO na porta.

Olhando através da janela, Keane percebeu um movimento por trás dos cordões brilhantes de luzes natalinas e ramos de azevinho. Willa estava lá dentro.

Nos braços de outro homem.

#AMelhorHoraÉAgora

Willa havia dormido muito mal naquela noite. Ela adoraria poder botar a culpa em toda aquela comida que havia devorado no jantar com Keane; mas nem mesmo ela, uma mulher que conhecia as vantagens de se ignorar a verdade de vez em quando, conseguia mentir para si mesma dessa vez.

O jantar não tinha nada a ver com sua noite de sono ruim. Tinha a ver com Keane: com seu sorriso, com seus olhos.

Com seu beijo...

E com a desanimadora certeza de que ele não seria capaz de criar vínculos mais sólidos com ela, assim como ele não tinha sido capaz de criar vínculos com sua família, com seu trabalho, com Petúnia...

Por que com ela seria diferente?

Ela rolou para fora da cama e tomou um banho, e já que ela não tinha mais café em casa, resolveu deixar a maquiagem de lado. Não precisava correr o risco de espetar um olho com um pincel de rímel, não com a porcaria de plano de saúde que tinha.

Willa desceu correndo os quatro lances de escada — o que chamava de exercício — e entrou na sua loja quando faltavam três minutos para a chegada de um cliente antigo. Carrie a havia contratado para tomar conta de Luna, sua nova porquinha, e de Macaroni, seu bebê — um doce e manso pit bull de trinta quilos. Os bichinhos ficavam sob os cuidados do pet shop uma vez por semana.

Macaroni era um cachorro de treze anos de idade, já sem dentes, que sofria de artrite, incontinência intestinal e displasia no quadril; mas ele era puro coração. Tanto que Carrie não tinha sido capaz de sacrificá-lo, como sua família havia gentilmente sugerido.

Macaroni amava Willa, e o sentimento era mútuo. Ele dava bastante trabalho, mas Willa mal podia esperar para vê-lo toda semana.

Carrie, porém, ainda não havia chegado. Imaginando que ela estivesse apenas atrasada, Willa começou a trabalhar nos preparativos do evento de Santa Extravaganza da semana seguinte. Ela percebeu que havia perdido a noção do tempo quando Spence apareceu, trazendo dois cafés. Ele parecia bem sério, algo que não era do seu feitio.

Spence era o cérebro do grupo. Sossegado, mas nem de longe tímido, ele havia sido recrutado por uma organização governamental quando ainda estava na faculdade — da qual saiu com um diploma de Engenharia Mecânica aos dezoito anos de idade. Ele não costumava falar muito sobre aquele trabalho, mas eles sabiam que ele o odiava. Alguns anos mais tarde, ele e alguns de seus colegas passaram a trabalhar por conta própria, até que venderam seu negócio por um bom dinheiro. Willa não sabia se Spence tinha ganho um centavo ou um milhão de dólares; ele jamais tocava nesse assunto.

Desde então, Spence andava à procura de um novo caminho. Todos no grupo sabiam que ele estava infeliz e odiavam que se sentisse assim, mas ele não falava quando não queria falar. Spence se mantinha ocupado realizando várias atividades, e uma delas era aparecer no pet shop de Willa várias vezes por semana para ajudá-la na tarefa de levar os cães para passear. Ela adorava isso. Afinal, nada como um nerd gato para ajudar a turbinar os negócios.

Spence era mais próximo de Carrie e dos pets dela que Willa, pois Carrie namorava um dos ex-sócios de Spence.

— Entre! — Willa chamou. — O Macaroni ainda não chegou.

— Eu sei. — Spence se aproximou, deixou os dois cafés numa mesa e segurou a mão de Willa. — Querida, Macaroni se foi essa manhã.

Willa sentiu seu coração parar, simplesmente congelar.

— Oh, não... — Agitada, ela pressionou a mão contra o peito, como se isso pudesse ajudar a aliviar um pouco da dor. — Como?

— Enquanto dormia. Morreu dormindo, sem dor — ele disse com delicadeza, e a puxou para perto para abraçá-la quando ela caiu no choro.

Alguns minutos mais tarde, aliviada por ter decidido não se maquiar, ela deixou escapar da boca um suspiro trêmulo, ainda na segurança calorosa dos braços de Spence. Droga, chorar era uma coisa cansativa. Precisava se recompor e ligar para Carrie a fim de lhe oferecer ajuda. Precisava voltar ao trabalho. Havia muito a se fazer. Foi nesse momento que seus olhos pousaram na janela e no homem em pé na rua, na esquina, com o olhar fixo nela.

Era Keane.

No instante seguinte, a porta da loja se abriu e lá estava ele, maior do que a vida, parecendo um pouco tenso, os lábios recurvados, olhando para os braços de Spence, que ainda estavam ao redor dela.

— O que há de errado? — Keane perguntou.

— O cachorro de uma cliente faleceu hoje de manhã — Spence explicou. — A Willa e o Macaroni eram muito ligados.

Era a imaginação dela ou Keane, de repente, pareceu mais relaxado?

— Ah, não. — ele disse, agora com voz calorosa e gentil. — Que droga. Isso é péssimo.

— É. — Spence passou a mão no cabelo de Willa. — Péssimo mesmo.

Willa pegou alguns lenços de papel de uma caixa próxima a ela e enxugou as lágrimas, consciente de que Keane a observava. Ele havia se aborrecido ao vê-la nos braços de Spence, mas se recuperou rapidamente, e ela tinha de admitir que isso era um bom sinal. Pelo visto, ele estava correndo. Usava calção preto de basquete, e podia-se ver a bermuda de compressão que aparecia por baixo, com uma camiseta de manga comprida à prova de suor que se colava aos ombros e ao peito dele, destacando cada detalhe de seus músculos.

E eles eram muitos.

Seu boné de beisebol preto estava colocado ao contrário na cabeça, e óculos escuros estilo aviador lhe cobriam os olhos. Keane empurrou os óculos para o topo da cabeça, sobre o boné de beisebol, revelando seus olhos negros cheios de preocupação.

Willa se sentiu tonta quando olhou para Keane, mas atribuiu isso ao fato de não ter tomado o desjejum, e ao impacto da perda do Macaroni.

— Eu sinto muito — Keane disse com voz baixa, e Willa achou que talvez ele não estivesse se referindo apenas ao Macaroni. — O que posso fazer para ajudar?

Willa não estava preparada para a sensação de ternura que se desencadeou dentro dela ao escutar essas palavras. Não estava preparada nem equipada para lidar com isso. Durante semanas ela havia ouvido alarmes soarem em sua cabeça sempre que se aproximava demais de Keane, avisando-a e massacrando-a com a lembrança de que ele lhe dera o cano e ainda por cima nem se lembrava dela.

Mas depois de contar tudo a ele, de ver sua reação e ouvir suas explicações, algo aconteceu com a raiva de Willa. Foi como se alguém tivesse girado um botão e abaixado o volume. Abaixado *bastante*.

Na verdade, foi como se tivessem tirado completamente o som.

Ou talvez tenha sido o beijo. Era tremendamente difícil sustentar o ressentimento contra uma pessoa quando a língua dela estava enfiada na sua garganta. Para piorar, ele beijava como ninguém.

Spence apontou para o café que havia trazido.

— Melhor dar um pouco de cafeína para ela antes de começar a conversar — ele avisou Keane, e depois deu um beijo no rosto de Willa. — Te deixo em boas mãos, querida.

Ela olhou no fundo dos olhos afetuosos dele.

— Como você sabe, Spence? — Ela perguntou, na esperança de que ele tivesse alguma boa explicação para compartilhar. Willa precisava demais disso.

— Porque as pessoas mudam — Spence respondeu, com um sorriso malicioso e, ao mesmo tempo, triste. — Você sabe disso tão bem quanto eu.

Ele estava se referindo a si próprio. Spence havia mudado um bocado — fora obrigado a fazer isso para poder sobreviver. Ou talvez ele estivesse falando dos outros integrantes do grupo. Elle, Haley e Finn, e até mesmo o reservado Archer, haviam experimentado grandes mudanças em suas vidas, coisas que os afetaram de maneira irrevogável.

Ou, quem sabe ainda, as palavras de Spence se destinassem à própria Willa, porque ambos sabiam que ela havia amadurecido muito desde que abrira seu pet shop. Willa havia encontrado um rumo graças ao seu trabalho e ao amor dos amigos, o que a proporcionou uma confiança e estabilidade que ela nunca havia experimentado antes.

Spence a fitou com um olhar expressivo, como se buscasse lembrá-la silenciosamente de que ela já não era mais aquela menina medrosa e insignificante dos tempos de escola, que ela sabia melhor do que ninguém que as coisas nem sempre eram o que pareciam ser, que as pessoas nem sempre eram o que pareciam ser, e também que... algumas pessoas mereciam uma segunda chance.

Consciente de que Keane estava acompanhando toda a conversação, assim como os momentos de silêncio carregados de significado, Willa suspirou e acenou afirmativamente com a cabeça.

— Se precisar de mim, sabe onde me encontrar — Spence disse. Então despediu-se de Keane com um aceno e foi embora.

Willa se deu conta de que estava totalmente distraída quando um copo de café para viagem foi colocado diante do seu nariz e movimentado para frente e para trás. Ela o agarrou com a avidez de uma leoa que saltava sobre a sua presa.

— Jesus, os seus dedos estão congelando — Keane disse, e envolveu as mãos dela com as suas, muito mais quentes.

Ela sentiu os calos ásperos da mão dele, e gostou disso. Keane era real, bem real. Willa bebeu um gole de café, e depois outro, e por fim tomou-o de uma só vez, sentindo a cafeína invadir seu organismo e produzir uma onda de alívio.

— Melhor agora? — Keane perguntou, abaixando-se um pouco para olhá-la bem nos olhos. — Sim, está — ele disse, com expressão bem-humorada por ter respondido a própria pergunta. — Aí está você. Ainda falta uma hora para abrir, não é?

Ela olhou para o relógio.

— Sim, mas...

Keane tirou o avental dela.

— Eu adorei esse. — Ele comentou, sorrindo, depois de ler a frase "Eu não preciso ser boazinha. Eu sou FOFA" impressa no avental. — E é verdade. — Keane pegou a jaqueta dela, que estava pendurada num gancho ao lado da porta, e a fez vesti-la. Como se não bastasse, fechou o zíper da roupa e colocou o capuz na cabeça dela, afastando as mechas de cabelo que pendiam sobre o rosto de Willa.

A sensação dos dedos dele no seu rosto e nas suas têmporas, o toque firme e gentil das suas mãos calosas, deviam ter feito Willa se sentir incomodada.

Mas ela se sentia qualquer coisa, menos incomodada.

— Keane...

— Shh — ele disse, e pegou na mão dela. — Eu sei que não te dei nenhuma razão para confiar em mim, mas mesmo assim quero perguntar uma coisa.

Sim, confiar nele realmente não tinha sido uma boa experiência para Willa.

Keane deve ter percebido isso pelo modo de olhar dela, porque ele riu discretamente, e não pareceu nem um pouco ofendido.

— Entendi perfeitamente a sua mensagem, mas me deixe propor uma coisa, Willa. Que tal se você esquecesse por um minuto o babaca inútil que eu era na escola, aquele babaca que dizia e fazia qualquer coisa para sair dos treinos sem ter que falar com ninguém? Que tal? Concentre-se no cara que eu sou hoje, o cara que está aqui, de pé na sua frente. Você consegue confiar nesse cara?

Dessa vez, Willa hesitou.

— É o bastante pra mim — Keane disse, aparentemente sem vergonha de tirar vantagem da hesitação dela, e a puxou pela porta afora.

#NadaDeSopaPraVocê

Willa não conseguia acreditar no que estava fazendo, mas parecia que os seus pés haviam se rebelado contra a dona e criado vida própria.

— Tranque a porta — Keane disse a ela, e esperou enquanto ela fazia isso. Então segurou a mão dela novamente, como se receasse que a qualquer momento ela pensasse em fugir.

E ela realmente pensava.

— Eu não quero falar sobre aquilo — ela avisou.

— Hã? — Ele riu. — Aquilo *o quê?*

— Nada sobre aquilo. *Nenhum* de nossos aquilo. — Sentindo-se como uma bruxa, ela suspirou e o encarou. — Quanto àquele assunto em particular, aquela história de você me dar o bolo e me largar falando sozinha e...

Keane abriu a boca para dizer alguma coisa, mas ela pôs os dedos na boca dele.

— Eu estou superando isso — ela disse, devagar. — Não sou de guardar rancor. Nunca fui e nunca serei assim. Por isso, eu acho uma estupidez me deixar consumir pela raiva por causa de algo de que você nem mesmo se lembra e...

Fechando a mão em torno do pulso de Willa, Keane beijou as pontas dos dedos dela.

— E nem tive a intenção de fazer — ele disse. — Porque eu posso lhe prometer, Willa, que *jamais* tive a intenção de ferir você.

Olhando diretamente nos olhos dele, Willa concordou lentamente com um aceno de cabeça.

— Eu sei, Keane.

Olhando firmemente nos olhos dela, ele retribuiu o aceno, e então saiu andando com ela até chegarem ao Tina's Coffee Bar, onde entraram.

Uma atendente de mais de um metro e oitenta de altura e muito bronzeada estava servindo seus clientes, e piscou para Willa.

— Faz tempo que você não vem aqui com um homem, linda — a mulher disse para Willa. — Eu não gostava do último cara com quem você vinha, mas com certeza gosto desse aí. — Ela abriu um grande sorriso para Keane. — Aliás, bom dia para você também, coração. Não o vi muito essa semana. Como vão os trabalhos de reforma em Vallejo Street?

— Quase no fim — Keane respondeu.

— É mesmo? — Tina deu uma risada zombeteira. — Você vem dizendo isso há meses. Acho que você está se apegando demais à casa.

Keane sorriu.

— Não, sem chance. Mas me fale dos muffins — ele desconversou. — Como estão os muffins esta manhã?

— De outro planeta, não duvide disso nem por um segundo.

— Tá... — Keane fez uma careta irônica para ela. — Vou levar meia dúzia dos melhores que você tiver.

Dois minutos depois, Willa e Keane estavam novamente na rua. A manhã ainda estava cinza, mas o caminho estava iluminado por cordões de luzes brancas que imprimiam um relevo branco e preto nos paralelepípedos das ruas.

Ela percebeu que Keane olhou com interesse para as duas árvores de Natal mais novas, uma diante do Pub O'Riley e a outra em frente do Madeiras Finas, ambas decoradas em cor vermelha e com bolas douradas. O único som ao redor dos dois era o murmúrio suave da água correndo na fonte e alguns grilos melancólicos que lamentavam o frio da manhã.

— Diz a lenda que se você fizer um pedido com sinceridade de coração vai encontrar o amor verdadeiro — Willa disse.

— A lenda também diz que se você colocar o seu dente debaixo do travesseiro, a Fada do Dente vai lhe deixar dinheiro.

Willa diminuiu o passo, tentada a, como sempre, parar diante da fonte e fazer um pedido. Keane ficou olhando para ela, intrigado.

Ela vasculhou os bolsos à procura de algum trocado, mas só conseguiu achar um biscoito para cachorro.

— Diabos. — A culpa era do bendito pote dos palavrões. Todos os seus trocados acabavam dentro dele.

— Que foi?

— Eu queria fazer um pedido — ela explicou.

Um sorriso leve se desenhou no rosto dele.

— Você quer fazer um pedido? Vive aqui há tanto tempo e nunca fez um?
— Ah, eu faço sempre. — Ela hesitou. — Sabe, eu gosto disso.
— Como assim? Quantas vezes você veio fazer um pedido?
Willa mordeu o lábio inferior.
— Mais de uma?
Ela fez cara de paisagem. *Droga! Por que fui tocar nesse assunto?*
— Bom, eu... foram...
— Mais de... cinco? — Keane continuou.
— Nossa, você já viu que horas são? — Willa disse, já dando um passo para ir embora, mas ele a segurou e a puxou de volta, com um grande sorriso irônico estampado em seu rosto. — Tá, tá bom. — Ela bufou. — Se quer mesmo saber, eu jogo uma moeda lá dentro sempre que passo por aqui.

Keane, não conseguindo mais se conter, caiu na gargalhada. Willa não pôde fazer nada a não ser ficar ali olhando-o, embora tivesse que reconhecer que a risada dele era muito contagiante.

— Ei, fique sabendo que deu certo para a Pru — ela disse. — A Pru desejou encontrar o verdadeiro amor, fez o pedido e então o Finn apareceu na sua vida e se apaixonou por ela.

E desde então Willa vinha desejando e pedindo, e jogando moedas, mesmo sabendo que isso era ridículo, uma grande bobagem.

— Mas... você estava desejando o verdadeiro amor para quem exatamente? — Keane perguntou.

Willa olhou para ele com desânimo. Como ela não tinha pensado nisso?

— Para mim — ela admitiu, batendo em seus bolsos para se certificar de que não havia mesmo nem um tostão neles. — Mas eu pretendo corrigir isso agora mesmo. Vou desejar a chegada do amor para outra pessoa.

— Para quem? — Ele perguntou, apreensivo.

Percebendo o receio dele, Willa estreitou os olhos.

— Para você, Keane. Tem um trocado aí?

Ele riu.

— De jeito nenhum, garota. — Então ele retirou uma moeda do bolso e a segurou na mão. — A proposta que tenho é a seguinte: *eu faço* o pedido para você. — E em seguida ele jogou a moeda na água.

Plop.

— Pronto — Keane disse. — Está feito. Espero que funcione para você.
— Ele pareceu não ter dúvida de que funcionaria, e também pareceu certo de que não seria ele.

99

Tudo bem, é até bom saber disso, Willa pensou. Mas, na verdade, não era muito bom.

— Então você nunca desejou o verdadeiro amor antes? — Ela perguntou.

— Não. — Keane riu. — Essa foi a primeira vez.

— Isso porque... você não acredita no amor verdadeiro?

Pelo menos, Keane não tratou a questão com desprezo ou tento desconversar e mudar de assunto. Ele pareceu compreender o quanto isso significava para Willa, e respondeu com cuidado.

— Acredito, sim, para algumas pessoas.

Ela fez que sim com a cabeça, embora se sentisse desapontada. Por que tinha de ser tão tola assim? Afinal, o amor não havia funcionado maravilhosamente para ela também. Mas Willa sabia qual era o real problema: Keane havia sido claro a respeito de não querer um relacionamento sério na sua vida nem precisar de um, enquanto ela, por sua vez, se sentia finalmente pronta para ter um relacionamento sério.

— E você? — Ele perguntou.

Willa olhou para a fonte antes de responder, porque era muito mais fácil falar com a fonte do que suportar o peso do olhar sincero de Keane.

— Eu já vi fragmentos, indícios dele aqui e ali. Sei que o amor existe.

Keane a virou para que ela o encarasse, e a fitou de maneira intensa, solene.

— Mas? — Ele disse em voz baixa. — Sinto que tem um grande *mas* para vir depois dessa frase.

— Mas às vezes eu não tenho certeza de que ele exista *para mim*.

— Isso é um tanto quanto cínico vindo de alguém que quer que todo mundo acredite na magia do Natal.

— Keane, o Natal tem um sentido de felicidade, animação e ternura. Ele acontece todos os anos, chova ou faça sol. A gente pode contar com ele.

— Mas não se pode contar com o amor... É o que você ia dizer, não? — Ele ergueu a mão e, movendo os dedos lentamente, afastou uma mecha de cabelo do rosto dela. — Eu não acredito que seja sempre assim, Willa. O amor é bem real e dura por muito tempo para algumas pessoas. Às vezes dura para sempre.

— Para algumas pessoas — ela repetiu. — Mas não para você? Se você acredita no amor, por que não acredita que ele possa surgir na sua vida?

Keane balançou a cabeça numa negativa.

— Eu não sinto as coisas com profundidade. Nunca senti.

Willa o fitou com descrença.

— Você não acredita de fato nisso, Keane.

— Acredito.

— Mas... Eu vi como você lida com a Petúnia.

— Pois então! — Ele riu. — Exatamente. Você viu, eu larguei a gata com você. Pago uma pessoa para tomar conta da Pê só para não ter que lidar com ela.

— Quando você está trabalhando, sim — ela retrucou. — Mas você sempre vai buscá-la no final do expediente, e nunca me pediu para ficar com ela por mais de um dia.

— Você tomaria conta dela por mais de um dia? — Ele perguntou com voz esperançosa.

Willa riu e deu um leve empurrão no peito dele.

— Não, senhor, você sabe do que estou falando. Vive frustrado com o comportamento da gata, mas ainda assim gasta tempo e dinheiro para ter certeza de que ela seja bem tratada enquanto você está trabalhando.

— Porque é a gata da minha tia — ele argumentou.

— Isso prova mais ainda meu ponto. Você nem é próximo da sua tia, mas mesmo assim tomou a gata dela sob seus cuidados, sem perguntas ou arrependimentos.

— Ah, houve arrependimento sim — ele retrucou. — Montanhas de arrependimento.

— Você me comprou muffins — ela disse docemente, sem se deixar desanimar. — Quis levantar o meu astral porque eu estava acabada.

— Não, eu apenas segui meus instintos masculinos e tomei providências para que você não voltasse a chorar. De maneira geral, um homem faz tudo o que está ao seu alcance para fazer uma mulher parar de chorar.

— Então o que estamos fazendo, se você não sente afeição por nada ou não consegue sentir, se você nem mesmo quer encontrar a sua cara-metade? O que você quer de mim?

Ele sorriu para Willa com malícia, e a esperança fez o corpo dela vibrar; mas, em seguida, ela bufou de desânimo.

— Já sei — ela disse. — Atração animal.

— Eu não pretendo encontrar a cara-metade da minha vida, mas isso não significa que eu não esteja interessado na cara-metade desse momento da minha vida.

Ela olhou para cima com expressão de descaso.

— Tudo bem, que seja. Mas eu ainda acho que você não está dando crédito suficiente a si mesmo, e você não pode mudar minha opinião a esse respeito.

— Estou chocado — ele murmurou como se falasse sozinho, mas havia humor nos olhos dele. E, então, esse humor se dissipou. — Olhando de fora, eu tive uma criação muito tradicional quando comparada à sua. Pai e mãe, duas irmãs mais velhas, todos professores de ciências na faculdade, com vidas bem ordenadas, tudo muito planejado e guardado em uma bonita caixinha com compartimentos. — Ele sorriu frouxamente. — Mas aí eu cheguei. E eu não me ajustava à caixinha deles. Eu era selvagem, barulhento e destrutivo como o diabo. Lidar comigo era uma tarefa difícil para a minha família, que costumava me largar com uma pessoa que tomava conta de mim. E eu era o culpado — ele disse com tristeza. — Não é que eu não me apegue a nada; eu só não me apego facilmente.

Willa sentiu seu coração se apertar. Keane havia aprendido desde muito cedo que até mesmo as pessoas que deviam amá-lo incondicionalmente não fariam isso sempre — coisa que ela sabia muito bem. Ela apenas havia compensado isso tomando a direção oposta à dele, isto é, amando tudo e todos.

— Você não recebeu muito carinho — Willa disse brandamente. — Você não demonstrou muito as suas emoções. É por isso que você acha que não sabe como sentir emoção ou amar alguém.

— Eu acho que não sei? — Ele respondeu. — Eu tenho certeza que não sei.

Nos tempos de colégio, Willa não sabia nada disso a respeito de Keane. Estava apenas interessada em convidá-lo para o baile, e só sabia que ele era um bom atleta e bom estudante, e que tanto alunos quanto professores gostavam muito dele.

Keane tinha um sorriso fácil e uma confiança natural que faziam com que ele parecesse inacessível naquela época. Agora, avaliando o passado, Willa se dava conta de que ele havia usado o seu carisma como um escudo.

E isso a tornava tão culpada quanto todos os outros que passaram pela vida dele.

Ele fez um aceno para que Willa se sentasse no banco de pedra que ela havia pessoalmente decorado com ramos de azevinho e sininhos de Natal algumas semanas atrás. Ainda era muito cedo, e com exceção de algumas pessoas que corriam ou passeavam com o cachorro, Willa e Keane tinham o lugar praticamente só para eles. Com a neblina na altura do chão, parecia que os dois estavam ali sozinhos.

A sensação de intimidade era incrível.

Eles comeram os muffins em afável silêncio durante o tempo que Willa pôde suportar, mas ficar em silêncio não era mesmo o forte dela. Ela logo acabou vencida pela curiosidade.

— Por que você negou quando Tina disse que talvez você estivesse se apegando à sua casa?

— Eu já lhe expliquei. — Ele balançou os ombros. — Eu sempre vendo as propriedades quando termino de trabalhar nelas.

— Porque você não se apega às coisas.

— Isso mesmo.

— Mas nós decidimos que essa não é exatamente a verdade — ela argumentou.

— Não, *você* decidiu.

Willa bufou, irritada.

Keane não pediu que ela explicasse o que a havia aborrecido. Sem dúvida isso não era necessário. Em vez disso, ele se voltou e a encarou.

— Com o seu silêncio, você fala mais do que qualquer outra mulher que eu já tenha conhecido. Diga o que precisa dizer, Willa, antes que você engasgue.

— É... É a sua casa.

— Só vai ser uma casa quando alguém estiver morando nela.

— Você está morando nela! — Willa retrucou, agora num tom de voz impaciente.

Ele sorriu diante da forma como ela reagiu, e acariciou o nariz de Willa com um dedo.

— Eu irrito você.

— De muitas, *muitas* maneiras! — Ela enfatizou, rindo. — Sério mesmo, você nem faz ideia.

— Faço alguma ideia, sim.

— Será, Keane? Porque eu acho que irritação é uma daquelas emoções complicadas que não dizem nada a você.

— Mas há emoções que mexem comigo — ele comentou, com seriedade.

— É mesmo? E quais são?

Ele calmamente tirou da mão dela o muffin comido pela metade e o colocou de volta no saco.

— Ei, eu queria isso — ela reclamou.

*

— E eu quero isso. — Keane se moveu rápido demais para uma pessoa do tamanho dele. Quando Willa percebeu, ela já havia sido puxada. A mão de Keane agarrava seu cabelo e os lábios dele estavam colados aos dela.

No início o beijo foi gentil, mas foi rapidamente ficando intenso e não tão gentil. Os lábios dele se separaram dos dela, suas línguas se tocaram, e um gemido escapou da boca de Willa. A boca de Keane então passeou pelo queixo de Willa, e pelo seu pescoço, onde ele aplicou beijos ardentes e cheios de gula que a fizeram estremecer. Seus joelhos não conseguiriam sustentá-la se ela não estivesse sentada. Com seus beijos, Keane acabou com sua irritação, com seu bom senso e com sua capacidade de pensar; acabou com *tudo*.

Exceto com a sua capacidade de sentir.

E ela sentiu — ah, como sentiu. Willa mal conseguia se controlar de tão zonza que estava, consumida pelo desejo. Então, de repente, Keane se afastou dela e a fitou, o cabelo dele todo desgrenhado pelos dedos dela, aqueles olhos cor de chocolate ardentes e selvagens, a respiração tão ofegante quanto a dela.

Willa pressionou as palmas das mãos no peito dele para tentar encontrar um pouco de equilíbrio, mas ainda se sentiu como se estivesse flutuando no ar.

— O q...? — Foi tudo o que ela conseguiu dizer. A química entre eles havia claramente explodido os seus neurônios. Ela balançou a cabeça para tentar pensar com mais clareza. — Tudo bem, eu retiro o que disse. Existem emoções que você sente excepcionalmente bem. A luxúria, por exemplo. — Keane havia sido sincero com ela; brutalmente sincero, aliás. Não haveria futuro para eles no amor, mas de qualquer maneira eles tinham alguma coisa. Keane batia um bolão.

E ela também, apesar de não querer apenas isso para si.

— Por que você parou? — Willa quis saber.

Surpreso, ele a encarou por um longo momento, e então sorriu levemente. Sabia que a havia convencido a passar para o lado do mal.

— Porque estamos no meio do pátio — ele respondeu.

— A gente poderia estar em outro lugar. — Willa mal conseguia acreditar no que acabara de dizer, mas... bem, era isso mesmo que ela queria dizer. Ainda estava colada ao corpo grande e rijo dele, com ênfase para a palavra rijo, e só pensava no quanto queria senti-lo sem a barreira das suas roupas.

Mas Keane não fazia nenhuma menção de levá-la para a casa dele. Nem para a dela.

Em vez disso, ele mantinha as mãos nos ombros dela, contendo-a. Envergonhada, Willa começou a se levantar, mas ele a deteve.

— Não — ela disse. — Eu já entendi. Você está... sentindo coisas e não gosta disso. Não quer se apegar à sua casa, nem a Petúnia, e seguramente não a mim, porq...

Ela engasgou no momento em que Keane a puxou e colocou-a sentada bem no seu colo. Uma de suas grandes mãos estava espalmada no traseiro de Willa, mantendo-a pressionada contra uma evidente elevação sob a calça dele — uma ereção dura como pedra.

— Ei, olhe só pra isso! Você está sentindo *alguma coisa* — ela comentou, ofegante. — Então *por que* nós não vamos agora mesmo para um lugar mais reservado? Na minha casa ou na sua?

— Porque assim que ficarmos a sós você vai mudar de ideia — ele respondeu. — Você teve uma manhã difícil. Não quero que essa seja uma decisão tomada por impulso, porque eu a pressionei e a gente se deixou levar pela loucura do momento. Além disso, temos que pensar no nosso trabalho. Nós só temos mais alguns minutos antes que tenhamos que ir trabalhar, Willa... e eu lhe garanto uma coisa, quando nós formos para a cama vamos precisar de muito mais do que só alguns minutos.

Diante do tom de voz baixo e rouco dele, o ímpeto de Willa diminuiu.

— Então, — Keane disse com firmeza, — nós vamos ficar sentados aqui, aproveitando a manhã e a companhia um do outro.

— Mas... — Ela baixou a voz até que praticamente se transformasse num sussurro. — Nós poderíamos fazer isso pelados.

Keane grunhiu e deixou a cabeça tombar, apoiando-a no ombro de Willa, enquanto certa parte da sua anatomia pareceu inchar debaixo dela.

— Ei, não vale provocar — ele se queixou.

Quem é que estava provocando mesmo?

Lendo a mente dela, Keane riu com tranquilidade, uma risada incrivelmente sexy.

— Vamos conversar, tá bom? — Ele disse. — Vamos só conversar até chegar a hora de ir para o trabalho.

Willa suspirou resignada, e seu olhar esbarrou na árvore de Natal mais próxima.

— Vocês montavam árvore de Natal na sua casa?

— Sim. Meus pais sempre cuidavam da festa de Natal de todo o departamento, e as decorações tinham de ser perfeitas. Isso significava que eu podia olhar, mas não tocar.

Willa olhou-o intrigada.

— Sabe? — Ela disse. — Eu tenho a leve impressão de que você nem sempre fazia o que lhe mandavam.

Keane riu mais uma vez, e ela sentiu como se tivesse ganho na loteria.

— Eu nunca fazia o que me mandavam — ele respondeu. — Certo ano eu desci as escadas em silêncio, no meio da noite, e tentei escalar a árvore.

— O que aconteceu?

— A árvore tombou em cima de mim. Quebrei todos os enfeites e arranjei um belo corte no queixo. — Ele rangeu os dentes, sorrindo meio constrangido. — Eu era um completo meliante. Meus pais me disseram que naquele Natal eu só ia ganhar um pedaço de carvão na minha meia.

— E ganhou?

— Não, eu ganhei uma passagem só de ida para o rancho do irmão do meu pai no Texas, e fiquei lá durante as férias de inverno, limpando esterco durante três longas semanas.

A expressão no rosto de Keane era calma e serena. O exato oposto da ereção que cutucava o traseiro dela.

— Pelo visto você não ficou tão apavorado com a experiência — ela comentou.

— O meu tio adorava construir coisas. Ele tinha um monte de ferramentas e máquinas incríveis. — Keane se inclinou para trás, com um braço sobre o encosto do banco, e com os dedos ficou brincando com as pontas do cabelo de Willa. Ela se perguntou se ele estava prestando atenção no carinho que lhe fazia, pois parecia distraído.

— Foi a primeira vez que eu vi uma coisa assim, Willa. A primeira vez que tive a chance de observar alguém trabalhando com as próprias mãos. Ele tinha um galpão inteiro cheio de ferramentas antigas. — Keane sorriu. — Ele me deu uma: um nível antigo. Eu ainda tenho. Um dia vou conseguir outros para fazer uma coleção. Naquele inverno eu fui definitivamente mordido pelo bichinho da construção. Olhando em retrospectiva, essa é, na verdade, uma das minhas melhores lembranças da infância. — Ele bateu levemente com o seu ombro no dela. — Agora é a sua vez. Conte-me alguma coisa de um dos seus Natais passados.

Ela vasculhou a memória em busca de uma lembrança feliz como a dele.

— Uma vez, quando eu era pequena, a minha mãe me deu um colar — Willa contou. — Tinha um amuleto com a letra W gravada em ouro, com pequenas imitações de diamante contornando o W. Eu o adorava. — Ela sorriu. — Fui à escola usando o colar, e uma garota malvada chamada Britney disse que a peça era falsa e vinha de uma máquina de chiclete. Ela pegou o colar e o quebrou.

— Espero que você tenha socado o nariz dela — Keane disse.

— Mais ou menos isso. Eu dei um pisão no pé dela e ela chorou. Mas, no final das contas, ela tinha razão: o colar era realmente falso, e deixou meu pescoço verde.

Keane riu com satisfação, e ela sentiu o ar lhe faltar nos pulmões por um momento, quando a luz da manhã tornou o lindo sorriso dele ainda mais luminoso.

— Uau, que garota — ele disse.

Willa também deu uma risadinha. Era a primeira vez que aquela lembrança amarga a fazia rir.

Quando o café e os muffins acabaram, ele se levantou e Willa também. O telefone dela estava tocando, e o dele logo começou também.

— Bem, a vida real nos chama — ele comentou, relutante.

Certo. Ela tinha que abrir a sua loja, e Keane tinha que construir sabe-se lá o que hoje. E havia pessoas que dependiam dos dois para poder trabalhar.

— Obrigada pelos muffins — ela disse, e começou a caminhar na direção do pet shop.

Porém, Keane a segurou.

— Nós ainda temos negócios inacabados — ele avisou com sua voz sensual, e com aquele sorriso que a deixava abobalhada.

— Nenhuma novidade nisso.

Willa quis ir embora, mas ele apertou a mão dela com mais força.

— Obrigado por ter confiado em mim e me contado o que aconteceu na época do colégio, Willa.

— Mas não vá esperando que eu confie totalmente em você — ela respondeu. — Você ainda está em fase de testes e só completará o Programa Willa de Confiança quando a minha assinatura aparecer na linha pontilhada.

— Uma mulher sábia. — Keane apertou os dedos dela de maneira calorosa, um aperto cheio de significado, então a trouxe para mais perto de si e lhe deu um beijo na boca; um beijo terno, porém escaldante. — Mas eu ainda vou surpreender você.

Keane então se foi, e Willa ficou observando-o enquanto ele se afastava. Depois, ela voltou ao banco e sentou nele tão pesadamente que os sininhos presos de ambos os lados retiniram alto, fazendo tanto barulho quanto os seus nervos.

— Muito interessante.

Willa olhou para cima e viu Elle. Ela estava vestindo calça preta justa, sapatos de salto altíssimo e um blazer muito vermelho com uma camisa branca por baixo. Suas roupas enfatizavam tanto suas curvas quanto sua imagem de durona.

— Você está fantástica! — Willa disse. — Como consegue andar com esses sapatos sem sofrer um acidente?

— Não mude de assunto. Eu ia pegar um café e vi vocês dois tão grudados um no outro que pensei que estivessem dentro da mesma roupa.

Caramba, que merda! Ela viu tudo...

— Tem certeza? — Willa disse. — Porque a neblina está pesada esta manhã e...

Elle apontou para ela.

— Você acha que eu vou engolir essa conversa? Não mesmo. Porque aquele beijo foi devastador. Eu sei o que eu vi; o homem deve ser uma máquina de sexo, e você insiste em dizer pra gente que não gosta dele tanto assim. Imagine a minha surpresa quando vi vocês dois aqui fora tentando invadir a garganta um do outro.

Ah, Deus. Sim, um beijo devastador, inacreditavelmente devastador. Na verdade, ela ainda podia sentir os músculos sólidos e salientes que Keane escondia sob a camisa, os lentos e constantes batimentos do coração daquele homem sob a palma da mão dela. E o modo como esses batimentos se aceleraram quando sua boca se colou à dela.

— Não que alguém tenha acreditado nem por um segundo que você não gosta dele. Só para deixar registrado, — Elle disse, — quando ele apareceu no escritório do Archer essa manhã todo gostosão e tenso, pedindo a cabeça do Ethan, eu...

— Espera, calma, como é que é? — Willa perguntou, endireitando-se no banco. — O Keane foi ao escritório do Archer?

As sobrancelhas de Elle se ergueram.

— Ele não te contou?

— O que você acha?

— Não, não contou — Elle murmurou pensativamente, batucando de leve no queixo com a ponta de um dedo impecavelmente bem cuidado. — O que o torna um cara ainda mais interessante.

— Por manter segredos?

— Não, por se preocupar tanto com a sua segurança. Ou então, ele já sabe o quanto você é teimosa e cabeçuda.

Willa sacudiu a cabeça. O que mais lhe faltava acontecer?

— Elle, mais alguém viu o beijo?

Nesse momento, Rory pôs a cabeça para fora da porta dos fundos da Companhia do Latido.

— Veja bem, não é que eu esteja julgando você nem nada disso — ela disse em voz alta. — Mas preciso perguntar: vai ficar aí o dia inteiro beijando caras gatos que você finge que não existem ou vamos trabalhar um pouco hoje?

— Willa, eu acho seguro dizer que mais alguém viu sim — Elle respondeu.

10

#TudoEMaisAlgumaCoisa

Keane voltou a Vallejo Street para o que deveria ser um bom banho quente, porém decidiu que, dadas as circunstâncias, um chuveiro frio seria melhor. Tinha certeza que um homem não podia morrer por um caso grave de necessidade de transar até desmaiar com uma certa fada de olhos verdes e cabelo loiro-avermelhado; mas achou melhor tomar um banho gelado só para garantir.

Não adiantou.

Depois disso, ele não foi nem no projeto de North Beach nem no de Mission District, embora os dois precisassem da presença dele. Também não foi à sua mesa cuidar da papelada acumulada. Em vez disso ele se dedicou a terminar o trabalho na casa de Vallejo Street — o acabamento, o piso, as ferragens para janelas e portas… Enfim, as últimas coisas que precisavam ser feitas antes que a propriedade pudesse ser colocada à venda.

No início, Petúnia o observou ao lado da porta aberta, desconfiada. Então, lenta e deliberadamente, ela começou a entrar no aposento para estapear umas aparas de madeira. Quando ela chegou mais perto do que Keane gostaria, ele reclamou.

— Pare aí mesmo, garota. Não tem nada pra se ver aqui.

A gata então se sentou e olhou para ele, movendo o rabo de um lado para outro.

— Fique à vontade.

Quando Keane voltou a olhar para a gata, uma hora depois, ela estava toda enrolada, dormindo no único ponto onde o sol batia no piso de madeira. Keane ouviu o som dos saltos dos sapatos de Sass se aproximando do corredor, e então ela apareceu diante dele.

— Tenho más notícias — Sass disse.

— Não conseguimos as licenças para o projeto de Mission?
— Pior, Keane.
— Pesquisas comprovaram que o Papai Noel não existe?

Ela não riu. Nem ao menos um sorrisinho de deboche. Também não o repreendeu por ser um bobalhão sem-noção. Merda, a coisa devia mesmo ser séria.

— O que houve? — Ele perguntou. — Me diga de uma vez.
— É a sua tia-avó Sally. A secretária do médico dela ligou para cá porque você está na lista de parentes próximos.

Por essa ele não esperava.

— O que há de errado?
— Pelo visto ela vai ter que ser colocada em uma casa de repouso.
— Por quê? O que há de errado com ela? — As possibilidades de resposta a essa pergunta o bombardearam. Ataque cardíaco. Câncer...
— Artrite reumatoide — Sass respondeu. — Em estágio avançado. Ela não pode mais andar por aí como costumava fazer. Não pode nem ao menos tomar conta de um apartamento ou de si mesma sem ajuda. Eles já têm em vista uma casa de repouso, e é a que ela quer, mas existe um problema.
— Pare de me torturar, criatura, fale logo!
— Ela não tem o dinheiro necessário, Keane. Sua tia precisa de um adiantamento de cinco mil para o primeiro mês.
— Diga-lhes que terão esse dinheiro hoje.
— Sabe de quantos zeros eu estou falando, não é? O seguro dela não vai entrar em ação até o terceiro mês, então...
— Pode dizer a eles que terão o que precisarem, Sass.
— Tudo bem. — A voz dela soou mais suave, mais gentil. — Eu sei que você é todo macho alfa e coisa e tal e que não vai gostar de ouvir isso, mas vou dizer mesmo assim: isso é incrivelmente generoso da sua pa...
— Mais alguma coisa que eu precise saber?
— Na verdade tem mais uma coisa, e essa vai ser a pior parte para você, então aperte os cintos, respire fundo e se prepare, porque isso não vai ser fácil.
— Eu juro por Deus, Sass, desembuche logo ou então...
— Ela não pode ter animais de estimação naquele lugar — Sass respondeu rápido. — Nem mesmo um peixinho de aquário.

Keane se voltou e olhou para Petúnia, que ainda dormia docilmente, tranquila em seu canto ensolarado. Essa visão poderia tê-lo encantado se não fosse por outra visão — a da caixa de parafusos para acabamento que a gata havia despedaçado, e os parafusos todos espalhados em torno da Pê Patas de Tesoura, que agora dormia na mais absoluta inocência.

— Keane?

Merda. Ele bufou, soltou seu cinto de ferramentas e caminhou na direção da porta.

— Passe para mim o endereço do lugar, Sass.

— Só se você me prometer que não irá até lá cheio de razão para obrigá-los a ficar com essa gatinha linda. Vai fazer a Sally ser chutada de lá antes mesmo de conhecer o lugar.

Não que ele não adorasse a ideia de largar o anticristo com outra pessoa, *qualquer* pessoa, mas nem ele seria capaz de jogar tão sujo.

— Só me dê a porcaria da informação que eu pedi, junto com o número do telefone deles.

— Por que não me deixa cuidar da transferência dela? — Sass ofereceu, parecendo preocupada. — Vou arranjar alguém para ajudá-la a empacotar suas coisas e...

— Eu quero examinar o lugar para conferir se tem boas condições para abrigá-la. Ela não tem mais ninguém na família que ligue a mínima. — Keane percebeu que os olhos dela ficaram estranhamente brilhantes. — O que você está fazendo, Sass?

— Eu? — Ela levantou a cabeça e olhou para o teto, piscando rapidamente. — Não é nada. — Mas ela fungou e começou a abanar suas mãos na frente de seu rosto.

— Você está chorando?

— Pois é, e a culpa é toda sua! — Ela ralhou com Keane. — Você está sendo um fofo, e eu estou naqueles dias!

Ele não estava preparado para essas coisas.

— Em primeiro lugar, tudo o que eu não sou nem nunca chegarei perto de ser na vida é fofo. Em segundo, eu comprei alguns itens especiais para você usar nessas ocasiões. Eles estão no banheiro do hall.

— Viu? — Ela soluçou e balançou as duas mãos no ar. — *Fofo*.

Keane tentou ligar para o celular da tia, mas ela não atendia. Ele foi de carro até a casa de repouso e checou as instalações. O lugar era bonito, limpo e surpreendentemente alegre. Depois ele foi até a casa da tia, que estava preparando tudo para a mudança. Keane a ajudou a arrumar suas coisas e a levou pessoalmente para a casa de repouso.

Ele se sentiu um lixo por deixar sua tia Sally lá, mas ela parecia aliviada e queria claramente que ele fosse embora logo; assim sendo, ele voltou ao trabalho.

No final do dia o seu corpo gritava por comida, e então Keane foi parar no O'Riley Pub, em busca das famosas asinhas de frango feitas ali.

E havia uma chance de encontrar Willa também.

O pub era metade bar, metade restaurante. As paredes eram de madeira escura, o que conferiam um aspecto antigo ao lugar. Lanternas de latão penduradas nas vigas e papel de parede de cerca de madeira concluíam o visual, que esbanjava charme e era muito acolhedor. Ele estava todo decorado para o Natal: ramos de azevinho, cordões de luzes cintilantes, enfeites exageradamente coloridos e uma enorme árvore posicionada bem no meio do estabelecimento.

Ele se perguntou se Finn havia deixado Willa solta pelo lugar. Parecia provável. Caixas de som invisíveis espalhavam música pelo ambiente. Uma das paredes era toda feita de janelas, que se abriam para o pátio. Portas sanfonadas de madeira e vidro que davam para a rua proporcionavam uma bela vista de Fort Mason Park e da Marina Green logo atrás, com a Ponte Golden Gate ao fundo.

Mas Keane não prestou atenção a nada disso. Seu olhar se voltou diretamente para o ponto do bar onde os irmãos O'Riley e seu bando inseparável costumava ficar.

Willa estava no meio de um amontoado de gente com Elle, Pru, Haley, Finn, Archer e Spence. Quando Keane se aproximou do grupo, pôde ouvi-los discutindo sobre vários enfeites de topo de árvore de Natal situados no balcão diante deles.

— É a minha vez de decidir, e eu acho que este é o melhor — Haley disse, indicando um enfeite que parecia um anjo ricamente trabalhado. — No último ano foi a vez de Spence escolher, e depois de Spence é a minha vez.

— Não, no último ano quem escolheu foi o *Finn* — Spence disse, apontando para uma estrela de cerâmica. — E depois do Finn é a minha vez.

— Mas tem de ser o cachorro — Willa disse, acariciando um São Bernardo de pelúcia com azevinho ao redor do pescoço. — É um cão de resgate. — De repente ela avistou Keane, e na mesma hora um sorriso genuíno se formou no rosto dela. — Oi! — Ela o saudou. — O que você está fazendo aqui?

Aparentemente procurando por você, ele pensou, e o seu dia subitamente já não parecia mais tão ruim.

— Vamos decidir nos dardos — Archer avisou, voltando ao assunto que estavam discutindo. — Três equipes de dois cada. Haley, Spence e Willa escolherão alguém para integrar seus times. O líder do melhor time ganhará o direito de escolher o enfeite do topo da árvore. Então vamos lá, mexam-se.

Quando Archer dava uma ordem às pessoas, elas obedeciam. Todos se levantaram e foram para a sala onde os dardos eram jogados.

Elle foi andando perto de Archer, até que ele ergueu uma mão como sinal para que ela parasse.

Elle levou as mãos ao quadril.

— O que foi que falamos sobre você usar palavras quando tiver algo a dizer? — Ela indagou.

— Você não está no jogo — Archer retrucou.

Elle olhou ao redor como se não pudesse acreditar no que acabara de ouvir.

— Ei, e desde quando você manda em mim, Archer?

Archer apontou para os sapatos de salto altíssimo dela. Eles eram pretos e de tiras, deixando à mostra seus dedos dos pés, pintados de azul-celeste, e um anel para dedo do pé.

— Ninguém joga dardos de sandálias — ele alfinetou.

— Sandálias? — Ela caiu na risada. — Meu bem, são *Gucci*. Já ouviu falar?

— Não me importo que sejam chinelos ou seja lá o que for. Segurança é mais importante que a beleza. Você precisa tirar esses sapatos para jogar.

— Vamos deixar uma coisa bem clara aqui — ela retrucou. — *Eu não vou* tirar meus sapatos.

— Então você não vai jogar.

— Tudo bem. — Elle apontou um dedo para a cara dele. — Eu espero que a sua equipe seja massacrada.

— Isso nunca vai acontecer — Archer disse, sem se abalar.

— Mas vai ficar faltando um jogador — Elle observou.

Archer olhou para Keane.

— Você joga?

Sim, ele jogava. Tinha sido campeão quando costumava frequentar bares. Mas resolveu guardar essa informação para si.

— Jogo um pouco — Keane respondeu, dando de ombros.

Willa parou diante de Keane, intrigada.

— Joga um pouco ou joga muito? — Ela quis saber. — Não sei se quero você ou o Finn como minha dupla.

— Ei, eu estou bem aqui — Finn se queixou.

— Claro que você... me quer — Keane disse com tranquilidade, sem tirar os olhos de Willa.

Ela ficou vermelha, e Keane deu uma risadinha marota.

— Na semana passada eu ganhei de todos vocês — Finn ralhou. — Até do Archer.

A sala do fundo era equipada com mesas de bilhar e dois jogos de dardos. As duplas se posicionaram: Archer e Haley, Spence e Finn... e Keane e Willa.

Haley se saiu bem, e Archer, como era de se esperar, foi ótimo.

Spence e Finn tiveram um aproveitamento excelente.

— *Eu não disse?* — Finn se gabou.

Willa... foi lamentável. Era a melhor maneira de descrever o lançamento dela.

— Filho da mãe! — Ela reclamou quando seu dardo caiu fora do alvo.

— Pode deixar comigo — Keane disse, e então acertou bem no centro do alvo.

Willa agitou o punho no ar, triunfante.

— Issooo! — Ela se lançou sobre Keane, e quando ele a abraçou, Willa lhe deu um beijo estalado nos lábios. Sorridente, ela deu um passo atrás. — O São Bernardo vai para o topo!

— Agora é que ela vai ficar insuportável de verdade — Finn comentou.

— Vocês sabem disso, não é?

Archer olhou para Keane.

— Você tem pontaria, não cede sob pressão e, ainda por cima, sabe mentir. Se também souber atirar, você está contratado e... *Merda!* — Archer resmungou, voltando a atenção para a pista de dança. Elle estava lá, ainda calçando firmemente os seus sapatos, dançando com um cara que Keane nunca tinha visto antes. E era uma dança bem quente.

Archer foi até os dois e os interrompeu. Elle reagiu com irritação, mas permitiu que Archer os separasse. Os dois se estranharam, e uma tensão claramente formou-se entre os dois. Keane se voltou para Willa.

— É novo isso? — Ele perguntou.

— Está brincando? — Willa riu. — Esses dois brigam assim sempre que estão juntos.

— Não é disso que estou falando.

Willa pareceu confusa, e ele deu uma risadinha irônica.

— Não importa — Keane disse. — Eu explico quando você for mais velha.

— Esses dois... — Ela olhou para Archer e Elle mais uma vez. — Insistem que não tem nada rolando entre eles.

Keane não acreditava nisso, mas não era da conta dele.

Willa respirou fundo.

— Está ficando tarde. É melhor eu ir embora — ela avisou.

— Dance comigo primeiro.

Ela riu.

— Estou falando sério, Willa.

Ela olhou para a pista de dança com os olhos arregalados, parecendo assustada.

— Keane, se você acha que eu sou péssima nos dardos, é porque você nunca me viu dançando. Eu realmente sou péssima dançarina.

— Eu também danço mal.

— Tá, até parece... Como se eu fosse acreditar que você é ruim em alguma coisa. — Ela disse, e revirou os olhos.

— Bom... — Ele abriu um sorriso radiante. — Você só vai saber se dançar comigo, não acha?

— Aí está uma coisa que eu não pretendo fazer de jeito nenhum.

— Vai amarelar? — Ele provocou, desafiador.

Willa o fuzilou com os olhos.

— Não mesmo, nunca! — E então ela marchou direto para a pista de dança.

Keane a alcançou no momento em que uma música lenta começou a tocar. Passando um braço pela cintura dela, ele a puxou, prendendo uma mecha de cabelo rebelde atrás da orelha de Willa.

Ela estremeceu.

— Com frio? — Keane perguntou, subindo a mão pelo braço de Willa até chegar ao pescoço dela.

— Não. — O hálito quente de Willa afagou o rosto de Keane quando ela se aproximou ainda mais dele. — Estou começando a achar que você é que nem aquela barra de chocolate que eu deixo na minha geladeira para os momentos de emergência.

— Porque sou irresistível?

— Não, porque não faz bem para a minha saúde.

Ele riu e deixou que a música os levassem, aproveitando a sensação de ter o corpo quente e macio dela colado ao seu, e o modo como ela o segurava, com uma mão na nuca de Keane e outra na parte de baixo das costas dele, agarrada na sua camisa. Ele podia sentir o coração de Willa batendo junto ao seu, mas foi somente quando ela deixou escapar um gemido trêmulo que Keane ergueu sua cabeça para que seus olhares se encontrassem.

— Tudo bem — ela confirmou com a cabeça diante do olhar inquisidor dele, — talvez você seja *um pouco* irresistível — ela murmurou. — É que você é sempre tão...

— O quê?

— Tudo.

Keane virou a palma da mão para cima e envolveu seus dedos nos dela, levando ambas as mãos entrelaçadas à boca enquanto bailavam ao ritmo da música. Os passos dela eram inseguros e rápidos demais. Keane ajustou os passos de Willa aos seus, diminuindo o ritmo dela e olhando-a bem nos olhos.

— Você está assustada — ele percebeu, e já não estava mais se referindo à dança.

— Apavorada — Willa confessou. E também não estava falando de dança. — Não quer se juntar a mim?

— Não há nada para se temer aqui, Willa.

— Porque nós somos dois adultos extremamente atraídos um pelo outro e sabemos qual será o resultado final de tudo isso. Sem paixão, sem amor. Só a boa e velha diversão de sempre. — Os grandes olhos de Willa piscaram para ele. — Certo?

— Certo — Keane murmurou, com os lábios encostados aos dela. — Mas você esqueceu uma coisa.

— E o que seria?

— Você me faz rir de verdade, e eu curto isso. Então é isso, sim, Willa, é diversão, mas nada do que eu sinto por você é "velho" nem "o de sempre". — Ele correu as pontas dos dedos suavemente pelas costas dela, descendo até parar na cintura do jeans, acariciando a pele nua entre a bainha da camisa e o brim. Outro tremor a percorreu, e Keane a puxou ainda mais para perto dele, tão perto que seus corpos formaram uma junção perfeita e contínua do peito até os dedos dos pés.

Fechando os olhos, Willa suspirou lentamente e encostou seu rosto no dele. Quando ele moveu os lábios ao encontro dos dela, ela correspondeu ao gesto com entusiasmo. Ela gemeu com os lábios colados aos dele, e Keane a conduziu no ritmo da música enquanto se beijavam.

— Então você realmente sabe dançar — ela acusou em tom descontraído.

As mãos de Keane percorreram as costas delgadas dela.

— Eu também sei outras coisas, Willa. Por exemplo, eu sei que quero muito tocar você.

— É? — Ela riu nervosamente. — Keane, eu...

— Shh — ele sussurrou junto ao cabelo dela. — Mais tarde.

As portas do pub estavam fechadas, tanto as da rua quanto as que davam para o pátio, mas sempre que alguém entrava ou saía, uma brisa penetrava no estabelecimento, roçando a pele quente dos dois.

Quando a música terminou, Keane ergueu o rosto de Willa com a ponta do dedo para que o olhasse, e acariciou o lábio inferior dela com o polegar.

— Obrigado por me mostrar como se dança, querida.

Willa afundou os dentes no dedo polegar dele, não a ponto de machucar, mas para servir como advertência, fazendo-o rir.

Ela era tão perigosa quanto a Petúnia.

Uma tensão surgiu entre os dois, bem parecida com a que houve entre Archer e Elle pouco antes. O calor entre Willa e Keane aumentava e diminuía em meio à multidão no pub. Diferente de Archer e Elle, porém, Keane sabia exatamente do que se tratava.

— Eu realmente preciso ir — Willa disse.

— Eu acompanho você.

— Hum... — O olhar dela se deteve na boca de Keane. — Acho que essa é uma má ideia.

— Com certeza! — Ele sorriu. Se Willa quisesse que ele insistisse nesse ponto, ficaria desapontada. Esse não era o estilo dele. Keane queria muito que dormissem juntos, mas isso só aconteceria quando ela o quisesse de fato e estivesse pronta. Não estava nos seus planos convencê-la a fazer isso com um monte de conversa. Assim sendo, ele segurou a mão dela, e ambos saíram caminhando para o pátio.

O Natal estava realmente por *toda* parte pelas ruas. Uma leve névoa ao redor da fonte encobria as luzes vermelhas e verdes naquela noite fria.

O velho Eddie estava na área, alimentando uma fogueira. Ele tirou um ramo de azevinho de uma sacola e o jogou para Willa.

Em retribuição, ela levou para o Eddie a quentinha com as sobras da sua comida.

— Asinhas de frango — ela disse. — Com bastante molho.

— Obrigado, querida. E eu adorei as minhas luzes. O que você fez significou muito para mim.

— Conte comigo sempre — Willa respondeu.

E Keane sabia que ela não estava dizendo isso da boca para fora. Essa era uma das particularidades que tornavam Willa tão especial e diferente de todas as pessoas que ele já havia conhecido. Para ajudar uma pessoa necessitada ela seria até mesmo capaz de dar a roupa do corpo.

Na escadaria do prédio dela, Keane a encarou.

— Você tem planos para esse ramo de azevinho?

Willa sorriu, e não disse nada até que chegassem ao topo das escadas; depois, andando de costas na direção de seu apartamento, abriu um sorriso para Keane.

— Há certas coisas que um homem deve descobrir por si mesmo.

Ele a alcançou na porta do apartamento e a puxou para perto de si. Não sabia se iriam dar um novo passo em seu relacionamento naquela noite, mas queria que Willa pensasse nele quando ele fosse embora. Para garantir isso, Keane fechou seus dedos em torno do pulso da mão que segurava o ramo de azevinho, e o levantou lentamente até que o ramo ficasse acima da cabeça dela, encostado na parede e sustentado pelas mãos dos dois.

Então ele abaixou a cabeça e roçou a boca nos lábios dela. E depois repetiu o gesto — uma tortura para ambos.

Gemendo, Willa abaixou o ramo de azevinho para poder agarrar a parte da frente da camisa de Keane com as duas mãos. Ela ainda o estava segurando com força quando ele voltou a levantar a cabeça.

— É essa droga de ramo de azevinho — ela sussurrou.

Ele deixou escapar uma risada afetuosa.

— Não, gata, não é o ramo de azevinho.

#*TãoTolinha*

Willa encostou a cabeça no peito de Keane e *bateu* nele algumas vezes, para ver se conseguia pensar com mais clareza. Mas o peito dele era duro como pedra, e tudo o que ela conseguiu foi uma leve dor de cabeça.

— O que é que eu vou fazer com você? — Ela disse.

— Eu tenho algumas sugestões.

Willa levantou a cabeça e captou o encantamento ardente que emanava dos olhos negros dele. E alguma coisa mais também, algo que lhe roubou o ar e a impediu completamente de desviar o olhar.

— Keane... — ela sussurrou, aproximando-se mais dele.

Com as duas mãos no quadril dela, Keane abaixou a cabeça devagar. Um suspiro escapou da boca de Willa, que fechou os olhos quando os lábios dele tocaram os dela. Então, ela envolveu o pescoço de Keane com os braços, derrubando o ramo de azevinho no chão, e mechas do sedoso cabelo dele deslizaram por entre os seus dedos.

Um som áspero que parecia ter saído do fundo do peito de Keane escapou pela sua boca. Ele enfiou as mãos por entre os cabelos de Willa para mudar a posição do beijo, tornando-o mais profundo. Então, os lábios dele se separaram da boca de Willa e começaram a descer, e arrastaram-se pelo queixo, para em seguida passear pela pele de seu pescoço.

Ela engasgou de prazer e ardor, e provavelmente teria se esparramado no chão, feito um saco vazio, se a coxa musculosa dele não estivesse encaixada firmemente no meio das pernas dela, mantendo-a em pé e produzindo um calor bem no centro do corpo de Willa que a fazia esquecer por que ainda não estava pronta para Keane.

O corpo dela não poderia estar *mais* pronto.

Mas então ele moderou seu toque e esfregou o nariz na curva do pescoço de Willa. Suavemente. Afetuosamente. E com um som que pareceu ser um riso baixo, Keane recuou.

Ela lutou para abrir os olhos.

— Uau — Willa sussurrou.

Com uma risada carinhosa, que a deixou ainda mais excitada, Keane a beijou uma última vez no rosto. Um beijo bem suave.

— Não se esqueça de trancar a porta, Willa. Sonhe comigo.

E ela sabia que sonharia.

Keane acordou no domingo com um ruído estranho de batidas, como se um bando de pássaros tivesse entrado em seu quarto e agora tentasse sair, batendo as asas contra a janela.

Ele se sentou na cama e imediatamente olhou na direção da janela, esperando ver um banho de sangue.

Em vez disso, ele viu uma figura suspeita, parecida com um gato, escondida atrás de sua cortina. Então, um rosto preto com penetrantes olhos azuis espiou por entre duas palhetas da veneziana. Em seguida, quatro patas apareceram.

— *Miau.*

— Ficou presa aí, é? — Ele disse.

— *Miau.*

Balançando a cabeça, Keane se levantou e tentou separá-la das palhetas. Como ela havia se enfiado ali? Será que tinha perdido o juízo?

— Isso seria bem mais fácil se você parasse de tentar me atacar! — Ele reclamou.

Petúnia colocou as orelhas para trás, grudadas na cabeça, e tentou mordê-lo.

— Se fizer isso de novo, vou deixar você aí — ele avisou.

Ainda assim, ela continuou rosnando baixo para Keane. Quando finalmente conseguiu libertá-la, ela virou as costas e se foi, com a cabeça erguida e a cauda balançando de um lado para outro, bastante irritada.

Keane olhou para as palhetas e engoliu em seco.

Estavam destruídas.

Ele procurou seu telefone celular e ligou para Sass. Como ela não atendeu, ele deixou uma mensagem:

— Sei que é domingo, mas se você estiver por perto, talvez possa me ajudar. Espero a sua ligação.

Keane desligou e viu que Petúnia ainda parecia zangada. Ela havia voltado, provavelmente para lembrá-lo de que esteve bem perto de morrer de fome.

— Ela não vai retornar o meu telefonema — disse.

Tentou então ligar para Mason. Também caiu na caixa postal. Merda. Ele alimentou a pequena fera e foi tomar um banho. Estava debaixo do chuveiro, no meio do banho, quando percebeu que estava sendo observado. Ele enxaguou todo o shampoo e então abriu os olhos para encontrar Petúnia sentada no chão do banheiro, bem ao lado do box, olhando para ele.

Keane não era de se sentir vulnerável, mas teve o reflexo imediato de se cobrir com as mãos.

— Algum problema? — Ele perguntou.

Ela piscou devagar para ele.

— *Miau.*

A gata não parecia ter fome. Na verdade, ela parecia... solitária. Como que confirmando essa suspeita, Petúnia começou a entrar no box.

— Cuidado — ele advertiu. — Você não vai gostar dessa experiência.

E, de fato, quando a água a atingiu bem no meio da cara ela ergueu os olhos e o fitou indignada, recuando para uma zona segura. Então ela ergueu uma pata e começou a esfregar meticulosamente o rosto, a fim de expulsar a água malvada que a havia atacado.

— Eu avisei — Keane disse.

Eu avisei.

Seus pais costumavam lhe dizer isso sempre que Keane fazia alguma coisa que eles consideravam estúpida. E ele realmente havia feito muitas coisas estúpidas. Por exemplo, no segundo ano da faculdade ele havia quebrado a perna e perdido sua bolsa de estudos do futebol.

— Ser inteligente não deixa você na mão —, dizia o seu pai. — A ciência nunca deixa você na mão. O trabalho de professor nunca vai deixar você na mão. Eu lhe disse que você precisava de um plano B.

— Cacete — Keane resmungou, balançando a cabeça. — Uma simples frase boba dessas é o suficiente para fazer meu pai aparecer.

Petúnia espirrou, mas Keane teve a impressão de que a gata estava rindo da cara dele.

Um pouco traumatizado, ele se vestiu e ficou olhando para Petúnia, que o havia seguido até o quarto.

— Eu preciso ir até North Beach conferir como foram as coisas por lá ontem — ele disse. — Espere aqui e não destrua nada.

Ela piscou para ele, uma piscada lenta como a de uma coruja.

— Merda. — Ela seguramente iria destruir alguma coisa. Várias coisas, talvez. — Escute... — Ele se agachou bem, para olhar nos olhos da felina. — Eu não posso levar você para a cuidadora. Ela não trabalha hoje. E Sass e Mason estão me ignorando porque é domingo.

Petúnia continuou olhando para ele, sem piscar.

— Ah, merda — ele repetiu, e apontou para a caixa de transporte. — A única alternativa que resta é levar você junto comigo, mas esta é uma ideia ruim porq...

Antes mesmo que Keane terminasse a frase, Petúnia já havia caminhado direto para a caixa de transporte, sem protestar.

Surpreso, ele fechou a caixa de transporte cor-de-rosa e encarou os olhos azuis através da tela metálica.

— Eu sei que você não está nada feliz com toda essa situação, mas não temos escolha, ao menos por enquanto. Você tem que ficar comigo.

A gata continuou olhando fixamente para ele.

— Eu tenho uma ideia, olhe só — ele disse. — Eu prometo fazer o melhor que puder e em troca você promete parar de fazer cocô nos meus tênis.

Petúnia deu as costas para ele.

— Legal, então. Foi bom conversar.

Keane a carregou para fora e a colocou no caminhão, levando-a consigo até North Beach. Quando estacionou na rua, diante de um café que ficava a alguns metros de distância da sua propriedade em reforma, um grupo de mulheres paradas na calçada conversava, todas falando ao mesmo tempo.

— ...Você vai ver só quando cravar os dentes naqueles pãezinhos de canela...

— ...Não podia ter encontrado um lugar melhor para fazer a festa de aniversário de trinta anos...

— ... Nossa, não olhem, mas tem um gostosão passando atrás da gente carregando um gato... — Ei, eu falei pra *não olhar!*

Mas todas já tinham se virado para olhar, e as seis mulheres sorriam para ele.

Keane fez um aceno para elas com a cabeça, o que provocou uma avalanche de acenos e mais sorrisos enquanto ele caminhava até a sua propriedade.

— Naqueles pãezinhos é que eu gostaria de cravar os dentes — uma delas murmurou.

Keane quis subir correndo as escadas para entrar logo, mas se controlou. Quando entrou na casa, levou um susto ao ver Mason e Sass pulando cada um para um lado, com os cabelos desgrenhados e uma expressão de culpa nos rostos.

Por um breve e bizarro instante ficaram todos olhando uns para os outros. De repente, Mason pegou sua pistola de pregos e agiu como se estivesse muito ocupado usando-a, enquanto Sass começou a rolar as páginas do seu iPad de trabalho como se o aparelho estivesse em chamas.

— Que porra é essa? — Keane disse.

Mason acidentalmente disparou um prego no piso.

Sass pôs as mãos no quadril e tomou uma atitude defensiva:

— Ei, o que a gente faz enquanto você não está olhando é assunto *nosso*.

— É verdade — Keane respondeu.

— E nós nunca deixamos que isso afete o trabalho — Sass continuou. — Jamais.

— Tudo bem — Keane comentou.

— Eu não deixaria que isso acontecesse — ela acrescentou, agora com voz mais branda. — Adoro esse trabalho.

— Sass — Keane disse, bem-humorado. — Não me importa o que vocês dois fazem nas suas horas de folga, contanto que eu não seja obrigado a assistir. Quando falei que porra é essa, estava me referindo ao fato de vocês dois estarem aqui trabalhando e não atenderem meus telefonemas.

— Na semana passada você comentou que queria todos dando tudo de si até terminarmos — Mason observou, aparentemente recuperando a capacidade de falar. — Bom, estamos dando o nosso melhor.

— Sim, mas eu telefonei pra você — Keane respondeu com grande paciência. — Para os dois. Ninguém me atendeu.

— Porque você queria uma babá para a gata — Sass disse. — E por mais que eu ame esse trabalho, tomar conta da gata má não faz parte do combinado.

— Assino embaixo — Mason comentou.

— Até parece... — Keane olhou para ambos. — Vocês não poderiam saber o que eu queria.

— Não? — Sass olhou enfaticamente para a caixa que ele ainda estava carregando. — Você não contrata gente burra.

Ele bufou e colocou a caixa no chão.
— O que você está fazendo? — Mason perguntou, com os olhos arregalados de horror. — Não deixe essa coisa escapar.
— Não é uma coisa.
— *Isso* vai me atacar! — Mason disse.
Sass o olhou com expressão de desânimo.
— O Mason acha que a gata é a Encarnação do Mal.
— *E é!* — Mason insistiu.
— Ela se esfregou contra as pernas do Mason — Sass disse. — E ele colocou na cabeça que a gata está tentando estabelecer que ela é a figura dominante no relacionamento dos dois.
— Mas ela me trouxe *metade* de um rato — Mason reclamou.
— A gata percebeu que você não sabe caçar e é incapaz de se alimentar sozinho — Sass disse a ele. — Ela está tentando te mostrar como se caça. É um gesto de apreço.
— *Metade* de um rato do campo — Mason repetiu.
— Ah, chega disso. — Keane abriu a caixa de transporte. — Não deixem nenhuma porta aberta — ele ordenou e, após colocar uma tigela de água e outra de comida para Petúnia, foi fazer sua inspeção.

Depois, ele entregou a Mason uma lista de coisas que queria que fossem feitas, e voltou com Petúnia para a propriedade de Vallejo Street, onde vestiu seu cinto de ferramentas. O trabalho que ele realizava envolvia muitas coisas, mas o que Keane mais gostava de fazer era lidar com madeira. A carpintaria havia sido o seu primeiro amor e ainda era a atividade que mais o satisfazia. Nesse trabalho, ele havia sido fiel à antiga escola, ao estilo vitoriano tradicional, resgatando o piso em tábuas de carvalho original e o acabamento em madeira trabalhada; era a isso que ele estava se dedicando naquele dia: lixar e envernizar. O próximo passo seria o acabamento.

Depois de uma hora fazendo isso, Keane parou para pegar o seu telefone, que estava vibrando. Era a tia Sally, finalmente retornando à ligação dele numa chamada com vídeo por FaceTime. Ele atendeu e foi presenteado com a visão de... uma enorme boca, cuja pele estava enrugada pela ação da idade. Os lábios tinham sido pintados com batom vermelho.

— Alô? — Disse a boca. — Keane? Porcaria de telefone moderno — ela resmungou. — Não se consegue ouvir coisa nenhuma.

— Tia Sally, eu estou aqui — ele disse. — Está tudo bem, você está bem instalada?

— *Hein?*

— Não precisa segurar o fone tão perto da boca. Você pode falar normalme...

— Hã? O que disse? *Fale, menino.*

Keane soltou um suspiro.

— Eu disse que você pode falar normalmente.

— Eu estou falando normalmente — ela gritou, ainda segurando o fone tão perto do rosto que só era possível ver a sua boca. — Eu liguei para falar com a Petúnia. Ponha-a na linha.

— Você quer falar com a gata.

— Tem algum problema de audição? Foi o que eu acabei de dizer. Ponha Petúnia na linha.

— Claro. — Keane se dirigiu à cozinha, porque era lá que a gata passava a maior parte do tempo, perto da sua tigela de comida.

Mas a tigela estava vazia, e não havia sinal da Petúnia.

— Espere um pouco — ele disse ao celular, e então o pressionou contra a coxa para bloquear o vídeo e o som. — Pê? — Ele chamou. — Aqui, Pê, aqui! — Ele se sentiu ridículo. Gatos não atendem quando a esse tipo de chamado, muito menos o anticristo felino. — Gatinha, pss — ele prosseguiu. — Petúnia?

Nenhuma resposta. Keane andou pela casa toda, e algo na sala de jantar lhe chamou a atenção. *Ai, cacete,* ele pensou, olhando para o buraco no chão que correspondia ao duto de ar, que naquele momento estava sem sua grade de proteção, que devia estar secando em algum lugar depois de ter sido laqueada.

Ele se ajoelhou e espiou no respiradouro aberto, mas não conseguiu ver nada.

— Pê?

Após um momento de silêncio ele ouviu um ligeiro estalo, seguido por um miado aflito.

Keane pensou que seu coração fosse parar.

— Isso não tem graça nenhuma. Traga esse seu traseiro peludo pra cá agora mesmo, senão vou mostrar o que é bom! — Ele ralhou, ainda apertando o telefone contra a coxa.

A gata voltou a miar, dessa vez ainda mais fraco, como se ela estivesse se movendo ainda mais para o interior do respiradouro. Keane ergueu o celular na altura do rosto novamente.

— Oi, tia Sally, chegou outra chamada e eu preciso atender. Ligo para você o mais rápido que puder, certo?

— Alguma coisa errada? — Os lábios vermelhos enrugados perguntaram.

— Não, está tudo bem — Keane respondeu, desligando em seguida. Ele então pegou a tigela da gata e a encheu com comida, batendo com ela na abertura do duto. — Ouviu isso? — Ele disse energicamente, direcionando a voz para dentro do buraco. — A sua comida está aqui. Venha pegá-la.

Nada. Nenhum ruído dessa vez.

— Jesus. — Keane se levantou e entrou no aposento contíguo, por onde ele sabia que o sistema de ventilação passava. Ele arrancou a grade do respiradouro, ativou o aplicativo de lanterna de seu celular e espiou dentro do buraco. — Petúnia?

Mais uma vez, nenhum ruído.

— Que droga, onde você está?

Keane desligou a lanterna e coçou a testa. Totalmente perdido, fez a primeira coisa que lhe veio à mente. Ele sabia que havia uma pessoa de quem a gata gostava de verdade, e sem perder tempo telefonou para essa pessoa.

— Alô? — Willa atendeu, parecendo sonolenta.

— Eu acordei você. Peço desculpa.

— Keane?

— Sim — ele disse. — Eu estou com um problema.

— Ainda? — Ela bocejou. — Não é recomendável procurar um médico se essa situação persiste por mais de quatro horas?

Keane congelou por um instante, e então riu. Beliscando o alto do nariz, ele balançou a cabeça.

— Não é esse tipo de problema, Willa. — Ele engoliu em seco. — E eu tenho certeza absoluta de que não existe um único cara no mundo que procure um médico por causa disso.

— Não é à toa que os homens morrem mais cedo que as mulheres. Qual é o problema, Keane?

— É a Petúnia.

— Está com ela hoje também?

— Pois é. A minha tia teve de ir para uma casa de repouso porque passou a necessitar de cuidados intensivos. Enquanto eu estava trabalhando, a Petúnia entrou num tubo de ventilação. Não sei se ela encontrou alguma toca de rato, ou se simplesmente está se divertindo enquanto me ferra, como fazem todas as fêmeas que eu conheço. Mas o fato é que eu não consigo mais vê-la nem ouvi-la.

Silêncio.

— Willa?

— Sua tia precisou ir para uma casa de repouso?

Mas não foi o que eu acabei de dizer?, Keane pensou.

— Sim, Willa, e a...

— E você está tomando conta da Petúnia para ela? Por tempo indeterminado?

— Bom, eu *estava* tomando conta — ele respondeu. — Mas agora tenho quase certeza de que matei a gata por acidente.

— Eu já estou indo até aí.

#OndeEstáOBife

Depois do telefonema de Keane, Willa teve que sair da cama pela segunda vez naquela manhã. A primeira vez havia sido cerca de uma hora antes, quando batidas desesperadas soaram em sua porta.

As batidas eram da sua amiga Kylie.

— Você se lembra do Vinnie? — Kylie perguntou, tirando o pequeno filhote da sua bolsa. — Aquela pessoa que se dizia minha companheira nunca veio buscá-lo, dá pra acreditar nisso? — Ela beijou o topo da cabeça do filhote, muito maior que o resto de seu pequeno corpo. — Eu acho que ela o abandonou, e *me* abandonou também...

Puxa vida. Willa olhou bem nos olhinhos ternos e infantis de Vinnie e sentiu seu coração se derreter.

— E o que você tem em mente, Kylie?

— Vou ficar com ele — Kylie respondeu com firmeza. — Ele será um presente de Natal para mim mesma. O problema é que eu preciso ir trabalhar. Existe alguma possibilidade de você me ajudar hoje?

E foi assim que Willa acabou voltando para a cama abraçada a um cãozinho de três semanas de idade, e era assim que ela estava quando Keane lhe telefonou. Ela pegou o pequeno Vinnie e o abraçou.

— Nós temos uma emergência de busca e resgate, amigão. Está pronto para encarar?

Vinnie reagiu abrindo a boca o máximo que pôde em um grande e demorado bocejo. Equilibrando o pequenino nos braços, ela foi cuidar da sua rotina matinal. Teria de fazer isso o mais rápido que pudesse. Precisou colocar Vinnie no chão para escovar os dentes, mas depois percebeu que essa não foi uma boa ideia: quando ela se voltou novamente para o cãozinho, encontrou-o orgulhosamente sentado ao lado do que parecia ser uma pilha de massinha de modelar — só que, embora fresca, era com certeza muito mais fedida.

O bichinho ficou olhando para Willa como se dissesse "Eu não fiz isso não, e também não mastiguei o cadarço dos seus tênis. Não sei quem fez essas coisas com você, nem faço ideia, principalmente essa do cocô. Isso foi jogo sujo".

Resignada, ela limpou a sujeira, e depois vestiu um moletom por cima do seu pijama. Willa pegou a mamadeira que Kylie havia deixado para Vinnie, que ficou tão excitado quando viu seu lanche que começou a rodar as patinhas no ar alegremente, como se pudesse voar até a mamadeira.

— Só me dê um segundo — Willa prometeu. Ela pegou a bolsa e um casaco e saiu pela porta, solicitando um carro do Uber pelo aplicativo do celular, enquanto esperava o elevador.

Aquele era um tipo de luxo que ela geralmente não podia se permitir, mas estava chovendo muito, Vinnie estava com ela, e Keane parecera tão... Vulnerável.

Ela decidiu cuidar daquela situação sozinha porque... bem, a curiosidade matou o gato e tudo o mais. Mas não era apenas a curiosidade que a fazia se dirigir para a casa dele com pressa.

Willa se importava com a Petúnia e, principalmente, se importava com Keane.

— Isso não é bom — ela disse ao filhote quando ele terminou sua mamadeira, aconchegando-o na blusa de moletom sob o seu casaco para manter o cãozinho aquecido. — Nada bom mesmo.

Enfiando a cabeça para fora da gola do moletom, Vinnie lambeu o queixo de Willa. Os olhos do cãozinho, maiores do que sua própria cabeça, eram amigáveis e alegres, e ele olhava para Willa com adoração.

— Tudo bem, eu vou explicar como é que nós iremos jogar esse jogo — ela disse. — Quando estivermos ali dentro, nós não vamos, de jeito *nenhum*, ficar apegados ao cara sexy e bonitão que mora lá, tudo bem? É inútil querer ter um vínculo com alguém que não quer ter um vínculo com você.

— Então por que está indo para a casa dele a essa hora da manhã se você não quer se apegar? — Perguntou o motorista do Uber. — A sua mãe não lhe explicou direito como as coisas funcionam?

— Ei, nada de ficar ouvindo minhas conversas. — Willa disse. — Ou me julgando.

— Você gosta muito desse cara? — O motorista perguntou, conferindo a roupa de Willa pelo espelho retrovisor. — Porque talvez você devesse se vestir melhor.

Senhoras e senhores, essas foram as palavras do cara que está usando uma camiseta cinza encardida e tem um cabelão tão desarrumado e maluco que bate no teto do carro.

— Esse é o meu moletom favorito — Willa respondeu.

— Mas esse moletom está passando a mensagem errada. Ele não diz que você quer transar. Ele diz basicamente que você quer ver televisão e ir dormir.

Ela deu uma olhada em sua roupa quando eles pararam em frente à propriedade de Keane. Ainda bem que ela não tinha a intenção de transar.

Mas espere... Será que tinha? Bem, tarde demais para se preocupar com isso.

— Vai me dar uma boa avaliação? — O motorista perguntou quando ela saiu.

Willa suspirou.

— Vou, claro.

Keane estava quase cedendo à tentação de derrubar a parede — a parede *nova* — entre a sala de estar e a sala de jantar para chegar até Petúnia quando ouviu as batidas de Willa à porta.

Ali estava ela, debaixo de chuva, de moletom e toda encapuzada.

— Oi — ela saudou. Claramente havia acabado de sair da cama, e ainda assim parecia sexy e adorável. — Serviço de resgate a seu dispor.

Keane sabia que Willa trabalhava duro, e que aquele provavelmente era um dos raros dias de descanso que ela podia se permitir — e mesmo assim ela veio ajudá-lo quando recebeu seu telefonema. Sim, certo, ela estava ali por causa da gata e não dele; mas, ainda assim, estava impressionado com a atitude dela.

Era muito raro ver alguém se dispor a ajudar de bom grado, sem esperar nada em troca. Uma atitude realmente especial e que significava muito para Keane.

Ele a pôs para dentro, tirando-a da chuva, que a estava ensopando toda.

— Você está usando seu cinto de ferramentas — ela disse, olhando para a peça.

— É. — Era impressão dele ou os olhos de Willa tinham se dilatado? — Por quê?

Ela umedeceu os lábios e olhou para o cinto uma última vez.

— Por nada.

Ele sorriu.

— Você gosta?

— Bom, não é à toa que é um clichê... — O rosto dela ficou vermelho. — É uma coisa, sei lá... sexy.

— Muito bom saber disso — ele comentou, e desfez o sorriso. — E obrigado por vir.

Willa puxou o capuz para trás e o encarou; os olhos dela pareciam pesados, e Keane imaginou que fosse sono. Seu sedoso cabelo ruivo estava meio bagunçando, caindo em seus olhos e grudando em seu queixo. Ele tirou o casaco dela na tentativa de mantê-la seca. Por baixo ela usava um conjunto de moletom, com a palavra "SWAT" escrita em uma das pernas, e botas para chuva. A confortável blusa de moletom aderia às suas curvas e indicava que Willa não estava usando sutiã.

Keane sentiu sua boca secar.

De dentro do bolso do moletom, a cabecinha de um filhote de cachorro apareceu de repente.

— *Au!* — O cãozinho gritou, com tanta força que as grandes orelhas dele chegaram a balançar.

— Vinnie está de volta — Willa disse, apontando para o cão que cabia na palma da mão. — Estou tomando conta dele. — Ela olhou ao redor. — Uau. Esse lugar está simplesmente... *uau!* — Ela girou o corpo lentamente, sem sair do lugar. — Me diga uma coisa, as molduras... são as peças de madeira originais?

— Originais e restauradas.

— Uma maravilha — ela disse em voz baixa e reverente, caminhando pela casa. — Falando sério, se essa casa fosse minha, eu jamais a deixaria.

Um pouco constrangido com o elogio, mas sentindo o peito inflar de orgulho, Keane não disse nada. Mas aquela era a sua casa dos sonhos também.

— Você vai mesmo vender a propriedade? — Willa perguntou, olhando-o diretamente nos olhos.

— É esse o plano. — Ele deu de ombros. — Eu vendo tudo o que reformo. É o meu negócio.

— Entendo. — Ela fez que sim com a cabeça. — Você não se apega às coisas, eu sei. Bem, onde é que posso deixar o Vinnie enquanto procuramos a Petúnia?

Keane respirou fundo e a levou até a cozinha. O couro do seu cinto de ferramentas rangia enquanto ele caminhava, mas ele duvidava muito que Willa estivesse achando aquilo sexy.

Ela acomodou Vinnie no tanque da lavanderia, que era fundo, forrando-o com um cobertor macio e colocando a cama especial de Vinnie nele — uma caixa de lenços —, junto com água e alguns brinquedos.

— Fique aqui e seja um bom menino — ela disse. — Se se comportar vai ganhar uma coisa gostosa mais tarde.

— Isso se aplica a todos do sexo masculino aqui dentro? — Keane perguntou.

Ela lhe enviou um expressivo olhar de censura.

Certo, parece que não. Balançando a cabeça numa negativa, Keane se repreendeu mentalmente por desejar coisas que não poderia ter. Ele se virou e caminhou para a sala de jantar.

— Aqui — ele disse, agachando-se bem perto do respiradouro. — A Petúnia entrou aqui.

Willa olhou o duto de ar.

— Aonde isso vai dar?

— Na sala de leitura. Eu também retirei a grade desse aposento, mas ela não apareceu por lá. — Keane não era um cara que entrava em pânico. Jamais. Mas estava sentindo um nó no peito, e como se isso não bastasse, sentia que o pânico iria atingi-lo a qualquer momento.

— Há uma pequena chance de que ela não esteja conseguindo recuar — Willa disse. — A Petúnia é um pouco... *robusta*. — Ela sussurrou essa última parte, como se a gata não apenas pudesse ouvi-la, mas também entendesse a língua deles. — Em qual direção vai o respiradouro?

Keane apontou para a esquerda.

— É o aposento contíguo.

Willa andou até a parede à esquerda e colou a orelha nela.

— Petúnia? — Ela chamou e então ficou em silêncio, escutando.

Logo se ouviu um miado bem fraco.

— Merda! — Keane praguejou. — Certo, vamos lá. — Ele se levantou rápido e saiu da sala e, apanhando uma machadinha que estava em uma grande caixa de ferramentas, voltou até Willa. — Afaste-se.

Ela o fitou com os olhos arregalados.

— O que você vai fazer com isso, Keane?

Não está óbvio?

— Vou quebrar a parede.

— Ei, ei! — Ela disse, e dessa vez *definitivamente* não estava impressionada. — Espere só um segundo aí, Lenhador. — Ela voltou ao segundo respiradouro e, ajoelhando-se e colocando as mãos no chão, chamou mais uma

vez pela gata. — Petúnia? Eu sei que você não consegue se virar e andar de volta, e sei que está escuro e você deve estar infeliz com essa situação, mas eu preciso que você se esforce, tá? Você precisa vir até mim, se não o Lobo mau aqui vai soprar até derrubar essa casa. Se ele destruir uma dessas lindas molduras, vai partir meu coração.
— *Miau.*
— Isso mesmo — Willa disse carinhosamente, ainda com as mãos e os joelhos no chão, o traseiro perfeito empinado no ar, a calça de agasalho bem colada nas nádegas dela. — Venha para mim, amor.
Keane soltou um grunhido.
— Assim você me mata.
Sem sair da sua posição, que era uma das posições favoritas dele, Willa suspendeu o pescoço e olhou para ele.
— Eu estou tentando salvar a sua parede aqui.
— Continue — ele respondeu com um travo na voz, respirando fundo.
Willa olhou para a boca dele por um segundo, engoliu em seco e então voltou à sua tarefa.
— Petúnia?
Nada.
Keane se aproximou dela, e Willa lhe apontou o dedo.
— Nem pense em tocar nessa parede, ouviu?
Uma tirana sexy.
— Estou falando sério — ela frisou.
Keane não queria rir, mas não conseguiu evitar.
— Odeio ser a pessoa que te traz más notícias, Willa, mas pelo visto você finalmente encontrou alguém tão teimoso e obstinado quanto você. A Petúnia não vai sair daí de dentro, nem mesmo ouvindo essas suas palavras doces, porque v...
Porque coisa nenhuma. Ouviu-se um ruído, e um triste amontoado de pelos sujos pôs a cabeça para fora do duto. Keane quase caiu de joelhos de alívio.
— Não acredito que ela veio para fora só porque escutou sua voz.
— Eu sou boa, mas nem tanto — Willa disse quando Petúnia puxou alguma coisa da palma da sua mão e comeu como se tivesse ficado dias sem se alimentar. Na verdade, a gata só tinha passado uma hora sem comer. — É um petisco de pepperoni. Sempre funciona. Ai, tadinha, ela está toda suja. Pobrezinha, isso deve ter sido tão traumático para você, né?
— Tremendamente — Keane disse, erguendo as sobrancelhas. — Bem que você poderia me segurar também.

Ela riu, e ele se deu conta de que estava sorrindo para ela como um idiota.

— Você sempre carrega petiscos de pepperoni no bolso?

— Sempre — Willa respondeu, e se sentou no chão com Petúnia, sem se importar com o fato de que agora ela própria também estava suja. Ela puxou um pente de outro bolso, e com ele começou a remover a maior parte da sujeira e poeira do pelo da gata.

— Eu nem vou perguntar o que mais você carrega nos bolsos o tempo todo — Keane comentou, aproximando-se e agachando-se ao lado dela para observar de perto os olhos semicerrados de êxtase da gata. — Você colocou a danadinha em transe.

— Muitos gatos ficam meio hipnotizados de prazer quando você os escova — ela disse, e sorriu. — Principalmente as fêmeas, na verdade.

— Aí está uma coisa sobre o seu gênero que eu desconhecia.

— E você acha que é a única coisa? — Ela perguntou, com ironia suficiente para fazê-lo encará-la longamente.

— Tem algo que você quer que eu saiba? — Ele indagou.

— Absolutamente nada. — Mas o rosto dela ficou vermelho, lindamente vermelho, e ele teve de admitir que isso era um tanto curioso.

Aparentemente dando-se por satisfeita com os mimos que havia recebido, Petúnia saltou do colo de Willa.

— Não saia daí — Keane disse à gata. Ele ligou novamente para Sally e apontou a câmera na direção da Petúnia.

Sally se dirigiu à gata com uma fala mansa e infantil. Petúnia ficou parada, olhando sem piscar para a câmera e ouvindo atentamente.

Depois, Sally agradeceu a Keane e desligou. Petúnia virou as costas e se foi, com a cabeça erguida e o rabo em pé.

— Isso foi muito fofo da sua parte — Willa comentou.

— É, eu sou assim mesmo, um doce de pessoa. E não precisa agradecer não, viu, princesa? — ele disse para a gata que se afastava. Então, segurou a mão de Willa e a ajudou a levantar-se.

Ela levou as mãos ao peito de Keane, mas em vem de usá-lo para se apoiar e se endireitar, ela manteve o contato, deslizando as mãos para cima até envolver o pescoço dele, esfregando-se em Keane no processo.

— Aquela coisa está acontecendo de novo — ela sussurrou.

Sim. Sem sombra de dúvida estava acontecendo.

— Willa, aquela "coisa" gosta de você. E gosta muito.

Ela fez uma careta de descaso e bufou.

— Eu não estava me referindo a isso. Se bem que... — Ela prensou um pouco mais o corpo contra o de Keane, movendo os quadris não muito sutilmente contra a ereção dele. — dá pra notar.
— Duro não notar, não é?
Ela fez careta de descaso novamente. Mas Keane estava morrendo de curiosidade e não resistiu à tentação de perguntar:
— Então ao *que* você estava se referindo?
Willa mordeu o lábio inferior, olhando para a camisa dele com bastante interesse. A mão de Keane subiu pelas costas dela até alcançar o cabelo, puxando-o até que Willa olhasse para o seu rosto.
O olhar dela se fixou na boca de Keane.
— Eu estava falando daquela coisa que me faz querer fazer coisas com você — ela respondeu.
— Gata... — Keane sorriu. — Não vejo nenhum problema nisso.
Willa balançou a cabeça numa negativa e fez menção de se afastar dele.
— Não posso ficar, Keane. Hoje é um dia muito importante. Teremos o evento de Santa Extravaganza no pet shop.
— Eu pensei que você não estivesse trabalhando hoje.
— Não estou. Minhas funcionárias cuidam desse evento para mim; elas sempre fazem isso. Eu apenas cuido da preparação e me certifico de que tudo esteja correndo bem.
Keane a prendeu em seus braços e, ao perceber que ela estava tensa, deixou seus braços soltos em torno dela, dando espaço para que Willa se afastasse se tivesse vontade.
— Então eu assusto você, não é isso?
— Não. — Ela balançou a cabeça numa negativa. — As únicas coisas que me assustam são criaturas rastejantes e Papai Noel. É por isso que as minhas garotas cuidam do Santa Extravaganza para mim.
— Vamos voltar nesse assunto em breve. — Keane disse. — Mas antes disso: se eu não assusto você, então por que não estamos os dois... prontos de novo?
Willa sorriu para ele. Um sorriso discreto, embora cheio de segredos.
— Talvez eu esteja sendo apenas... cautelosa.
Uma coisa ele tinha de admitir: Willa era uma mulher inteligente.
— E esse seu medo do Papai Noel?
— Como podemos confiar num homem adulto que espera que criancinhas sentem no seu colo e lhe sussurrem seus maiores segredos? — Ela respondeu, sarcástica.

— Mas você adora o Natal.
— O Natal, sim. Papai Noel, não muito.
— Por que então realizar o Santa Extravaganza? — Ele perguntou.

Willa inclinou a cabeça e deu de ombros, como se a pergunta a deixasse incomodada.

— É uma grande oportunidade de ganhar dinheiro, e metade dos ganhos vão para instituições que cuidam de animais abandonados. Eles precisam dessa grana. — Willa foi pegar Vinnie e então se dirigiu à porta de saída. Ela deu um beijo na cabeça do menor cachorro do mundo, o que fez Keane morrer de inveja, e em seguida saiu pela porta.

#KeepCalmAndSejaFeliz

No final do dia, Keane se deparou com Petúnia tirando uma soneca... no seu travesseiro. Ele tentou retirá-la, mas ela se esticou toda e não demonstrou a menor vontade de sair de onde estava. Keane teve de se conformar, pois sabia que negociar com ela era perda de tempo. De qualquer maneira, o dia dela havia sido difícil, e de dias difíceis ele entendia.

— Eu vou sair um pouco, está bem? — Keane disse à gata. — E não destrua nada enquanto eu estiver fora, tá?

Ela bocejou, levantou-se e afofou o travesseiro dele com as duas patas da frente como se estivesse fazendo massa de biscoitos, e então tombou no travesseiro de novo e fechou os olhos.

— Comporte-se — Keane disse com firmeza.

A gata o encarou com olhar sereno, e ele teve certeza absoluta de que havia acabado de fazer um pacto com o diabo.

Quer saber? Que se foda, Keane pensou, e se direcionou para o O'Riley Pub. Ele poderia ter escolhido cinquenta outros lugares para jantar no caminho entre sua casa e o pub, talvez até mais de cinquenta, mas Keane sabia muito bem para onde iria depois do trabalho.

Ele queria ver Willa.

Desde o início ele sabia que estava fascinado por Willa, mas não havia suspeitado que se tornaria algo muito maior do que uma atração física.

E ele ainda não fazia a mínima ideia de como lidar com esse sentimento.

Não estava mais chovendo, mas o ar estava gelado. Enfiando as mãos nos bolsos do seu casaco, baixou a cabeça para caminhar contra o vento. Keane entrou no pátio onde ficava a fonte e parou quando viu o velho Eddie se aproximando do lado oposto.

Eddie tinha pelo menos oitenta anos, numa estimativa generosa, algo que o tempo não tinha sido com ele. O homem tinha cabelos brancos embolados de maneira selvagem e, apesar do ar frio, usava bermuda e uma blusa da banda Grateful Dead, que parecia estar vestindo desde a década de 1970.

— Então você está com a Willa agora — disse o cara. — Não é?

— Não sei como isso poderia ser da sua conta — Keane respondeu, olhando com atenção para Eddie.

O velho sorriu.

— Boa resposta, cara. Que bom que você não negou isso. Sabe, a nossa Willa passou por momentos difíceis. Mas ela se levantou sozinha, sacudiu a poeira e fez a vida dela valer a pena. Por isso, ela merece o melhor. Você é o melhor?

— Momentos difíceis *como?*

— É... — Eddie simplesmente sorriu e deu uma leve batidinha no braço de Keane. — Você vai ser o melhor. — E então o velho se virou e saiu andando.

— Difíceis *como?* — Keane tornou a perguntar.

Mas Eddie havia desaparecido.

Keane bufou, contrariado. Passado era passado, como já estava cansado de saber, mas ainda assim era torturante imaginar que Willa precisara se virar sozinha quando era criança.

Na fonte, uma mulher vasculhava seus bolsos à procura de alguma coisa. Devia ter vinte e poucos anos, e parecia angustiada enquanto dava sua busca, os olhos semicerrados.

Ele percebeu que era Haley, a optometrista amiga de Willa.

— Perdeu alguma coisa? — Ele perguntou.

— Não. Bom, perdi — ela corrigiu. — Eu queria fazer um estúpido desejo nessa estúpida fonte encantada, mas não consigo encontrar nenhuma estúpida moeda. — Ela se sentou no peitoril de pedra e tirou o sapato, balançando-o. Nada caiu de dentro dele, e ela suspirou, decepcionada. — Porcaria. Eu sempre tenho pelo menos um tostão aqui.

— Tome, aqui está. — Keane tirou uma moeda de vinte e cinco centavos do bolso.

— Ah, não, eu não posso...

— Pegue — ele insistiu, colocando a moeda na mão da mulher. — Para o seu estúpido desejo nessa estúpida fonte.

Haley riu.

— Você está brincando comigo, mas essa é realmente uma coisa estúpida. E mesmo assim, aqui estou eu, quem diria... Acontece que funcionou para a Pru, e parece ter funcionado também para a Willa. — Haley olhou diretamente para Keane, deixando claro que se referia a ele.

— Não, não. — Ele balançou a cabeça numa negativa. — Nós não...

— Por favor, não destrua minhas esperanças! Quer dizer, é da Willa que estamos falando! Ela se desdobra para cuidar de todo mundo: as garotas que ela emprega, os animais, os amigos. — Ela sorriu ligeiramente. — Mas eu não preciso lhe dizer tudo isso; você já deve saber muito bem.

Keane sabia, sem sombra de dúvida. Willa havia tomado conta da Petúnia quando não tinha absolutamente nenhuma razão para gostar de Keane. E o havia aceitado como amigo quando ele não tinha muita certeza de que merecia tal honra.

— Willa merece um amor — Haley disse. — Ela se doa 100% a tudo e a todos, menos a si mesma, por isso nós todos sempre acreditamos que quando a Willa se apaixonasse seria algo grande e único. Ela seria totalmente nocauteada. — Haley sorriu. — Aliás, tenho de dizer que você está muito bem cotado.

— Não sei com certeza se é o que você acha — ele comentou.

— Bem, sim, mas... No fim das contas, nada é exatamente como a gente espera. — Ela se virou de costas para a água. — Com licença.

— Claro. — Keane se afastou para dar privacidade a Haley.

O pub estava lotado. Luzes brilhavam sobre todos os sorrisos e vozes, e a música "Santa looked a lot like daddy" estava saindo das caixas de som ocultas.

Falando em Papai Noel, ele estava tranquilamente sentado no balcão, engolindo uma dose de alguma coisa.

Keane se dirigiu à extremidade direita do balcão, onde Willa estava sentada com Elle, Spence e Archer. Havia uma fileira de copos vazios diante deles. Elle e Spence estavam discutindo acaloradamente sobre a rotina de exercícios físicos de Spence.

— Você precisa comer coisas saudáveis com mais frequência para ficar em forma — ele disse a Elle.

— Cruel e injusto — ela respondeu, apontando o dedo indicador bem na cara de Archer, que estava enfiando batatas fritas com chili na boca. — Então como você me explica *ele*?

— O quê? — Archer disse com a boca cheia de batatas fritas, virando o olhar na direção de Elle.

Ela fez uma careta de desgosto.

— Você devora tudo o que vê como se não houvesse amanhã, e mesmo assim não ganha nem um grama de gordura.

— Genética apenas, gata — Archer respondeu, abrindo um sorrisinho maroto. — Eu já nasci assim.

Elle revirou os olhos com tanta intensidade que Keane temeu que fossem pular fora das órbitas. Ele passou por todos do grupo e foi até Willa. Ela não estava mais usando moletom; vestia agora saia preta, botas e um suéter natalino com o vermelho mais brilhante que ele já havia visto. Ela olhava fixamente para o Papai Noel no meio do balcão, e Keane poderia jurar que ela estava com medo. Ele entrou propositalmente na frente dela, a fim de bloquear sua visão do Noel.

— Oi.

— Olá. — Willa sorriu de forma não muito convincente. — Eu já volto — ela disse, e então saltou do seu banco e se afastou na direção dos fundos.

Keane olhou para Elle, que também havia visto Willa sair. Elle parecia séria e preocupada.

— Eu sei que a Willa não é fã do Papai Noel — Keane disse —, mas eu acho que está faltando alguma informação aqui para mim.

— E como está — Elle respondeu, mas não deu mais explicações a Keane.

E ele sabia que ela não daria. Até segredos de estados estariam seguros com ela. Keane olhou para Spence, que parecia solidário, mas ainda assim balançou a cabeça numa negativa. Archer era ainda mais fechado do que Elle. Keane então se virou para Haley, que havia acabado de entrar, e aparentemente já tinha feito o seu pedido junto à fonte.

Ela sorriu.

— Pode me contar? — Keane pediu.

— A mãe dela namorava um Papai Noel bêbado que perseguia a Willa pela casa querendo que ela se sentasse no seu colo. Naquela época eles diziam que era engraçado ver um adulto babaca aterrorizar uma menininha.

— E hoje uma merda dessas se chama crime — Keane comentou, zangado.

Elle e Archer se voltaram novamente para Keane, dessa vez com um ar de aprovação em seus olhos. Mas os dois ainda não estavam falando.

E Keane entendia isso. Bons amigos cuidavam uns dos outros em qualquer situação. Era bom saber que Willa tinha isso. Ela precisava disso, depois do que havia passado na infância.

Mas Keane queria fazer parte do círculo de amigos íntimos de Willa, e queria muito. Ele foi até o ponto no balcão onde se encontrava o sujeito vestido de Papai Noel.

— Olá — Keane disse, dando um tapa de leve no ombro do Noel.

Papai Noel se virou e olhou para ele com a indolência das pessoas muito embriagadas.

— Qui cê qué?

— Estão dando bebidas grátis na Second Street para Papais Noéis — Keane disse.

— Mesmo? — Os olhos do homem brilharam. Ele ficou de pé, cambaleando um pouco. — Valeu, cara.

Quando o Noel se dirigiu à porta de saída, Keane seguiu o caminho que Willa havia tomado. O corredor terminava na cozinha. Também havia outras duas portas, que ele presumiu serem de escritórios. A porta do banheiro estava fechada, então Keane esperou ali, apoiado na parede, contemplando o total silêncio do outro lado da porta. Depois de alguns minutos, ele foi até a porta e bateu.

— Willa?

Nenhuma resposta.

Não era a primeira vez naquele dia que uma das mulheres da sua vida se recusava a falar com ele, mas alguma coisa não parecia certa.

— Estou entrando — Keane avisou, abrindo a porta.

O banheiro tinha dois reservados e uma pia, e estava bem limpo.

E vazio.

A janela estava escancarada para a noite, e o ar frio invadia livremente o ambiente.

Willa tinha saído pela janela.

Ele atravessou o banheiro, chegou à janela e pôs a cabeça e os ombros para fora, avistando a esquina do pátio e a escada de incêndio a poucos metros de distância dele. Suspendendo o pescoço, Keane olhou para cima e viu um pequeno pé desparecer na beira do teto.

Cinco andares acima.

— Merda — disse, sentindo vertigem. — Por que tem que ser sempre lá no alto? — Depois de resmungar mais um pouco, ele subiu na janela, batendo os ombros contra a estrutura enquanto se espremia para passar por ela. Espremer era a palavra exata para descrever a situação dele.

Mas Keane não havia pensado na questão da aterrissagem quando se projetou da janela com a cabeça para a frente; por isso, houve um momento de constrangimento em que ele teve que lutar para não mergulhar de cabeça no chão, antes de conseguir endireitar o corpo.

Keane olhou para a bendita escada de incêndio e a puxou, baixando-a. Ele respirou fundo, soltando o ar vigorosamente.

— Perdi a porra do juízo por completo — ele resmungou, enquanto começava a subir.

Quando passou pelo segundo andar, Keane começou a suar. Ele tremia dos pés à cabeça, e para manter a sanidade contava cada andar que alcançava.

— Três. — Ele segurou a respiração e continuou em frente. — Quatro.

Por fim chegou ao nível do teto, mas cometeu o erro de olhar para baixo.

— Merda. Cinco. *Merda!*

Keane precisou fazer um grande esforço para superar o último degrau e passar pela beirada do prédio. Então, ele pulou todo desajeitado para o teto.

#HoHoHo

Willa se assustou ao ouvir o som de um corpo se chocando contra o teto. Ela se voltou na direção do barulho e seus olhos se arregalaram ao ver Keane estendido de costas no chão, como se os ossos da perna dele tivessem se dissolvido.

— Keane? — Ela perguntou, sem conseguir acreditar no que via.

— Sim? — Ele ficou ali prostrado, com os olhos fechados, respirando de maneira irregular.

Willa estava sentada ali, sozinha, pensando na vida e observando o reflexo da lua que ocasionalmente aparecia entre as faixas de nuvem que cruzavam o céu escuro da meia-noite. O luar fazia coisas estranhas com o mundo, sugando toda a cor para que tudo parecesse apenas uma rede de sombras moldada em prata. Talvez ela tivesse batido a cabeça ao sair pela janela do banheiro.

Pânico idiota.

De qualquer maneira, Willa raramente pensava com clareza quando estava sob efeito do estresse. E, pelo visto, ela não era a única naquele instante.

Keane finalmente voltou a falar:

— Que diabos é isso?

— Isso o quê?

— Que diabos você está fazendo no maldito teto?

— Eu venho aqui pra cima quando quero ficar sozinha — ela respondeu, com ênfase no *sozinha*. Então ela percebeu o brilho do suor que escorria pelo rosto de Keane, e o modo como o peito dele subia e descia, como se ele tivesse acabado de correr uma maratona. — Você tem medo de altura?

— Não — ele respondeu, ainda sem mover um único músculo.

— Não? — Os olhos de Willa fitavam fixamente os lábios dele. Como seria bom poder provar novamente aqueles lábios...

— Não, eu não tenho medo de altura. Tenho absoluto pavor!

Essa resposta arrancou uma risada dela. Esquecendo-se por um momento dos seus próprios problemas, Willa se debruçou sobre o grande, longo e robusto corpo dele — o corpo com o qual ela sonhava durante a noite. Todas as noites.

— E mesmo assim você subiu até aqui só para me salvar?

— No momento eu sou o único que precisa de salvamento. Eu vou com absoluta certeza morrer por falta de oxigênio.

Ainda debruçada sobre ele, Willa se abaixou até ficar quase colada ao corpo de Keane.

— Não se preocupe, eu sei fazer ressuscitação cardiopulmonar.

Os olhos dele não se abriram, mas a sua boca se curvou num sorrisinho.

— Você está me provocando. Eu faria você pagar por isso se não estivesse *morrendo* aqui.

Keane ouviu a risada de Willa, e sentiu quando ela beijou um canto da sua boca.

— Confie em mim — ela sussurrou. — A melhor solução quando enfrentamos nossos maiores medos é nos concentrar em outra coisa. — Então ela beijou o outro lado da boca de Keane.

Ele estava começando a gostar do rumo que aquilo estava tomando.

— Como uma distração, é isso? — Ele disse.

— Exatamente.

Keane abriu os olhos.

— Essa parece uma ótima ideia — ele comentou, sabendo que a lógica daquele pensamento era um tanto quanto falha, mas incapaz de se concentrar após sua mente ser tomada por cenários imorais e lascivos em que os dois distraíam um ao outro. — Talvez eu já tenha morrido e ido para o paraíso.

— Você acha que aqui é o paraíso? — Ela sorriu e elevou a cabeça de Keane.

— Você está me tocando e me beijando — Keane respondeu. — Então, sim, aqui está parecendo o paraíso.

Ele sentiu o cabelo de Willa roçar em seu rosto e seus dentes mordiscarem o lóbulo de sua orelha, fazendo-o gemer. O dilema era este: Deixar que Willa continuasse ou pará-la antes que ela fizesse algo que poderia se arrepender depois? Antes que ele tivesse a chance de decidir, Willa voltou a pressionar seus lábios sensuais e macios contra os de Keane, e deslizou as mãos por baixo da sua camisa até encontrar o abdômen dele, que ela explorou com seus dedos.

— Como você é rijo — ela sussurrou com a boca encostada à dele. — Todo rijo.

Era a mais pura verdade.

Os dedos de Willa foram subindo e subindo, até chegarem nos mamilos de Keane. Ela brincou com eles por alguns instantes antes de começar a descer a mão até sua ereção, levando-o ao delírio.

Ela mudou de posição, abriu as pernas e montou em Keane, fazendo o coração dele se acelerar ainda mais.

— Willa... — Keane disse, mas os lábios dela já estavam passeando por seu pescoço, e ele teve dificuldade de fazer com que o ar chegasse até seus pulmões. Agarrando o cabelo de Willa, Keane levantou a cabeça dela a fim de olhá-la diretamente nos olhos. — Willa!

— É o meu nome. — Ela mordeu o lábio inferior dele, puxando-o um pouco, e isso foi o suficiente para que ele instintivamente se movesse, empurrando seu quadril contra o dela.

Keane se sentou e a prendeu pelos quadris, segurando-a com força para mantê-la parada.

— O que nós estamos fazendo, Willa?

— Ah, me desculpe, eu pensei que você soubesse. — Ela agarrou as mãos dele e as colocou em seus seios. — Mais alguma pergunta?

Os seios dela se adaptavam com perfeição às mãos de Keane; ele conseguia perceber, através das camadas de roupa, que os bicos exigiam sua atenção. É, não havia dúvida: ele realmente estava no paraíso.

— Eu estou pronta agora — ela disse suavemente.

Agora Willa tinha toda a atenção dele, e ele procurava os seus olhos. Pela primeira vez ele podia ver com clareza a expressão no rosto dela — cheia de calor, urgência e fúria contida.

Ela queria esvaziar toda aquela raiva acumulada, e precisava dele para isso. E Keane não ligava. Estava à disposição dela. Willa precisava dele, e ele precisava dela — precisava demais.

— Que bom — ele disse, trazendo-a para mais perto dele, apoderando-se dos seus seios com as mãos e friccionando seus mamilos rijos com os polegares.

A cabeça de Willa tombou para trás, e ela deixou escapar um gemido.

— Mais! — Ela exigiu.

— Nós estamos num telhado, Willa. Alguém pode chegar a qualquer mom...

— Não — ela retrucou, com a boca encostada à dele. — Essa escada de incêndio deve ter uns cem anos de existência. Ninguém usa essa coisa velha e barulhenta além de mim e dos meus amigos, e eles estão todos no pub.

A vida de Keane passou diante dos olhos dele como se fosse um filme.

— Willa, você está querendo dizer que eu poderia ter morrido ao subir por essa coisa? É isso o que está me dizendo?

— Você está no paraíso, lembra-se? — As mãos dela estavam nos botões da calça de Keane, abrindo-os um a um.

Ele estava perdendo rapidamente a capacidade de pensar com clareza.

— E se alguém usar a escadaria interna de acesso do prédio? — Keane perguntou.

Ela puxou a calça e a cueca dele para baixo, até tirá-las do seu caminho, e envolveu o sexo dele com seus dedos.

Nesse momento, a luxúria tomou conta dos olhos de Keane.

— Essas escadas são muito barulhentas — Willa murmurou. — Nós ouviríamos qualquer um se aproximando a um quilômetro de distância. — Ela inclinou a cabeça para baixo a fim de poder ver o que estava fazendo.

Keane olhou também, e a visão das mãos dela empalmando o seu sexo o fez grunhir de prazer; ele não foi nem ao menos capaz de reconhecer o som da sua própria voz ao falar:

— Willa, tem certeza de que...

— Sim, total certeza. — A voz dela soou branda e áspera, e agora, assim como a voz de Keane, lembrava um sussurro rouco. — Mas se você estiver preocupado, pode terminar o trabalho mais rápido.

Ele deu uma risada abafada. Aquela devia ser a primeira vez que ele dava risada enquanto uma mulher tinha a parte mais adorada do seu corpo nas mãos.

— Não mesmo, acabar depressa não é o meu estilo.

— Deveria ser esta noite p... — Um lamento abafado cortou a fala de Willa quando Keane abriu seu suéter vermelho e deixou seus ombros à mostra. Ele baixou o suéter até os cotovelos de Willa, imobilizando os braços dela. Enquanto ela tentava encontrar uma maneira de livrar seus braços, Keane percebeu com alegria que ela usava apenas um sutiã por baixo — uma peça sexy, rendada, de tamanho deliciosamente farto. Ele puxou as taças do sutiã para baixo, e antes mesmo que Willa pudesse sentir frio, envolveu um de seus seios nus com uma das mãos, enquanto cobria o outro com a boca, sugando-o.

Willa deixou escapar um suspiro trêmulo e agarrou a cabeça dele, apertando-o contra si como se temesse que ele tentasse escapar.

Mas não havia a menor chance de isso acontecer.

— Quantos copos você bebeu essa noite? — Ele perguntou.

Ela pensou a respeito por um momento.

— O suficiente para saber que eu quero isso, mas não o bastante para querer matar você pela manhã.

Ele a fitou com ar maroto, satisfeito com a resposta. Deslizando as mãos por baixo da saia dela, ele agarrou a sua bunda.

— Você está vestindo roupas demais, Willa.

Ela riu, ofegante, enquanto os dedos dele abriam caminho por entre as coxas e a calcinha dela até encontrarem seu sexo, quente e úmido, bastante úmido. Por um longo momento Keane se dedicou a arrancar de Willa breves lamentos arfantes, enquanto o quadril dela oscilava no ritmo do toque de Keane, suas unhas enterradas nos bíceps musculosos dele.

— Você gosta disso — ele provocou.

Um lamento quase inaudível foi tudo o que saiu da boca de Willa. Mas Keane entendeu o recado.

Ela quer mais.

Com um braço envolvendo as costas de Willa, e a boca ocupada em seus seios, Keane acariciava a região entre as pernas dela no ritmo que ela queria, usando seu corpo trêmulo como um compasso que ditava a velocidade. Ele ergueu a cabeça e beijou as lágrimas de Willa enquanto seu corpo se movia freneticamente nos braços dele.

Correndo os lábios pelo rosto molhado de suor de Willa, ele a segurou com mais força, intensificando as carícias, até que o corpo dela finalmente ficou inerte.

— Eu não tinha imaginado que a noite fosse acabar assim — ela disse, ainda um pouco ofegante, enquanto se curvava sobre ele.

— Pois é. Você não poderia imaginar que teria um orgasmo no teto de um prédio.

— E quanto a você? — Ela pressionou um dedo contra o peito dele. — Eu não vi *você* ter um final feliz.

— Sim, porque eu ainda não tive.

Willa riu, e Keane, adorando o som da sua risada, puxou-a pela nuca e a beijou. Ele também não a vira chegando ao orgasmo, não até que ela o atingisse na cabeça, nocauteando-o com seu vibrante, sexy e adorável corpo.

Ela abriu um sorriso para Keane, um sorriso quente e também cheio de provocação — o que ele imaginou que fosse um bom sinal.

Willa reiniciou as atividades, arrancando uma das suas botas. Ele a ajudou a retirar a outra. Então, ela segurou o membro de Keane e começou a guiá-lo na direção certa, mas ele a deteve.

— Camisinha — ele lembrou.

Ela ficou sem ação, olhando-o com expressão de surpresa.

— Meu Deus, Keane, eu nem acredito que já ia me esquecendo — ela sussurrou, e então agarrou a camisa dele com as duas mãos, fazendo com que ambos ficassem cara a cara. — Seja um bom menino, diga-me que veio preparado e tem um maldito preservativo.

A questão era que ele não esperava que fosse precisar de camisinha, e não estava ainda 100% certo de que devia levar aquela situação adiante. Ele encarou Willa.

— Eu não sou um bom menino.

Willa bufou de desânimo e tombou a cabeça sobre o peito de Keane.

— Mas...

Ela ergueu a cabeça no mesmo instante, a esperança estampada no rosto.

— Sim? — Ela disse, cheia de expectativa.

Sentado no teto, com Willa de pernas abertas sobre o seu colo, de algum modo ele conseguiu tirar a carteira do fundo do bolso, torcendo o tempo todo: *Por favor, prove que é esperto o bastante para ter guardado pelo menos um preservativo aqui dentro...*

— Eba! — Ela gritou de alegria quando ele tirou uma camisinha da carteira.

Rindo, Keane rasgou a embalagem, abriu-a e começou a desenrolar o plástico na sua ferramenta, mas Willa tomou a frente nessa tarefa e afastou as mãos dele com as suas.

— Pode deixar comigo — ela disse. — Eu quero fazer...

Antes mesmo de Willa ter desenrolado a metade do preservativo em Keane, ele já estava suando e tremendo como se fosse um garoto de dezessete anos sem absolutamente nenhum controle.

— Deixa que eu faço isso — ele pediu, colocando as mãos sobre as dela para terminar a tarefa.

— Porque nós estamos com pressa?
— Porque eu estou quase entregando os pontos aqui, e vou acabar terminando antes de começar!

A boca de Willa se curvou numa risadinha marota, mas a risada pareceu morrer na sua garganta e dar lugar a um suspiro muito sexy quando ele a puxou para mais perto, ajeitando-se entre as suas pernas e preparando-a para recebê-lo dentro dela.

— Você vai me deixar comandar? — ela provocou.

— Esse teto é duro demais, você não vai querer apoiar o traseiro nele — Keane respondeu, empalmando as nádegas nuas dela. — Fique de joelhos, Willa. — E então, antes que ela pudesse se mover, ele já havia erguido o corpo dela para penetrá-la, e Willa respondeu acolhendo-o dentro de si em movimentos lentos, cadenciados.

Os dois arfavam, suas bocas coladas em um beijo intenso, profundo, interminável, as mãos de ambos agarrando o que quer que encontrassem em seu caminho. Os amantes se moveram lentamente a princípio, e depois mais rápido e com mais furor, até Keane perder o controle completamente e mergulhar numa espiral de prazer. Agarrando o cabelo de Willa, ele forçou sua cabeça para trás, plantando os lábios no pescoço dela e sugando-o até deixar uma marca vermelha.

Ela atingiu o clímax primeiro, enterrando as unhas em Keane e provocando nele uma combinação de prazer e dor maravilhosa que o catapultou, junto com Willa, direto para o mais absoluto nada.

#SóMaisUmaChanceAmor

Algum tempo se passou até que Willa conseguisse recuperar o fôlego e o mundo parasse de girar sem controle em torno dela. Ou começasse a girar de novo. Ela não conseguia se decidir quanto a isso. De qualquer maneira, Willa ficou completamente pasma quando se deu conta de uma coisa incrível.

Mais de uma coisa, na verdade.

A primeira era que ela estava em cima de Keane, que a envolvia fortemente em seus braços fortes e calorosos, braços esses que ainda vibravam em breves espasmos, como acontecia após uma transa realmente fantástica.

Realmente fantástica. *Mais do que* fantástica.

Em segundo lugar, ela se sentia, ao mesmo tempo, loucamente viva e... *segura*, duas coisas que jamais em toda a sua vida havia sentido simultaneamente.

Porém, esse pensamento trazia à tona algumas emoções incômodas, que ameaçavam invadir seu momento único de felicidade; por isso, ela o expulsou da mente, e levantou a cabeça.

Keane a fitava intensamente e fixamente com seus olhos negros. Deus, ela adorava isso. Ela se sentia à deriva, correndo risco de perder a noção das coisas, mas ele estava ali. E o simples ato de olhar para Keane a acalmava.

— Ei, isso foi... incrível — ela disse.

Keane riu, uma risada abafada, que ecoou no peito de Willa.

— E então? — Ela sorriu. — Essa distração foi boa o suficiente para você?

Ele abriu um sorriso preguiçoso e inacreditavelmente sensual.

— Se eu disser que não você vai tentar me distrair novamente?

— Quem sabe?

— Eu pensava que já tivesse visto e feito de tudo em matéria de sexo — ele disse —, mas isso foi inédito para mim.

Ela riu baixinho, e tentou arrumar suas roupas.

— Eu consigo trazer à tona o melhor e o pior das pessoas.

— E como você definiria a nossa experiência?

— O melhor, sem dúvida — Willa respondeu sem hesitar. Ela não estava conseguindo se recuperar. Enquanto Keane se recompunha, ela ficava sentada em seu colo como uma boneca de pano. Como Willa não conseguia resistir aos deliciosos lábios dele, ela se inclinou lentamente. *Só mais um pouco*, ela pensou, e então o beijou uma última vez. Mas antes que ela interrompesse o beijo e se levantasse, Keane a envolveu em seus braços com força e assumiu as rédeas, tomando os lábios dela num beijo longo, profundo e arrasador, até deixá-la novamente ofegante e cheia de desejo.

Quando ele parou e afastou o rosto, Willa deixou escapar um gemido de protesto, e os lábios dela perseguiram os de Keane.

Esse gesto provocou uma risada descontraída em Keane. Os olhos afetuosos dele fizeram Willa se lembrar das coisas que desejava para si mesma, coisas que havia deixado de lado porque sabia que ele não as queria. Subitamente mais confusa do que nunca — sobre a noite, os festejos do Natal, a porcaria da sua vida, tudo, enfim —, ela se afastou dele engatinhando e voltou a assumir a sua posição original, sentando-se e abraçando os joelhos contra o peito.

Keane também pareceu feliz por ficar em silêncio, em meio à escuridão sob a luz do luar.

— Uma pipoca até que cairia bem agora — ele disse, quebrando o silêncio.

Ela riu discretamente, e os dois se encararam.

— Essa foi uma atração animal e tanto — ela comentou.

— É — Keane concordou, prendendo uma mecha de cabelo de Willa atrás da orelha dela. — Se foi. — Ele depositou um beijo terno no queixo dela. Seu hálito quente sobre a pele de Willa a fez estremecer, e de repente ela se viu inclinando-se para ele, para mais perto daquela aura de tranquilidade que sempre o cercava.

— Então você fez o Papai Noel dar o fora do bar por minha causa?

— Como sabe disso?

Willa sorriu com malícia e deu um tapa de leve no celular enfiado em seu bolso.

— Elle me mandou uma mensagem de texto antes de você subir até aqui. — Ela inclinou a cabeça, erguendo as sobrancelhas. — Você é um cara legal, sabia?

— Mas guarde isso só para nós dois, certo? — Keane pegou a mão dela e a aproximou de sua boca, roçando os lábios nos nós dos dedos dela. — Eu não sou muito de falar, mas você é uma tagarela.

— Bom... — Ela balançou a cabeça. — Agora diga algo que ninguém saiba.

— Era exatamente o que eu esperava que você dissesse. Fale comigo, Willa. Quero saber sobre o seu lance com o Papai Noel.

Por essa Willa não esperava. Ele ainda segurava a sua mão e ela tentou puxá-la para se livrar, mas Keane não deixou, e olhou diretamente nos olhos dela.

— Escute, Keane. Só porque nós... fizemos *isso* — ela disse, indicando com um vago movimento da mão o teto abaixo deles — não significa que somos obrigados a ficar jogando conversa fora.

— O que eu quero conversar não tem nada a ver com *isso*. — Ele sorriu de canto de boca. — Aliás, o que você chama de isso foi simplesmente a transa mais louca que eu já tive em cima de um telhado. Se bem que, na verdade, foi a *única* vez que transei em cima de um telhado.

Willa deixou escapar uma risada abafada, mas desviou o olhar.

Contudo, Keane segurou o queixo dela e a fez olhar para ele novamente.

— Veja bem — ela disse. — O sexo foi realmente demais. Mas, de acordo com o que a gente já havia estabelecido antes, nós não precisamos fazer isso. Quer dizer, você é um homem, eu sou uma mulher. E às vezes temos essa... essa... — Willa fez gestos vagos com a mão mais uma vez — coisa louca e estúpida. Mas foi apenas uma coisa isolada, de uma noite, que provavelmente já faz parte do nosso passado. — Ela o fitou com dificuldade. — Então, acredite, você não precisa ser politicamente correto comigo e seguir todo o procedimento pós sexo.

— Talvez eu esteja louco para seguir todo esse procedimento.

Willa baixou a cabeça até encostá-la nos joelhos, rindo.

— Eu estou tentando te dar uma saída, Keane. — Diabos, ela estava tentando dar *a si mesma* uma saída. O coração dela precisava disso, e precisava demais.

E tinha uma boa razão para isso: ele não se apegava a nada, mas Willa sim, e muito. E ela precisaria tomar muito cuidado para proteger a si mesma.

— Vamos, me distraia — Keane disse. — Finja que eu estou inquieto e você resolveu falar para me distrair.

Bem, não seria nada difícil fingir uma coisa dessas...

— Conte-me o que aconteceu hoje a noite — ele pediu.

— Bem — Willa respondeu em tom sarcástico, num último esforço para dar fim àquela conversação. — É aquela conversa sobre a cegonha que vem e...

— Não me venha com gracinha, sua chata, você sabe o que eu quero saber.

Willa suspirou. Sim, ela sabia. Keane queria saber o que a levava a ter medo do Papai Noel e, mesmo assim, celebrar o Natal como se ainda tivesse cinco anos de idade, e sabia que ele não iria aceitar mais enrolação da parte dela.

Acontece que Willa não conseguia nem mesmo pensar nesse assunto, quanto mais falar nele.

Depois de um longo momento de silêncio, ele falou:

— Quando eu era pequeno, fui enviado para uma escola militar católica dirigida por freiras e ex-soldados da marinha.

— Foi mesmo? — Willa o olhou com espanto. — Quantos anos tinha?

— Cinco. Na verdade, eu não tinha nem completado cinco ainda. Mas quando eu fiz dez anos eu voltei para casa e para o ensino público. Digamos apenas que eu não me adaptei a uma escola privada.

Ela engasgou, incapaz de acreditar no que estava ouvindo, embora ela própria tivesse sido mandada para um orfanato na mesma faixa de idade.

— Seus pais o mandaram para outro lugar e se separaram de você quando tinha cinco anos? E deixaram você lá até que completasse dez anos?

— Bem, eu era muito chato. E tive de pagar caro por isso.

— A escola punia as crianças? — Ela perguntou, horrorizada.

— Só se você merecesse. — Ele levantou a cabeça e contemplou a noite escura, e um leve sorriso se desenhou em seus lábios. — Até hoje eu fico nervoso quando vejo uma freira.

Willa ficou em silêncio, imaginando por que Keane havia acabado de compartilhar aquela história com ela. Claro: Keane quis se abrir para que ela fizesse o mesmo. *Que droga.*

— Eu não fico nervosa quando vejo o Papai Noel — ela comentou.

— Não — Keane retrucou. — Você não fica nervosa. Você tem convulsões.

Keane percebeu que Willa estava cada vez mais inquieta. Sabia que ela queria muito mudar de assunto, mas ele sentia que os dois se encontravam diante de algo tão profundo quanto um abismo, algo que ia muito além de uma mera atração física. Keane sabia que já havia passado da hora de bater em retirada, mas não queria que aquilo terminasse ali.

Willa continuou calada, e ele enfim aceitou a situação, conformando-se com o fato de que havia feito o que podia e não era possível ir mais longe.

De repente, porém, Willa resolveu falar.

— Eu fui mandada embora pela primeira vez praticamente com a mesma idade que você — ela contou com voz baixa.

Keane se voltou para ela e a fitou bem no fundo dos olhos.

— O que aconteceu, Willa?

— Pelos próximos catorze anos seguintes, eu entrei e saí de orfanatos o tempo todo. — Ela respirou fundo. — Minha mãe é alcoólatra. Toda vez que ela conseguia se recuperar nós voltávamos a morar juntas, mas isso nunca durava muito tempo. Na maioria das vezes ela se apaixonava por algum sujeito, então o relacionamento terminava e ela voltava para a bebida e perdia o rumo, e eu acabava voltando para o orfanato.

Jesus, como foi odioso saber que ela teve de passar por isso.

— Alguns desses sujeitos se vestia de Papai Noel?

— Só o primeiro — ela respondeu, estremecendo. — Depois de alguns encontros, eu finalmente tomei coragem e derramei café no colo dele. E isso foi tudo.

— Por favor, Willa, me diga que o maldito café estava fervendo!

Ela sorriu, orgulhosa.

— Claro.

Keane desejou do fundo do coração que ela tivesse derretido o pinto do canalha. De qualquer modo, Willa também saiu ferida nessa experiência. Ele ficou espantado por sentir tanta raiva por algo que havia acontecido a ela vinte anos atrás, mas raiva era exatamente o que sentia naquele momento.

Pessoas a haviam desapontado. E a haviam ferido também. E ele havia feito o mesmo ao dizer que o que os dois tinham era só uma aventura louca e nada além.

Ele jamais havia se sentido tão babaca em toda a sua vida.

Willa pegou na mão dele e a apertou. *Ela está me confortando*, ele pensou, sentindo um nó na garganta enquanto segurava os dedos dela.

— Quantas vezes você foi mandada para o orfanato?

— Pelo menos uma vez por ano, até que enfim completei dezoito anos e me deixaram ir embora.

Ele engoliu em seco, pensando em todas as dificuldades que Willa na certa teve de enfrentar por causa disso.

— Não deve ser nada bom crescer dessa maneira.

Willa deu de ombros.

— Eu me adaptei bem a esse sistema, indo e vindo sem me fixar a lugar algum. Até hoje me dou bem assim.

— O que quer dizer com isso? — Keane perguntou.

— Você não se apega — ela respondeu. — E eu não tenho tendência em criar vínculos. Na minha loja, os clientes vêm e vão. Os animais também. Até meus funcionários. E os homens da minha vida. O que eu tenho de mais constante são meus amigos. — Ela fez menção de se afastar, como se estivesse incomodada por ter falado demais. — É melhor ir embor...

Keane a segurou com mais força, porque nem morto ele iria rastejar de volta para a beira do telhado daquele prédio atrás dela.

— Veja, Willa, para mim essa história de que você não cria vínculos é uma mentira — ele disse gentilmente. Ele podia sentir a tensão vibrar no corpo dela, e havia um grande risco de que ela fugisse. — Você é uma mulher tão inteligente, Willa. É uma empreendedora e uma lutadora. Nunca desiste, e tem o maior coração do mundo. Se você quisesse criar vínculo, como diz, então teria feito isso.

Ela desviou o olhar.

— Talvez você esteja me dando crédito demais, Keane.

— Duvido muito.

Ele não conseguia nem imaginar como a infância de Willa deve ter sido difícil, e o quão injusto era que isso acontecesse logo com ela, que tinha um coração tão generoso, doce e afetuoso. Isso sem mencionar a passagem dela pelo sistema de adoção, que deve ter sido um pesadelo.

— Você ainda mantém contato com a sua mãe? — Ele perguntou.

— Sim. Ela mora no Texas agora, e nós nos comunicamos por mensagem de texto semana sim, semana não. Demoramos algum tempo para perceber que duas vezes por mês é a quantidade ideal de tempo, metade do caminho entre sentir saudade e querer matar uma a outra. — Ela sorriu, mas ele não.

Ele não conseguia.

Willa pegou o seu telefone celular.

— Falando sério, na maioria das vezes as nossas conversas têm sido boas, ou pelo menos bem melhores do que já foram no passado. Veja:

Mamãe:
 Oi, querida, só queria saber se está tudo bem. Você provavelmente tem planos para essa noite...?

— Traduzindo — Willa disse. — Ela está sóbria e bisbilhotando. — Willa quis guardar o telefone, mas Keane tinha visto o texto de resposta e sorriu. Ele leu em voz alta, ainda sorrindo.

Willa:
 A filha com quem você está tentando entrar em contato não vai confirmar nem negar que tem planos para essa noite, pois você está claramente tentando descobrir se ela está saindo com alguém. Isso viola os termos do nosso relacionamento. Se você continuar a perturbar a sua filha dessa maneira, ela vai começar a sair com garotas de novo.

Keane parou de ler e olhou para ela, e sua voz soou baixa e grossa aos seus próprios ouvidos quando começou a falar:
— De novo?
Ela se contorceu um pouco, sem deixar de olhar para Keane.
— Foi uma experiência, aconteceu somente uma vez — ela disse. — Uma fase que superei rapidamente quando percebi que garotas são doidas.
— Homens também não são muito melhores — Keane comentou.
— Não me diga.
Ele sorriu, acariciando o queixo de Willa com o polegar, e deixando que seus dedos mergulhassem no cabelo dela.
— Keane — Willa disse suavemente. — Obrigada por essa noite. — Ela se levantou. — Mesmo sendo uma coisa casual, foi inesquecível.
Keane não teceu nenhum comentário a respeito disso. Não podia. Porque subitamente se sentia perturbado e inseguro, duas coisas que não combinavam bem com ele. Mas não pretendia dizer nada, porque não havia motivo para revelar suas próprias inseguranças patéticas.
Willa caminhou até a beirada do teto e então se voltou para ele.
— Precisa de ajuda para descer, Keane?
— Quê? Era só o que me faltava!
Ela riu com vontade e, passando pela amurada, desapareceu.
Keane foi até a beirada do teto e olhou por sobre a amurada, e então precisou se sentar depressa, enquanto toda a sua vida passava diante dos seus olhos.

— Cacete!

Demorou até que ele conseguisse se recompor e, quando conseguiu, Willa já havia ido embora há algum tempo.

Perfeito.

Ele tomou a direção oposta, caminhando até a porta que levava à escadaria interna. E se consolou com o fato de que pelo menos ninguém veria que ele estava tomando o caminho mais fácil para descer.

#Inesquecível

Na manhã seguinte, na parte dos fundos de seu pet shop, Willa devorava um sanduíche com Cara e Rory. Era o meio da manhã, e elas estiveram atoladas em trabalho desde antes do horário de abertura.

Porém, Willa não estava tão atolada que não pudesse reviver a noite anterior, a voz de Keane invadindo os seus ouvidos num sussurro áspero, o calor em seus olhos enquanto ele se movia habilidosamente dentro dela, e as mãos dele, ao mesmo tempo protetoras e possessivas, em seu corpo.

Quando uma mensagem de texto chegou, Willa ficou tentada a ignorá-la, mas sua curiosidade acabou sendo mais forte. A mensagem era de Elle.

RainhaDaCocada:
Vou precisar de um relatório detalhado a respeito do que aconteceu na noite passada.

— Merda! — Willa resmungou, e ambas as suas funcionárias imediatamente apontaram para o pote dos palavrões.

Willa puxou um dólar do bolso e o enfiou no pote. Em seguida, ela se retirou para a duvidosa privacidade do seu escritório, olhando fixamente para a mensagem de Elle.

Ninguém a havia visto junto com Keane na última noite, disso ela tinha certeza. Porém, quando ela desceu pela escada de incêndio, deu de cara com Pru no pátio.

Bufando, Willa começou a teclar.

Willa:
Vou ter que matar aquela mulher.

RainhaDaCocada:
Use luvas, e não deixe suas impressões na arma do crime.

Willa caiu na risada enquanto respondia.

Willa:
O mais engraçado nisso é que você nem ao menos perguntou quem é que eu tenho que matar.
RainhaDaCocada:
Quanto menos eu souber, menos poderei revelar durante o interrogatório.
RainhaDaCocada:
Mas, falando sério, cadê os meus detalhes?

Mas Willa não só ignorou como deletou as mensagens, e então Elle acabou ligando para a amiga.

— Sabe, eu estou com um monte de problemas — Willa disse, com um tom de voz desanimado.

— Ah, é? — Elle riu. — Acha mesmo que ter um gato daqueles a fim de você é um problema? Porque se você acha isso, nós precisamos conversar. Eu estou em horário de trabalho agora, e bem ocupada, então eu vou falar com todo o pouco carinho que me resta após ter lidado com babacas durante a manhã inteira: você e o Keane transaram até caírem mortos no teto do prédio ontem? E se sim, foi incrível ou eu tenho que bater nele?

Willa deixou a cabeça tombar em sua mesa e bateu no tampo algumas vezes. Keane era inteligente. Sexy. Inacreditavelmente bonito e viril. E quando olhava para Willa, ele a fazia sentir tremores pelo corpo, em todos os lugares possíveis... o tempo todo.

Desfrutar de tamanha intimidade com ele na noite passada havia sido fantástico. Porém, olhando em retrospectiva, também havia sido bastante assustador, porque agora o coração dela se deixara envolver.

E Willa teria de encarar o fato de que ele não pretendia ir tão longe assim.

Ao menos ela havia estabelecido regras ao dizer em voz alta que tudo aquilo não havia passado de um lance, algo casual e inconsequente. Isso ajudou.

Tá, tudo bem, não ajudou em nada; mas ela é que havia provocado os acontecimentos que se desenrolaram naquele teto, e não se arrependia disso.

— E então? — Elle insistiu.

— Foi um lance casual.

— Que bom. Não vejo problema nisso. Mas não foi o que eu lhe perguntei.

Willa bufou, entregando os pontos.

— Sim, a gente transou. Sim, foi incrível.

Elle demorou um pouco para voltar a falar.

— Mas se foi tão bom, por que o jogo não pode continuar?

— Porque não vale a pena, ele não vale tão a pena assim — Willa respondeu, e imediatamente se arrependeu e teve vontade de voltar atrás em sua declaração. Keane era esperto, engraçado e sexy, e sem dúvida valia a pena. Isso significava que ela havia acabado de mentir para uma das melhores amigas que tinha no mundo.

Mas era muito difícil dizer a verdade em voz alta. A verdade era dolorosa. A verdade era que... Willa não tinha certeza de que *ela própria* valia a pena.

— Querida — Elle disse após outro longo momento de silêncio meditativo. — Há uma coisa que você costuma fazer sem perceber. Quando você mente, usa o mesmo tom de voz que usa com os cachorros.

— Eu não posso fazer isso! — Diabos, sua voz soou tão aguda que provavelmente Elle tinha razão, apenas os cães poderiam ouvi-la. Ela pigarreou. — Não agora.

— Tudo bem — Elle disse, conformada. — Vamos fazer uma noite das garotas, então. Que tal amanhã? Pizza, vinho e uma boa conversa sobre acreditar em você mesma, já que você é um dos melhores seres humanos que eu conheço e amo.

— Você odeia a maioria dos seres humanos...

— Prova de que eu realmente gosto de você. Ah, que merda. Acabei de ver na minha agenda que amanhã à noite eu não posso, o Archer precisa da minha ajuda em um trabalho.

— Por que a gente não faz uma noite das garotas para debater por que você e o Archer ainda não transaram até caírem mortos, para usar suas próprias palavras? — Willa provocou. — Todo mundo sabe que isso vai acontecer cedo ou tarde.

— Pois eu acho que todo mundo devia cuidar da própria vida — Elle respondeu, enfezada. — Isso não vai acontecer. Nunca. Vamos marcar então para hoje à noite. Pizza, vinho e os nossos corações abertos.

— Eu estou de dieta.

— Eu também — Elle disse. — Faço a dieta da vontade. Ou seja, eu como o que tiver vontade para alimentar a minha alma, e hoje à noite esse alimento será a pizza.

Willa abriu a boca para alegar que estava muito ocupada, mas Elle havia desligado.

— Caramba, eu odeio quando ela tem a última palavra — Willa resmungou.

Keane havia passado boa parte da sua manhã arrumando o piso de madeira da casa de North Beach, pensando sem parar na noite passada. Isto é, pensava nas partes boas, não naquela parte em que ele, de alguma maneira, deixou que Willa o encaixasse na categoria de caso de uma noite só.

Não, ele ignorou essa parte e preferiu se concentrar na parte em que levou Willa ao orgasmo, e no modo como ela tremia lindamente em seus braços, gritando o nome dele, e...

Alguém bateu na porta da frente pela segunda vez. Keane tinha uma equipe de dez pessoas ali dentro, mas ninguém parou de trabalhar para atender.

— Sass? — Ele chamou.

Ela não respondeu.

— *Sass!*

Parecendo extremamente irritada, ela apareceu no corredor, apontando para o telefone colado à sua orelha para lembrá-lo, com um olhar zangado, que estava ocupada fazendo os pedidos de cortinas para as janelas.

Resignado, ele retirou seu cinto de ferramentas e foi abrir a porta. Não podia ser um funcionário, porque eles simplesmente abriam a porta e entravam. Imaginou que pudesse ser algum vizinho reclamando do barulho. Keane se esforçava para que o trabalho fosse feito em silêncio, mas algumas coisas não ajudavam.

Como a pistola de pregos que ele estava usando naquele momento, por exemplo.

Ele abriu a porta, preparado para pedir desculpas educadamente e continuar a fazer exatamente o que estava fazendo. Mas seu espanto foi enorme ao se deparar com sua tia Sally do outro lado da porta.

A velha senhora estava com as duas mãos no quadril.

— Eu tive que caçar você pela cidade inteira. Faz alguma ideia de quanto eu acabei de gastar rodando de táxi?

Keane enfiou a cabeça para fora da porta e viu o táxi parado na rua.

— Pode deixar, eu pago o...

— Já fiz isso. — Ela bufou, irritada. — Você não atende o telefone. Não sabe quão rude é isso? Aliás, toda sua geração é rude, com essa coisa de Twitter e mensagens de texto. Ridículo. Gente sem a menor educação.

Keane tirou o telefone do bolso e viu a chamada perdida. Com um sorriso sem graça, ele balançou a cabeça.

— Tia, eu estava usando ferramentas elétricas e não consegui escutar quando o...

— Não precisa me dar desculpas, menino. Eu tenho que voltar dentro de uma hora. Onde está a Petúnia? Onde está o meu doce bebê? A criaturinha tem medo até da própria sombra. Deve estar apavorada com todas essas pessoas andando para lá e para cá e esse barulho infernal.

Se a Petúnia era um "doce bebê", então Keane comia seus próprios calções. E quanto ao lugar em que ela estava, era um pouco complicado. Sabendo que o dia de hoje seria tremendamente barulhento, ele havia deixado a gata na Companhia do Latido pela manhã.

É claro que ele esperava pôr os olhos — e quem sabe a boca também — em Willa. Sim, ele havia captado bem a mensagem que havia recebido dela na noite passada.

Foi coisa de uma noite só e nada além.

Ele entendia isso. Na verdade, aventuras passageiras eram a especialidade dele. Keane não esperava mesmo outra coisa. Por isso, a melhor coisa a fazer era concordar com ela.

Se bem que ele não sentia muita vontade de concordar quando se lembrava dos momentos que haviam passado; mas era melhor não pensar *naquilo*.

De qualquer maneira, isso não fez diferença. Willa não estava no pet shop quando ele foi até lá, e Keane teve de lidar com Rory, que não deu nenhuma pista sobre o paradeiro da sua chefe.

Preocupado, imaginando que pudesse ter algo a ver com a ausência de Willa, Keane enviou mensagens de texto e tentou ligar para ela, mas não obteve nenhuma resposta. Tinha de admitir que estava ficando inquieto. Ou ela havia decidido que a noite passada fora um grande erro, mesmo sendo um lance de uma noite, ou... bem, ele não conseguia pensar em uma alternativa.

Mas a ideia de que ela estava arrependida por ter participado do que havia sido a melhor noite da história recente dele, e também da antiga, não o agradava nem um pouco. Seu grande plano era deixar o dia transcorrer e então voltar ao pet shop antes do horário de fechar, para descobrir pessoalmente o que diabos estava acontecendo.

— E então? — Tia Sally disse com impaciência.

Ele se juntou a ela na entrada casa e fechou a porta atrás de si, isolando o barulho que vinha de dentro. Além disso, se a tia Sally iria gritar com ele, então seria preferível que fizesse isso sem a presença da sua equipe de trabalho, para não minar a sua autoridade.

— Por que você disse que tem apenas uma hora? — Keane quis saber. — Você fugiu da instituição? O que está acontecendo?

— Não, não, nada disso — ela retrucou, balançando um dedo ossudo diante da cara dele. — Primeiro você. Onde está o meu bebê?

— Ela não está aqui. Eu sabia que o barulho a perturbaria, então eu a...

— O que foi que você fez com ela? Ah, meu Deus. — Ela torceu as mãos. — Você a vendeu? Não acredito que...

— Não — ele disse. — Ela está com uma amiga.

— Ela é delicada, Keane. Eu acho que ela nem ao menos sabe que é um animal, muito menos uma gata! Sei que quando você causou problemas seus pais o despacharam para longe de casa, mas essa não é a maneira certa de lidar com as coisas. — Ela parecia muito preocupada, e isso fez Keane se sentir um perfeito babaca.

E meio chocado também. Porque era exatamente isso que Keane havia feito. Ele havia despachado a gata em vez de lidar com ela, assim como os seus pais sempre haviam feito com ele. Jesus. *Será que eu sou como eles?*

— A Petúnia está bem, tia — ele garantiu. — A minha... amiga ama gatos. — Ele se atrapalhou todo ao falar aquela palavra.

— Sua amiga?

— Sim — ele confirmou, e realmente esperava que fosse verdade e que, no final das contas, ele e Willa continuassem amigos, que ele não tivesse estragado tudo na noite passada.

— Onde está essa pessoa? — Tia Sally quis saber. — Quero que me leve até ela agora.

Bem, que seja. Keane enfiou a cabeça para dentro da casa novamente e deu de cara com Sass, que claramente estava escutando sua conversa atrás da porta, e parecia estar se divertindo.

— *Covarde* — ele sussurrou.

— Você não me paga o suficiente para mentir para doces velhinhas — ela sussurrou em resposta.

Na verdade, ele pagava o suficiente para que ela fizesse isso. Pagava a ela o suficiente para que governasse um país do terceiro mundo. Mas agora não era uma boa hora para exibir esses argumentos.

— Volto logo — Keane avisou.

Sass sorriu.

— Quer que eu ligue antes para a Willa para avisar que você mentiu para a sua doce tia-avó idosa e peça a ela para mentir por você também?

— Não menti — ele retrucou. — Eu apenas omiti alguns fatos.

— Por exemplo, que você deixou a gata num pet shop?

— Só faça a sua parte e segure as pontas por aqui — Keane disse, e fechou a porta na cara sorridente dela.

Ele se voltou para a sua tia e segurou a mão dela.

— Vamos, tia, vou levá-la até lá de carro.

Dez minutos depois, Keane estacionou na calçada do Píer 39, bem diante do pet shop Companhia do Latido.

Sally observou com atenção, e então se voltou para Keane e o fuzilou com os olhos:

— Se houver um único pelo danificado na cabecinha da minha Petúnia...

— Seremos todos mortos e desmembrados — ele disse. — Já sei. — E Keane também sabia que se alguém tivesse ferido com certeza não seria a gata, porque quem tentasse se meter com ela acabaria todo fatiado.

Willa conferia os registros contábeis da empresa durante uma pausa para descanso, quando interrompeu a atividade e olhou distraidamente pela janela. Nas últimas semanas, uma certa quantia de dinheiro vinha sumindo com frequência da sua caixa registradora.

Mais preocupante ainda era o fato de que isso acontecia apenas quando uma das suas funcionárias fechava a loja. Odiava ligar os fatos e pensar no que isso significava, mas estava agora amargando um prejuízo de preciosos cento e vinte dólares, e não poderia ignorar isso de jeito nenhum.

A cabeça de Rory surgiu na porta de uma das salas.

— Tudo bem com você? — Rory quis saber.

Rory era a funcionária mais antiga de Willa. Ela não queria que Rory fosse a ladra, mas não podia ter certeza.

— Tô bem — Willa perguntou.

— Legal — Rory disse. Ela não acreditou naquela resposta, mas também não insistiu no assunto. — Eu vou dar banho no Buddy. Você pode atender os clientes?

— Claro. — Buddy era um gato de doze anos de idade que odiava banhos. Por outro lado, ele adorava ser penteado. Por isso, eles tinham um relacionamento de amor e ódio, embora ele gostasse mais da Rory.

Alguns minutos depois, a campainha da porta da frente soou. Willa estava se dirigindo para a porta quando uma confusão vinda dos fundos da loja chamou a sua atenção: um grito assustado, um rosnado, um uivo e, então, uma batida.

Ela voltou e foi correndo até os fundos, e encontrou Rory de quatro no chão, espiando por baixo das prateleiras do estoque, e Lyndie de pé no centro da sala, tensa, com as mãos unidas na altura do peito.

— O que houve? — Willa perguntou.

— Eu e o Buddy levamos um susto, alguma coisa nos assustou. — Rory resmungou essas palavras e olhou com a cara fechada na direção de Lyndie, e então Willa soube que havia muito mais nessa história do que o que ela estava contando.

— *Alguma coisa?* — Willa perguntou.

— É. Daí ele me mordeu, e eu o soltei. Ele escapou para baixo da estante e se escondeu lá. Venha para cá, Buddy — Rory disse com voz suave e melodiosa. — Não estou brava com você, eu também teria me mordido no seu lugar. Eu não quis assustar você.

Willa se ajoelhou ao lado de Rory com as mãos no chão e espiou sob as prateleiras, deparando-se com dois enormes olhos assustados voltados para ela.

— Ei, bebê, tudo bem. Por que não vem para cá? — Ela tirou um petisco de pepperoni do bolso e o balançou no ar de maneira tentadora. — Vamos pular o banho e ir direto para a escovação, certo? Sei que você adora.

Incapaz de resistir a uma oferta de comida, seja lá o que fosse que lhe oferecessem, Buddy saiu rastejando de debaixo da prateleira e pegou o petisco com muita cautela.

Willa o pegou gentilmente no colo e o acariciou, beijando o topo da sua cabeça ossuda.

— Meu garoto bobinho. — Ela olhou para o lado e percebeu que o dedo de Rory sangrava profusamente. — Está muito ruim?

— Não se preocupe, não foi nada — ela disse, e foi até a pia.

Willa poderia se preocupar com isso depois, porque agora teria que lidar com Lyndie e as suspeitas que estavam tirando sua paz.

— Quando você chegou aqui, Lyndie?

Lyndie mordeu o lábio inferior e trocou um olhar com Rory.

Willa balançou a cabeça levemente. Pensava que elas já haviam passado dessa fase.

— Lyndie — Willa disse com voz tranquila, gentilmente. — Eu sei que você dormiu aqui na noite passada. Sei que você dorme aqui quando precisa.

— Não — ela rebateu, imediatamente colocando-se na defensiva. — Eu...

— Pare — Willa disse com a mesma voz calma, sem nenhum tom de julgamento ou censura. Ela, mais do que ninguém, sabia o que significava ter de sair de uma situação ruim e ainda não ter um lugar seguro para se abrigar. — Eu quero que você se sinta segura aqui. Mas você precisa me avisar quando precisar de um lugar para dormir. Eu tenho um sofá no meu apartamento que é bem melhor do que o chão dessa sala de banho e tosa. Pergunte para a Rory. Ela dormiu lá um monte de vezes no primeiro ano em que nos conhecemos.

Rory fez que sim com a cabeça.

— Ela faz torradas com canela tarde da noite, e nós assistimos Netflix — Rory comentou.

Lyndie ficou olhando para Willa durante um bom tempo, e então engoliu em seco.

— Você me deixaria dormir no seu apartamento?

— Sim — Willa disse. — Mas há uma coisa que eu *não* posso deixar você fazer. Eu não vou deixar que roube dinheiro do caixa.

— Eu? — Lyndie estreitou os olhos. — Eu não roubei nada. — Ela se apoiou na porta. — Você pode chamar os tiras, mas não pode me segurar aqui até eles chegarem...

— Eu não vou chamar a polícia — Willa disse, levantando-se. — Eu preciso que você me escute e preste muita atenção ao que vou dizer, entendeu? Eu adoro ter você como funcionária, adoro a maneira como você trata os animais, mas ninguém está segurando você aqui contra a sua vontade. Para falar a verdade, quem não quiser ficar aqui não tem que ficar, e eu não quero que fique. E eu não vou permitir que ninguém tire vantagem de mim. Rory, qual é a minha política com relação a roubar? — Ela perguntou, sem tirar os olhos de Lyndie.

— Duas mancadas — disse Rory, que havia acabado de lavar seu dedo e o estava envolvendo em papel-toalha para estancar o sangramento. — Duas mancadas e você já era.

— E por que não podem ser três? — Willa perguntou.

— Porque você nasceu prematura e sem paciência — Rory declarou.

— Muito bom. — Willa fez um aceno positivo com a cabeça. — Você entendeu bem o que estou dizendo? — Perguntou a Lyndie.

— Sim. — A garota engoliu em seco novamente. — Eu dei a minha primeira mancada.

— Isso mesmo, a primeira — Willa confirmou. Ela era sempre inflexível quando se tratava de respeito aos limites.

— Eu sinto muito por isso — Lyndie sussurrou.

— Eu sei, e agradeço. Mas nós duas merecemos coisa melhor, não acha?

Lyndie fez que sim com a cabeça, e Willa foi para a mesa de tosa com Buddy.

— Agora, vocês duas podem ir para a frente da loja e cuidar dos clientes. Eu vou escovar o Buddy. — Quando elas se foram, Willa falou com o gato assustado, usando uma voz fina e melodiosa. — E você, minha ferinha linda. Vamos fazer um pouco de mágica juntos.

— E quanto a mim, quer fazer um pouco de mágica comigo também? — Alguém perguntou atrás dela em uma voz insuportavelmente familiar, grave e sensual.

Era Keane, claro... Quem mais poderia fazer o coração dela acelerar e os bicos dos seus seios se enrijecerem, enquanto tudo o mais dentro dela amolecia?

#LeiaOsMeusLábios

Keane se sentiu satisfeito por ter deixado Willa sem fala.

Ao menos por uma vez.

Mas ele não pôde ignorar o fato de que Willa não parecia exatamente feliz ao vê-lo. Keane caminhou até Willa, pegou a escova que ela havia deixado cair e a entregou à dona, mas só soltou a escova quando Willa olhou para ele.

— Oi — ele saudou.

— Oi, Keane. — No início ela o fitou estreitando os olhos, como uma gazela na frente de uma lanterna, mas agora seus olhos estavam quase se fechando diante do olhar franco e direto de Keane.

— Você está bem? — Ele perguntou.

— Sim, mas meio ocupada aqui, então...

— Não está mais! — Rory estava parada na porta da sala, com uma expressão marota no rosto. — Lyndie e eu vamos cuidar de tudo, então vocês dois podem... — Ela sorriu com sinceridade. — Bom, fazer mágica ou qualquer coisa assim.

E então a garota se foi.

— Ela está dando uma de cupido — Willa murmurou. — Eu tive um momento bem complicado com as duas instantes atrás e agora elas estão bancando o cupido.

— Quer falar sobre o que aconteceu? — Keane perguntou. — Pareceu sério.

— Eu já cuidei disso.

Ela sempre cuidava. Era boa em lidar com as coisas, e cuidava de qualquer problema que surgisse em seu caminho.

— Tudo bem, vamos falar de outra coisa então. Por exemplo, o que leva as suas funcionárias a terem tanta certeza de que você gosta de mim?

Ela revirou os olhos com descaso, arrancando uma risada de Keane. Ele chegou bem perto de Willa e roçou os lábios na orelha dela.

— Você está me dizendo que não foi feliz na noite passada, Willa?

Keane sentiu um tremor percorrer o corpo dela, mas antes que pudesse puxá-la para perto de si, ela se afastou dele e o fuzilou com os olhos.

— Tire esse tom sensual da sua voz — ela disse, irritada. — E você sabe que eu fui feliz. — Ela hesitou, olhando ao redor como se quisesse ter certeza de que ninguém poderia ouvi-los. — Duas vezes — Willa sussurrou.

Ele caiu na risada.

— Na verdade foram três vezes — ele comentou.

— Você estava contando? — Willa perguntou, pasma.

— Claro que não. Não precisei fazer isso. — Ele se inclinou para a frente. — E além do mais, nós dois sabemos que foram quatro.

— Está vendo? É por isso. — Willa apontou o dedo para ele. — É por *isso* que nós não vamos fazer de novo. Porque você quer falar sobre isso, e eu *não*.

— Nós não vamos mesmo fazer isso de novo?

— Uma noite — ela disse baixinho, sem deixar de fitá-lo. — Você concordou. Sem compromisso, sem vínculos. Você concordou com isso também.

— Tá. — Ele balançou a cabeça numa negativa. — Talvez eu tenha concordado de forma muito precoce.

Willa riu com vontade.

— Disso você não pode ser acusado... — Ela ergueu as sobrancelhas, e Keane riu. — Acho que nós dois sabemos que nos saímos melhor como amigos, Keane.

— Amigos — ele repetiu, ainda sem saber ao certo como se sentia a respeito disso.

— Sim, amigos. Amigos criam vínculo e permanecem juntos. — Ela levantou os ombros, parecendo um pouco envergonhada. — Acho que não vou me importar se você... ficar por perto.

Keane olhou para ela longamente, imaginando a novidade que isso seria — ser amigo de uma mulher que ele queria em sua cama, debaixo dele, nua e se contorcendo.

— Eu gosto da parte de ficar por perto — ele disse.

Ela o empurrou, mas Keane segurou a sua mão.

— Eu estou dentro, Willa — ele respondeu, sério.

A boca de Willa se curvou.

— Está dentro como amigo, ou essa foi outra das suas piadinhas de duplo sentido?

— As duas coisas — ele disse, apenas para ver o sorriso dela brilhar mais uma vez. Todo seu peito se apertou quando isso aconteceu, e ele percebeu que o que sentia ia muito além de uma grande atração física, uma química entre ambos; mas, pela expressão no rosto dela, Keane não precisava enfatizar isso. Willa já sabia.

— Bem... — ela disse após um breve momento de constrangimento. — O que o traz aqui? Terminou o seu trabalho por hoje?

— Não. A minha tia-avó queria ver a Petúnia.

Willa processou as palavras de Keane e sentiu sua coluna ficar reta como uma tábua enquanto saía apressadamente pela porta.

Keane a seguiu, caminhando logo atrás dela. Willa virou a cabeça e o fuzilou com o olhar.

— Por que não me avisou que ela estava aqui assim que você chegou?

— Eu avisei assim que você parou de falar de mágica e de amizade eterna.

— Meu Deus! — Willa teve vontade de esganá-lo. Keane continuou no encalço dela, com seus ombros largos sobressaindo sob o tecido da sua camisa, a calça jeans valorizando suas pernas longas, botas de trabalho gastas, tudo combinado para fazer o coração dela querer saltar do peito.

Ela olhou novamente para Keane, e seus olhares se encontraram e não se desviaram. Eles ficaram assim por um longo momento, sem tirar os olhos um do outro, e Willa se esqueceu de seus problemas com Lyndie, se esqueceu de seu pet shop... caramba, ela se esqueceu até mesmo de qual era seu nome, porque as imagens da noite passada se projetavam claramente em sua cabeça.

Ela conseguia sentir a sensação das grandes e poderosas mãos de Keane sobre o seu corpo, os gemidos profundos que ele arrancara dela enquanto a penetrava mais e mais, possuindo-a e tocando-a com um grau de intimidade avassalador. Ele havia transtornado o mundo de Willa e a tirado de seu prumo com espantosa facilidade, como se a conhecesse melhor do que ninguém.

Isso sem mencionar o absoluto desejo, a pura e violenta fome que ele provocava. E também a satisfação... E ela havia escolhido deixar tudo isso de lado para que se tornassem apenas amigos.

Ela não passava de uma idiota — uma idiota frágil e assustada.

Uma mulher idosa passeava pela loja, caminhando lentamente, com certa dificuldade até, o rosto crispado de ansiedade e preocupação.

— Tia Sally, esta é Willa Davis — Keane disse, apresentando-as uma à outra. — Ela é a dona deste pet shop, a Companhia do Latido.

— É um prazer conhecê-la — disse Willa.

— Você é a *amiga* que está com a minha Petúnia? — A senhora idosa perguntou, estreitando os olhos.

— Sim. — Willa lançou um olhar de censura na direção de Keane. — Ela está sã e salva, como sempre acontece quando está aqui.

— Como sempre?

Xi, Willa pensou. Preparou-se para falar alguma coisa, mas Sally foi mais rápida.

— Quero a minha gata de volta. — O cabelo branco da tia de Keane estava preso num coque, que tremia com sua indignação. — Agora mesmo.

— Tia Sally — Keane disse em voz baixa, segurando a mão da idosa. — A Pê é muito feliz aqui, de verdade. Eu garanto.

— Pê? — Sally perguntou.

Willa riu, mas quando Keane lhe enviou um olhar aflito, ela disfarçou e tossiu.

— Ela não deveria ficar presa o dia inteiro — Sally reclamou. — Petúnia odeia ficar confinada.

— Não, eu não deixo nenhum de meus bebês peludos presos — Willa explicou. — Eu seleciono alguns deles para ficar comigo ou com uma das minhas funcionárias durante todo o dia. A Petúnia é uma das poucas que eu selecionei. Aliás, ela é realmente maravilhosa. Uma criatura muito doce e carinhosa.

Agora foi a vez de Keane abortar uma risada, disfarçando-a com uma tosse.

Willa o ignorou e continuou a falar:

— Petúnia realmente gosta de ficar em lugares altos, observando o mundo de um esconderijo seguro.

— Sim — Sally disse com grande alívio, bem menos tensa agora. — Ela gosta.

Willa gesticulou na direção do outro lado da loja, onde tinha um armário embutido com um grande sortimento de camas para animais de todos os tamanhos — desde camas enormes para cães São Bernardo até camas para os mais minúsculos cãezinhos.

Petúnia estava na prateleira mais alta e em uma das menores camas, com metade do corpo para fora, o que não parecia incomodá-la nem um pouco, uma vez que ela dormia a sono solto.

— Jesus — Sally exclamou baixinho, levando a mão ao rosto, que exibia uma expressão de puro contentamento. — Ela parece... ridícula.

Willa riu.

— Ela mesma escolheu a caminha, e está muito satisfeita. Acabou de voltar de um passeio.

— Um passeio? — Sally repetiu. — Lá fora?

— Em uma guia — Willa explicou. — Uma amiga minha a levou para uma caminhada lá fora junto com dois golden retriever. Todos se divertiram pra valer.

Sally se virou rapidamente para Keane, com os olhos brilhando e, estendendo os braços, lhe deu um beijo no peito.

— Você é brilhante, querido!

— Eu? — Keane pareceu surpreso. E desconfiado.

— E eu que achava que você nunca mais iria se recuperar da perda do Blue, não ao ponto de ter outro animalzinho. Blue foi um cão que ele teve quando era criança — ela explicou a Willa, e então se voltou novamente para o sobrinho. — Quando os seus pais doaram o cachorro sem falar com você antes, eu achei que isso destruiria sua capacidade de amar qualquer outro animal.

— Hein? — Keane pareceu confuso. — Não, eles não o deram para outra pessoa — ele disse. — Eu deixei a porta dos fundos aberta e o Blue escapou. A culpa foi minha.

Sally balançou a cabeça numa negativa.

— Eu sempre me perguntei que tipo de conversa-mole eles tinham usado para enrolar você. Keane, você amava aquele cão mais do que tudo nesse mundo, e jamais teria sido descuidado a ponto de deixar a porta dos fundos aberta sabendo que o seu quintal não era cercado.

— Como sabia disso? — Ele perguntou. — Você nunca ia até lá.

— A minha irmã e eu tínhamos uma amiga em comum. Acontece que a Betty não voltou as costas para mim como todo mundo fez. Ela me mantinha informada.

Keane ainda tinha uma expressão de confusão estampada no rosto, mas algo em seu olhar tocou fundo o coração de Willa.

Willa havia acreditado no discurso que ele havia feito sobre ser incapaz de ter sentimentos profundos e ter uma sensibilidade pouco desenvolvida. Um cara que não desenvolvia relacionamentos nem vínculos. Mas ela começava a acreditar que era justamente o oposto — que ele possuía um coração incrível, mas que havia sido ferido. E ferido duramente.

— Petúnia — Sally chamou amavelmente, com sua voz vacilante de pessoa de idade avançada. — Venha com a mamãe, querida.

Petúnia imediatamente levantou a cabeça, e deu um ligeiro miado de surpresa. Ela pulou com graça no balcão e caminhou bamboleando na direção de Sally, direto para os braços abertos da mulher.

Sally abaixou a cabeça, e ambas desfrutaram de um longo momento juntas; os únicos sons que se ouviam eram o ronronado contínuo da gata e os murmúrios cheios de afeto de Sally.

— Eu preciso ir, Petúnia — ela sussurrou suavemente. — Talvez você não possa me ver por algum tempo, mas seja uma boa garota para o Keane, certo? Ele tem um grande coração, mesmo que ainda não saiba disso.

Willa sentiu o seu coração se apertar. Voltou-se para Keane com expressão aflita, e ele sorriu tristemente, esticando a mão para alcançar a dela. Ela segurou delicadamente os dedos dele.

Keane a fitou com ternura, e ela percebeu que havia calor nos olhos dele. Calor e gratidão. Talvez porque Willa havia tomado conta da Petúnia? Ou por ter sido gentil com sua tia? Ou talvez fosse simplesmente porque ela estava ali.

Sally por fim levantou a cabeça. Suas lágrimas tinham secado, mas ela parecia arrasada quando se virou para ir embora.

— Vou precisar de uma carona de volta — ela disse, agitando a mão no ar.

Keane fez uma careta para Willa.

— E adivinhe quem vai ser o motorista? — Inclinando-se, ele roçou os lábios nos dela num beijo suave, antes de olhá-la bem no fundo dos olhos.

Subitamente, sem saber por que, Willa sentiu a necessidade de confortá-lo da maneira que pudesse, e então colou seu corpo ao dele; e quando ela fez isso Keane expirou lentamente, como se estivesse relaxando talvez pela primeira vez naquele dia.

Ele a beijou uma vez mais, e então se foi.

#FiqueFirme

Keane era realmente muito bom em enterrar emoções e em separá-las em compartimentos. Mas quando entrou com a tia Sally na casa de repouso e ela o abraçou, sussurrando "Seja melhor do que o resto da família", e depois deu um tapinha na sua bochecha e se foi, ele teve uma sensação estranha que não conseguia entender.

Naquela noite, quando Keane estava saindo do trabalho para buscar Petúnia, seu arquiteto e o seu engenheiro apareceram para uma reunião de última hora na casa de Mission. Com receio de obrigar Willa a trabalhar até mais tarde, ele rapidamente telefonou para a Companhia do Latido. Willa estava ocupada com um cliente, mas Rory lhe disse para que não se preocupasse, porque elas tomariam conta da Petúnia pelo tempo que fosse necessário. Se fosse preciso, alguém a levaria para casa.

Aliviado, Keane foi para a sua reunião. Quando a reunião terminou, uma hora mais tarde, ele percebeu o significado do estranho sentimento de angústia que Sally despertara nele na casa de recuperação, e sentiu como se tivesse levado um soco no estômago.

Ela estava tentando lhe dizer adeus.

Keane deixou o canteiro de obras, e no caminho até o pet shop parou para ver a sua tia, apenas para ser informado de que Sally tinha sido levada para o hospital.

Quando ele chegou lá, ninguém quis lhe fornecer nenhuma informação, porque sua tia não havia deixado uma lista de visitantes. Felizmente Keane conhecia a enfermeira, pois os dois haviam dormido juntos duas vezes tempos atrás, antes que ele desse no pé depois de ver nos lindos olhos dela sinos de casamento e uma casa com cerca branca. Apesar disso, Jenny parecia genuinamente feliz em vê-lo. Eles se cumprimentaram e trocaram gentilezas, e então ele perguntou sobre Sally.

Jenny balançou a cabeça numa negativa.

— Eu não posso te dizer nada sobre a condição dela, isso pode custar meu emprego. Você é um gato, Keane, e é bom de cama... — Ela sorriu. — Nossa, é bom *demais*, mas existe um limite para tudo.

Contudo, ela permitiu que Keane visitasse Sally no quarto dela.

Exausto, ele se sentou numa das cadeiras do quarto, estendeu as pernas e inclinou a cabeça para trás. Estava quase dormindo quando ouviu a voz mal-humorada da sua tia vindo da cama.

— Você pagou a minha conta da casa de repouso.

E ele pagaria a conta do hospital também, caso ela precisasse.

— Não se preocupe com isso, tia Sally.

— Me preocupar é tudo o que eu faço.

— Apenas melhore logo.

— Você está preocupado comigo ou preocupado com a possibilidade de ter que ficar com a Petúnia?

— As duas coisas.

Ela deu uma risadinha.

— Eu devia colocar você no meu testamento, menino.

— Olha só você sendo doce. Eu sabia que lá no fundo, bem lá no fundo, você tinha isso aí dentro. — Ele riu.

— Mas não diga isso a ninguém — ela avisou. — Deixe que continuem pensando que eu pego pesado.

— O quê?

— É uma expressão que significa ser duro, ser intransigente a respeito de alguma coisa.

Ele riu.

— Eu sei o que significa, tia. Só não entendo como *você* pode saber.

— Bom... — Sally deu de ombros. — A minha enfermeira fala isso o tempo todo em relação aos médicos. Agora pare de enrolar e me explique o que diabos você está fazendo aqui. Não me lembro de ter mandado ninguém telefonar para você.

— Não, você é que tem que me explicar o que está fazendo aqui.

A velha senhora fechou os olhos.

— Você deveria estar em casa com a sua garota, não aqui.

— Willa não é a minha garota — ele respondeu, passando a mão no rosto.

— Eu posso ser velha, mas ainda consigo enxergar bem.

Isso arrancou outra risada dele, mas a sua preocupação só fazia aumentar.

— Tia Sally, eu quero saber o que está acontecendo com você. Quero que me coloque como seu parente mais próximo, e gostaria que me passasse uma procuração também.

— Já está de olho na herança?

— Quero ter certeza de que você vai receber todos os cuidados de que precisa.

Ela fitou o sobrinho com seus olhos cansados, porém ainda ardentes, orgulhosos e teimosos como... bem, como ele imaginava que os seus próprios olhos eram. Por fim, ela bufou sonoramente.

— Eu vivi as últimas três décadas sem precisar da minha família para nada.

— Pois é, mas não parece que isso funcionou muito bem para você — ele retrucou.

Ela bufou mais uma vez e recostou a cabeça no travesseiro, fechando os olhos.

— Agora não importa mais. Você deveria ir embora.

— Isso não vai acontecer.

Ela fechou a boca firmemente, comprimindo os lábios, e manteve os olhos bem cerrados.

— Não adianta ficar assim, tia Sally, eu não...

— Eu estou morrendo — ela revelou, sem rodeios.

Keane ficou em silêncio, sem nem ao menos conseguir respirar direito.

— Não! — Ele se levantou e foi até a cama dela, cobrindo a mão dela com a sua. — Não — repetiu.

— Escute, menino. — A mulher ergueu os olhos e o encarou. — Não adianta você ficar aí parado como uma árvore, olhando para mim com essa expressão deprimente. Eu tenho oitenta e cinco anos. Essa é a vontade de Deus.

— Quando?

Ela balançou os ombros com indiferença.

— Logo?

— Se esse seu interrogatório continuar, vai ser daqui a pouco.

Keane riu baixinho, e esfregou o rosto com a mão.

— Meu Deus — ele murmurou.

— Veja, eu poderia me engasgar com o meu Metamucil amanhã de manhã e bater as botas num piscar de olhos. Nunca se sabe.

— E eu poderia sair da minha cama, escorregar em vômito quente de gato, cair, bater a cabeça e morrer — ele respondeu.

Sally caiu na risada.

— Você precisava ver sua cara quando disse quente, Keane! — Ela respirou fundo e se recompôs. — Eu só queria preveni-lo. Já que você é meio frágil, enfim.

— Ah, sim — ele disse com desdém. — Sou frágil como um pêssego.

— Eu quero que você preste atenção ao que vou dizer, de verdade. — Ela apertou os dedos dele com uma força surpreendente.

Ele se curvou mais para ouvi-la, achando que sua tia iria lhe dizer algo importante a respeito dos desejos dela.

— Se você mandar a minha gata para um abrigo de animais depois que eu morrer — ela disse —, vou assombrar você pelo resto da sua vida, e depois vou seguir você até o inferno para assombrá-lo por toda a eternidade.

#MalfeitoFeito

Keane dirigiu direto para a Companhia do Latido. Já passava das sete da noite, e ele se sentia um idiota incompetente por deixar que Willa lidasse com um dos seus problemas. Tudo o que ele podia fazer era torcer para que a Pê tivesse sido... Bem, tudo *menos* a Pê.

A loja estava fechada, muito bem trancada e completamente escura se não fosse pelo brilho das luzes de Natal penduradas na vitrine da fachada. Keane não encontrou nenhum bilhete de aviso para ele.

Ele pressionou o rosto contra a vitrine da loja a fim de espiar lá dentro. Então, atravessou o pátio de pedra de cantaria iluminado por mais cordões de luzes. O som da água que caía da fonte era encoberto pela música alta que vinha do pub, que estava a todo vapor.

Próximo da viela, o velho Eddie conversava com duas mulheres de meia-idade.

— Um pouco de beleza para as beldades — ele disse, entregando a cada uma um maço de ramos verdes presos com uma fita vermelha.

As mulheres deram algum dinheiro para ele e abriram um largo sorriso.

— Nós agradecemos pelos... *ramos de azevinho*.

Azevinho uma ova, Keane pensou, sorrindo com relutância. Aquilo era maconha. Ele entrou no pub e foi até a extremidade do balcão. Rory estava lá, aparentemente num impasse com Max, que não estava com seu companheiro, Carl.

— Não — ela disse.

— Veja só, você quer uma carona até Tahoe no Natal — Max disse. — E eu vou naquela direção também. Por que pegar dois ônibus e a porcaria de um trem quando eu posso levar você?

— Talvez eu já tenha as passagens.

— E você tem?
Ela bufou, incomodada.
Max ficou ali parado, com os braços cruzados na altura do peito.
— Qual é o seu problema? — Rory disparou.
— Você sabe qual é o meu problema — ele respondeu. — É você.
— Quer saber, Max? — Rory apontou o dedo indicador para ele. — Você é um hipócrita. — Então ela deu as costas para ele e saiu andando para fora do bar, quase dando um encontrão em Keane no caminho.
Ele a deteve, segurando-a pelo braço.
Rory se livrou dele com um movimento brusco, ainda com a cara fechada.
— Me desculpe — ela disse.
— Não se preocupe. Você está bem?
— Se me perguntarem isso mais uma vez eu vou começar a bater e a xingar.
— Muito justo — Keane disse, erguendo as mãos como se estivesse se rendendo. — Só queria saber quem está com a Petúnia.
Um sorrisinho se desenhou no rosto da jovem.
— Eu me ofereci para ficar com a gata, mas a Willa insistiu em tomar conta dela. Ela estava aqui com os amigos, era uma noite das garotas, mas eu a perdi.
— Cheque lá nos fundos — sugeriu Sean, o barman, que estava atendendo os clientes atrás do balcão. — Na mesa de sinuca.
Archer e Spence estavam jogando bilhar na sala dos fundos, e discutindo entre si.
Aquela parecia ser uma noite perfeita para isso.
— Está ficando frio demais. Você precisa tirá-lo das ruas — Archer dizia, enquanto dava uma tacada na bola quatro, errando a caçapa do canto.
Spence tomou posição e fez pontaria na bola nove.
— Caçapa do fundo — ele disse, e deu a tacada. Depois continuou sua discussão com Archer. — Eu tentei tirar o cara das ruas. Várias vezes. Já tentou argumentar com alguém que literalmente fritou o cérebro em Woodstock?
— Meu velho, esse cara *ainda* está fritando o cérebro — Archer respondeu. — E falando nisso, ele está levando erva para a entrada da viela e dizendo às mulheres que passam por ali que é ramo de visgo.
— Você está falando sobre o velho Eddie? — Keane perguntou.
Archer e Spence trocaram um olhar.

— Sim — Spence finalmente respondeu. — Estamos tentando encontrar uma maneira de mantê-lo aquecido e saudável durante os meses de inverno. Algo que ele aprove. O problema é que a única coisa que ele aprova é morar na porra da viela.

Keane fez que sim com a cabeça.

— Eu acabei de vê-lo lá fora, vendendo ramos de azevinho para duas senhoras.

— Aí está. — Archer balançou o dedo indicador vigorosamente na direção de Spence. — Fale com ele esta noite, ou eu mesmo faço isso.

— Achei que você tinha desistido de ser policial, não? — Spence retrucou.

— Era pra ser engraçado? — Archer estreitou os olhos, e os níveis de testosterona na sala dos fundos começaram a subir demais.

— Um pouco, sim. — Spence se voltou para Keane. — Você joga?

— Um pouco — Keane disse, olhando para a mesa de bilhar.

Archer continuou com a cara amarrada enquanto reposicionava as bolas.

— Não ligue pra ele — Spence disse. — Archer está fazendo bico porque está sendo dizimado esta noite. Já levei quase cinquenta pratas desse perdedor.

— Você choramingou tanto quando perdeu na semana passada que eu fiquei com dó — Archer provocou. — Eu estou deixando você ganhar.

Spence balançou a cabeça.

— Que triste ter que mentir para livrar a própria cara desse jeito. Principalmente agora que a noite das garotas terminou e a Elle não está mais aqui pra você ficar se exibindo.

Archer bateu em Spence com o ombro enquanto se movia ao redor da mesa para dar a tacada.

Spence cambaleou e por pouco não caiu no chão com o golpe, mas no fim das contas não pareceu se incomodar. Na verdade, ele parecia até contente.

— Você sabe, Spence. — Archer olhou para ele com uma expressão enfezada. — Sabe muito bem porque eu quero que o Eddie fique limpo ou vá embora. Porra, você sabe muito bem!

— Tá, eu sei. — O sorriso fácil de Spence vacilou. — Sei mesmo. — Ele esperou em silêncio enquanto Archer dava uma tacada, e mais uma, colocando várias bolas nas caçapas. — Eu vou resolver isso logo. Prometi para Willa que ia, ela não quer que as crianças dela tenham acesso à droga.

Keane engasgou com a cerveja.

— As crianças dela? — Ele disse.

Archer, que fazia mira para dar uma tacada, levantou a cabeça e sorriu.

— Ela não te contou?

Spence deu um empurrão em Archer.

— Você é muito babaca, Archer. — Ele se voltou para Keane. — Não são crianças *dela*. São as funcionárias, pessoas que a Willa recolhe e salva. Willa não teve ninguém que a salvasse quando precisou.

Keane se orgulhava de ser um sujeito frio, calmo, sensato. Emoções não tinham vez no seu dia a dia. Mas desde que entrara pela primeira vez no pet shop de Willa ele vinha experimentando emoções. E emoções profundas.

As palavras de Spence levaram Keane a imaginar o que Willa havia passado ao deixar o sistema de adoção aos dezoito anos de idade sem ter ninguém que tomasse conta dela.

— Agora a Willa tem alguém que olhe por ela — Keane disse, surpreso com as próprias palavras.

Archer deu mais uma tacada, e a sua última bola mergulhou dentro da caçapa.

— Perdedor é o cacete. — Archer apontou para Spence. — Você me deve cinquenta contos. E vê se fecha essa matraca, está falando demais sobre a Willa e ela não vai gostar. — Então ele se voltou para Keane. — E isso que você acabou de dizer sobre a Willa ter alguém agora, é sério?

Keane abriu a boca para falar, mas não produziu um único som. Até aquele exato momento, ele acreditava piamente que seguir a regra de não se comprometer havia sido o melhor para ele. Não, na verdade não era bem assim. Ele tinha colocado essa regra em dúvida já fazia algum tempo: desde que Willa entrara em sua vida.

Ele não tinha ideia do que fazer com essa descoberta.

Spence riu baixinho ao ver a expressão no rosto de Keane.

— Vamos dar um tempo pra ele, Archer — Spence falou. — Eu acho que ele está mais espantado do que a gente.

Essas palavras não poderiam ser mais precisas.

— Eu tenho que ir — Keane avisou.

— Bom trabalho — Archer reclamou para Spence. — Você assustou o cara.

— Que nada, ele não se assustaria desse jeito não. Ele está obcecado, está de quatro, igual a você. E você nem consegue admitir o que sente pela Elle, então...

Keane não escutou o resto da conversa dos dois, porque saiu pela porta do pub e voltou à noite fria. Logo estava subindo as escadas do prédio de Willa, até o quarto andar, e não parou até chegar à porta do apartamento dela.

E o que iria dizer a ela? O que pretendia fazer? Não tinha a menor ideia.

Keane bateu à porta, e ela abriu, vestindo uma calça de pijama curta que ficava quase totalmente escondida sob um enorme blusão com capuz.

— Oi! — Ela disse, e então franziu as sobrancelhas. — O que há de errado?

— Bom... — Keane não queria falar sobre o fato de sua tia estar no hospital, nem sobre a revelação que teve e que envolvia a própria Willa; por isso, escolheu um assunto mais ameno. — Nada. Ainda estão fazendo a noite das garotas? Qual a programação agora, guerra de travesseiros?

— Não! — Ela riu. — A Pru não estava se sentindo bem. Nós encurtamos o encontro e tudo terminou antes do jantar.

Keane havia aprendido a interpretar o humor de Willa de acordo com o cabelo dela. Mas agora ela estava com um capuz na cabeça, que caía sobre a testa dela com os dizeres "Eu Juro Solenemente Não Fazer Nada de Bom" impressos nele.

— Desculpe por ter largado a Petúnia por tanto tempo com você — ele disse.

— Não tem problema. — Ela se virou de costas a fim de olhar para a gata, ou pelo menos foi o que ele pensou. Keane viu as palavras *Malfeito Feito* escritas sobre o belo traseiro dela, e percebeu que a blusa e a calça eram um conjunto. Balançando a cabeça para se livrar da imagem, ele entrou no apartamento dela.

Keane conhecia o pet shop e por isso imaginava que a casa de Willa seria mais ou menos parecida com a loja, graciosa e colorida. Não se surpreendeu ao constatar que estava certo.

— Malfeito feito? — Ele perguntou.

Willa pareceu surpresa ao ouvir isso.

— Você conhece Harry Potter?

— Bem, não pessoalmente — Keane respondeu, e sorriu. — Mas já li os livros.

— Você quis dizer que viu os filmes?

— Não, quis dizer que li os livros. — Ele percebeu que Willa não pareceu feliz com isso. — Isso é bom ou é ruim?

— Para mim não é nada bom. — Ela gemeu e fechou os olhos. — Nada mesmo.

— Podemos falar nisso durante o jantar? — Ele perguntou. — Porque eu estou morrendo de fome.

Os olhos dela se abriram, e ela o encarou.

Keane não fazia ideia do que ela estava pensando.

— Você está com fome, Willa?

— Eu sempre estou com fome, mas está ficando tarde.

— E?

— E... — Ela pareceu hesitar. — Bem, há várias coisas.

— Cite uma.

— Certo... Bem, estamos perto do Natal. E o período de Natal costuma ser dedicado a amigos próximos e à família.

Ele ficou olhando para Willa, sem engolir uma palavra do que ela disse.

— Keane... — ela disse suavemente.

De jeito nenhum Keane contaria a Willa a revelação que teve sobre querer mais dela. Em primeiro lugar, ele nem ao menos saberia explicar o que era esse "mais". E, em segundo lugar, supondo que ele descobrisse o que era, teria ainda que convencê-la a sentir o mesmo. Não era de se espantar que ele não fosse muito fã de se apaixonar. Essa merda dava trabalho demais.

— Você me disse que os seus amigos são a sua família. E me disse que nós somos amigos. Você mentiria para mim?

— Não, mas... — Ela olhou para Keane com expressão de súplica. — Eu estou tentando resistir a você, entende? Estou tentando repetir para mim mesma que não temos nada em comum fora essa química estranha e extremamente irritante que não desaparece nem quando nós...

Ele ergueu as sobrancelhas, realmente interessado em ouvir Willa terminar a frase.

— Tudo bem... Quando *eu* fui para cima de você naquele teto — ela concluiu, estreitando os olhos, esperando fazê-lo rir. — Mas então você aparece na minha porta, exausto, amarrotado e parecendo... bem, faminto. E isso me leva a querer fazer certas coisas.

— Que coisas?

— Tirar a minha roupa. Satisfeito? Você me faz querer tirar a roupa.

Keane começou a sorrir, mas ela lhe deu um tapa de advertência.

— Não diga isso! — Ela avisou. — Não se atreva a dizer que acha bom que eu tire minhas roupas.

— Mas é o que eu acho, Willa. Aliás, eu não acho bom, acho ótimo. É ótimo para mim quando você tira a roupa.

— Nossa, estou chocada. — ela ironizou. — Mas *amigos* não fazem isso. Amigos não fazem, Keane — Willa insistiu quando ele abriu a boca para falar. — E eu estava aceitando isso. Mas aí você vem e me diz que leu Harry Potter. — Ela hesitou, olhando-o com ar de suspeita. — Qual livro?

— Todos eles.

Willa cobriu o rosto com as mãos e gemeu miseravelmente.

— Todos... os... livros — ela disse pausadamente. — Eu sou uma mulher morta. Agora você acabou comigo.

— Eu leio bastante — Keane disse, tentando melhorar as suas chances. — Não só Harry Potter.

— Isso não está ajudando. — Ela tirou as mãos do rosto. — Por que você veio aqui mesmo?

— Vim pegar a Pê.

— Ah, claro.

— E para te agradecer por tomar conta dela. Quero agradecer com uma boa refeição, e quero jantar com você porque você é a melhor coisa que eu vi o dia inteiro, Willa. Será que você pode escutar isso sem discordar?

Ela o observou em silêncio por alguns momentos.

— Vamos jantar aonde?

— Você escolhe. — Keane se controlou para não exibir um sorriso vitorioso.

— Sushi.

Ele conteve bravamente uma careta de desgosto. Odiava sushi.

— Se é sushi que você quer, então comeremos sushi.

— Mas você odeia sushi.

— Como sabe disso? — Ele perguntou.

— Pelo seu jeito de olhar. Por que concordou em comer sushi se odeia isso?

Keane estava começando a ficar com dor de cabeça.

— Porque eu disse que a escolha seria sua, e não iria voltar atrás. Vamos discutir sobre isso também? Se vamos, podemos fazer isso depois que eu comer alguma coisa?

— Claro. Que tal comida tailandesa? — Ela perguntou, observando atentamente a reação dele.

Keane fez a sua melhor cara de paisagem. Não era maluco por comida tailandesa, mas a sua fome já estava atingindo níveis alarmantes.

— Que seja: comida tailandesa. Você está pronta?

Mas Willa colocou as mãos no quadril.

— Você não gosta de comida tailandesa também? Qual é o seu problema?

— Como se eu só tivesse um — Keane respondeu, perguntando-se quando ela seria capaz de ler sua expressão tão bem que ele não conseguiria esconder nada dela. — Podemos ir agora?

— Italiano. Indiano. Taco Bell.

Keane deixou escapar uma risada.

— Sim — ele disse.

— Qual?

— Willa, se você começar a se mexer eu vou levá-la a *todos* esses lugares.

Ela mordeu o lábio inferior e o encarou. Os olhos dela brilhavam.

Mas ela *não* se mexeu.

Keane balançou a cabeça.

— O que foi *agora*?

— Eu quero ir em um lugar que *você* queira ir — ela respondeu. — Podemos deixar a escolha por sua conta?

O que ele queria mesmo era levá-la direto para a cama. Queria tirar cada uma das peças de roupa dela e tê-la até se fartar.

Por uma semana.

Um pouco desses desejos se revelou provavelmente no rosto de Keane, porque Willa ficou encabulada e engoliu em seco.

— Já sei, pizza! — Ela disse rápido. — Pizza serve?

— Ah, graças a Deus! Sim — ele respondeu.

Ela fez que sim com a cabeça, e então hesitou.

— O que foi agora? — Keane quis saber.

— Você não vai mesmo me dizer o que há de errado?

— Eu estou prestes a ter pizza e cerveja. — *E você*, ele pensou. — O que poderia estar errado? Venha, vamos embora. — Keane pegou na mão dela, mas ela se desvencilhou com uma risadinha.

— Eu não posso sair desse jeito — ela disse. — Preciso trocar de roupa antes.

— Eu gosto da roupa que você está vestindo.

Willa o olhou como se ele tivesse perdido o juízo.

— Tá, tudo bem — Keane disse. — Esqueça o que eu falei.

— Você passou pelo pub quando veio para cá?

— Sim. Por quê?

— Nesse caso o pessoal viu você. Spence e Archer certamente o viram, e pode ser que Elle também, se ainda estivesse lá. E acredite, eles com certeza observaram você sair e viram que você não foi embora, mas subiu as escadas para vir para cá. Eles vão fofocar sobre isso, e amanhã eu serei interrogada pelas meninas. Elas vão querer saber se eu deixei você entrar. Se você ficou aqui. O que eu estava vestindo. E se eu disser que estava de moletom, Keane, eu estarei ferrada.

Keane ficou confuso e não conseguiu seguir o raciocínio dela por completo, mas concordou para que pudessem ir logo comer.

— Tudo bem — ele disse, acenando que sim com a cabeça.

— Tudo bem então. — E ela desapareceu dentro do seu quarto.

20

#*UmaPitadaDeLoucura*

Willa entrou correndo em seu quarto, assustando Petúnia, que estava dormindo na cama dela.

— Desculpe, eu não queria incomodar você — disse para a gata, tirando a roupa às pressas. Ela pôs uma calça jeans que não era confortável, mas valorizava o seu traseiro, e um suéter de Natal verde-claro que tinha uma rena na frente, e chegava até as suas coxas.

O que tornou inútil o jeans que valorizava a bunda.

Willa tirou a calça jeans e colocou uma calça legging preta.

Então analisou a roupa e achou que parecia meio desleixada.

— Merda. — Ela tirou a roupa toda e começou de novo.

Não deu certo. E Willa recomeçou novamente.

Dez minutos mais tarde, ela já havia experimentado tudo o que havia no seu armário, cujo conteúdo estava todo empilhado na cama, ao lado de Petúnia. Willa estava só de calcinha e sutiã, e começava a entrar em pânico.

Nada funcionava.

Praguejando mais e mais, ela começou a revirar todas as roupas que já havia descartado em cima da cama, dizendo a si mesma que era idiotice perder tanto tempo naquilo. Uma idiotice ridícula, e estúpida, e...

— Willa? — Keane chamou, e sua voz parecia vir de perto, como se ele estivesse no corredor, a caminho do seu quarto. — O que você está fazendo, tecendo roupas novas? — Agora a voz dele pareceu soar bem do outro lado da porta.

Ela soltou um grito de indignação, pegando a sua enorme blusa de moletom e colocando-a na frente do corpo.

— Não me apresse!

Keane pôs a cabeça para dentro do quarto, parecendo ao mesmo tempo contente e frustrado. E a barba por fazer que ele ostentava deixava-o sexy como o diabo...

E isso só serviu para deixar Willa ainda mais irritada.

Keane esfregou o estômago para lembrá-la de que precisava muito comer alguma coisa. Mas, também, com aqueles músculos rijos e reserva de gordura zero naquele corpo, ele devia mesmo estar com fome.

— Faz horas que estou esperando — ele se queixou, acariciando a Petúnia quando ela bamboleou até ele para um afago.

— Foram só dez minutos — Willa retrucou.

— Pois pareceram horas. — Keane pressionou os olhos com o polegar e o indicador, como se estivesse tentando firmá-los nas órbitas. — Você está pronta?

Willa afundou os olhos nos braços erguidos dele, deliciando-se com a visão de seus bíceps definidos e ombros largos, e dos músculos que se estendiam sob o tecido da sua camisa.

— Quase pronta — ela respondeu sem convicção.

Talvez porque não estivesse nem perto disso.

Pela expressão no rosto dela, Keane percebeu que a coisa ainda iria demorar. Ele bufou, desanimado, e então deu uma boa olhada no quarto dela.

— O que aconteceu, jogaram uma bomba aqui dentro?

— Talvez — ela respondeu, olhando para a bagunça.

— Você tem um monte de roupas e... — Os olhos dele se detiveram em um sutiã de renda e algumas calcinhas — acessórios. — Então ele viu uma segunda pilha sobre uma poltrona. — Meu Deus do céu — Keane disse. — Quantas roupas você experimentou?

— Todas! — Willa respondeu, talvez usando um tom de voz mais alto que o necessário. Então, ela lançou um olhar duro na direção dele, desafiando-o a rir dela. — Eu não tinha nada para vestir.

Ele correu mais uma vez os olhos pelos montes de roupas espalhados pelo quarto.

— Tudo bem... — ele exclamou, sarcástico.

Willa bufou.

Ele coçou o queixo, pensativo. O som dos seus dedos calejados raspando em sua barba despertou as partes mais sensíveis do corpo dela.

E ela nem ao menos imaginava que existissem tantas.

— Nós só vamos comer pizza — ele lembrou.

— E cá estou eu, lutando para parecer gostosa a ponto de fazer seu queixo cair.

Keane riu.

— Willa, eu tenho fantasias com você. Muitas. E elas são muito boas. Você deveria saber que você já fez meu queixo cair há muito tempo.

Uma coisa era certa: naquele exato momento Keane estava acabando com ela, fazendo seu queixo cair. Só que ela não estava disposta a admitir isso.

— Quer dizer que você está me achando gostosa? Que gosta do que está vendo agora?

Keane a olhou de alto a baixo. Ela estava coberta, ao menos em grande parte, pela blusa de moletom que segurava na frente do corpo; porém havia um brilho de desejo no olhar dele. Keane devia ter visão de raio-x.

A expressão dele se suavizou.

— Você parece totalmente maluca e frustrada, mas está mais gostosa do que nunca — ele disse. — Pode acreditar em mim.

A boca de Willa se curvou num sorriso relutante.

— Vire de costas.

— Não tem nada aí que eu já não tenha visto.

— Só viu uma vez, e estava escuro.

— Pois eu consegui ver bem mais do que você imagina. — Ele sorriu. — Eu tenho uma boa visão noturna.

— Quer comer hoje? — Ela perguntou, e Keane se virou. Willa vestiu novamente a calça jeans que ressaltava seu traseiro, e escolheu um suéter branco um tanto quanto justo, que valorizava seu corpo de modo geral. — Você também está muito gato. Quase sempre você está.

Ele estava de costas para Willa, com as mãos na cintura. A constituição dele era realmente robusta, e Willa não pôde deixar de notar que ele tinha a melhor bunda que ela já havia visto na vida. Ela passou algum tempo apreciando aquela beleza.

— *Quase* sempre? — Ele perguntou.

— Bem... — Willa olhou em volta, para seu quarto, que parecia ter sido varrido por um furacão de categoria cinco. — Algumas vezes você está mais do que muito gato, tanto que nem consigo definir quanto — ela admitiu. *Como agora, com esse jeans colado nesse traseiro...*

Keane se voltou para ela, e pelo modo como a olhou, ela pode perceber que ele apreciou bastante o suéter branco.

— Quando? — Ele indagou.

— Eu não vou lhe dizer. Ponha a sua cabeça dura pra funcionar.

— Já está funcionando — ele retrucou, olhando para baixo.

Ela seguiu o gesto de Keane, olhando diretamente para a virilha dele; quando notou a sua óbvia ereção, Willa bufou com desdém.

— Eu não estava falando *dessa* cabeça, seu pervertido.

Keane sorriu com malícia, encantando-a com seu maldito charme que parecia nunca ter fim.

— Até agora você fez elogios a torto e a direito, mas não falou do que realmente importa — ele disse. — Vamos falar sobre algo realmente *grande*...

Willa riu.

— Você sabe muito bem que é grande. *Todo* grande. Tanto que eu quase não consegui dar conta! Mas por que estamos falando disso mesmo?

— Porque eu gosto de falar de sexo.

— É mesmo um *pervertido*.

— Bem, você deve saber do que está falando... — O sorriso dele a desafiava a se lembrar de tudo o que havia acontecido entre os dois naquele teto sob o céu.

E isso não seria nem um pouco difícil, porque ela não precisaria vasculhar sua memória em busca dessas lembranças — elas já estavam incendiando o cérebro dela. Eram *inflamáveis*. A química entre os dois era explosiva.

Ele sorriu com expressão marota para Willa, e ela resolveu pôr um ponto-final naquilo.

— Pra fora! — Willa ordenou, apontando na direção da porta.

— Tá bom, tá bom! — Rindo, Keane disse para a gata que voltaria para pegá-la, e então saiu do quarto. O estômago dele roncou, e Willa chegou a ouvir o som que ecoou até o quarto.

— Verdade mesmo que você não comeu nada o dia inteiro? — Ela perguntou.

— Foi um dia corrido demais.

Willa sentiu pena dele ao ouvir isso.

Ela enfiou nos pés botas com salto de sete centímetros, e se olhou rapidamente no espelho.

Os olhos dela brilhavam, e seu rosto estava corado.

Aquilo era resultado da pressa com que teve que se vestir, ela disse para si mesma; o homem que esperava na sua sala não tinha nada a ver com isso.

Mas por que o coração dela continuava acelerado? Bem, Willa decidiu que era melhor não especular sobre isso.

— Malfeito feito? — Keane perguntou esperançoso quando ela saiu do quarto, como se ela fosse uma espécie de granada humana.

— Malfeito feito — Willa garantiu, e esperava que fosse verdade.

E, enfim, os dois saíram do apartamento. A noite estava fria, porém clara, e os dois foram até a Marina. As ruas eram repletas de restaurantes, bares, galerias e lojas, e por isso havia muita gente caminhando pelo lugar, indo e vindo em meio à eclética mistura de estabelecimentos familiares e lojas sofisticadas. Em um único quarteirão do lugar era possível comer todo e qualquer tipo de comida proveniente de quase todas as partes do mundo.

Eles pediram pizza, e Willa lhe contou que, mais cedo naquele dia, um cliente havia entrado no pet shop com seu papagaio no ombro. O pássaro se apaixonou por Petúnia assim que pôs os olhos na gata. Ele voou até a beirada da cama onde Petúnia estava tirando uma soneca e começou a gritar uma canção de amor para ela, mas a gata, mal-humorada, acertou-lhe uma patada bem na cara.

Isso partiu o coração do papagaio.

Os dois também falaram sobre o dia de Keane. Ele contou que Mason havia grampeado a própria mão no teto e, então, em vez de procurar um médico, pôs supercola no ferimento para fechá-lo.

— Meu Deus! — Willa disse. — E você concordou com isso?

— É mais barato do que passar pelo pronto-socorro — ele disse, e riu da cara de horror que ela fez. — A verdade é que nós fazemos muito esse tipo de coisa. — Keane mostrou a ela alguns ferimentos cicatrizados em suas mãos e braços que tinham sido "tratados" com supercola.

— Não dá pra entender os homens — ela comentou, balançando a cabeça em desaprovação.

— Tenho que concordar com você nisso.

Willa riu, e ele riu também. E ela se sentiu levitar ao perceber que as sombras nos olhos dele se suavizaram um pouco.

Os dois caminharam mais um pouco depois de comer, e pararam para observar a vitrine de uma loja de doces no momento em que uma mulher enfiava um dólar numa complicada máquina de fazer pirulitos.

Uma multidão havia se reunido ali para ver a máquina, e Willa abriu caminho para ter uma boa visão, praticamente colando o nariz na vitrine, maravilhada. Ficou ali sorrindo, encantada, até que Keane encostou nela por trás, despertando-lhe um tipo de desejo totalmente diferente.

— Você quer um doce, menininha? — Ele sussurrou ao ouvido dela.

— Claro que quero, por que não? — Ela respondeu sem tirar os olhos da vitrine. — Eu quero um!

Willa sentiu-o sorrir, com o rosto encostado ao dela.

— Espere aqui — ele pediu. — Eu volto já.

Menos de dez segundos depois, ela sentiu o corpo dele encostando-se atrás dela novamente, e riu.

— Nossa, isso foi rápido.

— Ah, me desculpe. Eu fui empurrado.

Willa não reconheceu a voz masculina que lhe respondeu, e o sorriso desapareceu da sua boca. Ela se virou e deu de cara com um sujeito da sua idade. Ele tinha a mesma altura que Willa, e usava óculos que ficavam descendo pelo seu nariz. Seu sorriso era estranho.

— Oi — ele disse. — Você devia aparecer nas noites em que eles fazem pirulitos de chocolate. Já provou um alguma vez? São melhores do que *qualquer coisa.*

— Devem ser deliciosos — ela comentou, pensando *duvido que seja melhor do que transar com Keane Winters...*

— Eles vão usar chocolate na máquina amanhã à noite — ele disse. — Eu vou estar aqui. — O rapaz a olhou com uma expressão tão esperançosa que Willa sentiu vontade de lhe oferecer um petisco de pepperoni e passar a mão na sua cabeça. Quando ia abrir a boca para recusar gentilmente a companhia do estranho, sentiu a presença de alguém atrás de si. Uma presença alta, sólida, quente, forte, com testosterona pra dar e vender. Willa não precisou olhar para saber quem era; ela soube no instante em que os seus mamilos se enrijeceram.

Keane não disse nada, mas sua presença poderosa falava por si. Willa conseguiu perceber que ele lançou um olhar raivoso para o Garoto do Pirulito de Chocolate, um olhar que faria a maioria das pessoas molhar a calça.

Assustado, o Garoto Pirulito pigarreou e olhou para Willa com ar de total arrependimento.

— Olha, me desculpe — ele disse. — Eu não percebi que você... estava com alguém.

— Não precisa se desculp... — Willa começou, mas o jovem girou nos calcanhares e desapareceu no meio da multidão. Ela se voltou para Keane.

— Sério mesmo que você fez isso?

— Fiz o quê? — Ele perguntou inocentemente.

— Ah, não, não vai me fazer de idiota com essa história de "fiz o quê?" — Ela ralhou, imitando o tom de voz dele, bem mais grave. — O que foi isso?

— Eu só estava entregando o doce a você.
— Não. Você estava demarcando território aqui, em público.
Ele fez uma careta de descaso.
— Você fez isso, sim! — Ela disse, agitando as mãos no ar. — Você intimidou aquele infeliz totalmente, só porque ele veio falar comigo.
— Acha mesmo que eu intimidei aquele cara?
— Intimidou tanto que ele deve ter saído correndo para chamar a mamãe. — Ela bateu com as duas mãos abertas no peito sólido de Keane, que cambaleou para trás. — Não pode bancar o dominador comigo desse jeito. Eu não gosto disso nem um pouco.
Ele sorriu — mas nesse sorriso havia um quê de predador —, e pôs as mãos na cintura dela. E bem ali, cercados por muitas pessoas, nenhuma das quais prestava a menor atenção nos dois, ele a puxou para mais perto dele.
— Eu ainda não acabei de dar a bronca — Willa reclamou.
— Eu sei. Tudo bem. — As mãos quentes e fortes de Keane subiram pelos braços dela e envolveram seu rosto. — Me avise quando terminar. — Então ele começou a abaixar a cabeça, e os olhos dele pareciam estar em chamas. — Eu vou esperar... — E ele a beijou.
Apesar da noite fria, o calor entre os dois parecia aumentar cada vez mais. Willa sentiu a vibração do gemido áspero de Keane quando ele segurou sua nuca para mantê-la colada a ele. De repente, tudo ao redor deles se desfez, transformando-se em um simples murmúrio abafado ao longe. Não havia nada além da sensação dos braços fortes de Keane em torno de Willa e os batimentos constantes do coração dele junto aos batimentos erráticos do dela.
Com os olhos fechados, Willa sentiu-se derreter ao redor dele, seus corpos se procurando como se estivessem juntos há anos. Isso a assustou, e ela se agarrou a Keane.
Ele reagiu diminuindo a intensidade do beijo, tranquilizando-a até que ambos ficaram totalmente imóveis, as bocas ainda próximas uma da outra, compartilhando o mesmo ar. A brisa da noite acariciou o rosto de Willa junto com os dedos dele, e ela abriu os olhos.
Keane tinha uma expressão sombria no rosto, mas ela já não estava mais com medo. Sentindo-se como se estivesse em um sonho, Willa se apoiou na ponta dos pés, levantou as mãos e o segurou pela nuca, passando os dedos em torno do cabelo sedoso dele enquanto puxava seu rosto de novo para perto do dele.
— Pronto, fim da bronca — ela murmurou.

A última coisa que ela viu antes de cerrar novamente os olhos foi o sorriso dele.

Willa entreabriu os lábios avidamente, desesperada por outro beijo, e sentiu-se tomada por um calor intenso quando Keane agarrou seu cabelo com uma mão. Seus corpos se uniram ferozmente, e ela gemeu, sentindo toda a excitação dele em sua poderosa ereção.

Quando Keane finalmente interrompeu o beijo e levantou a cabeça, Willa respirava como uma mulher que precisava de um orgasmo.

Precisava muito.

Ela fez o possível para demonstrar naturalidade, para parecer indiferente, mas Keane riu para ela. *Riu.* Então ele segurou a mão dela, e os dois saíram andando de volta ao apartamento.

Quando saíram do elevador, Keane sentiu que Willa apertava a sua mão e olhava para ele enquanto abria a porta do seu apartamento.

— Que foi? — Ele murmurou.

— Está tudo bem? Você me pareceu um pouco desligado quando chegou aqui antes de sairmos, e me parece meio estranho de novo.

Keane não deixava transparecer suas emoções a não ser que quisesse fazê-lo. Mas, aparentemente, isso não funcionava com Willa, que conseguia enxergar para além do seu silêncio absoluto.

Ela pôs uma mão no ombro dele.

— Não quer me contar o que há de errado? — Willa indagou gentilmente.

Fazia muito tempo que ninguém lhe perguntava uma coisa dessas com sincero interesse. Mas ele não faria isso, não desabafaria com Willa. Ela não precisava compartilhar o fardo da doença da sua tia, nem saber sobre a estranha sensação de incerteza que tomava conta dele quando ele se sentava em sua grande casa em Vallejo Street, noite após noite, imaginando motivos para não vender a propriedade e não ter que deixá-la.

Keane balançou a cabeça numa negativa.

Willa deslizou a mão pelo peito de Keane, subindo e parando na nuca, e então afundou seus dedos no cabelo dele.

Sabia muito bem que Keane adorava quando ela o tocava assim.

— Keane, você sempre espera uma resposta sincera quando me pergunta se estou bem, não é?

O toque de Willa mexia com a mente dele a ponto de perturbá-lo, excitando-o tremendamente e deixando-o sem fala; mas ele conseguiu fazer um aceno positivo com a cabeça.

Ela acenou também, como se dissesse "bom garoto", e o encarou com uma expressão confiante. E depois foi em frente para dar seu xeque-mate:

— Por que, então, eu deveria esperar menos de você? — Ela perguntou com gentileza. — Diga-me o que há de errado.

— Você primeiro, Willa.

— Eu? Mas o que eu teria a dizer?

— Você pode me falar sobre essa manhã, quando eu cheguei no pet shop. Você e as suas funcionárias estavam envolvidas no que pareceu ser um confronto sério.

— A Lyndie pisou na bola muito feio — ela respondeu. — Daí ela confessou. E foi isso.

— Não, não é. O que você fez, deixando a garota sair livre nessa questão, foi realmente generoso. Incrivelmente generoso, na verdade. Qualquer outra pessoa teria no mínimo a demitido se estivesse no seu lugar, e você sabe disso.

— Todos merecem uma segunda chance — ela disse. — Bem, agora é a sua vez.

Keane riu descontraidamente, e encostou a testa na testa de Willa, aproximando-se dela ainda mais, e colocando a mão em seu rosto com carinho. Quanto mais a conhecia e se dava conta da mulher incrível que ela era, mais fascinado ele ficava. Willa havia superado um passado sombrio e duro, e mesmo assim era uma pessoa cheia de luz e brilho.

E esse brilho o atraía.

Nenhum dos dois havia recebido muito amor na vida, mas ela não se deixara abater por causa disso. Willa conseguira dar a volta por cima, reagindo e respondendo a tudo da melhor maneira que pôde.

E ele? O que havia feito? Ele havia bloqueado tudo. É verdade que havia construído uma vida, que lhe parecia sem dúvida alguma boa e decente, mas continuava fechado em sua concha. Era difícil para Keane sair dela e se libertar, mas ele queria tentar. Mesmo correndo o risco de estragar uma amizade.

— Certo, agora é a minha vez — ele concordou serenamente.

— Sim, é a sua vez, Keane. Diga-me o que há de errado e o que posso fazer para ajudá-lo.

— O que há de errado é... que eu preciso de você — ele murmurou, abaixando a cabeça para beijá-la no queixo. — E o que você pode fazer para me ajudar é me deixar entrar.

— Mas eu já deixei você entrar — ela respondeu ofegante, sentindo a cabeça girar, deliciada com a carícia de Keane.

Será que havia deixado mesmo? Para testar essa teoria, ele a fez entrar no apartamento, fechou a porta da frente e a empurrou delicadamente contra a parede.

Willa ficou olhando para Keane enquanto ele abaixava a cabeça, e não fechou os olhos até o último segundo; mas quando a sua boca cobriu a dela, ela gemeu e o envolveu nos braços com tanta força que poderia até machucá-lo — com a melhor das intenções.

#MelhorDoQueNada

Willa se perdeu nas palavras de Keane... "Eu preciso de você", na sensação do seu corpo sólido e quente colado ao dela, no gosto de seu beijo — um beijo único, pois só ele sabia beijá-la assim. Ele a fazia arder e sentir dor de tanto desejo. Willa não tinha a menor dúvida: sim, ela o deixara entrar.

Keane estava definitivamente dentro do seu coração, quer ela gostasse disso ou não. Willa só não tinha certeza do que isso significava para os dois. Ela havia afirmado que não fariam isso novamente, por uma questão de autopreservação; mas agora, com aquelas mãos másculas em seu corpo, ela viu sua determinação cair miseravelmente por terra.

— Eu não costumo ser assim tão fácil — ela disse em voz alta, com a intenção de fazê-lo rir e aliviar um pouco da tensão no ar. Porque Willa não sabia como Keane se sentia, mas ela estava tensa como uma corda de violino.

— Willa... — E ele realmente acabou rindo, com uma voz rouca e sensual, enquanto deixava o rosto repousar sobre o cabelo dela. — Gata, você é muitas coisas, mas fácil não é uma delas.

Quando ela tentou afastá-lo, ele a segurou com mais força e ergueu a cabeça, o seu olhar sorridente se encontrou com o olhar dela, tenso. Então, o sorriso dele murchou. Os dois ficaram assim por um momento, em silêncio, e de súbito uma expressão decidida e confiante se estampou no rosto de Keane.

— Willa, eu sei que você disse que só queria uma noite. Mas eu andei pensando e, na minha opinião, duas é melhor do que uma.

Ela concordou com a cabeça, feliz, porque essa era a opinião dela também.

— Dois é sempre melhor que um, não é? — ela disse.

Deixando escapar um másculo ruído de concordância, Keane a beijou mais uma vez, e as suas mãos grandes e rápidas se fecharam em torno do cabelo dela, mantendo-a parada para receber o beijo. Com um movimento ágil, ele expôs o pescoço de Willa, roçando os dentes na pele dela, fazendo-a estremecer e se comprimir ainda mais contra o corpo dele. Então, as mãos de Keane começaram a abrir caminho por baixo da blusa dela. Willa, por sua vez, apalpou a parte de trás do jeans dele e...

— Miau.

Ofegantes, os dois se separaram e se voltaram ao mesmo tempo para o lugar de onde viera o som, e se depararam com Petúnia, de cabeça baixa, traseiro levantado no ar, se esticando toda.

— Cuidado. Ela vai atacar.

— Petúnia... — Willa disse suavemente, e a gata levantou a cabeça. Seus penetrantes olhos azuais pareciam desaprovar o que viam.

— Eu não sabia que ela era uma empata-beijo — Willa comentou, rindo.

— Dois minutos mais e ela seria uma empata-foda...

— Ei! — Ainda rindo, Willa pôs os dedos sobre os lábios de Keane. — Não fale palavrão na frente das crianças.

Ele mordiscou os dedos de Willa, que sentiu uma onda de calor percorrê-la dos pés à cabeça, incendiando alguns pontos específicos pelo caminho.

— Bom... — Willa sussurrou, com sua boca quase tocando a dele. — Onde foi que a gente parou?

As mãos de Keane escorregaram pelos braços de Willa e voltaram para o cabelo dela.

— Bem aqui. — E ele a beijou novamente, um lento e delicioso roçar de lábios, ao mesmo tempo quente e reconfortante.

Pura tentação.

O corpo de Willa se moveu como se tivesse vontade própria, aconchegando-se mais a Keane, ansiando pelo seu calor. Com um gemido, ele a puxou ainda mais para si; seus ombros largos bloquearam todo o campo de visão de Willa, que agora não conseguia enxergar nada a não ser ele. Ela sentiu uma mão grande e pulsante pousar possessivamente em sua nuca, mantendo-a imóvel enquanto ele continuava a beijá-la com tanta paixão que ela poderia até morrer nos braços dele.

Willa segurou o queixo dele, acariciando a barba por fazer que ela queria sentir em seu corpo. Ela se espantou quando seu suéter caiu ao seu lado. Keane havia tirado o suéter dela, baixando o zíper e fazendo com que ele escorregasse pelos seus braços sem que ela nem ao menos percebesse esse movimento.

— Shh — ele sussurrou, a boca colada à garganta de Willa. — Você é minha.

E ele tinha razão. Encaixada entre a parede e o delicioso corpo robusto dele, não era de se admirar que as pernas de Willa estivessem bambas.

Porque ele a tinha na palma de suas mãos.

Eles precisaram interromper o beijo por alguns instantes, para que Keane pudesse passar a camisa de Willa por cima da cabeça dela; depois foi a vez do sutiã, que ele desprendeu e deixou cair. E então, suas mãos másculas exploraram os seios nus de Willa.

Keane olhou extasiado para aqueles seios perfeitos, soltando o ar de forma lenta e demorada, como se estivesse lutando para não perder o controle de vez. Maravilhado, ele observava enquanto Willa se arqueava toda, sucumbindo ao seu toque, implorando sem palavras por sua boca, para que ele a achasse linda e irresistível.

— Eu não consigo tirar os olhos de você — ele murmurou, roçando os lábios no ouvido dela. — Você é linda demais, Willa.

— *Miau!*

— *Quieta!* — Os dois disseram ao mesmo tempo, olhando um para o outro e rindo.

— E eu que pensei que crianças, não gatas, que serviam como controle de natalidade — Keane disse.

Petúnia então virou as costas e foi embora, como se soubesse que não era bem-vinda naquele momento.

— Não vá embora zangada — Keane disse para a gata. — Apenas vá embora.

— Keane.

— Só por uns minutos — ele acrescentou. E então, ele ergueu Willa nos braços, e seus músculos dos ombros e das costas se retesaram sob a sua camisa. Hum. Com a boca colada ao queixo de Keane, ela cruzou as pernas em torno de sua cintura enquanto ele a carregava pelo corredor, em direção ao quarto.

E então ele a jogou na cama.

Willa soltou um gritinho de surpresa, mas no instante em que ela caiu na cama Keane já estava sobre ela, pressionando-a de encontro ao colchão, cobrindo o corpo dela com o seu.

— O que foi que eu disse sobre me dominar? — Ela perguntou, rindo.

Ele a fitou intensamente, e seus olhos estavam negros como a noite.

— Eu achei que isso não se aplicasse ao sexo. — Ele afastou sua boca dos lábios de Willa, e passou a aplicar leves mordidas na orelha dela. — Porque eu estou me sentindo meio dominante aqui, querida.

Cada toque dos dentes de Keane parecia derreter os ossos dela.

— Tudo bem — ela balbuciou, ofegante. — Talvez a gente possa se alternar no comando.

— Talvez.

Os movimentos dele sobre ela eram tão sensuais, lentos e eróticos que Willa se contorcia de tanto prazer. Ele passou vagarosamente pelo pescoço dela, e então pela clavícula — quem diria que essa era uma zona erógena? —, fazendo-a engasgar quando se deteve nos seios. Ele brincou com um dos mamilos com sua língua, depois foi para o outro, estimulando-a e atormentando-a com suas experientes e talentosas mãos. Aquela mistura de sensações a conduziu para a beira do abismo, aonde ela ficou, prostrada.

— Keane.

— Eu sei. — Ele puxou a calça dela para baixo e a retirou; então, como se fosse a coisa mais natural do mundo, acomodou a cabeça entre as pernas dela, separando-as com seus ombros enormes.

— Hmm... — ela gemeu. — Eu...

Keane puxou a calcinha dela para o lado e plantou um beijo no sexo quente e úmido que agora se oferecia a ele, exposto — e no mesmo instante Willa se esqueceu o que ia dizer. Ela escutou um gemido trêmulo e se espantou ao perceber que vinha dela mesma.

— Tira! — Ela exigiu, forçando para cima a camisa dele, pois não queria ser a única quase nua ali, e ao mesmo tempo queria ver o belo corpo dele.

Sem interromper seus movimentos ou afastar os lábios do corpo de Willa, ele levantou uma das mãos para puxar a camisa por cima da cabeça. Ao fazer esse movimento, sua boca se separou por alguns instantes da pele macia de Willa; mas assim que se livrou da camisa ele voltou a amá-la freneticamente com a boca.

Willa agora podia senti-lo, podia senti-lo *todo*.

— Ah, Deus! — Ela gritou, revirando os olhos de prazer quando ele fez um movimento combinado usando a língua, os dentes e os dedos. — Não pare!

— Nunca — ele prometeu, devorando-a e provocando-a até o limite da loucura. Mas justamente quando os dedos do pé de Willa começaram a se curvar, ele parou. E ela gritou de frustração.

Keane lançou um sorriso cheio de malícia para ela, nem um pouco preocupado por estar correndo sério risco de vida depois de deixá-la na mão. Abaixando a cabeça novamente, ele colou os lábios no meio das pernas dela num beijo louco, e então, com um rápido movimento, agarrou-lhe a calcinha e a puxou. A peça correu pelas pernas dela e foi arremessada longe, enquanto ele continuava a admirar a linda mulher a sua frente, sem tirar os olhos dela.

E das maravilhas que ela exibia.

— Ooh, Willa... Deus meu. — Suas grandes mãos mantinham as pernas dela abertas. — Você é linda demais. — Erguendo-se, Keane a beijou na boca, mas continuou atormentando-a com as mãos; cada nervo do corpo de Willa vibrava agora, e ela reiniciou a viagem louca que Keane havia interrompido instantes atrás. Ela enterrou os dedos nos seus bíceps.

— Se você parar de novo...

— Não vou. — Keane manteve a palavra e continuou a maltratá-la, aquele canalha gostoso, beijando cada milímetro do corpo de Willa enquanto ia descendo. Ele parou no umbigo e o mordiscou, fazendo-a se contorcer.

Rindo baixinho, a boca entre as pernas dela, ele segurou com força os quadris de Willa, a fim de mantê-la posicionada para que pudesse levá-la à loucura de vez. Para alcançar esse objetivo, a boca de Keane tomou um longo caminho; ora ele passava a língua lentamente pela pele quente, ora usava os dentes e aplicava-lhe mordidinhas de amor.

— Aaah! Keane!

Ele ergueu a cabeça, e os seus olhos estavam negros — tão negros que ela quase se afogou neles.

— Da última vez fizemos tudo do seu jeito — ele disse. — Agora é a minha vez. Vamos fazer do meu jeito, Willa.

Ela engoliu em seco diante do calor e da feroz intensidade da voz dele.

— E o seu jeito é me torturar?

Um sorriso malicioso voltou a surgir no rosto dele.

— Só para começar.

Ela gemeu, levando os braços acima de sua cabeça.

— É, eu gosto disso — Keane disse e ergueu o corpo, correndo as mãos ao longo dos braços de Willa até chegar aos dedos dela, que ele segurou contra a parte de baixo da cabeceira da cama. — Fique assim. — Então ele abriu as pernas dela, deixando escapar uma exclamação de prazer, e explorou o sexo dela com a língua numa lenta lambida.

Depois disso, os detalhes do que aconteceu ficaram confusos na mente de Willa. Ela se lembrava de ter balbuciado o nome de Keane sem parar e de agarrar o cabelo dele com força, antes de, em um intervalo de tempo espantosamente curto, desmoronar e perder a noção das coisas.

Completamente.

O corpo de Keane era sólido e musculoso, e era maravilhoso senti-lo. Willa fez um esforço para abrir os olhos e vê-lo o máximo que pudesse, porque aquela teria que ser a última vez. Ela não poderia fazer isso com ele novamente sem correr o risco de se apaixonar. Na verdade, ela não tinha nem certeza se poderia terminar *aquela* vez.

Com os antebraços apoiados um de cada lado da cabeça de Willa, Keane a fitou. Alguns fios de cabelo caíam sobre a testa dele; seus olhos estavam cheios de calor e tensão sexual, e a sua boca estava úmida. A visão desse homem fazia Willa perder o fôlego.

Deus... ele é que é lindo, Willa pensou, fascinada. Simplesmente lindo. Ela estendeu a mão e acariciou o lábio inferior de Keane com a ponta do dedo, e depois puxou seu rosto para perto de si para que pudesse devorar com sua própria boca aquele lábio suculento.

Ele deixou escapar um ruído gutural de prazer — um misto de rosnado e gemido — quando suas línguas se encontraram.

— Eu adoro o seu gosto — Keane disse, e começou a penetrá-la.

Willa gemeu alto e se arqueou para recebê-lo, incapaz de se lembrar de tê-lo visto colocar preservativo em algum momento, mas aliviada por saber que um deles ainda tinha condições de usar um pouco o cérebro.

Keane a fitava com um olhar aéreo, perdido, e a expressão dele era de puro e total prazer.

Aquele homem a deixava sem chão. Ela não conseguia tirar os olhos dele.

Ele mantinha um braço debaixo do ombro dela para firmá-la, e agarrava o traseiro dela com o outro, a fim de ficar ligado a Willa o mais intimamente possível — porque sentia a necessidade de se unir o máximo que pudesse a ela. Quando começou a fazer os movimentos, Keane não teve pressa e desfrutou preguiçosamente de cada segundo, como se tivesse todo o tempo do mundo para amá-la.

Mas ele não tinha. A julgar pelo nó na garganta de Willa, não restava muito tempo aos dois antes que o pânico desse as caras. De repente Willa o empurrou, rolando-o de costas na cama. Ele cedeu sem reclamar, com um sorriso diabólico no rosto.

— Sua vez? — Ele perguntou com voz rouca, esbanjando erotismo.

Sem perder tempo com palavras, ela remexeu os quadris com rapidez e vigorosamente.

— É! — Keane murmurou, encaixando os seios dela em suas mãos. — É a sua vez.

Enquanto ela assumia o controle dos movimentos, ele não perdeu tempo e passou a tocá-la intimamente de todas as maneiras, valendo-se de toda a sua experiência, até levá-la a um clímax que parecia não ter mais fim.

Willa, ainda transfigurada de prazer, sentiu as mãos de Keane trabalhando para posicioná-la de uma maneira que possibilitasse o ajuste perfeito dos seus corpos; assim, foi possível penetrá-la profundamente, transportando-a para um mundo além da imaginação, uma verdadeira experiência fora do corpo. E, dessa vez, ele a seguiu nessa viagem, e ambos experimentaram sensações que jamais haviam vivido antes.

Na manhã seguinte, bem cedo, Willa despertou, sentindo o corpo aquecido, com o rosto pousado na curva do pescoço de Keane. Ele estava deitado de costas, apagado, e Willa... bem, ela estava quase em cima dele.

Petúnia não estava em uma situação muito diferente, confortavelmente acomodada aos pés dele.

Com muito cuidado para não acordá-lo, Willa saiu da cama e correu para o banheiro. Olhando para si mesma no espelho, ela estranhou a expressão deslumbrada no seu rosto corado. Ela estava... sorrindo? Caramba, estava sim. Tentou ficar séria, fazer uma carranca, mas simplesmente não conseguiu.

Foi então que ela percebeu a mochila no chão. Keane provavelmente a havia trazido para dentro na noite passada, quando foi até seu carro, por volta da meia-noite, buscar o carregador do celular.

O zíper da mochila estava aberto e, sem querer querendo, Willa deu uma olhada dentro. Roupas extras. Uma escova de dentes. Desodorante.

De repente o telefone celular de Willa — que estava na mão dela — tocou, e o susto quase a mandou para o outro mundo antes da hora.

— Alô? — Ela sussurrou.

— Oi — Elle disse. — Eu...

— *Ele trouxe um kit para passar a noite!* — Ela murmurou.

Elle levou alguns instantes para responder.

— Quem trouxe o quê, Willa?

Willa fechou a porta do banheiro e apoiou as costas nela, e então permitiu que as suas pernas bambas cedessem, escorregando pela porta até que se sentasse no chão.

— O Keane. Ele apareceu aqui na noite passada para pegar a Petúnia, e agora eu estou no banheiro, olhando para uma mochila cheia de coisas dele que...

— Epa, calma aí, vamos com calma. Você não pode simplesmente pular da noite passada para hoje sem me dar mais detalhes! O que deu em você? Pode começar a falar, eu quero detalhes. Dormiu com ele de novo?

Bem, tecnicamente os dois praticamente não tinham dormido na noite passada, que se resumiu a várias rodadas de sexo selvagem, erótico e sensual, numa experiência totalmente inédita para Willa.

— Vai me deixar esperando? — Elle reclamou.

— Esqueça isso! — Willa sussurrou. — Ele tem um kit para passar *uma noite fora!* — Se bem que, tecnicamente, a noite passada foi a segunda noite, então na verdade se tratava de um kit para duas noites fora.

— Meu bem, isso só prova que ele é um homem precavido.

Willa fechou os olhos com tanta força que chegaram a doer. As coisas iam bem. Ela estava bem. Podia lidar com isso. As pessoas passavam uma noite fora o tempo todo, e uma noite poderia facilmente se tornar duas noites, e todo mundo carregava kits para essas ocasiões. Na verdade, olhando para as coisas de Keane, Willa estava inclinada a admitir que sua amiga tinha razão. Não que fosse necessário admitir isso, porque Elle já sabia que tinha razão.

Elle sempre tinha razão.

Willa vestiu as únicas roupas que tinha no banheiro, que havia usado para trabalhar no dia anterior. Fez isso porque conseguia raciocinar melhor quando não estava nua. Uma rápida olhada no espelho confirmou que ela ainda estava rindo feito uma idiota. Ela respirou fundo e abriu a porta.

Ela se deparou com Keane, com um ombro musculoso encostado no batente da porta e uma expressão ligeiramente desconfiada.

— Oi.

— Olá.

— Para ser bem sincero, eu pensei que você já tivesse saído há muito tempo quando acordei — ele disse, sorrindo.

— Essa é a minha casa.

— Você sabe o que eu quero dizer. — Ele não estava para brincadeiras essa manhã.

Willa muito menos.

— Eu estou me esforçando um bocado para agir como adulta — retrucou. — E isso teria sido rude.

Keane sorriu mais ainda, e ela sentiu ondas de calor por todo o corpo.

— Que Deus não permita que você seja rude. — Ele a puxou para si e acariciou o pescoço dela com a ponta do nariz. — Bom dia pra você.

Temendo que seus joelhos fraquejassem, ela se agarrou a Keane.
— Pra você também. Ahn... Keane?
— Hmm?
Os lábios dele não deixavam o pescoço de Willa em paz, e ele era grande e quente e estava sem camisa... quem conseguiria suportar uma provação dessas?
— Eu preciso mesmo ir trabalhar — ela avisou, determinada a se controlar. — Já passou do meu horário. Você pode ficar aqui, claro. Tome um banho, se quiser, mas não se esqueça de trancar tudo antes de sair.

Keane interrompeu a carícia e olhou para ela. E então fez um aceno positivo com a cabeça, aparentemente concluindo que Willa realmente estava agindo como uma adulta.

Aliviada por perceber que eles estavam lidando bem com a situação, sem mágoas nem sentimentos ruins, e principalmente sem uma discussão que ela não estava pronta para ter, Willa se inclinou para lhe dar um beijo rápido.

Mas ele a segurou com mais força, mudando o ângulo do beijo para fazer as coisas à sua maneira. Quando a soltou, sua cabeça girava tanto que ela precisou de um momento para poder se recompor.

— Trabalho — ele disse, sorrindo. — Nós dois precisamos ir trabalhar.

— Sim. — Ela piscou algumas vezes.

—Então, vamos lá! — Rindo com descontração, Keane pôs as mãos na cintura dela e a virou na direção da sala de estar, dando-lhe um leve tapa na bunda para que ela seguisse em frente. — Bom trabalho pra você.

Na noite passada, Willa havia chegado ao orgasmo tantas vezes que nem seria capaz de contar quantas. O sorriso continuava grudado no seu rosto. O que poderia dar errado?

#*SombrasDoPassado*

Quando Willa se foi, Keane olhou para Petúnia, calmamente sentada perto dos seus pés descalços.

A gata lhe lançou um olhar cauteloso, e então esticou o pescoço para farejá-lo de leve.

— Tá, tá — ele disse. — Você ficou sozinha comigo de novo.

O celular dele parecia estar sofrendo um ataque epilético no criado-mudo, de tantas mensagens e e-mails que recebera de Sass e Mason. Ele esfregou o rosto com uma mão e soltou um palavrão quando ouviu o celular vibrar novamente. Dessa vez, era uma ligação de Sass. Ele ignorou a chamada.

— *Miau* — Petúnia chamou, num tom lamuriento.

— Eu sei. Comida. É pra já. — Keane vestiu a calça jeans e olhou ao redor à procura da sua camisa. Encontrou-a pendurada em um abajur.

Normalmente ele teria rido da situação, porque isso significaria que a noite havia sido perfeita, regada a sexo e mais sexo.

E a noite realmente tinha sido assim.

Mas, na verdade, havia sido muito mais do que isso, muito mais do que apenas sexo. Keane imaginou que foi por esse motivo que Willa saíra de casa tão cedo para trabalhar. Ela estava com a mesma sensação que ele.

Mas não queria sentir aquilo.

Esse pensamento não o deixou muito contente. Keane vestiu a camisa e saiu andando em círculos, à procura dos seus calçados.

Petúnia estava sentada na frente dele, parecendo muito orgulhosa e satisfeita consigo mesma.

— Fora, gata.

Pela primeira vez na vida ela fez o que ele pediu. Ela saiu — revelando que havia usado os calçados dele como seu banheiro privativo mais uma vez.

Willa se sentou no balcão da sua loja, vestindo as mesmas roupas do dia anterior, e devorou impiedosamente os fantásticos muffins da Tina.

Eles não consertariam as coisas que iam mal em sua vida, mas a faziam se sentir bem melhor.

Para alívio de Willa, ainda era cedo, bem antes do horário de abertura do pet shop. Em algum momento ela teria de descobrir um modo de esticar o seu dia em uma hora para subir as escadas do seu apartamento e se livrar das roupas usadas ontem. E também precisava dar um jeito na ridícula expressão de satisfação que ela não conseguia tirar do rosto. Era como se a palavra sexo estivesse estampada bem no meio da sua cara.

Orgasmos dos diabos!

Rory e Cara apareceram e começaram a rir assim que viram Willa.

— Você está fazendo a caminhada da vergonha na sua própria loja? Veio direto da farra? — Cara perguntou.

Bem, foi mais ou menos isso.

— Claro que não — Willa respondeu.

Rory avaliou Willa de alto a baixo.

— Na verdade — Rory disse. —, a verdadeira caminhada da vergonha acontece quando você leva todos os pratos e copos da sua mesinha de cabeceira para a cozinha.

As duas riram.

Willa as ignorou e colocou o último muffin na boca. Então, fechou os olhos e tratou de aproveitar tranquilamente a deliciosa sensação do preparado de abóbora desmanchando na sua língua.

— Ela não está falando — Cara disse a Rory. — Que estranho. Ela nunca para de falar.

— Ela vai voltar à vida assim que a cafeína fizer efeito. — Rory empurrou uma xícara de café para perto da sua chefe e se afastou lentamente, como se Willa fosse uma arma carregada e engatilhada.

— Mas ela não parece cansada — Cara observou, olhando para Willa.

— Ela está parecendo minha irmã quando o namorado dela tira licença do exército e os dois ficam no rala e rola a noite inteira.

Willa engasgou com seu muffin e Rory bateu de leve em suas costas, dando um sorrisinho.

Quando Elle, Haley e Pru bateram na porta dos fundos, Willa saiu do seu transe direto para um estado de pânico.

— Não abram a porta para elas! — suplicou Willa.

Claro que Rory não a obedeceu.

— Cuidado! — disse a funcionária traiçoeira, que Willa em breve mataria com as próprias mãos, às suas melhores amigas. — Ela não tomou a dose necessária de cafeína e acho que participou de alguma maratona de sexo.

Willa engasgou mais uma vez, lançando um olhar zangado para todas as amigas. Mas elas haviam trazido muffins e café; então, ela resolveu ser razoável.

— Passem isso pra cá — ela disse, com as mãos estendidas.

Pru lhe entregou tudo o que tinha.

— Me desculpe por sair mais cedo da noite das garotas, mas eu não estava me sentindo bem. — Ela inclinou a cabeça para o lado e olhou com atenção para o rosto da amiga. — Hum. Esse Keane é bom. Ele até fez sumir a ruga de estresse que você tinha entre os olhos.

— Uau — Haley disse, aproximando-se dela para enxergar melhor. — É verdade. Sexo é melhor do que essas loções antirrugas de noventa reais que nós usamos e que não ajuda em merda nenhuma.

Willa olhou para Elle, que estava quieta num canto, assistindo a tudo.

— Preciso que você diga alguma coisa, Elle. Por favor, seja a voz da razão, como sempre, e me dê um bom motivo para não começar a matar todo mundo aqui.

— Não tem Netflix na cadeia — Elle respondeu.

— Perfeito, isso é o suficiente. Obrigada.

Elle encostou sua xícara de café na xícara de Willa, como se fosse um brinde.

Willa bebeu o café e, então, expressou abertamente o seu maior medo.

— Será que estou sendo estúpida em deixar outro cara entrar na minha vida? E se eu estiver cometendo um erro?

— Esse cara é mesmo tão bom quanto parece? — Pru perguntou.

— Bem... — Willa pensou um pouco antes de responder. — Ele não gosta de gatos, mas está tomando conta da Petúnia. Está ajudando financeiramente uma tia doente que ele mal conhece. O trabalho dele exige dedicação praticamente integral, mas mesmo assim ele sempre arranja tempo para mim. E...

— O quê? — Elle disse em tom de encorajamento quando Willa hesitou.

— Ele faz com que eu me sinta bem — Willa revelou por fim. — Faz com que eu me sinta especial. — Ela se sentiu ridícula por dizer isso, e seu rosto ficou vermelho.

Mas Elle sorriu — um sorriso que iluminou todo o seu rosto, e fez seus olhos brilharem. Um sorriso raro e lindo.

— Aí está, então — Elle disse, apertando as mãos de Willa. — Essa é a resposta que você buscava.

— Mas eu acho que estraguei tudo — Willa disse. — Ele passou a noite no meu apartamento e eu acordei... hmmm...

— Em pânico — Elle completou, prestativa.

— É. — Com ar desanimado, Willa levantou uma mão, mostrando o dedo indicador logo acima do polegar. — Mas só um pouquinho.

— Ou um tremendo de um pânico. — Elle ergueu as duas mãos no ar, bem afastadas uma da outra como demonstração. — Veja, eu não consigo entender por que você não pode curtir o momento com um cara gato e bom de cama. Você sempre tem a alternativa de pular pra fora do barco se não der certo.

— Mas e se der certo? — Willa perguntou. — O que fazer nesse caso?

— Daí você aproveita — Elle respondeu, gentilmente.

Boa. Por que ela não havia pensado nisso?

— Mas o que foi que você fez, Willa? — Haley perguntou. — Deu o fora nele?

— Pior. — Elle disse, bem-humorada.

— Eu saí correndo do meu próprio apartamento como se os cães do demônio estivessem atrás de mim. — Willa levou as mãos ao rosto, envergonhada.

Haley mordeu o lábio inferior.

Pru não teve o mesmo decoro. Ela nem ao menos tentou abafar sua risada, riu tão alto e tanto que chegou a ficar sem ar por alguns instante.

— Pois é. — Elle balançou a cabeça numa negativa. — Eu tentei avisar a ela: *jamais* largue um homem gostoso sozinho na sua cama.

Bom, tecnicamente ele não estava na cama quando ela o deixou, mas por que foi que ela o deixou mesmo? Willa honestamente não conseguia se lembrar das suas justificativas para isso, o que fazia com que uma única resposta fosse plausível:

Ela fugiu por estar assustada e isso a deixava extremamente irritada consigo mesma. Desde quando havia se transformado em uma garota medrosa? Ela desceu do balcão e apontou para Pru.

— Você está de folga hoje?

— Sim.
— Então acaba de se tornar funcionária desse pet shop. Rory vai lhe dizer o que terá de fazer. Nós teremos uma grande venda e ela vai precisar de ajuda extra. Eu volto logo!
— Mas por que eu? — Pru quis saber.
— Porque você foi a que riu mais.
— Ah, tá! Merda — Pru disse, enquanto Willa ia em direção a rua.

Ainda era cedo quando Keane saiu do seu carro, subiu rapidamente as escadas para a casa de Vallejo Street e entrou, fechando silenciosamente a porta atrás de si. A barra estava limpa. Ele só precisava subir as escadas e chegar até o seu banheiro sem ser visto, tomar uma ducha e...
— Que bonito — Sass disse logo atrás dele.
Cacete.
— Mason! — Ela gritou. — Venha ver o que temos aqui.
Keane se virou para olhá-la, fazendo cara de paisagem.
Ela sorriu docemente e conferiu as horas no relógio.
— Quanta gentileza sua aparecer para trabalhar hoje. Nós tentamos te ligar. — Sass disse.
— Eu estava ocupado.
Sass o olhou de alto a baixo e estranhou quando viu os pés descalços dele.
— Onde estão os seus sapatos? Esqueceu debaixo da cama dela?
Na verdade, estavam numa lata de lixo, mas Keane não pretendia dizer isso a ela.
— Pegue isso, Sass. — Ele lhe entregou a caixa com Petúnia. — Vou tomar um banho. Encontro vocês no escritório para a nossa reunião em dez...
Alguém bateu à porta e o próprio Keane foi atender, aliviado com a interrupção.
Quando abriu a porta, lá estava Willa, parecendo meio sem graça, como se não esperasse que ele abrisse a porta tão rapidamente.
Keane não entendeu por que ficou tão surpreso ao vê-la. Ela não parava de surpreendê-lo desde a primeira vez em que o deixara entrar na sua loja, três semanas atrás, e o salvara do sufoco ao aceitar tomar conta da Pê.
— Oi — ela disse em voz baixa. — Eu... — Willa hesitou, olhando para dentro da casa.

Keane se voltou e percebeu que Sass observava os dois avidamente. Mason também entrou no saguão, olhando seu telefone celular enquanto falava.

— Finalmente, chefe. Você ignorou as minhas ligações a manhã inteira e isso é uma grande violação das regras, como você mesmo gosta de dizer pra gente a todo instan... — Mason ergueu os olhos do telefone e percebeu de imediato a situação. Então ele recuou, deu meia-volta e se retirou.

Mas Sass não fez isso. Continuou onde estava, com um largo sorriso no rosto.

— Oi — ela disse, acenando na direção de Willa. — Eu sou a Sass, gerente administrativa do Keane. E você deve ser a Willa, ou, como nós gostamos de dizer por aqui, A Incrível Pessoa Que Faz o Chefe Sorrir. Ah, só pra constar: nós amamos você.

— Obrigada — Willa respondeu. — Eu acho.

— Na verdade, eu já vi você antes — Sass disse. — No Pub do O'Riley. Você estava no palco de *karaokê* com dois amigos seus, cantando "Hold On", do Wilson Phillips, com um grande entusiasmo.

— Ai, caramba. — Willa fez uma careta.

— Vocês se divertiram pra valer com aquela cantoria, não é? — Sass sorriu. — Sabe, se da próxima vez que você subir ao palco você levar Keane, eu vou ter que gravar a coisa toda.

— Certo — Keane disse, puxando Willa para dentro antes de se voltar para Sass. — Tenho certeza de que você precisa voltar ao trabalho agora.

— Sim, Keane, e você também. Nós ainda não fizemos nossa reunião matinal. Nós ficamos nos perguntando por que você ignorou nossas ligações, mensagens de texto e e-mails, mas eu acho que a resposta acabou de aparecer...

— Que ótimo — Keane disse, e apontou na direção do corredor. — Eu estarei lá em um minuto.

— Não, não precisa adiar uma reunião por minha causa — Willa disse, na mesma hora. — Você está ocupado. Eu já vou andando e...

— Espere. — Keane agarrou a mão dela. — Eu só preciso de um minuto para poder matar a Sass...

— Ah, se eu ganhasse dez centavos a cada vez que ele me diz isso! — Sass retrucou, sarcástica.

Keane não tirava os olhos de Willa.

— Você fica? Por favor? — Ele pediu a Willa gentilmente, e ficou aliviado quando ela fez um aceno positivo com a cabeça.

Então ele se voltou para Sass. Ela estava sorrindo para Keane, feliz pela quantidade de informações que havia acumulado, que fatalmente usaria para atormentá-lo. Ele se separou de Willa um tanto quanto reluntante e fez um sinal a Sass para que o seguisse.

— Não me venha com essa — ele avisou enquanto eles atravessavam o corredor, num ponto onde felizmente Willa já não poderia ouvi-los. — Eu sei muito bem que você teria me avisado se fosse alguma emergência real. Você estava bisbilhotando agora porque eu nunca me atraso. Eu não pago você pra bisbilhotar, Sass, então trate de voltar logo ao trabalho.

Ela continuou com o mesmo sorriso no rosto.

— Também não pago você pra ficar rindo para mim.

— Francamente — disse uma mulher. — Isso não é jeito de falar com as pessoas de quem você gosta.

Keane olhou na direção do que provavelmente seria a sala de jantar, mas que no momento servia como sala de projetos. Isso significava que o lugar estava repleto de cavaletes montados com grandes tábuas de madeira compensada, servindo como mesas improvisadas. Sobre essas mesas, estavam espalhados os projetos da construção.

A mulher estava de pé entre os cavaletes, olhando diretamente para Keane.

Ele bufou.

— Mãe, o nome disso é sarcasmo. Eu costumo falar assim com as pessoas que gosto.

— Bem, é desagradável — ela disse. — Eu o eduquei para ser melhor que isso.

Não, na verdade ela o havia educado para não ter sentimentos de espécie alguma. Ele olhou para Sass e na mesma hora soube que ela havia deixado sua mãe entrar.

— Aí está a emergência — Sass disse.

Keane se voltou para a sua mãe. Fazia muito tempo que ela não o procurava nos seus locais de trabalho, mas os dois haviam se falado fazia menos de um mês.

— Alguma coisa errada, mãe?

A mulher se endireitou e caminhou na direção dele. Será que ela havia percebido que Keane estava descalço ou que carregava a caixa com a gata, porque Sass não a pegou quando ele pediu? De qualquer maneira, se percebeu, ela não deu nenhum sinal disso.

— Eu queria lhe dizer que nós estamos em dia com o aluguel — sua mãe disse. — Mas provavelmente você já sabe disso, porque depositou dinheiro na nossa conta. Nós não queremos o seu dinheiro, Keane. Isso não fazia parte do acordo.

Os seus pais estavam aposentados fazia dois anos e, porque os dois tinham se convencido de que eram as pessoas mais inteligentes que conheciam, eles recusaram durante anos os conselhos de Keane a respeito de planejamento financeiro. Até que resolveram investir suas economias com um "amigo que realmente sabia o que estava fazendo" e esse amigo tomou todo o dinheiro deles. E, obviamente, eles não queriam admitir isso.

Keane só tomou conhecimento desses fatos por acaso, quando um amigo em comum lhe contou que os seus pais seriam despejados. Neste momento os dois finalmente admitiram que estavam falidos e que poderiam acabar na rua; mas ainda assim se recusaram a aceitar dinheiro do filho.

Então, em vez disso, Keane foi forçado a deixá-los trabalhar para ele. Ele os colocou em um prédio de apartamentos que possuía em South Beach. Seus pais insistiram em ajudá-lo a cuidar do lugar como uma maneira de pagar o aluguel, ao menos até conseguirem se recuperar.

Mas esse arranjo vinha trazendo grandes dores de cabeça para Keane, porque ele e a sua mãe se desentendiam sempre que havia necessidade de fazer alguma reforma no prédio, por menor que fosse.

Pelo menos eles não tinham virado moradores de rua.

— Você podia simplesmente ter ligado pra mim — ele disse.

Sua mãe fez que sim com a cabeça.

— Eu fiz isso. A sua gerente disse que você não estava atendendo as ligações e sugeriu que eu o esperasse aqui.

Sass olhou furtivamente para Keane, com uma expressão descaradamente marota. Ele devolveu a alfinetada com um olhar do tipo "você está na rua", mas ela apenas sorriu com tranquilidade.

Ela sabia — e Keane também — o quanto era importante na vida dele. É verdade que ele vivia querendo estrangulá-la com as próprias mãos, mas sabia que podia contar com ela sempre que precisava.

— Enfim, seja como for... — A mãe de Keane balançou energicamente um molho de chaves na mão. — Eu queria te devolver isso.

Mas ele não pegou as chaves.

— Mãe, vocês podem ficar lá. Não precisam sair.

— Mas nós terminamos o trabalho.

— Podem ficar lá — Keane repetiu. Não queria ver seus pais vagando pelas ruas e não queria ter que se preocupar com eles. — Não é nada demais.

— Nada demais? — Ela disse, olhando-o como se o filho tivesse sugerido que ela tentasse a carreira de assassina de aluguel. — Você nos dar esmolas não é *nada demais*? Puxa, que bom saber que nós significamos tão pouco para você.

— Você sabe que não é isso que estou querendo dizer.

— Fique sabendo que não nos faltam opções — ela disse, duramente. — As suas irmãs, por exemplo. Janine nos quer na casa dela, junto com ela. Quer que a gente *faça parte* da vida dela. E Rachel também nos receberia de braços abertos.

Tudo bem, ele precisava se corrigir. Ela *poderia sim* tornar as coisas *ainda* mais difíceis. E Keane sabia, de fonte segura, que a oferta de suas irmãs para hospedar os pais não era para valer. O marido de Janine provavelmente fugiria correndo se isso acontecesse. James era um cara decente e até legal, mas também era esperto o suficiente para estabelecer limites bem claros — e morar com papai e mamãe Winters era definitivamente um limite bem claro e intransponível.

— Que seja, então — Keane respondeu. — Se vão ficar mais felizes assim, façam isso. De qualquer maneira, minha oferta para que fiquem no meu prédio vai continuar de pé.

Os lábios dela se apertaram.

Como não era um completo idiota, Keane percebeu que ela estava blefando.

— Escute, mãe, eu realmente preciso de alguém para administrar o lugar, para cuidar do prédio e das necessidades dos inquilinos.

A mulher o encarou, claramente dividida entre engolir o próprio orgulho ou levar seu blefe adiante. Por fim, ela arrancou as chaves da palma da mão dele e as colocou na bolsa.

— Nós vamos manter uma contabilidade detalhada do nosso trabalho, para usarmos como crédito no pagamento do aluguel.

— Mãe, eu confio em vocês.

— Nós enviaremos relatórios mensais — ela avisou.

Isso foi o equivalente a um abraço e um beijo seguido de "eu amo você, filho".

Ela se voltou para a porta, mas então parou.

— E eu sei que isso é a gata da Sally. Você a está ajudando também — ela disse, ainda virada para a porta.

— Ela é da família. E a gata não é nenhum problema. — E ele era um grande mentiroso.

— Você está fazendo mais do que apenas tomar conta da gata dela — sua mãe disse. — Ela me ligou ontem e me contou tudo.

Keane soltou o ar lentamente.

— Então você sabe que ajudá-la é o mínimo que eu posso fazer, mãe.

Ela não disse nada por um longo momento, mas fungou discretamente, o que aterrorizou o coração de Keane.

Será que a sua mãe estava... chorando? Ele jamais a vira perder o controle antes e, sendo sincero, preferiria que alguém lhe arrancasse as pontas dos dedos uma por uma do que testemunhar isso agora.

— Mãe...

— Eu estou bem. — Ela fungou mais uma vez e, então, ainda virada para a porta, falou gentilmente: — Eu fui professora durante vinte e cinco anos, mas, às vezes, você me ensina coisas que eu não esperava.

Keane a encarou, chocado.

— Bem... — Ela disse com um aceno de cabeça. — Eu já vou andando. Vou ligar para mantê-lo informado de tudo.

— Você não precisa...

— Vou ligar pra você — ela repetiu, e Keane percebeu que sua mãe estava tentando permanecer na vida dele, da única maneira que sabia.

— Isso seria ótimo — ele disse. — Também vou ligar pra você, tá?

— Tá. — Havia leveza na voz dela e um inconfundível tom de alívio.

E então ela foi embora.

De repente, Keane percebeu um leve movimento de alguém escondendo a cabeça atrás de uma porta. Alguém de cabelo ruivo e de uma curiosidade insaciável. Lentamente ela voltou a olhar pela porta e seus olhos encontraram os dele.

Willa tinha receio de que o seu relacionamento com Keane fosse longe demais, e como ele tinha deixado muito claro que não pretendia se envolver, ela tinha razão em ser cautelosa. Ceder a esse lance que havia entre eles seria loucura; e agora que a mãe dele havia demonstrado como ele tinha sido programado, como toda a família havia sido programada — sem ter a menor ideia do significado de entregar o coração a alguém —, Willa finalmente acordou e entendeu tudo: ela estava se desviando da bala sem nem saber disso.

— Você está bem? — Ela perguntou, em voz baixa.

Se estava bem? Não fazia ideia, mas não pretendia deixar que Willa soubesse disso.

— Sim. — Keane pensou ter visto algo parecido com piedade no olhar dela, ele odiava esse tipo de coisa; então deu uma rápida olhada ao seu redor. — Eu preciso mesmo ir trabalhar.

Willa fez que sim com a cabeça, mas não se moveu. Em vez disso, ela juntou as duas mãos firmemente e continuou olhando para Keane.

— Eu queria explicar por que saí de casa tão subitamente hoje pela manhã. É que quando eu acordei grudada em você feito papel de bala, eu...

— Você entrou em pânico?

— Não — ela disse. — Bem, na verdade, sim... mas só por uns minutos. Eu não me arrependo da noite passada, Keane. Só queria que você soubesse disso. Quero pedir desculpa...

— Willa, pare — ele disse, interrompendo-a. Depois daquela manhã no apartamento dela e da visita que havia recebido da sua mãe, Keane se sentia um tanto quanto deprimido e nada disposto a lidar com mais emoções difíceis. — Esqueça isso, tá? Não foi nada.

Ela se mostrou surpresa com essa resposta e Keane logo percebeu por que: para ela, ficou parecendo que os momentos que os dois haviam compartilhado juntos não tinham significado nada para ele.

— Eu não quis dizer isso — ele acrescentou. Mas como não sabia o que *queria* dizer, ficou em silêncio.

Com um aceno ela mostrou que havia entendido e Keane ficou feliz com isso. Alguém deveria saber que merda estava acontecendo ali. Seu cinto de ferramentas estava pendurado em um dos cavaletes e ele o colocou, dando a entender que seria bom que aquela conversa não se estendesse por muito tempo.

Willa respirou fundo.

— Se você está assim porque eu escutei a conversa que teve com a sua mãe...

— Não é isso.

— Porque não é sua culpa se eles o tratam dessa maneira, Keane.

— Sim, a culpa é minha. Eu fui um garoto muito ruim, Willa. Eu fui... — ele disse com mais convicção, quando voltou a abrir a boca para retrucar. — Sei que não recebi deles a devida atenção e que isso teve um efeito negativo em mim, mas isso não é desculpa.

Ela agora estava com os braços cruzados, como se pudesse defendê-lo; não estava disposta a acreditar que ele fosse uma pessoa má. Isso teve um impacto doloroso dentro do peito dele, mas também maravilhoso de certa maneira.

— O que você pode ter feito de tão ruim assim, afinal?

— Para começar, eu fui um grande pilantra. Mesmo depois de terminar o colegial. Meus pais me deram o dinheiro dos estudos para complementar uma bolsa de futebol parcial por dois anos, até que eu me machuquei e disse adeus à bolsa de estudos. Aliás, eu odiava cada segundo que passava na escola. Então, quando eles me deram dinheiro para o terceiro ano, eu larguei tudo e usei o dinheiro como entrada para o meu primeiro projeto de reforma.

— Imagino que eles não tenham aprovado isso.

— Eu não disse a verdade para eles durante muitos anos — ele admitiu.

Willa arregalou os olhos.

— Viu só? — Keane disse. — Um grande pilantra, sem dúvida. Eu devolvi o dinheiro deles com juros, mas o fato é que por causa dessas minhas atitudes eles passaram a não confiar muito em mim.

— Nem todo mundo se adapta à vida acadêmica.

Keane balançou a cabeça, numa negativa.

— Não arranje justificativas para mim, Willa.

— Bem, alguém precisa lhe dar um desconto — ela respondeu, projetando as mãos no ar. — Você se esforçou muito para ajudar a sua tia e a sua família. Trabalhou muito duro para se tornar alguma coisa na vida e... — Ela parou de falar abruptamente e olhou para Keane como se o estivesse vendo pela primeira vez em toda sua vida.

— O quê?

— Meu Deus — ela sussurrou. — Acabei de perceber uma coisa. Eu afirmei que você não era capaz de se envolver, de se apegar. Mas sim, você é capaz. E capaz de se envolver profundamente.

A primeira reação de Keane foi negar isso, ele começou a balançar a cabeça; mas então parou, porque na verdade Willa estava certa — tendo em vista o seu crescente envolvimento com ela, sem mencionar algumas emoções extremamente profundas que vinha experimentando.

— É óbvio que você pode amar, e amar profundamente — ela disse com sentimento, colocando a mão no peito como se sentisse dor no local. — E não apenas amar: você também pode manter e cultivar o amor. Talvez até melhor do que eu. Raios, *definitivamente* melhor do que eu.

O peito de Keane se apertou ao perceber que Willa era capaz de pensar assim de si mesma.

— Willa...

— Eu sei, eu sei. Não é um sentimento dos mais reconfortantes. — Ela fez silêncio quando ouviu o celular dele tocar dentro do seu bolso.

Na verdade, ele estava tocando sem parar durante a última meia hora. Subempreiteiros, clientes... provavelmente Sass também. E no instante em que ele pensava nisso, um casal bem-vestido estacionou na frente da casa.

Eram clientes com os quais ele havia marcado uma reunião às... Keane consultou seu relógio. Merda. A reunião era agora.

— O mundo real está chamando — Willa disse, dando um passo para trás para se afastar dele.

— Esse é o meu mundo real, Willa. O resto pode esperar.

— Keane! — Marco Delgado, um cliente de longa data, chamou-o sorrindo. — Que bom ver você, amigão!

— Não tem problema, está tudo bem — Willa garantiu, afastando-se mais dele.

Bem, essa não deixava de ser a história da vida dele, de qualquer maneira.

— Essa manhã, você entendeu quando eu precisei sair para o trabalho — ela disse. — E eu entendo isso.

E então ela foi embora.

Merda. Claro que ele estava feliz por saber que Willa entendia. Ele só queria saber o que exatamente ela havia entendido, e se poderia explicar para ele.

#AmigosDosSonhos

Willa voltou para o seu pet shop. A loja funcionava como sua válvula de escape, sua alegria, seu primeiro e único amor. Mas, dessa vez, Willa não se sentiu invadida pela costumeira sensação de tranquilidade enquanto andava pela loja cheia de luzes de Natal cintilando, ouvindo o cachorro de uma cliente que latia para uma rena de pelúcia e vendo Rory encher os clientes de sorrisos e atenção.

Ela se sentia agitada desde o momento em que acordara naquela manhã, mas ficou ainda mais agitada após ouvir, sem querer, a conversa entre Keane e sua mãe. Porque agora Willa havia tomado conhecimento de uma verdade incômoda sobre si mesma. Estava saindo com Keane, convencida de que encontrar um amor não fazia parte dos planos dele; mas havia um grande furo nessa teoria.

O problema era com *ela*, não com Keane.

Ela não havia previsto isso.

Felizmente Willa teve um longo dia de trabalho e não lhe sobrou muito tempo para pensar no assunto. No final do dia, ela parecia disposta a encontrar mais coisas para fazer, mas não havia mais nada. Mesmo assim não queria voltar para casa. Ir para casa sozinha a fazia lembrar que ela era...

Bem, que era sozinha.

Então Willa foi para o pub, onde Finn a avistou e imediatamente fez sinal para ela.

— Experimente isso — ele disse, entregando-lhe uma caneca. — Chantilly caseiro recobrindo o melhor e mais incrível chocolate quente jamais inventado.

— De quantas maneiras diferentes se pode preparar chocolate quente?

— Só de uma maneira — Finn respondeu. — A minha. — Ele fez um gesto para que Willa tomasse a bebida. — É uma receita nova, uma surpresa para a Pru. Diga-me o que acha.

Willa bebeu um gole e constatou que ele estava certo. Aquele era realmente o mais incrível chocolate quente jamais inventado.

— Jesus, que delícia!

— É mesmo? — Finn sorriu.

— Se é. Um verdadeiro orgasmo.

— Hein? — Ele fez uma careta e tomou a caneca da mão dela. — Não no meu pub.

Willa viu Spence e Archer no espaço dos fundos, discutindo sobre dardos, e sabia que podia ir até lá e se juntar a eles. Sabia também que Finn lhe prepararia as suas famosas asas de frango, se ela quisesse. Mas pela primeira vez depois de muito, muito tempo — tanto tempo que nem conseguia se lembrar — ela não queria estar ali também.

O sorriso de Finn desapareceu.

— Ei... O que há de errado?

— Não é nada.

— Willa... — Ele se inclinou para a frente. — Vai querer mentir para um mentiroso? Conheço você melhor do que ninguém. Tem alguma coisa errada. — Ele a observou por um minuto. — É o Keane? Vou ter que arrebentar aquele filho da mãe?

Ela sufocou uma risada.

— Acha que pode fazer isso, Finn?

— Eu não, mas posso pedir para o Archer fazer. Ele pode sumir com o cara e ninguém nunca ficará sabendo. É só você mandar.

— Não! — Ela começou a rir de novo, mas logo parou. — Não — Willa repetiu com firmeza, balançando a cabeça numa negativa. — Pode deixar o sujeito comigo.

— Tudo bem. A gente ajuda você a enterrar o corpo. É só dizer a hora e o lugar.

— Você não vai nem ao menos me perguntar por quê?

— Eu não preciso saber o porquê, Willa.

Por isso Finn era uma pessoa especial, assim como os seus outros amigos. Eles a amavam como se deveria amar alguém da família. Incondicionalmente. Sem perguntas. Sem dúvidas. Sem hesitação.

Sem imposições.

Claro que seu amigo estava só brincando, mas ela sabia que se precisasse de alguma coisa, qualquer coisa mesmo, ele a ajudaria sem hesitar.

Sempre.

Willa se emocionou e sentiu sua garganta travar, porque adorou ter a confirmação de que era realmente querida. No momento, porém, não era disso que ela precisava.

Finn segurou a mão de Willa quando ela se levantou da cadeira do bar.

— Falando sério, o que eu posso fazer? — Ele perguntou gentilmente.

— Você já fez. — Ela deu um beijo no rosto dele. — Obrigada.

Willa resolveu subir para o terraço do prédio pela escada de incêndio. Assim que chegou ao teto, flashes da última vez que estivera ali começaram a bombardeá-la. As mãos de Keane segurando-a sobre ele, sua boca sussurrando-lhe ao ouvido doces palavras devassas, seu corpo sólido fazendo todo o corpo dela vibrar...

Ela soltou um suspiro longo e agoniado e seus joelhos tremeram.

Sua intenção era ficar ali em cima sozinha, para espairecer, mas naquele momento tudo o que conseguia era sentir dor.

Quando a porta da escadaria interna abriu e um belo par de sapatos de salto alto começou a atravessar o piso emborrachado, Willa bufou.

— A menos que você tenha alguma coisa pra comer, pode ir dando o fora.

— Quem você pensa que eu sou? — Era Elle, claro. — Não apenas tenho comida como também tenho *vinho* — ela disse. Sempre preparada, ela parou ao lado do lugar onde Willa estava sentada, diretamente no chão, sem nada para proteger suas roupas. Quando viu isso, Elle balançou a cabeça de modo desaprovador. — Roupas merecem respeito, querida. Respeito de verdade.

— Eu estou de jeans — Willa respondeu.

— Um jeans merece todo o nosso respeito. — Elle vasculhou sua bolsa e tirou dela um exemplar da revista *Cosmo*. Então jogou a revista no chão e cuidadosamente se sentou sobre ela. — Isso prova o quanto eu amo você. Estou sentada no chão de vestido e salto alto — disse, passando para Willa uma embalagem com asinhas de frango preparadas por Finn.

— O que é isso? — Willa perguntou.

— Propina.

Neste momento, a cabeça de Pru apareceu na beira do terraço; ela tinha acabado de subir pela escada de incêndio.

— A barra está limpa? — Pru perguntou.

Elle acenou para que ela pulasse para o terraço. Willa sabia que Elle não havia usado a escada de incêndio porque, em primeiro lugar, subir por essa escada usando saltos altos seria arriscar a vida; e, em segundo lugar, Elle só fazia coisas que ressaltassem sua elegância e beleza, e ninguém parecia nem elegante nem belo subindo por uma escada de incêndio.

Pru passou pela amurada e entrou no terraço, seguida por Haley.

— Eu não estou com muito humor para conversar — Willa as avisou.

— Eu me lembro que certa vez lhe disse exatamente a mesma coisa — Pru retrucou, sentando-se do outro lado de Willa.

— E eu respeitei o seu desejo e a deixei sozinha — Willa disse.

— Quê? — Ao ouvir isso, Pru deu uma grande risada. — De jeito nenhum, não mesmo. Você se sentou ao meu lado e segurou a minha mão, e nós assistimos a uma maratona de *O Vestido Ideal*. A Elle estava bêbada.

— Estava nada — Elle rebateu.

— Certo — Pru disse. — Eu é que estava. A questão é que nós não vamos deixar você sozinha.

— Caramba. — Haley sorriu para as amigas. — Sabe como o pessoal chama isso nas redes sociais? *Squad goals*, que é como se fossem amigos dos sonhos.

— Garota, você precisa dar um tempo nesse Instagram — Elle sugeriu, apontando para Haley.

Willa pegou a embalagem com as asas de frango e começou a comer.

— Vocês não precisam ficar aqui, gente. Eu não vou dividir isso com vocês e não temos nada para assistir.

— Ei, você acabou de insultar o universo — Haley disse, e apontou para o céu.

O céu parecia um glorioso manto de veludo negro salpicado de diamantes até onde os olhos podiam alcançar.

— Uau. — Willa tinha de admitir que era uma visão maravilhosa. — Eu tenho certeza absoluta de que o universo é do gênero feminino. Um homem teria colocado tudo a perder.

Haley bufou, concordando com a teoria da amiga.

— Tá, os homens são uma porcaria — Elle disse. — E o que há de novo nisso?

Pru, a única das amigas que estava em um relacionamento amoroso firme e estável balançou a cabeça numa negativa.

— Homens são falhos, só isso. O que pode ser uma coisa boa.

— Como? — Willa indagou. — Em que planeta isso é uma coisa boa?

— Dããã... Alguma vez você já fez sexo de reconciliação?

Willa pensou nos seus momentos de sexo com Keane e suspirou. Foram momentos fantásticos. Mais do que fantásticos. Se normalmente era daquele jeito, ela podia apenas imaginar como seria o sexo de reconciliação.

— Não que eles sejam idiotas completos — Pru continuou. — Mas algumas vezes eles agem como babacas e simplesmente não podem evitar isso. É a maneira como foram programados. Mas eu lhe digo uma coisa, Willa: Keane parece ser um cara realmente legal.

— Você está visivelmente resplandecente. Nunca vi tanto brilho em seu rosto quanto vejo agora — Haley disse.

Todas voltaram a atenção para Willa, que engoliu um pedaço do delicioso frango e fechou os olhos extasiada.

— Brilho? Você deve estar falando do suor no meu rosto de tanto trabalhar no pet shop o dia inteiro.

— Faz muito tempo que você não faz nada por você mesma. — Haley argumentou. — Você devia fazer com o Keane.

Todas as amigas caíram na gargalhada e Haley balançou a cabeça, meio sem graça.

— Tá, não foi o que eu quis dizer. Mas se isso funciona, pode ser também.

— Acho que preciso parar um pouco de... fazer com o Keane — Willa disse.

— Por quê? — Pru perguntou.

Não era exatamente essa a questão? Ela sabia que estava dando sinais contraditórios, mas ela estava menos sendo contraditória do que buscando satisfazer um desejo enquanto mantinha o outro à distância e protegido.

Isso significava que queria ter Keane em sua cama. Ah, como queria! Ao mesmo tempo, ela queria manter seu coração protegido.

Se pelo menos as coisas tivessem tomado outro rumo, ela pensou...

Mas era tarde demais. E se tivesse usado a cabeça, ela teria reduzido suas perdas enquanto ainda era tempo. Mas Willa adorava a intimidade com Keane, adorava cada momento dessa intimidade e alimentava a fantasia de poder, de alguma maneira, manter o prazer a dois separado dos seus sentimentos por ele, que cresciam mais e mais.

— A coisa toda tomou um rumo diferente — Willa admitiu. — No início, ele é que não queria nada muito sério e eu estava pronta para encontrar meu parceiro.

— E agora? — Elle perguntou.

— Agora... — Willa fechou os olhos. — Quero continuar dormindo com ele, mas não pretendo chamar isso de relacionamento. O que isso me torna?

— Um homem — Elle respondeu.

— Querida, eu não vejo um problema aqui — Pru comentou, enquanto todas gargalhavam da resposta de Elle. — Você acabou de dizer que ele não quer envolvimento. Tudo bem, vá em frente. Mas tenha em mente que, às vezes, sessões incríveis de sexo se transformam em uma intimidade verdadeiramente intensa, que, por sua vez, podem se transformar em um relacionamento verdadeiramente intenso antes mesmo que você perceba.

Willa balançou a cabeça. Ela jamais havia vivido um relacionamento realmente intenso em toda a sua vida; não seria agora que ela iria começar a acreditar na possibilidade de isso acontecer.

— Não acredito que a gente possa avançar sem uma conversa. Acho que ele quer definir as coisas. Essa manhã nós estávamos a ponto de falar sobre esse assunto, mas felizmente isso não aconteceu, porque estávamos no trabalho dele.

— Ei, tive uma ideia — Haley disse. — Chame-o pra cá e, quando estiverem aqui, tire a blusa e fique só de sutiã. Isso vai mantê-lo distraído. Que foi? — Haley perguntou, quando todas as outras olharam ao mesmo tempo para ela. — A Willa tem peitões.

Elle avaliou os seios de Willa atentamente.

— É verdade. Muita mulher mataria para ter melões como esses.

Willa não podia reclamar quanto aos seus atributos físicos. Ela se definia como uma mulher pequena. Mas era pequena apenas na altura, porque suas formas eram generosas. Tinha curvas — curvas nos lugares certos. Os seios que as amigas haviam acabado de mencionar e até seu estômago tinha uma curva leve, que ela gostaria que fosse menos pronunciada; mas não havia exercício que desse jeito nisso.

— Ele é esperto demais para cair nessa — Willa disse. — Vai perceber a armadilha logo de cara. — Ela encostou a cabeça nos joelhos. — Droga. Eu estava tão certa de que não tínhamos futuro porque *ele* não estava pronto para um relacionamento...

— E agora? — Elle perguntou.

— Agora começo a perceber que na verdade sou *eu* quem não está pronta para um relacionamento. — Caramba. Ela conseguiu. Admitiu sua maior falha em voz alta.

A reação das suas amigas foi negar isso com gestos, mas Willa sabia que estava certa e que isso era um peso no seu coração.

— Eu não sei o que fazer ao certo — Willa continuou, desanimada. — Acho que vou... terminar.

— Não! — Elle disse com convicção e todas as outras fizeram coro com *nãos* igualmente enfáticos.

— Por favor — Willa disse. — Vamos mudar de assunto, pessoal? Vamos falar de...

— Não pode ignorar isso dessa maneira — Pru disparou, interrompendo-a. — Pelo menos você voltou a fazer sexo, e é dos bons!

Haley concordou veementemente com a cabeça.

Willa riu com vontade.

— O que eu tenho de fazer então é dizer ao Keane que eu só estou interessada em sexo?

— Sexo *dos bons* — Pru corrigiu.

— Concordo — Elle disse. — Os homens fazem isso o tempo todo, não? Então por que você não poderia fazer também?

Willa olhou para as amigas.

— Então vocês acham honestamente que eu devo mostrar os meus peitos pra ele?

— Sempre funciona para mim — Pru disse. — Quando eu e o Finn discutimos, mostro os meus rapidamente e ele se esquece de que estamos brigando. Peitos são mágicos.

— Ah, não. — Willa balançou a cabeça numa negativa. — As coisas nunca são tão fáceis assim. — Pelo menos não para ela.

— Atraia o cara para debaixo de um ramo de azevinho — Haley sugeriu. — Pendure o ramo num lugar conveniente para você e torça para ninguém escorregar na hora.

— Ah, e tire o sutiã — Pru disse. — Ele vai ficar tão perturbado que nunca vai saber o que o atingiu, sucesso garantido.

— Veja só, Willa — Haley disse, animada. — Esse é o plano. O primeiro passo é fazer uma bela depilação acima do joelho. O segundo é pendurar o ramo de azevinho. Terceiro, tirar o sutiã. Quarto, convidá-lo para vir e então curtir a diversão. Daí, depois da diversão, antes que o sangue volte para o cérebro dele, diga que você topa serem amigos com benefícios. Dez entre dez homens tem esse sonho. Mas tenha o cuidado de deixar bem claro quais são exatamente esses benefícios, senão ele pode achar que você liberou sexo a três, anal, sei lá. Deixe claro que só valerão os benefícios pré-aprovados.

Pru engasgou com o vinho e Elle precisou dar uns tapas nas costas dela.

— Eu acho que isso é perfeito! — Haley sorriu. — Sinceramente, ele nem vai saber o que o atingiu. *Espere aí!* — Ela usava uma pequena mochila como bolsa e começou a vasculhá-la. — Pegue isso! — Ela disse, e puxou um conjunto de algemas pontudas.

Dessa vez, todas elas olharam para Haley espantadas. Bem, todas menos Elle, que pegou as algemas para examiná-las.

— Legal — Elle comentou.

— Foi um presente engraçado de Natal que ganhei na festa de fim de ano do escritório. — Haley explicou.

— Daquela morena linda, a recepcionista temporária? — Elle perguntou.

— Quem dera. — Haley ficou vermelha. — Não, e é por isso que eu quero dar isso para Willa. Para contribuir com a causa.

— Obrigada — Willa disse sem entusiasmo. — Aprecio imensamente o seu sacrifício, mas não será necessário. Eu *não* preciso de algemas.

— Bom, eu é que não preciso de algemas para escravizar um homem — Elle disse, deslizando-as pelo pulso. — Mas podem ser úteis numa eventualidade, então... vou deixá-las à mão, por assim dizer... Tem uma chave aí? — Ela perguntou a Haley. — Porque tudo é muito legal e engraçado até alguém perder a chave...

Haley lhe entregou uma pequena chave.

Depois de mais alguns copos de vinho, o plano proposto por Haley começou a parecer cada vez mais viável na cabeça de Willa.

Amigos com benefícios...

O que poderia dar errado?

#EmbarcandoNaCilada

No dia seguinte, Keane foi de um canteiro de obras a outro para resolver alguns problemas. Quando voltou ao seu escritório e se jogou em sua cadeira, diante de uma pilha de documentos com os quais precisaria lidar, ele estava morto de cansaço.

Mas isso era bom. Todo esse cansaço fazia com que ele se esquecesse um pouco do que havia acontecido entre ele e Willa.

Ou, para ser mais exato, esquecesse aquilo que *não ia* acontecer entre ele e Willa.

Merda! Quando abriu o seu laptop, levou um susto ao sentir uma coisa roçando em suas pernas.

Petúnia estava se esfregando em suas panturrilhas e deixando uma trilha de pelos em suas calças jeans.

— Está tentando ser fofinha comigo? — ele perguntou. — Nossa, você deve estar desesperada de verdade.

Com o contato de Keane, a gata pulou em seu colo, deu uma volta completa como que buscando o próprio rabo e ajeitou-se sem nenhuma cerimônia sobre ele.

— Tá bom — ele disse, acariciando meio sem jeito a cabeça dela. — Você ganhou.

Um ronronado alto tomou conta da sala e ela começou a massageá-lo com suas patas. Mas, quando uma das garras afiadas acabou arranhando a virilha de Keane, ele gritou e ficou de pé num salto, lançando Petúnia na mesma hora ao chão.

Com a barriga encostada no chão e as orelhas assustadas para trás, Petúnia soltou um miado nervoso, de queixa, e olhou feio para ele.

— O que você quer que eu faça? Tome mais cuidado com essas garras!

Ela se virou de costas para Keane, agitada, com o rabo ainda eriçado e balançando no ar. Ao ver aquilo ele já sabia, Petúnia iria com certeza cagar *muito* nos seus tênis naquela noite.

— Espere aí, criatura! — Keane alcançou Petúnia, pegou-a de volta no colo e se sentou novamente na cadeira, colocando a gata ao seu lado. — Fique aqui — ele disse.

A gata olhou para ele com uma expressão que deixava bem claro o que ela achava sobre receber ordens, mas mesmo assim ficou ali.

Ele estava examinando as advertências dos engenheiros do projeto Mission quando recebeu uma mensagem de texto.

Willa:
Pode passar aqui depois do trabalho? Preciso que me ajude com uma coisa.

Ele olhou para aquelas palavras e foi tomado por uma onda de emoções com as quais não estava preparado para lidar. Fome. Desejo. Desejo torturante. Será que isso estava mesmo acontecendo? Há um mês ele pensava que sua vida já era boa o suficiente, mas agora existia uma pessoa que enchia seu mundo com um colorido diferente, que o fazia rir e que tinha com ele uma ligação fantástica. E tudo aquilo era algo totalmente inédito para Keane. Ele simplesmente não conseguia mais se lembrar de como era a sua vida sem Willa.

Keane não conseguia imaginar o que estava incomodando a mulher que nunca pedia ajuda a ninguém, mas isso não importava, ele faria qualquer coisa que Willa precisasse.

Keane se levantou e olhou para Petúnia.

— Comporte-se!

Ela o encarou como se dissesse: "Quem você pensa que é para ficar me dando ordens?".

Keane deu de ombros e foi até a porta.

— Ei, ei — Sass o chamou quando Kaene já estava quase na porta. — Onde você pensa que vai?

— Tenho que dar uma saída.

— Mas tem um monte de coisas aqui pra você resolver e...

— Eu tenho mesmo que dar uma saída — ele repetiu.

— Sei. — Sass o observou por um momento. — Então a coisa está séria a esse ponto? — perguntou ela, balançando a cabeça. — Pobre coitado!

Keane dirigiu até o Pacific Pier Building, estacionou o carro e caminhou até o pátio do edifício. Eddie estava de pé ao lado da fonte, contemplando a água. Alguém tinha dado a ele um grosso blusão de frio e ele parecia aquecido e feliz com o presente.

— Encontrei a minha inspiração — ele disse a Keane.

Keane percebeu o cantil na mão do velho Eddie e sorriu.

— Que bom.

— E você encontrou a sua? Eu tenho aqui um pouco de ramo de azevinho se precisar.

— Não vou precisar, mas agradeço mesmo assim.

— Eu entendo. — Eddie fez um aceno positivo com a cabeça. — Ramos de azevinho podem ser um problema... e mulheres também.

Isso fazia sentido, sem dúvida...

Keane subiu as escadas, seguiu para o apartamento de Willa e, chegando lá, encontrou a porta entreaberta.

— Pode entrar — Willa gritou de dentro do apartamento.

Estranhando o fato de ela ter deixado a porta destrancada, ele entrou. Willa estava no alto de uma escada, ao lado de uma enorme árvore de Natal. Ele nunca havia visto uma árvore tão grande como aquela, ainda mais enfiada em um apartamento daquele tamanho. Ela parecia animada e estava linda, vestindo uma saia curta preta, botas pretas que chegavam até o joelho e um suéter vermelho com capuz que se ajustava a cada curva de seu corpo.

Keane adorava o modo como a saia também contornava perfeitamente a bunda de Willa. Como era bom contemplar aquelas pernas. Claro, ele preferia tê-las enroscadas em seu corpo, mas olhá-las assim também era bom.

— Eu preparei o meu drinque especial de Natal e precisava de alguém para experimentá-lo — disse Willa, iluminada pelas luzinhas penduradas em sua falsa lareira. Quando Willa se voltou para Keane, ele ficou de queixo caído. No suéter dela havia umas franjinhas que ficavam balançando bem na altura dos seios, e é claro que Keane não conseguiu tirar os olhos dali. Cinco palavras estavam gravadas no peito: *Querido Papai Noel, defina "safada"*.

E, ao lê-las, Keane notou mais alguma coisa que adorou naquele suéter: Willa estava sem sutiã.

— O que está acontecendo aqui? — ele perguntou.

— Eu estava pensando em subornar você para que me ajudasse a decorar um pouco o meu espaço.

Keane riu.

— Você quer decorar o espaço ainda *mais*?

— Sabe, eu percebi algum sarcasmo nas suas palavras, mas vou ignorar isso. — Ela se posicionou melhor na escada e o encarou. — Eu quero colocar o ramo de azevinho.

Ele teve a estranha sensação de que iria gostar daquela experiência.

— Willa, mas essa árvore é nova? É diferente daquela que você tinha antes.

— Sim. Aquela outra está no meu quarto agora.

— E como conseguiu trazer isso até aqui em cima?

— O Archer me ajudou a enfiá-la no elevador de serviço. — Ela sorriu para Keane. — Obrigada por vir.

— Não foi nada, pode me chamar sempre que quiser — ele respondeu, e se deu conta de que estava sendo absolutamente sincero. Não ligava para o fato de que talvez fosse mais prudente manter alguma distância dela. Ele continuava querendo a presença de Willa em sua vida e se contentaria em aproveitar todos os momentos que pudesse.

Os dois se encararam por mais alguns segundos, criando um breve silêncio constrangedor, e então começaram a falar ao mesmo tempo. Keane não fazia a menor ideia do que dizer e Willa parecia estar na mesma situação.

— Primeiro você — os dois disseram no mesmíssimo instante.

Ela começou a rir e jogou a cabeça para trás. Então, de repente, num piscar de olhos — sem que Keane conseguisse entender o que estava acontecendo — ela perdeu o equilíbrio e caiu. Ele reagiu a tempo de segurá-la, mas ambos foram ao chão.

Keane caiu de costas e ela caiu por cima dele, com um cotovelo esmagando o esterno e um joelho perigosamente perto da virilha dele.

— Ah! Ai, meu Deus! — ela gritou, enquanto endireitava o corpo. Usando a barriga dele como apoio. — Você está bem?

Na realidade, Keane não tinha certeza se estava bem, e essa dúvida começava a se tornar cada vez mais comum quando se tratava de Willa. Ele segurou a perna dela com cuidado e a afastou da zona de perigo. A fim de evitar mais danos, Keane agarrou os punhos dela e rolou sobre seu corpo, ficando agora por cima de Willa.

Pronto. O corpo dela estava seguro, ela estava segura e talvez — só talvez — ele conseguisse manter seu próprio coração em segurança também.

Mas, nesse momento, um som gutural escapou da boca de Willa, um breve "hummm", e, enquanto gemia, ela abriu as pernas para acomodar o corpo de Keane entre elas.

— *Oh!* — Willa suspirou, e então se contorceu um pouco, com os olhos cheios de desejo.

Rindo baixinho, Keane encostou a testa no ombro dela.

— Keane?

— Hum?

Com os braços, ela deu um pequeno empurrão em Keane. Que pensando que ela estivesse se recuperando do tombo, começou a sair de cima dela; mas, antes que pudesse se levantar, Willa o empurrou de novo e, então, foi ele quem tombou de costas.

Em seguida, Willa que tomou a iniciativa de ficar por cima de Keane.

— Hummm — gemeu novamente.

Surpreso, ele pôs as mãos nos quadris dela, fincando ali os dedos levemente, numa tentativa desesperada de mantê-los parados.

— Você fez isso de propósito, garota?

— Não. Bom, pensando melhor, talvez um pouco. — E então os lábios dela desceram até os dele, envolvendo-os em um beijo que tinha um só objetivo: paralisar todos os neurônios do cérebro de Keane.

E foi exatamente o que aconteceu.

Quando os dois fizeram uma pausa para tomar fôlego, Willa estava estendida em cima de Keane, com seus lindos seios esmagados contra o peito dele e os cotovelos colados ao chão, bem ao lado da cabeça de Keane. As pernas dela estavam tão comprimidas contra o quadril dele que nem mesmo uma folha de papel encontraria espaço para passar entre os dois.

Ele bateu a cabeça no chão e gemeu.

Willa deslizou as mãos para debaixo da cabeça dele, a fim de protegê-la.

— Willa, o que é que nós estamos fazendo?

Ela o encarou por um instante, mordendo o lábio inferior.

— Eu achei que estivesse óbvio — Willa respondeu.

— Com você nada é tão óbvio assim.

— E se eu fizer isso? Será que as coisas ficam mais claras? — Ela começou a mexer os quadris em cima de Keane, sentindo que ele ficava cada vez mais ereto. Sem conseguir aguentar mais a tentação, Keane soltou um gemido.

— Você não me parece muito contrariado — ela murmurou.

Contrariado ele não estava mesmo, de jeito nenhum. Mas havia alguma coisa nos olhos de Willa por trás de todo aquele desejo, algo que ele não conseguia decifrar, algo que ela não estava dizendo. Mas antes que Keane pudesse tentar descobrir, Willa beijou-o de novo, mais profundamente, com ainda mais anseio, provocando-o com sua língua doce e ousada.

Talvez pelo fato de ter batido a cabeça no chão, talvez porque Willa fosse mesmo muito gostosa, o fato era que Keane agora já havia perdido totalmente a noção da realidade e pelo visto não estava sozinho nisso. Pela respiração ofegante de Willa e pela pressa de suas mãos em tocar o corpo de Keane possessivamente, ela sem dúvida também já tinha perdido a noção de tudo.

Eles rolaram de um lado para o outro várias vezes, disputando a posição de liderança. Mas, por fim, Keane conseguiu reverter a situação e pressioná-la contra o chão, segurando as mãos de Willa e usando uma coxa para afastar as pernas dela. A essa altura, toda a confusão acerca dos seus sentimentos por ela desapareceu. Isso sempre acontecia quando estavam juntos dessa maneira.

Keane quis acreditar que ela sentia o mesmo, mas talvez Willa não fosse capaz de expressar o que sentia. Ele disse a si mesmo que mais cedo ou mais tarde ela finalmente conseguiria fazer isso.

— Keane — ela sussurrou com voz rouca, arqueando-se diante dele. — Vem aqui, eu quero mais...

Ela não precisaria pedir duas vezes. Ele a encheria de prazer até vê-la gritar seu nome, como fazia quando gozava. Ele levou menos de dois segundos para confirmar o fato de que Willa não estava usando sutiã. Constatou também que o suéter dela era macio e flexível, tanto que bastou um puxão para que seus seios perfeitos ficassem expostos.

Havia ainda uma outra coisa que Keane havia descoberto: ele era absolutamente incapaz de raciocinar quando Willa estava debaixo dele, ofegando e se contorcendo daquela maneira. Ele havia aprisionado um mamilo, rijo e delicioso, entre a língua e o céu da boca e tinha uma mão dentro da calcinha dela — onde descobriu, soltando um gemido profundo, o quanto ela estava tomada de desejo. De repente, um celular começou a tocar a versão dos Muppets de "Jingle Bell Rock".

— Ignora isso — ele murmurou com a boca encostada à dela, e seus dedos explorando sem pressa as regiões mais íntimas de Willa.

Em resposta, ela balbuciou algumas palavras sem sentido e agarrou o cabelo dele com mais força, quase como se tivesse a intenção de deixá-lo careca; mas ele não ligava a mínima. A calcinha estava atrapalhando o movimento da mão de Keane e, por isso, ele deu um puxão mais forte no tecido, que acidentalmente se rasgou. Ele parou, um pouco constrangido.

— Eu compro outra pra você — ele disse, desculpando-se. — Eu...

— Ei... eu gostei disso — ela sussurrou.

Que Deus o ajudasse, pois ele era definitivamente um homem morto. Ele a beijou com paixão, ajustou seu corpo ao dela e empurrou a saia para cima, soltando um grunhido de prazer ao vislumbrar a maravilha que agora se expunha.

Sobre a mesa de centro perto da cabeça dele, o celular de Willa soou de novo. Keane olhou para o aparelho distraidamente, sem intenção alguma de invadir a privacidade de Willa. Mas então ele viu a primeira linha do texto que acabara de chegar e ficou paralisado.

Haley:
Já fez o lance do sutiã com o Keane?

— O que está acontecendo? — Willa murmurou.
Keane saiu de cima dela e ficou de joelhos.
— Eu é que te pergunto.
Ela viu a mensagem de texto e fez uma careta.
— Ah, merda. — Ela respirou fundo e se sentou. — Tudo bem, eu explico. Acontece que eu queria ver você, mas não queria conversar, daí...
— E em vez de agir como uma pessoa adulta, como havia prometido, e simplesmente me contar que estava a fim, você voltou para o colégio e contou para suas amigas? — ele retrucou.
— Pior — disse Willa com ar arrependido —, eu me aconselhei com as minhas amigas a respeito do que fazer.
Ele a encarou sem dizer uma palavra.
— Eu sei... — ela disse. — Desculpas, Keane! Mas elas são muito envolventes e muito curiosas e excessivamente mandonas e cheias de si!
Keane tentou juntar as peças daquele quebra-cabeça.
— Quer dizer então que o suéter sexy, o ramo de azevinho e a mensagem de texto... tudo isso não passou de um tipo de plano para tentar me seduzir?
— Sem mencionar o fato de que eu estou sem sutiã — ela observou. — Não se esqueça dessa parte.
Ele se levantou e ajudou-a a se levantar.
— É, tenho que admitir que dessa parte eu gostei — disse Keane. — Mas pelo amor de Deus, Willa, eu sou presa fácil quando se trata de ir para a cama com você. Era só me dizer que estava a fim e pronto. Você poderia ter aberto o jogo.

— Sinto muito — ela sussurrou novamente e se aproximou dele, com o olhar cheio de afeto e preocupação. — Posso ser uma falastrona, mas a verdade é que não sou muito boa em... em conversar.

O celular dela tocou de novo.

— Ah, meu Deus — Willa se queixou. — Agora chega. Eu vou escrever pedindo para elas parem de me encher.

Ela se curvou para pegar o aparelho e Keane não conseguiu resistir à deliciosa visão da bunda dela em destaque sobre a mesa. Teve vontade de levantar a saia dela e só de imaginar a cena ele teve de sufocar um gemido.

Foi então que ele percebeu que Willa havia recebido uma ligação, não uma mensagem. E a voz dela ao telefone não era boa, parecia assustada e aflita.

— Rory, onde você es... — Ela parou de falar abruptamente e seu corpo ficou parado numa posição estranha, cheio de tensão. — Você está ferida?

Keane foi até o quarto de Willa e pegou roupas íntimas para ela no armário.

— Estou a caminho — ela disse ao telefone. — Me mande uma mensagem com a sua localização exata, eu já estou chegando. — Willa desligou e olhou de um lado para o outro, procurando suas coisas.

Keane entregou para Willa as roupas íntimas e então pegou a bolsa e as chaves para ela.

— Sempre um passo à minha frente — ela murmurou, vestindo a calcinha. — Me desculpe, mas vou ter que...

— Eu dirijo.

— Não, Keane, eu não posso pedir que você vá comi...

— Você não pediu — ele se adiantou, apressando-a para fora do apartamento.

Quarenta agonizantes minutos mais tarde, Willa colou o rosto na janela do passageiro.

— É aqui — ela disse, conferindo mais uma vez o endereço que havia recebido de Rory. — Merda!

— Que foi?

— Aqui é a casa do Andy, o ex-namorado dela. — Ela engoliu em seco, sentindo sua ansiedade crescer. — Aquele que deixou um hematoma no rosto dela várias semanas atrás.

Keane fez a volta na rua. Era estreita e cheia de prédios que, num passado bem distante, já haviam visto melhores dias.

Não havia lugar para estacionar na rua.

— Pode encostar aqui mesmo — disse Willa, soltando seu cinto de segurança e quase saltando do carro antes mesmo que Keane o estacionasse.

— Eu vou lá buscá-la e vou resolver esse assunto. Voltaremos num instante.

— Não, Willa. Espere!

Mas ela não podia esperar. Nem mais um segundo. Ela saiu correndo para a calçada e entrou no prédio. Nunca tinha estado ali antes, mas Rory havia dito na mensagem que Andy morava no apartamento dez.

Com seu celular na mão e tentando dominar o medo crescente, ela bateu na porta.

A porta se abriu sozinha, revelando um ambiente escuro e sinistro. Não era possível enxergar direito dentro do lugar.

— Rory? — Willa sussurrou.

Uma ligeira lamúria foi a única resposta. A ansiedade e o desespero fizeram com que Willa seguisse adiante, tateando à sua frente para compensar o fato de não conseguir enxergar muito bem.

— *Rory?*

Uma luz se acendeu no interior do apartamento, iluminando uma cozinha. Rory apareceu em uma porta, acenando freneticamente para Willa, como se dissesse "venha cá".

Willa se apressou na direção dela através da sala de estar, que permanecia às escuras. O alívio por ver Rory, no entanto, desapareceu abruptamente quando ela tropeçou em alguma coisa no carpete e caiu no chão.

Ofegante e alarmada, Rory correu até ela e a ajudou a levantar-se.

— Venha rápido! Saia de perto dele!

A ansiedade e o medo agora estavam perto de se transformar em verdadeiro pavor. Sem ligar para as suas mãos e joelhos machucados, Willa deixou que Rory a conduzisse até a cozinha.

— Por favor, me diga que eu não acabei de tropeçar em um cadáver.

— Ele não está morto, tenho certeza disso. Quer dizer, acho que não está.

Willa agarrou os braços de Rory e a olhou de alto a baixo. Ela não tinha nenhum ferimento aparente.

— Você está bem, Rory?

— Acho que sim.

— O que aconteceu?

— Aconteceu que... — Rory bufou, agitada. — O Andy arranjou um trabalho e disse que estava ganhando bem. Disse que o chefe dele me ofereceu um emprego também, de meio-período, e que pagaria em dinheiro. E era uma bela grana. Eu só precisaria ser, tipo, a recepcionista do lugar ou coisa parecida. Mas quando eu cheguei no local combinado não havia escritório. No fim das contas, não era trabalho de escritório coisa nenhuma. O cara, na realidade, leva pessoas para saltar de bungee jump em pontes e Andy trabalhava como assistente dele. O meu papel nisso tudo seria receber os "clientes" e pegar o dinheiro deles. Mas eu sei que essa merda é ilegal. E quando eu disse isso pro tal chefe, o cara despediu a gente na hora. O Andy acabou me trazendo para cá em vez de me levar para casa e nós brigamos feio.

— Ainda estou esperando a parte que explica por que o corpo do cara está estendido no chão da sala — Willa disse.

— Acontece que nós discordamos a respeito de outros assuntos também — Rory disse, desviando o olhar. — Como a definição da palavra "não". Então... eu tentei defender o meu ponto de vista apenas verbalmente. — Ela fez silêncio por um instante. — Como não adiantou, acertei uma joelhada nas bolas dele.

— Mas... — Willa sentiu o coração acelerar. — Ele chegou a encostar em você?

— Ele tentou — Rory respondeu. — Mas eu acabei acertando-o antes disso. Só que ele bateu a cabeça na quina da mesa de centro ao cair. — O desânimo tomou conta do semblante da garota. — A culpa foi minha, não é? Vão me mandar pra cadeia?

— Não — Willa respondeu com firmeza, segurando a mão de Rory. — Você fez isso para se defender, porq...

De repente, Rory soltou um grito de espanto, mas antes que Willa tivesse tempo de reagir, uma mão agarrou seu tornozelo e o puxou.

Pela segunda vez num intervalo de alguns minutos Willa caiu no chão, mas dessa vez surgiu na sua frente o rosto ameaçador e furioso de Andy.

Ah se aquelas algemas estivessem com ela agora!

— Você... — ele falou com rancor, encarando-a e franzindo o rosto como se sentisse dor de cabeça. E, tendo em vista o corte escorrendo sangue em sua sobrancelha, ele realmente devia estar com dor.

— Me solte, Andy — Willa falou com uma calma que com toda certeza não estava sentindo. Na verdade, precisou se esforçar para que as palavras saíssem, pois seu coração, nesse momento, parecia entalado na garganta. — A polícia já está vindo.

— Eu não fiz nada de errado.

Willa lutou para se soltar, mas foi inútil. Então, ela passou ao plano B e pressionou o joelho contra a virilha de Andy.

Os olhos do rapaz se arregalaram e um grito fino de dor escapou da sua boca. Lentamente ele a soltou e foi dobrando o corpo até ficar em posição fetal.

— Bom, se eu não arrebentei as bolas dele, isso com certeza arrebentou — Rory sussurrou.

Willa apoiou as mãos e joelhos no chão, mas antes que pudesse se levantar ela foi içada e colocada de pé pelos braços poderosos de um homem que, apesar de ser grande, parecia estar se movendo com a discrição letal de um gato.

Era Keane.

A luz que vinha da cozinha incidiu sobre o rosto tenso e determinado dele, revelando uma expressão dura e olhos cheios de raiva e preocupação.

— Eu estou bem — Willa se adiantou.

Keane não disse nada até se certificar disso por si mesmo, dando uma boa olhada nas duas garotas antes de colocar Willa ao seu lado e estender a mão para Rory.

Ela agarrou a mão dele como se fosse a sua tábua de salvação. Willa conhecia muito bem essa sensação, porque Keane era a tábua de salvação dela também.

— O que aconteceu aqui? — ele quis saber.

Willa fez para ele um resumo do que havia acontecido e, depois de ouvir a história, Keane ligou para a polícia.

Atrás dele, Andy se mexeu e gemeu. Keane se afastou de Willa e de Rory e foi até ele.

— De pé — Keane disse.

— Vá se foder.

Keane balançou a cabeça, como se não pudesse acreditar que aquele sujeito fosse tão ridículo. Então, ele mesmo levantou Andy do chão, colocou-o de pé e o prensou contra a parede, fazendo com que ficassem cara a cara.

Andy fechou os olhos.

Keane o sacudiu um pouco, até que o rapaz o encarou novamente. Keane não levantou a voz e nem deu nenhum sinal de que estivesse furioso. No entanto, isso parecia torná-lo ainda mais perigoso.

— Vamos ter uma conversa de homem pra moleque.

— Vá se foder — Andy repetiu.

Keane levou o cotovelo à garganta de Andy e pressionou um pouco. Então, repentinamente, Andy pareceu disposto a lhe dar total atenção.

— Escute muito bem o que eu vou dizer, moleque — Keane disse com calma. — Você nunca mais vai tocar na Rory de novo. Não vai falar com ela, não vai procurar por ela, não vai nem mais pensar nela.

Andy se agitou e então Keane pressionou-o mais ainda contra a parede, o que fez Andy concordar com um aceno de cabeça imediatamente, como se fosse um boneco.

— O mesmo vale para a Willa — Keane continuou, ainda calmo. Perigosamente calmo. — Você nunca mais vai se aproximar delas. Nunca fique a menos de cinquenta metros de nenhuma das duas. Quer que eu explique o que vai acontecer se você fizer isso?

Andy balançou a cabeça numa negativa.

— Tem certeza? — Keane perguntou.

A cabeça do outro balançou mais ainda.

— Keane? — Willa disse gentilmente, pousando uma mão no bíceps dele, que parecia feito de granito. — Já chega.

Keane soltou Andy, que escorregou direto para o chão, com as mãos no meio das pernas, numa atitude de defesa, temendo que as suas "partes" pudessem ser atacadas de novo a qualquer momento.

Foi então que a polícia chegou.

Duas horas mais tarde, Keane finalmente pôde levar Willa e Rory para a sua picape. A chegada da polícia foi cheia de tensão e as coisas demoraram para se acertar. Foi difícil, mas eles conseguiram evitar que Rory fosse levada à delegacia para prestar esclarecimentos.

— Eu não passo de uma fracassada — Rory murmurou no banco de trás. — Não tenho ideia do que estou fazendo com a minha vida.

Antes que Keane pudesse dizer alguma coisa, Willa se virou para o banco de trás e segurou a mão de Rory.

— Querida, ninguém sabe o que está fazendo com a própria vida.

— Mas as pessoas ao menos parecem gostar do que fazem — Rory respondeu com desânimo. — No Instagram, todo mundo tem fotos normais de família, de namorados e... de comidas bonitas.

— Confie em mim — Willa disse. — Até a sua amiga mais perfeita no Instagram tem um ex babaca e come cereal de chocolate no jantar de vez em quando, tá? Você não está sozinha nessa. E não é mais fracassada do que nenhum de nós.

Rory deixou escapar uma risada abafada.

— Isso é uma tentativa de me confortar? — disse a garota com sarcasmo.

Willa sorriu para ela, um sorrisinho maroto que deu uma derretida no coração de Keane.

— Sim — Willa respondeu, e então olhou para Keane. — Eu não estou certa?

— Está — disse ele. — Mas só para constar, eu não gosto de cereal de chocolate. Eu sou mais do time do Sucrilhos.

Rory, então, caiu na risada de vez, e Willa também. E isso fez com que Keane tivesse uma boa sensação. Ele não sabia como, também não sabia quando, mas os muros que erguera em torno do seu coração haviam desabado. Ele finalmente tinha sido conquistado. E conquistado para valer.

#NãoPercaAFé

Willa estava física e emocionalmente cansada quando Keane subiu as escadas com as duas para acompanhá-las até o apartamento. Assim que chegaram, Rory deu um abraço de agradecimento em Keane e desapareceu dentro do apartamento.

Willa encostou um pouco a porta, para ter privacidade com Keane, e então olhou para o homem em silêncio ao seu lado.

— A Rory vai passar a noite aqui comigo. Não vai ser a primeira vez que ela dorme no sofá. — Ela respirou fundo. — Eu queria agradecer — Willa disse ternamente — por tudo o que você fez essa noite.

Ele sorriu.

— Não entendo. Quer me agradecer? Por ter me atraído para cá usando um falso pretexto, fingindo precisar da minha ajuda com o ramo de azevinho quando na verdade a sua intenção era se aproveitar do meu corpo?

— Engraçadinho. — O rosto dela ficou vermelho. — Estou me referindo à Rory. Seria melhor se eu não precisasse resgatá-la com a ajuda do meu… — Ela não completou a frase.

Keane arqueou as sobrancelhas, esperando para ouvir o que Willa pretendia dizer, mas ela havia se colocado numa posição embaraçosa.

— O seu o que, Willa? — ele perguntou gentilmente. — O cara com quem você está transando? O seu amigo? Alguém com quem você se importa talvez mais do que gostaria? O seu o quê?

Surpresa e um pouco ofegante devido a um princípio de pânico, Willa desviou o olhar.

Ela sentiu a tensão na respiração de Keane.

— Eu vou deixar passar dessa vez. Vou dar um desconto — ele disse. — E vou fazer isso porque nós dois sabemos que você tem algumas merdas para resolver. Mas quero que saiba de uma coisa e preciso que você realmente me escute. — Keane segurou o rosto dela e o virou na sua direção, para que ela o encarasse. A expressão dele era séria e intensa, como ela jamais havia visto, mais intensa até do que quando ele prensou Andy contra a parede. — O que está rolando entre nós — Keane continuou — é uma coisa incrível. Eu precisei de ajuda para resgatar uma gata e você veio correndo. Você precisou de uma carona e talvez de uns músculos a mais para lidar com um idiota e eu estava lá pronto para ajudar. Você consegue me entender?

Ela correu a mão pelo cabelo, confusa. Será mesmo que aquela dinâmica entre os dois funcionava tão bem assim?

— Keane, eu tenho certeza de que a sua intervenção foi mais necessária que a minha.

— O quê? — Ele balançou a cabeça numa negativa. — Você é tão teimosa. Alguém já lhe disse isso?

— E obstinada, não se esqueça. E, respondendo a sua pergunta, sim, já me disseram isso uma ou duas vezes.

Ou, na realidade, algumas milhares de vezes...

— A minha intenção não é salvar você — ele disse com serenidade, mas com dureza também. — Isso que está acontecendo entre nós não tem nada a ver com isso.

— E tem a ver com o quê?

Keane olhou para ela alguns segundos, pesando suas palavras.

— Você permite que as pessoas entrem na sua vida — ele disse por fim.

— Eu percebi isso.

Willa não sabia ao certo aonde ele queria chegar, mas tinha a impressão de que não iria gostar.

— Certo...

— Você é incrivelmente generosa com os seus amigos, daria a eles sua roupa do corpo, caso precisassem. E é assim também com as meninas que você contrata e protege. — Ele chegou mais perto dela, perigosamente perto. — Você dá a elas um porto seguro e deixa que entrem em sua vida. E faz o mesmo com todos os animais que cruzam o seu caminho. — Keane apoiou suas mãos grandes na parede, uma de cada lado da cabeça de Willa, e riu baixinho, porque o que iria dizer em seguida era um tanto surpreendente até mesmo para ele. — Você precisa saber que eu mudei minha postura quanto a relacionamentos e a compromissos. Eu quero que você me deixe entrar na sua vida, Willa.

Enquanto ela ainda estava processando aquela informação, Keane tirou algo do seu bolso.

Uma chave.

— O que é isso? — ela perguntou, e seu coração começou a bater mais forte.

— É uma cópia da chave da casa de Vallejo.

— Mas por que... Por que você me daria uma chave?

— Ah, sei lá. Por mil motivos. — Keane deu de ombros. — Para a próxima vez que você e uma das garotas precisarem ficar juntas, já que eu tenho camas extras. Ou então... Para o caso de comprar uma pizza e precisar de alguém para comer metade dela. — Ele sorriu. — Eu ficaria feliz em ser essa pessoa.

— Keane. — Willa olhou direto nos olhos dele. — Eu não me sinto à vontade para simplesmente ir entrando na sua casa.

— Por que não?

É isso aí, cada célula do corpo dela gritou, *por que não?*

— Porque esse é um passo muito grande. Precisa ser pensado — ela respondeu com uma voz carinhosa.

— Mas não precisamos enxergá-lo com essa importância toda. — Sinais de frustração começaram a aparecer no semblante dele. — É só uma porcaria de chave, Willa.

Ela olhou para a chave e fez que sim com a cabeça. Mas depois balançou a cabeça numa negativa.

— Isso me parece bem mais do que uma porcaria de uma chave, Keane.

— Bom, você é que está dizendo.

Willa olhou para a chave mais uma vez, espantada por constatar que uma coisa tão pequena pudesse significar tanto. Então, Keane praguejou baixinho e logo a chave sumiu da palma da mão dela, tão rápido quanto havia sido colocada lá.

— Quer saber? — ele disse, enfiando a chave de volta no bolso. — Vamos deixar pra lá.

— Não! É só que você me pegou desprevenida e...

— Esqueça isso. — Keane agitou a mão no ar. — Quem sabe numa outra ocasião.

Willa se perguntou que diabos havia acabado de acontecer ali e qual dos dois era o culpado pelo súbito abismo que se abrira entre eles. Um abismo tão profundo que ela talvez não fosse capaz de transpor. Ela hesitou, com o peito apertado, pois não sabia o que dizer.

— Boa noite — ela sussurrou por fim.

— Boa noite — respondeu Keane.

Agora ela havia se metido num beco sem saída e a única coisa que poderia fazer era entrar e fechar a porta. Então, Willa imediatamente se voltou para a porta, segurou a maçaneta e entrou. Seu coração parecia estar pesado e amargurado, ela não queria que a noite terminasse assim.

Willa, então, voltou a abrir a porta e viu que Keane continuava parado no mesmo lugar, com as mãos entrelaçadas na nuca e a cabeça baixa.

Percebendo que Willa tinha voltado, Keane levantou a cabeça, demonstrando uma expressão de frustração que ele não conseguia disfarçar.

— Ok — ela disse. — Eu acho que a minha reação com relação à chave foi exagerada.

Ele olhou para Willa. E ficou parado, olhando para ela por alguns segundos, sem dizer nada.

Willa causava esse tipo de reação nos homens.

— Eu sou assim, vivo metendo os pés pelas mãos — ela admitiu num suave sussurro.

— Bom, você não parece ser a única a agir assim aqui. — Os olhos dele se alegraram um pouco, mas a sua boca permaneceu séria.

Ela tentou evitar, tentou de verdade, mas deixou escapar uma risadinha. Então abaixou a cabeça e ficou olhando para os próprios pés.

Durante tanto tempo Willa havia ficado assim, sozinha. É claro, ela tinha amigos, amigos queridos que ela considerava como sua família, mas seus amigos não dormiam em sua cama e não a mantinham aquecida. Muito menos faziam seu coração e sua alma subirem às alturas. Seus amigos eram os melhores, mas eles não lhe davam os melhores orgasmos da sua vida, melhores ainda que os que ela obtinha em seus momentos a sós com a ducha massageadora.

E agora Willa tinha esse cara bem à sua frente, um cara inteligente, leal, sexy e com um sorriso que fazia com que ela visse estrelas.

Ela não costumava deixar que seu coração tomasse as rédeas de sua vida, não gostava de demonstrar suas emoções, mas mesmo assim continuava ali. Desnorteada. Frustrada.

Mas continuava ali.

Por causa dele.

— Você está pensando tanto que tem fumaça saindo do seu cabelo — ele disse.

Willa não se espantaria se o seu cabelo começasse a pegar fogo. Ela só conseguia ficar ali olhando para Keane — contemplando o brilho intenso do olhar dele — sem saber o que fazer.

Ele realmente queria mais.

E se isso fosse verdade, se Keane de fato quisesse fazer parte da sua vida, como havia afirmado de maneira tão eloquente, então... Bem, então nada poderia detê-lo. Absolutamente nada.

A não ser, é claro, a própria Willa.

O som monótono das batidas secas do coração dela ecoava em seus ouvidos.

— Eu acho que você não está pronto para isso — ela murmurou.

Ele sorriu, mas não com bom humor — era um sorriso sombrio de compreensão.

— Você não pode me dizer se eu estou pronto para alguma coisa ou não, Willa. Na realidade, acho que quem não está pronta é você, não é mesmo? Não é isso o que quer me dizer?

Willa bufou, contrariada, mas não devia estar surpresa por ser desafiada dessa maneira. Não era ele quem estava em dúvida ali.

— Eu quero estar pronta. Será que isso significa alguma coisa?

— Sim, na verdade isso conta muito — ele respondeu. — Bom, você sabe onde me encontrar. — Keane beijou-a na boca, um beijo leve e afetuoso, e se foi.

Quando desceu a escadaria do prédio de Willa, Keane estava um pouco confuso. As coisas que aconteceram naquela noite o pegaram de surpresa. Se tudo tivesse corrido como esperava, nesse exato momento ele estaria tirando as roupas de Willa.

Keane se pegou relembrando os momentos únicos que os dois haviam vivido juntos. Momentos totalmente diferentes de tudo o que ele já tinha experimentado. E ele realmente queria desfrutar novamente desse prazer ao lado dela. E tinha uma grande esperança de que Willa também desejasse isso, mas isso era loucura, ainda mais se considerasse que até poucas semanas atrás nem passava pela cabeça dele querer se comprometer com alguém. Era incrível, mas ao que parecia, os pontos de vista haviam se invertido: ele havia adotado o ponto de vista dela e ela o dele. Keane não deixou de notar o quanto isso era irônico.

Ele sabia como ninguém se manter longe de compromissos, mas acabou se desviando do seu caminho por causa de um par de doces olhos verdes e de um sorriso que sempre — *sempre* — o fazia sorrir também.

Willa havia despertado nele emoções poderosas, que ele nem mesmo conhecia. Mas toda a vida dela havia sido marcada por situações temporárias: o orfanato, quando era criança; o trabalho no pet shop, onde os animais entravam e saíam da vida dela sem nunca permanecer; e também os homens, quando e *se* ela os aceitasse.

E Willa havia deixado que Keane entrasse em sua vida, pelo menos por enquanto. Mas ele começava a perceber que isso tudo não passava de ilusão — a velha e boa esperança falando mais alto. Pois, embora ele também não fosse nenhum especialista na arte de tornar as coisas duradouras, pelo menos ele não se opunha a tentar. Bastava aparentemente encontrar a pessoa certa.

Mas ainda tinha um detalhe: essa pessoa também tinha de querer se entregar.

Sentindo-se amargurado e vazio por dentro, ele seguiu para a sua casa na Vallejo Street. Sim, ele já chamava aquela droga de sua casa. Ele havia se apegado à casa tanto quanto se apegara a Willa.

Dois erros seus, isso sim. Uma má ideia depois da outra.

Quando estava chegando, Keane deu uma boa olhada na grande e linda casa antiga, aquela que considerava um dos melhores trabalhos que já havia feito. Ele poderia vendê-la num piscar de olhos e o dinheiro que ganharia lhe garantiria uma vida bem tranquila e ele poderia aproveitar as coisas que não aproveitava por falta de tempo.

Jogar sinuca.

Observar o céu nas noites estreladas.

Ter uma mulher em sua cama todas as noites, a *mesma* mulher.

Coisas com as quais nunca havia se importado antes, mas que agora ele queria. Aliás, não apenas queria, praticamente necessitava. Na verdade, durante muitos anos em sua vida, o desgaste físico que seu trabalho lhe impunha acabou por consumir toda a sua energia. Martelar pregos, carregar centenas de quilos de paredes de gesso para cima e para baixo nas escadas, mas isso estava prestes a mudar.

Ele era um sujeito que sentia orgulho por se manter fiel às suas próprias vontades. Sempre soube que não era o tipo de cara que sonhava com uma cerca branca, um casamento perfeito e cinco filhos. Jamais havia sentido esse tipo de desejo. No entanto, já não existia mais nenhum consolo na ideia de ficar sozinho pelo resto da vida. E, se pudesse encarar os fatos sem receio, ele teria de admitir que havia mudado sua maneira de pensar a respeito de amor e compromisso também.

Que bela hora para isso...

Inquieto e determinado a retornar aos seus planos originais, Keane atravessou a casa e entrou em seu escritório. De lá, ligou para Sass.

— É melhor que alguém tenha morrido — ela disse ao atender, sonolenta.

— Eu quero que você coloque Vallejo à venda.

Ela ficou em silêncio do outro lado da linha por um tempo.

— Sass?

— Você me telefona às... — ouviu-se um ruído, como se ela estivesse se mexendo e se sentando na cama — ... à meia-noite para me avisar que quer vender a sua casa?

— A intenção desde o início era vender essa casa, Sass. Você sabe disso.

— Nada disso. Não é bem assim. Quero dizer, sim, você *tinha* a intenção de vender — ela disse, parecendo mais desperta agora. — Mas nós todos sabemos...

— Sabemos o quê?

— Que você finalmente encontrou uma casa onde gostaria de se instalar em vez de viver por aí como um andarilho. Principalmente agora que você e a Willa estão se entendendo. Ela também adora o lugar e...

— Você está enganada — ele disse categoricamente. — Totalmente. Pode colocar a casa à venda.

Sass mais uma vez levou algum tempo para responder.

— Tudo bem, a vida é sua. — E ela desligou na cara de Keane.

— É isso aí! — ele disse para Petúnia, que estava sentada aos pés da cama, com os olhos fixos nele e o rabo chicoteando o ar. — A vida é minha e eu faço dela o que eu quiser.

Petúnia parou de balançar o rabo, deu o seu recado com um simples e rápido miado e pulou para a cama.

— Nós já falamos sobre isso. Eu não divido minha cama com gatos.

Sem ligar a mínima, a gata andou em cima das pernas dele e então pulou no seu peito, onde se sentou na maior tranquilidade.

— Não — ele disse. — De jeito nenhum.

Petúnia levantou uma pata e começou a limpar o rosto.

— Eu estou falando sério, criatura.

Então ela começou a se limpar atrás das orelhas.

— Se você começar a me ignorar, isso não vai acabar bem — ele avisou.

Ainda sobre o peito dele, ela abaixou a pata, girou o corpo, aninhou-se delicadamente e fechou os olhos.

— Sem chance, isso não vai acontecer — ele disse.

A gata não se moveu.

E Keane também não.

#MagicamenteDelicioso

Quando acordou na manhã seguinte, Willa ficou deitada em sua cama, olhando para o teto. Ela tinha a sensação de que havia um nó bem na boca do seu estômago.

Sem arrependimentos, disse a si mesma. Ela havia sido sincera com Keane. Tinha feito a coisa certa, o que era bom para os dois.

Esforçando-se para acreditar no que dizia a si mesma, Willa se levantou e percebeu, espantada, que só faltavam dois dias para o Natal. Essa costumava ser a sua época favorita do ano. Ela adorava a energia natalina e o sentido de renovação que tomava a cidade de São Francisco. Sentia-se feliz com os sorrisos nos rostos de todos os que entravam na loja dela e adorava a magia do Natal e tudo o que a ocasião representava.

No entanto, contrariando suas expectativas, Willa não se sentia nem um pouco inspirada enquanto se preparava para ir trabalhar em silêncio e rapidamente.

Rory ainda estava dormindo no sofá. Na noite passada, quando entrou em seu apartamento e encontrou Rory esperando por ela, Willa precisou sufocar a tristeza que sentia por ter afastado Keane e estampar um sorriso no rosto para se dedicar à amiga.

Rory precisava dela naquele momento. As duas se sentaram e conversaram. Rory teve um breve colapso nervoso e fez um desabafo, admitindo que sentia saudade da família e que se arrependia de ter estragado tudo com eles.

Willa pediu à garota que considerasse seriamente a possibilidade de voltar para casa no Natal e fazer as pazes com os seus familiares. E quando Rory disse que não conseguiria pegar uma carona para Tahoe tão em cima da hora, Willa mais uma vez teve de prometer a ela que resolveria a situação. A garota não se dava muito bem com a família, mas havia ali muito potencial para amor e perdão se ela simplesmente deixasse acontecer.

O coração de Willa ficou profundamente tocado com isso, quase como se o pobre órgão estivesse tentando desesperadamente dizer a sua dona que havia ali algumas lições para ela *também*.

Sob a luz de um novo dia, Willa sabia que precisaria da ajuda da sua dose de cafeína para seguir em frente. Passou pelo sofá andando na ponta dos pés, já imaginando que teria de lidar sozinha com o movimento matinal na loja.

Bem, aquela folguinha seria seu presente de Natal adiantado para Rory.

Seu primeiro cliente a receber um banho era um pequeno pug mal-humorado chamado Monstro, que sofria com uma asma terrível. Ele assobiava ao aspirar e roncava ao expirar. Parecia um homem de oitenta anos de idade fumando e subindo uma escadaria ao mesmo tempo.

Assim que Willa colocou o Monstro na banheira, Elle e Haley apareceram trazendo café e muffins.

— Minha nossa! — Haley disse quando viu o pug. — Esse é o cachorro mais feio que já vi na vida.

Monstro levantou a cabeça, olhando para Willa com seus grandes olhos negros e respirando com dificuldade. Ela beijou o topo da cabeça enrugada do bichinho.

— Não ligue para elas, você é adorável — Willa disse ao cachorro. — E não me perguntem como foram as coisas ontem à noite — voltou-se para as amigas.

— Nem é preciso perguntar — Elle respondeu. — Pela sua cara já dá pra saber que você não se deu muito bem.

— É porque você não levou as algemas — Haley disse. — Não é mesmo?

Willa tirou as mãos do Monstro e ele entendeu que poderia se chacoalhar. O cãozinho fez isso, espalhando água para todos os cantos, mirando especialmente Willa e Haley. Elle foi a única que escapou seca.

Haley deu um gritinho e Monstro pareceu rir orgulhoso enquanto se chacoalhava novamente.

— Assim você só vai deixá-lo mais atiçado — Willa avisou, rindo.

— Cães não podem ficar agitados com um gritinho.

— Ele é do sexo masculino — disse Elle. — *Nasceu* para ser atiçado. E agora comece a nos contar tudo — ela pediu a Willa.

Willa cedeu e começou a contar tudo o que havia acontecido na noite anterior. Ela omitiu o impasse constrangedor que teve com Keane quando se despediram, mas contou às amigas o incidente ocorrido com Andy.

Elle e Haley ficaram chocadas ao ouvir a história, mas assim que Rory entrou pela porta do pet shop, elas disfarçaram e começaram a falar sobre o tempo.

Surpreendentemente, Rory não tinha a aparência de quem havia dormido mal; pelo contrário. Ela olhou para as outras com desconfiança.

— A Willa contou a vocês o que aconteceu na noite passada, não foi?

Elle e Haley confessaram que sim e se adiantaram para cobrir Rory de carinho e atenção. A garota fingiu odiar cada minuto disso, mas não conseguiu enganar ninguém. Ela sugou cada gota de amor e ternura que apareceu em seu caminho.

Quando a campainha da entrada soou, Willa por um momento deixou as amigas — que continuavam mimando Rory — e foi atender a porta, levando Monstro nos braços, enrolado em uma toalha.

As pernas de Willa bambearam quando ela viu Keane bem à sua frente. Ele estava absolutamente sexy, vestindo calça jeans escura, jaqueta aviador e óculos escuros.

— Que fofo! — Ele sorriu para o Monstro.

Willa sentia saudade só de olhar para Keane, portanto, tomou o cuidado de não encará-lo diretamente.

— Quer que eu tome conta da Petúnia? — ela perguntou.

— Não.

Keane não disse mais nada e, então, ela não teve alternativa a não ser olhar para ele... Um grande erro. Aquilo, para ela, era mais ou menos como olhar diretamente para o Sol, era doloroso. Mais doloroso até do que o pedido de desculpas que devia a ele.

— Keane?

— Oi!

— Ontem eu fiquei meio nervosa por causa da chave e acabei reagindo mal. Me desculpe.

— Chave? — alguém murmurou atrás dela. Parecia a voz da Pru. — Caramba, o que é que a gente deixou passar aqui?

Quando Willa se voltou para olhar, viu que era realmente a Pru. Ela devia ter entrado pela porta dos fundos. Agora todas as suas amigas estavam amontoadas no balcão, bisbilhotando a conversa de Willa como um bando de moleques.

— Oopa — Haley disse, sorrindo amarelo quando Willa a fuzilou com os olhos. — Desculpe, a gente só ia... — Parecendo um pouco assustada, ela se voltou para as outras, com os olhos arregalados. — A gente ia fazer o que mesmo?

— Ahn... — Pru hesitou.

Elle balançou a cabeça com uma expressão de decepção no rosto.

— Amadoras. A gente estava bisbilhotando, e na cara dura. Seria bastante útil se um de vocês nos contasse o que realmente houve na noite passada, para que a gente possa saber o que está acontecendo.

— Você está brincando comigo, não é? — disse Willa, olhando para as amigas.

— Querida, você sabe que eu não brinco com essas coisas — Elle respondeu.

— Ah, não, meu Deus — Rory disse, parecendo desesperada. — Acho que os dois brigaram por minha causa. Eu arruinei a noite deles!

A irritação de Willa desapareceu, dando lugar à sensação de culpa.

— Não, querida, não é nada disso — Willa explicou. — Não teve nada a ver com você.

— Tem certeza que não? — Rory insistiu. — Porque tudo ia muito bem entre vocês dois até que eu fiz uma coisa estúpida e precisei de você. Ou melhor, e precisei de vocês dois, porque o Andy teria machucado você, Willa, eu sei que teria, e... — a voz dela falhou — eu nunca ia me perdoar se isso tivesse acontecido.

Elle passou um braço em torno de Rory e a abraçou com força, mas continuou olhando para Willa e Keane.

— A culpa não é sua, querida — Elle afirmou sem titubear. — Você não tem culpa pelo que aconteceu na noite passada, nem por nada que tenha acontecido aqui. Na verdade, esses dois jovens tontos estão indo agora para o escritório da Willa. E eles não vão sair de lá até que tudo esteja resolvido, até que todos estejam estampando um lindo sorriso no rosto. Até porque, o Natal vem chegando aí, caramba. Não é tempo pra desentendimentos e tristezas.

— Vocês vão resolver as coisas? — Rory perguntou a Willa e a angústia estampada no semblante da garota era de cortar o coração. — Por favor, diga para mim que sim!

Rory estava perguntando isso porque nada na vida dela jamais se resolvia de maneira satisfatória. E, sabendo disso, Willa sentiu que o momento era muito delicado. Ela não permitiria, de jeito nenhum, que Rory deixasse de acreditar nas emoções. No amor. De jeito nenhum tomaria alguma atitude que fizesse a garota perder a pouca fé que lhe restava.

— Claro que sim — Willa respondeu com firmeza, sabendo que podia fingir melhor que todas as outras amigas.

E, com a mesma firmeza, ela esperava fazer Keane prometer que lhe daria algum espaço, ao menos até que o seu coração não ameaçasse entrar em combustão sempre que o visse. Com esse plano em mente, Willa entregou Monstro nas mãos de Pru e empurrou Keane de leve na direção do seu pequeno escritório.

Mas é claro que empurrões discretos não tirariam Keane do lugar se ele mesmo não quisesse andar. Ele era grande e forte, e tão teimoso quanto... bem, quanto a própria Willa. Ele balançou a cabeça com ar de dúvida, como se perguntasse de onde ela havia tirado a ideia de que poderia empurrá-lo.

Ele queria que Willa lhe pedisse.

Que Deus me livre dessa raça insuportável dos machos alfa!, pensou Willa. Ela soltou um longo suspiro e, sabendo que Rory estava de olho nela, abriu o seu melhor sorriso.

— Por favor, Keane, poderia vir comigo até o meu escritório para que nós possamos colocar as coisas em ordem?

— Eu adoraria — Keane disse com tranquilidade.

E, então, ele até mesmo pegou na mão dela para que seguissem juntos.

Willa permitiu tudo isso sem reclamar, mas no exato instante em que entraram no escritório, ela fechou a porta atrás de si e começou a falar:

— Escute, eu sei que não tenho o direito de lhe pedir isso, mas é preciso que você finja para a Rory que nós estamos bem e...

Keane não disse nada. Em vez disso, movendo-se com a agilidade de um leopardo, ele a prensou contra a sua mesa. Então, mergulhou a mão nos cabelos de Willa, virou o rosto dela para cima e lhe deu um beijo.

Ah, maldição! Todas as emoções que fervilhavam e se agitavam nela, de repente, se transformaram em algo completamente diferente. Com um gemido, Willa avançou sobre Keane, quase pisando nos pés dele.

Ele simplesmente reajustou sua posição e a puxou para junto de si com mais força. Willa gostou daquele puxão e continuou escalando-o freneticamente, desesperada para estreitar ainda mais o contato entre os dois, com as mãos espalmadas apertando as costas largas e fortes de Keane. Assim, ela podia sentir o corpo dele estremecer, e podia sentir outras coisas também, como a pressão rígida e contínua que ele fazia entre as pernas dela.

Nenhum dos dois tinha fôlego para palavras, principalmente quando ele agarrou e apertou a bunda de Willa com as duas mãos.

Tão gostosa. Tão perfeita. Tão...

Nesse instante a porta do escritório se abriu.

—Hum, perdão! — disse Cara, virando a cabeça para não olhar. — Eu só queria lhe avisar que vou substituir a Lyndie hoje e... e... — A garota hesitou quando Willa olhou feio para ela. — Bom, as meninas me mandaram entrar aqui pra descobrir se vocês estão brigando — Cara admitiu. — Rory quer saber.

— Não tem ninguém brigando aqui — Willa respondeu, tentando fingir naturalidade. — Nós estamos apenas... falando sobre cuidados com gatos — ela disse, esforçando-se para acalmar a respiração ofegante. — Por causa da Petúnia, sabe?

— Cuidados com gatinhos — Cara repetiu, balançando a cabeça. — Certo. Vou avisar a Rory.

Quando a garota se foi, Willa virou-se novamente para Keane.

— Então, nós estávamos falando sobre fingir que estamos bem para que a Rory fi...

Keane trancou a porta com uma mão e puxou Willa para perto de si novamente, dando outro beijo na boca. Depois, segurou o cordão das venezianas da janela do pátio e as fechou. Fazia tudo sem parar de beijá-la, era um feito e tanto. Willa poderia ter sugerido que eles apagassem a luz também, mas sabia que seria inútil pedir isso.

Keane gostava de olhar.

Ela interrompeu o beijo.

— Você precisa estimular o bichinho, Keane. Isso é importante para a gatinha.

Keane olhou para ela sem entender.

Ela indicou a porta com um movimento da cabeça, avisando que provavelmente as garotas os estavam ouvindo atrás da porta.

Por um longo momento Keane a fitou, os olhos negros e indecifráveis.

— Importante para a gatinha — Keane repetiu, e antes que Willa pudesse perceber ele a levantou, colocou-a sentada na escrivaninha e se posicionou entre as pernas dela. Sua boca estava agora explorando a orelha dela, e a voz dele era quase inaudível de tão suave. — Eu não vou só estimular você, gatinha, eu vou te enlouquecer...

Ela abafou uma risada e tentou se soltar dos braços dele, mas Keane a apertou com mais força.

— Você sabe que não é disso que eu estou falando! — ela sussurrou. — Rory está fragilizada e nós temos que fazer com que ela se sinta segura.

— Mas ela está segura — Keane disse ao ouvido de Willa. — E você também. — Então ele sorriu de novo, um sorriso muito malicioso, e aumentou um pouco o tom da sua voz, para fazer parecer que estavam conversando normalmente. — Pois é, então me fale sobre essa... estimulação. — Ele pressionou os lábios contra a orelha dela novamente, e falou usando sua voz mais sensual, num sussurro quase inaudível. — Mas fale bem devagar e me dê todos os detalhes.

Ela tentou afastá-lo mais uma vez com um empurrão, mas Keane não se moveu.

— Tenho saudade do seu corpo — ele disse com doçura, dessa vez num tom sério. — Eu preciso ter seu corpo enroscado no meu de novo.

Willa sentiu seu coração amolecer. E havia um problema nisso. Ela queria usar a razão e resistir, mas pelo amor de Deus, com as mãos dele passeando por todo o seu corpo era praticamente impossível articular as palavras para produzir algum argumento.

Agarrando com força a camiseta dele, Willa puxou Keane para si.

Ele caiu sobre ela e o grande corpo dele se balançou quando ele riu, segurando os quadris de Willa com as duas mãos e aproximando seu rosto do dela.

— Keane...

— Certo, agora eu já conheço as regras. Isso não tem importância, não significa nada para você, é só um lance de uma noite que acabou virando um lance de três noites e assim por diante.

Willa fez careta e ele sorriu.

— Não diga nada, Willa — ele murmurou, colocando um dedo nos lábios dela. — Não emita som algum. — As mãos dele escorregaram até a parte de trás do jeans de Willa, agarrando e apertando a sua bunda. Ela começou a gemer baixinho e Keane mordeu o lábio inferior dela.

A força brutal com que ele a abraçou deixou Willa sem fôlego. Ela, então, enroscou os braços em torno do pescoço dele, pressionando seus seios contra o peito de Keane.

Se nos próximos segundos a pele de Willa não estivesse colada à dele, ela iria entrar em combustão espontânea.

Keane se atrapalhou ao tentar tirar as botas dela, mas acabou conseguindo. Depois abriu os botões da calça jeans dela e, quando as mãos dele já estavam deslizando por entre as pernas de Willa e a acariciando através da calcinha, ela teve um instante de pânico.

— Que foi? — Keane perguntou ao perceber que Willa ficou paralisada.

— Prometa que não vai olhar, eu não estou usando uma calcinha muito bonita. Na verdade... — ela hesitou, sentindo-se envergonhada antes mesmo de falar — é a mais feia que eu tenho. Vesti de propósito, para não poder mostrá-la a ninguém. No caso, você. Você é o ninguém.

Num primeiro momento ele ficou pensativo, tentando processar a informação. Então, jogou a cabeça para trás e riu. Pareceu tão completamente sexy fazendo isso que Willa baixou a guarda e Keane aproveitou a oportunidade para baixar a calça dela até a altura dos joelhos.

— Eu sei que estou agindo de maneira totalmente confusa, Keane. Mas isso não significa que deixei de querer você...

— Que bom.

— Mas...

— Eu sabia. Você sempre tem um "mas" na manga.

— Mas... — Willa continuou, precisando desabafar — eu estou... estou um pouco confusa e...

— Um pouco? — Keane disse com sarcasmo.

Willa tentou fechar as pernas, incomodada com o peso de oitenta quilos de músculos sobre elas.

— Shh — ele disse, gentil e determinado ao mesmo tempo. — Eu entendo você, Willa. Nós estamos nos divertindo juntos e isso está funcionando bem assim. Mas acontece que eu quero ter você sempre comigo, Willa, não importa de que jeito for.

Depois dessa declaração arrebatadora, ele se ajoelhou, tirou de vez a calça dela e olhou. Fez isso sem nenhuma pressa. Quando tornou a ficar de pé, Keane estava rindo.

— Eu gostei da calcinha.

— Você é um homem doente.

— Sem dúvida nenhuma — ele concordou e a beijou de novo, até fazê-la se contorcer novamente, dessa vez com total entusiasmo.

— Mais rápido — ela murmurou ofegante, com a boca colada à dele, e juntos eles liberaram a essência um do outro.

Minha nossa, não havia nada melhor do que a essência daquele homem... Enquanto Willa se mantinha ocupada manipulando Keane, a barba por fazer dele raspou em seus mamilos. Por pouco Willa não teve um orgasmo no mesmo instante. Os lábios de Keane estavam em todas as partes, selvagens, ágeis, e ela retribuiu seus beijos da melhor maneira que pôde enquanto tentava colocá-lo dentro dela.

Ele riu baixinho, mas, antes que Willa pudesse matá-lo por causa disso, Keane se ajoelhou mais uma vez entre as pernas dela e começou a estimulá-la com a boca.

Um minuto atrás Keane estava com uma enorme pressa, mas agora segurava as pernas dela abertas e, tranquilamente, enlouquecia Willa com a língua. Quando ela começou a perder o controle, quase atingindo seu clímax, ele se levantou e a beijou na boca com vontade, colocou a proteção e então iniciou a penetração.

O ritmo dos dois era intenso, frenético e desesperado. Faminto e furioso. Não importava quantas vezes eles já tivessem feito amor daquela maneira, Keane sempre conseguia roubar todo o ar dos pulmões de Willa. E ela não sabia quando um orgasmo terminava e quando outro começava. Com Keane era sempre assim, uma dança erótica sem fim.

Quando finalmente conseguiu ver e ouvir de novo, Willa se deu conta de que o rosto dele estava aconchegado na curva do seu pescoço e podia sentir o hálito dele soprando em sua pele como uma suave carícia. Keane massageava as costas dela com uma das mãos, lenta e gentilmente, ajudando-a a se acalmar. A outra mão dele repousava no rosto dela, com um dedo nos lábios de Willa, como um lembrete para que ficasse quieta.

Deus. Será que ela tinha ficado todo o tempo em silêncio? Não conseguia se lembrar!

Keane deu um sorrisinho e ela mordeu-lhe o dedo com força.

Rindo descontraidamente, ele se ergueu e a ajudou a sair de cima da mesa. Os joelhos dela bambearam e Keane a segurou com mais força, puxando-a para si e abraçando-a com carinho.

Willa sentiu os lábios dele roçarem o seu rosto. Com um movimento da mão, Keane tirou o cabelo dos olhos dela. Depois, com essa mesma mão, ele segurou a mão dela e a levou à boca. Willa podia sentir o calor da respiração dele em sua pele e esse gesto pareceu tão... íntimo. Ainda mais íntimo do que senti-lo profundamente dentro dela.

— Isso foi... — Ela hesitou, buscando a palavra mais apropriada.

— Muito estimulante para a gatinha?

Ela tentou não rir, mas não resistiu.

— Keane... — Willa disse brandamente — que diabos nós estamos fazendo?

Ele lentamente balançou a cabeça numa negativa, pois também não sabia a resposta.

— Eu só precisava ver você — Keane respondeu de maneira clara e direta.
— E eu precisava ver você — ela disse. — Mas o que isso significa?
— Que você precisa de mim pra caramba.
Ela soltou outra risada abafada.
— E você acha que não? — Keane se voltou e levantou a camisa. Ele não havia fechado direito a sua calça jeans, que acabou ficando meio frouxa, o suficiente para revelar um pouquinho de seu belo traseiro.
Maravilha. Ele sempre ficava revigorado depois de transar com Willa, e ela... bem, ela ficava sem mais um pedaço do coração. Willa ajeitou as roupas, mas não conseguiu encontrar a sua calcinha. Ela praguejou, irritada, ser uma viciada em sexo estava lhe saindo caro.
Keane abotoou a blusa de Willa, depois acariciou seu rosto, inclinando-se para beijá-la suavemente.
— Tudo bem — ele disse. — Pode falar. Diga-me o que precisa dizer. Ainda precisa de espaço? Acha que consegue se satisfazer com uns vinte centímetros?
— Engraçadinho! — Ela lhe deu um tapa no ombro, rindo com descontração. Mas respondeu em tom sério. — É que quando nós fazemos isso... — Willa fez um gesto apontando para a mesa — eu sinto umas coisas que eu não sei explicar. E quanto mais fazemos, mais eu sinto.
— Que bom.
Willa olhou para cima, para o teto, e riu mais uma vez, mas não muito alegremente. Sentiu Keane acariciar seus braços.
— Willa, olhe para mim.
Ela hesitou, porque sabia muito bem o que acontecia sempre que olhava nos olhos dele. Ela se perdia por completo. Mas, sem ter alternativa, finalmente olhou nos olhos dele.
— Você sabe que não está sozinha nisso, não é? Eu estou nisso com você até o pescoço. O que está acontecendo me deixa nervoso tanto quanto deixa você.
Willa balançou a cabeça numa negativa.
— Deixa mesmo? — ela retrucou. — Porque você parece tão tranquilo em relação a tudo isso. Nós vivemos os momentos mais íntimos e não vejo uma reação significativa em você. Você nem mesmo pisca. É como se isso não o atingisse.
Ele a fitou por um longo momento.
— Você acha que eu não tenho sentimentos, Willa?

— Acho que você é capaz de controlar seus sentimentos melhor do que eu.
— Precisa acreditar — ele disse. — Acreditar em mim. Em nós.
— É difícil para mim.
— Então você quer terminar, é isso?
— Não. — Ela sentiu uma pontada no estômago só de pensar nisso. — Não! — Willa repetiu com mais firmeza ainda, aninhando-se a ele.
— Tudo bem — Keane murmurou, puxando-a para junto de si, apertando-a nos braços. — Tudo bem, eu não vou a lugar nenhum.

Willa estava mergulhada num turbilhão de sensações. Não conseguia dizer ou fazer nada a não ser se entregar ao conforto do abraço dele por um longo momento antes de se separarem.

— Eu não vou fingir coisa nenhuma — ele avisou quando Willa se voltou para a porta. — Nem mesmo para a Rory. Não me peça isso.

— Não vou pedir.

Toda a turma de Willa estava rondando por perto da porta, claramente tentando bisbilhotar o que acontecia dentro do escritório. Quando a viram, todos se dispersaram apressadamente.

Menos Elle, que primeiro observou Willa demoradamente, depois avaliou Keane.

Willa ignorou a amiga da melhor maneira que pôde e acenou para Keane, liberando-o para que ele fosse embora. Em vez disso, Keane se aproximou de Willa e a beijou. Não foi um beijo intenso, mas também não foi sutil. Foi o beijo de um homem reivindicando o que era seu. Quando ele terminou de beijá-la, ele levantou a cabeça, demonstrando um sorriso quase imperceptível que estava desenhado em seus lábios.

Keane, então, virou-se e se retirou da loja, sem nem olhar para trás.

Quando Willa finalmente chegou em casa naquela noite, os pensamentos que ela conseguira bloquear ao longo do dia finalmente a dominaram por completo, causando-lhe uma enorme dor de cabeça. E além da terrível enxaqueca, Willa também estava penando por conta de uns belos arranhões que recebera de um gato irritadíssimo durante uma escovação. Um cliente havia levado o gato até Willa para que ela tratasse de seus pelos que eram puro nó. Mas o gato resistiu à limpeza com tanta fúria que Willa se recusou a deixar Rory ou qualquer outra funcionária lidar com ele. No final, ela mesma teve de dar conta do recado. E sozinha.

E pagou o preço por isso.

Rory quis tratar dos ferimentos profundos que o gato havia causado, mas Willa se recusou, alegando que estava bem.

Mas, na verdade, ela não poderia estar em situação pior.

Sentindo-se mais sozinha do que nunca, ela caminhou para dentro do seu apartamento sem nem se importar em acender as luzes. Lá fora chovia forte. Tudo o que Willa desejava era um belo sanduíche de geleia com manteiga de amendoim — de pelo menos três andares — e sua cama. Ela estava preparando o sanduíche quando um vazamento na torneira da sua cozinha começou a tirá-la do sério.

— Só me faltava essa — ela resmungou.

Ping. Ping. Ping.

Mas que merda! Ela costumava adorar o fato de ser sozinha. Quando é que havia deixado de gostar disso?

Ping. Ping. Ping.

— Agora chega! Eu mesma vou dar um jeito nisso! — ela murmurou com irritação e rastejou para debaixo da pia com uma chave inglesa. Deu uma volta no parafuso solto e, de repente, soltou um grito, chocada e surpresa com o banho de água gelada que recebeu.

Indignada com tudo aquilo e quase engasgando com a aguaceira, Willa se sentou no chão da cozinha e deu uma boa olhada em si mesma.

Ela estava um verdadeiro caco.

Aquela era uma maneira perfeita de coroar o dia ruim que teve. Recusando-se a se dar por vencida e determinada a fazer alguma coisa dar certo, voltou a passar manteiga de amendoim no pão. Mas então ouviu uma batida a sua porta. Como já passava da meia-noite, e de uma noite particularmente ruim, ela pegou uma faca e foi ver quem era.

Pelo olho mágico Willa viu Keane parado diante da sua porta, parecendo sombrio como a noite, e não menos audacioso.

#AVerdadeBemDianteDosOlhos

Keane não conseguia dormir de jeito nenhum. Sentindo-se estranhamente sobrecarregado e tenso, ele se levantou e saiu para correr, imaginando que se levasse seu corpo à exaustão talvez o seu problema pudesse ser resolvido.

Enquanto percorria as calçadas, ele repassou mentalmente os pontos positivos de sua vida. Em primeiro lugar, sua tia-avó Sally havia voltado à casa de repouso e passava bem. Sally até tinha deixado *para ele* uma mensagem, só para variar, informando que um velho amigo havia se oferecido para cuidar da Petúnia.

Em segundo lugar, sua corretora começaria a aceitar oficialmente ofertas para a casa de Vallejo Street a partir da próxima semana.

Ele estava numa boa situação. Não, na realidade, a sua situação era maravilhosa, e ele deveria estar rindo à toa.

Mas não estava. Nada disso parecia certo.

Não gostava da ideia de deixar que levassem a Petúnia para longe dele. Também não gostava da ideia de vender a casa de Vallejo Street. E não gostava da ideia de dar espaço a Willa para que ela se posicionasse a respeito do relacionamento dos dois. Nada disso funcionava muito bem para ele. Na realidade, não fazia nenhum sentido.

Ele correu mais rápido, até seus músculos tremerem de exaustão. E, depois de um tempo, ele se deu conta de que estava parado diante do prédio de Willa.

A grande verdade era que ele havia sido atraído para aquele lugar como uma mariposa para a luz. Ele adorava o sorriso de Willa, adorava sua risada e adorava rir junto com ela. E, quando estava com Willa, ele ria com uma naturalidade que nem reconhecia. Adorava o fato de ficar tão descontraído na presença dela, já que Willa não deixava que ele se levasse muito a sério. Keane adorava... tudo, absolutamente tudo naquela mulher.

Ele bateu à porta de Willa levemente e ela veio abrir. Os olhos dele se encheram de alegria quando ela surgiu — o cabelo solto despenteado, a expressão mal-humorada, a blusa ensopada e totalmente transparente.

Ela também o olhou de cima a baixo.

— Algum cano de água estourou na sua cara também? — ela perguntou.

— Não, eu estava correndo.

— Correndo de quê?

Keane riu, e ficou surpreso quando percebeu que estava rindo.

— Posso entrar?

— Claro! — Ela respondeu de maneira tão agradável que Keane chegou a estranhar.

— Mas me diga, o que você sabe sobre encanamentos? — ela perguntou.

— Tudo.

— Então você é o cara certo. Tenho um vazamento na torneira da cozinha pra você consertar.

Keane estava tão cansado que mal conseguia se manter em pé.

— Agora? — ele disse.

— Eu tentei consertar aquela coisa e quase me afoguei. — Enquanto falava, Willa agitava no ar uma faca que parecia ter sido mergulhada em um pote de pasta de amendoim. — A minha tarde foi uma merda completa e tudo o que eu queria era um sanduíche de geleia com pasta de amendoim e minha cama... Mas o barulho da torneira pingando estava me matando!

Como Willa parecia a um passo das lágrimas, Keane segurou o pulso dela para que ela parasse de balançar a faca no ar.

— Ok, eu já entendi — ele disse com voz branda, e então tirou a faca da mão dela. Keane podia ficar bobo na presença de Willa, mas não era estúpido.

Ele fechou e trancou a porta, depois acompanhou Willa até a cozinha. Os ingredientes para o preparo de sanduíche de manteiga de amendoim com geleia estavam sobre o balcão. Havia água por todo o chão e o armário sob a pia estava aberto.

— Você podia ter me chamado — Keane comentou.

— Eu sei consertar sozinha uma porcaria de torneira pingando.

Keane poderia ter argumentado que ela não sabia, porque se realmente soubesse os dois não estariam ali tendo aquela conversa. Mas o dia dele também tinha sido longo, extremamente longo, e seu humor não estava muito melhor do que o de Willa. Então, com uma sensação arenosa nos olhos devido à exaustão, pegou a chave inglesa e começou a trabalhar.

Em minutos tudo estava resolvido. Keane colocou a ferramenta de lado e, ainda deitado de costas, olhou para Willa.

Ela estava sentada no balcão, lambendo manteiga de amendoim do dedo polegar com uma vontade que o fez engolir em seco, imaginando outros lugares onde a boca de Willa poderia estar naquele exato momento.

— Prontinho — ele avisou com uma voz um tanto rouca e se levantou. Em seguida caminhou até Willa.

— Então a torneira não vai pingar a noite inteira e me tirar completamente do sério? — ela perguntou.

— Não, esta noite você não vai sentir vontade de quebrar tudo na cozinha.

Willa soltou um suspiro profundo.

— Obrigada — ela disse gentilmente. — De verdade.

— Disponha. De verdade. — Keane se aproximou mais dela, pressionando as coxas contra os joelhos de Willa.

Willa agarrou a camisa dele com força e tentou puxá-lo para ela, mas ele resistiu.

— Eu quero os meus vinte e tantos centímetros — ela sussurrou.

Keane se esforçou para resistir.

— Eu preciso de um banho, Willa.

— Pois para mim não parece que precisa — ela respondeu, puxando-o com mais força.

— Eu vim correndo até aqui, então eu preciso de um banho sim, senhora.

Ela riu com desdém.

— E depois eu é que sou teimosa. — Willa olhou para Keane, e o sorriso dela se apagou. — Eu vou ter dificuldades para dormir — ela murmurou, raspando lentamente os dentes no lábio inferior.

Havia fios de cabelo dela caindo sobre seus olhos e sua maquiagem estava borrada. A camisa dela ainda estava úmida e ela estremeceu toda quando encostou em Keane. E mais uma vez ele teve de mantê-la afastada.

— Eu estou todo suado.

— Não faz mal. — Willa se aninhou ao seu peito e, quando ela inclinou o rosto na direção dele, beijá-la foi a coisa mais natural do mundo. Seu sabor era de manteiga de amendoim e céu.

— Por que não vai conseguir dormir? — Keane perguntou com seus lábios roçando os dela.

— Eu estava escovando os nós do pelo de um gato idoso. Tomei muito cuidado, fui muito delicada, mas ele não gostou da brincadeira. Arranhou para valer as minhas costas e meu ombro nas suas várias tentativas de escapar da mesa de tosa. Os ferimentos estão ardendo como se eu estivesse em chamas. Eu provavelmente precisarei dormir virada para o lado esquerdo ou de bruços. Mas eu só consigo dormir virada para o lado direito. — Ela bufou, desolada, e então se desviou abruptamente das mãos de Keane quando ele tentou virá-la para dar uma olhada nos machucados. — Não precisa, eu estou bem, não se...

Ignorando os protestos de Willa, ele segurou com firmeza os quadris dela e a forçou a se virar. Depois, começou a levantar com cuidado a camisa dela.

— É sério, eu estou bem...

Keane se espantou ao ver os cortes no ombro e nas costas de Willa. As feridas estavam profundas e feias.

— Willa, esses ferimentos têm de ser tratados.

— Eu sei. Eu vou fazer isso. — Ela tentou abaixar novamente a camisa, mas ele insistiu e a manteve suspensa, até que finalmente a arrancou de vez por cima da cabeça dela e a atirou de lado.

— Keane! — ela balbuciou, cruzando os braços para se cobrir. Tentou se virar para vê-lo, mas ele a manteve no lugar enquanto examinava as feridas.

— Você tem um kit de primeiros socorros?

— No armário do corredor — ela disse.

Ele a deixou por um minuto para pegar os suprimentos de que precisava e quando voltou Willa não estava mais ali. *Droga!*

Keane a encontrou no banheiro, segurando uma toalha na frente dos seios e se contorcendo diante do espelho na tentativa de enxergar os ferimentos.

A curva das suas costas nuas era suave e delicada. Absurdamente sensual, na opinião de Keane. Ele quis correr as mãos pelas costas dela até a altura do traseiro, e então colocá-la de quatro e...

Sua fantasia foi logo interrompida quando Willa tocou em um dos arranhões e gritou de dor.

— Não se mexa — ele pediu, e começou a trabalhar nos machucados.

Willa não falou enquanto ele limpava as feridas. Na verdade, ela mal respirou durante o processo, mas no final os músculos dela tremiam de tanta dor que sentia. Inclinando-se para a frente, Keane beijou carinhosamente a sua nuca.

Um suspiro trêmulo escapou da boca de Willa e ela abaixou a cabeça, como se pedisse a ele que continuasse com os beijos.

— Keane...

— Se você quiser que eu vá embora, eu vou agora mesmo — ele sussurrou com a boca encostada à pele dela, e então prendeu a respiração, aguardando a resposta.

Willa se voltou para Keane e o encarou, captando na expressão do rosto dele a mesma fome, o mesmo desejo que a consumia. Ela ficou na ponta dos pés e roçou suavemente a sua boca na dele.

— Você não vai a lugar nenhum.

Um gemido rouco, rude, ecoou por todo o seu peito, e ele cuidadosamente a embalou nos braços e assumiu o controle sobre o beijo. E que beijo era aquele? Keane a beijou como se ela fosse a mulher mais sexy do planeta. Tão viciante.

Ele era viciante.

Quando os dois ficaram tão ofegantes que já nem conseguiam respirar direito, Keane levantou a cabeça de Willa e fixou seus olhos nos dela. Ele, então, prendeu uma mecha de cabelo atrás da orelha dela e, com o polegar, acariciou o queixo e depois o lábio inferior de Willa.

Sentindo-se perdida de paixão, ela fechou os olhos, mas isso apenas tornou tudo mais íntimo ainda. Seus corpos precisavam um do outro ardentemente, sem trégua.

O apartamento ainda estava às escuras, e o único som que se ouvia era o da chuva batendo contra a estrutura do prédio.

Não, na verdade era possível ouvir outro som: o da respiração acelerada dela.

Willa não sabia se poderia enganá-lo por muito mais tempo, mas sabia que não conseguiria mais enganar a si própria, aquilo não se resumia apenas a sexo.

— Willa...

Ela lutou para manter os olhos abertos e o fitou, esperando que ele não pudesse enxergar a verdade nos olhos dela. Algo sombrio e indecifrável também se ocultava no fundo do olhar dele, mas Willa não queria sondar esse segredo. Em vez disso, ela pegou na mão dele para levá-lo até a sua cama.

Mas ele a deteve.

— Primeiro o banho — Keane disse com firmeza, e abriu o chuveiro.

— Mas...

— Não se preocupe, eu sei dar um bom banho.

Num instante ele tirou a sua roupa e a dela e a empurrou de leve para dentro da água quente e vaporosa. Keane ensaboou as mãos e as passou por todo o corpo de Willa, comprovando o que havia acabado de afirmar.

Ele sabia dar um bom banho.

Era um mestre na matéria.

Quando o banho dela terminou, ela se encostou na parede do box, deliciada com os resultados daquela atividade. Enquanto isso, Keane aproveitou para se ensaboar e se enxaguar, e fez isso com rapidez e eficiência. Observando-o, Willa se sentiu excitada e irritada mais uma vez.

Quando percebeu que Willa o observava como uma voyeur, Keane sorriu.

— Gosta do que está vendo? — ele provocou.

— Você sabe que sim.

Keane fechou o chuveiro, enxugou Willa e depois se enxugou. Só então permitiu que Willa o pegasse pela mão e o arrastasse até a cama. Ela tentou empurrá-lo sobre o colchão, mas Keane a puxou consigo e os dois caíram juntos numa confusão de pernas e braços. Sem dizer nada, Keane rolou por cima dela e suas bocas se encontraram num beijo profundo, furioso.

Willa não era a única que se sentia desesperada aquela noite.

Num piscar de olhos ele a livrou da toalha e Willa colou seu corpo nos músculos rijos e quentes de Keane, dos quais ela sentia que ainda não havia desfrutado o suficiente. Aliás, ela não estava certa se algum dia se daria por satisfeita nesse quesito.

Desacelerando o ímpeto dela, Keane usou as mãos para explorar aos poucos o corpo de Willa, cada centímetro da pele dela, até fazê-la implorar por mais. Quando Keane finalmente se posicionou sobre ela e a penetrou, foi como se o mundo tivesse parado de girar.

Keane fez com que Willa olhasse para ele, e isso era novo para ela.

Olhos abertos.

Coração aberto.

Aquilo era ao mesmo tempo algo novo e assustador.

E foi nesse momento que ela soube a verdade. Estava apaixonada — absolutamente, irreversivelmente apaixonada por ele.

Willa fechou os olhos em meio à avalanche de emoções, tentando assimilar tudo o que vinha de Keane. Seu cheiro. O som rouco do seu gemido sensual. O modo como os braços dele se moviam em torno dela — uma mão agarrando o seu cabelo, a outra em seu quadril, prendendo-a para que ela não pudesse movimentar essa parte do corpo, porque Willa era dele.

Sempre havia sido dele.

Lembre-se disso, Willa disse a si mesma com desespero, *lembre-se da sensação do corpo dele dentro do seu, dos músculos dele se contraindo, da pele quente dele sob as suas mãos.*

— Keane... — o nome dele havia escapado dos lábios de Willa sem permissão.

Ele gemeu com ardor e, sabendo que ele estava prestes a chegar ao seu ápice, ela cruzou as pernas em torno de Keane e intensificou as investidas dele, acelerando os movimentos do seu próprio corpo, sem deixar de olhar os olhos daquele homem nem por um segundo e com uma mão espalmada contra o peito dele, sentindo as batidas de seu coração.

Mais tarde, deitada ao lado de Keane e ainda sentindo o coração bater acelerado, Willa soube que aquela havia sido a experiência mais real e mais erótica da sua vida.

— Obrigada por essa noite — ela sussurrou.

— *Eu* é que agradeço — Keane respondeu com uma risada maliciosa.

— Eu estava me referindo ao vazamento da torneira — ela retrucou. — Eu não queria que você chegasse e balançasse a sua varinha mágica e consertasse a minha vida.

— Gata, eu só balancei a minha varinha mágica depois de consertar o vazamento.

Willa balançou a cabeça e olhou para ele como se não tivesse acreditado no que acabara de ouvir.

— Você disse mesmo isso ou eu é que ouvi mal, Keane?

— Bom... — Ele fez uma careta, torcendo a boca. — Tentei evitar que a gente começasse uma conversa profunda, cheia de significados que provavelmente não terminaria bem para mim e pensei que meu charme podia ajudar.

— Isso não foi charme, foi pura bobagem.

— Mas você riu. E eu adoro a sua risada, Willa.

— Hum... — Ela se sentiu derreter por dentro. — Você está mudando de assunto.

— Tentando — ele disse, e rolou para fora da cama. E então começou a vestir suas roupas novamente.

— Você vai embora?

— Sim.

— Está fazendo pouco da minha loucura e tentando me azucrinar ou vai fugir o mais rápido que puder?

Ele sorriu discretamente e pegou seu telefone celular na mesa de cabeceira.

Keane estava mesmo indo embora. Ela se levantou, aproximou-se dele por trás e o envolveu com os braços.

— Keane...

Ele se voltou e a encarou.

— Eu jamais vou fugir de você, Willa.

Essas palavras a deixaram sem ação. Willa apenas continuou olhando para ele. E Keane não desviou o olhar. Não que demonstrasse toda a paciência do mundo, mas parecia mais do que disposto a prestar atenção a tudo o que Willa quisesse dizer.

— Acontece que eu estou mais envolvida nisso do que pretendia — ela declarou gentilmente.

— Você não está sozinha nisso também.

O coração dela se apertou.

— Keane, eu não sei o que isso significa, é confuso pra mim.

— Eu sei. — Ele pressionou carinhosamente o rosto na têmpora dela. — Tenho certeza de que você vai descobrir e, quando isso acontecer, vai me avisar.

— *Você* sabe?

— Estou bem perto de descobrir — ele respondeu, como sempre brutalmente honesto e direto.

Uma parte de Willa estava profundamente aliviada por isso. Outra parte, porém, estava apavorada, porque ela tinha plena certeza de que também sabia do que tudo aquilo se tratava.

O coração de Willa tinha duas velocidades: muito lenta e muito rápida. Ela já havia vivido relacionamentos intensos, nos quais encontrara algumas das coisas que havia desfrutado com Keane: felicidade, excitação, *vida*. Mas em apenas um desses relacionamentos ela tinha se envolvido tanto sem dar atenção aos sinais de perigo, às recomendações dos amigos, à lógica e ao senso comum. E agora ela ardia de paixão.

Ah, como ardia.

— Willa? — A voz de Keane era tão cheia de vida quanto o toque das mãos dele, que repousaram nos braços dela. — Não se apresse, não se precipite. Não faça isso por ninguém, muito menos por mim.

Depois de dizer isso ele a beijou — um beijo devastadoramente perfeito — e então se foi.

#UmaGaleraParaChamarDeSua

Na manhã da véspera de Natal, Willa sentiu seus dedos dos pés congelados ao acordar. Todo seu corpo estava congelado. E ela imaginou como seria bom, naquele momento, estar toda enroscada no corpo grande e quente de Keane.

Não apenas porque gostaria de escalá-lo como se ele fosse uma árvore, mas porque Willa não gostava de manhãs. Porque ela pensou que, com ele ao seu lado na cama, enchendo-a de carinho e de atenção e fazendo-a sentir-se a mulher mais bonita, inteligente, engraçada e gostosa que ele já havia conhecido, ela poderia, enfim, aprender a gostar de despertar pela manhã.

Keane tinha um jeito todo dele de fazer com que ela se sentisse especial. Como se ela tivesse importância. Como se tivesse *muita* importância. Quando estava com Keane, Willa se via como uma versão melhorada de si mesma. Mas então... por que diabos ela precisava de espaço mesmo? A resposta era simples.

Ela não precisava.

Willa olhou para o teto e piscou. Nossa. Estava mesmo apaixonada por ele. Se tivesse descoberto isso na noite passada, talvez ele estivesse ali na cama ao seu lado. Droga!

Com um suspiro resignado, ela se sentou na cama e checou seu celular. Por incrível que parecesse, não havia nada. Nem chamadas perdidas nem mensagens de texto.

Nada.

Willa pôs o telefone no colo. Uma emoção estranha tomou conta dela; uma emoção que ela não conseguia expressar em palavras.

Mentira. Tinha palavras para essa emoção, sim, e não eram poucas. Se sentia inútil ao constatar que ninguém tinha precisado dela.

Ela deslizou o dedo pela tela do telefone, até que seu dedo parou logo acima do nome de Keane.

— Não faça isso — sussurrou para si mesma. — Não faça...

Mas ela acabou tocando o nome dele na tela.

— Ops... — ela falou para as paredes.

Keane respondeu à chamada pelo FaceTime vestindo apenas uma calça de moletom. O cabelo dele estava úmido e ela só pôde imaginar como deveria estar delicioso o cheiro do corpo daquele homem.

Ele sorriu quando viu a camisa que Willa estava vestindo.

— Você deixou a sua camiseta aqui — Willa disse, e mordeu o lábio inferior. — Eu dormi com ela.

Keane sorriu ainda mais — um sorriso quente e charmoso.

— Sem roupas íntimas? — ele perguntou.

— Isso mesmo. A propósito, você me deve uma visita à Victoria's Secret.

— Compro o que você quiser, mas preciso dizer que estou ficando excitado só de pensar em você sem calcinha.

— Tudo deixa você excitado, Keane.

— É, eu acho que sim. — Ele levantou a cabeça e a observou com atenção. — Mas, e aí, o que está fazendo acordada tão cedo? Imaginando coisas, talvez? Fazendo uma lista de desejos? Espero que esteja recheada com suas fantasias sexuais mais loucas.

— Não! — Willa protestou, e soltou uma risada abafada. Então, um pensamento veio à sua mente e ela balançou a cabeça tentando afastá-lo. No final das contas, acabou falando. — *Você* tem uma lista de fantasias?

— Pode ter certeza disso — ele respondeu sem hesitar.

Ela engoliu em seco.

— Sobre... mim?

Keane apenas olhou para Willa, um olhar intenso e flamejante, o suficiente para que ela se sentisse zonza de desejo.

— Você escreveu uma lista? — ela perguntou.

— Está tudo guardado aqui, gata. — Keane bateu de leve na lateral da cabeça com o dedo indicador e então sorriu. — A não ser que você queira que eu ponha tudo no papel. Nós poderíamos misturar as nossas listas e nos revezar nas escolhas das atividades, e...

— Você quer que realizemos nossas fantasias juntos? — Ela perguntou, num tom de voz um pouco mais alto que o necessário.

A malícia do sorriso de Keane quase fez com que Willa tivesse um orgasmo na mesma hora.

— Eu... eu não sei se posso colocar minhas fantasias no papel — Willa admitiu.

— Claro que pode. Feche os olhos, pense em alguma coisa que sempre quis experimentar e escreva — ele respondeu, animado.

— *Agora?*

— Eu faço se você também fizer, Willa.

Dez minutos mais tarde, quando o alarme matinal de Willa tocou, ela havia escrito cinco fantasias. Keane também.

— Está na hora de levantar — ela disse.

— Gata, eu já estou de pé.

Willa revirou os olhos.

— Como se chama quando se fala de sexo no FaceTime?

— Sex-time? — Ele sorriu de lado.

— Quê? — Ela riu. — Acabou de inventar isso, não é?

— Não. — Keane sorriu. — É... sim. Me mostre o que tem debaixo da camisa, Willa.

Embora ela não quisesse admitir, esse simples pedido, feito com uma voz tão suave, fez com que Willa sentisse um estremecimento delicioso.

— Keane.

— Vai, me mostra o que você tem e eu mostro o que eu tenho.

— Tem mais alguém aí com você? — Ela perguntou.

Ele girou o celular ao redor para que Willa pudesse ver que ele estava em seu quarto em Vallejo Street, sozinho, a não ser pela Pê, que dormia no travesseiro dele.

— Desde quando você deixa ela dormir no seu travesseiro?

— Não deixo. Mas aparentemente ela é quem manda. — Então o rosto dele voltou a surgir na tela. — Me mostre, Willa.

Ela segurou a bainha da camisa e a levantou bem alto, balançou um pouco o corpo e, então, desceu a camisa novamente.

Os olhos de Keane se incendiaram de uma tal maneira que Willa ficou surpresa por não terem derretido a tela.

— Essa visão vai me ajudar a enfrentar um longo dia — ele disse, com voz baixa e reverente.

Ela riu.

— Você pode ver pornografia no seu celular de onde quiser. Na verdade, aposto que você conseguiria facilmente fazer com que um monte de mulheres na sua lista de contatos enviasse fotos quentes pra você.

— Eu não quero um monte de mulheres. Quero você.

Willa sentiu seu coração se acelerar.
— O sentimento é mútuo, Keane.
Ele sorriu.
— Tenha um bom dia, gata.
— Você também.
E com o coração mais iluminado do que jamais estivera na vida, e uma esperança crescendo e florescendo dentro do peito, Willa desligou o celular e foi trabalhar.

Willa pensava muito em Keane, mas não de modo sexual ou em relação às suas fantasias.
Caramba, a quem ela queria enganar? Claro que pensava nas fantasias sexuais com ele, sim. E muito.
Mas ela pensava, principalmente, no homem cheio de qualidades que ele era — um homem que, no espaço de tempo de um mês, havia se tornado essencial na vida dela.
Quando um casal de idosos entrou no pet shop para comprar petiscos para o seu schnauzer, Willa não pode deixar de notar a sintonia que havia entre os dois; eles completavam a frase um do outro e andavam de mãos dadas como se fossem recém-casados. Ela não resistiu à tentação de lhes fazer uma pergunta.
— Há quanto tempo vocês estão juntos?
Ambos sorriram ao mesmo tempo.
— Cinquenta anos — o homem disse. — Os cinquenta melhores anos da minha vida.
— Quando você encontrar a pessoa certa, meu bem, não deixe que ela saia da sua vida nunca mais — disse a mulher, olhando para o seu querido.
— Nunca mais é um tempo muito longo — Rory observou, pensativa, quando o casal foi embora.
O que foi engraçado, porque de repente Willa começou a pensar o quanto seria reconfortante a ideia de algo que durasse para sempre...
Ela quase ligou para Keane, para dizer a ele que talvez tivesse descoberto algumas coisas — mais exatamente para lhe dizer que havia encontrado o que ela queria.
Ela queria Keane.
Mas Willa tinha receio de estragar tudo ao tomar uma atitude dessas. Então, enviou a ele uma breve mensagem de texto convidando-o para ir à

festa de Natal com seus amigos no pub naquela noite. E terminou a mensagem com um "venha, por favor".

Keane ainda não havia respondido a mensagem quando chegou o momento de fechar o pet shop. Ela se trocou para a festa, mas nada de Keane responder. Willa não sabia ao certo o que isso significava.

Ela não parecia muito animada quando chegou ao pub, mas tudo bem. Quando ela precisou de espaço e de tempo para refletir sobre seus sentimentos, Keane esperou. Ela certamente poderia fazer o mesmo por ele agora.

O pub estava fechado ao público; aquela era uma noite familiar. Spence, Finn, Archer, Elle, Haley, Pru e Sean, o irmão mais novo de Finn, que não poupava esforços para se divertir, como era de se esperar para um jovem que acabara de completar vinte e dois anos.

Finn encheu uma taça de vinho para Willa. O resto da turma, ao redor dela, a cumprimentava com abraços e saudações. Tanta demonstração de amor e afeto fez Willa ficar com um nó na garganta. Como era sortuda por ter pessoas assim na sua vida.

— Onde está o Keane? — Pru perguntou. — Você o convidou, não é?

— Sim — Willa respondeu. — Mandei uma mensagem pra ele.

— Isso significa que você decidiu parar de lutar contra si mesma e contra o seu coração e vai mergulhar de cabeça? — Pru perguntou.

Willa nunca pensou que seria difícil admitir, mas se espantava com a própria reação ao dizer que sim com a cabeça, com os olhos cheios de lágrimas.

— Álcool aqui! — Elle pediu em voz alta. — Urgente! Mais uma de nós está quase colocando o pé na armadilha.

Finn e Pru, os primeiros a caírem na armadilha, sorriram largo.

Então, Finn e Sean serviram um banquete que, dada a natureza competitiva e intrépida de seus amigos, se transformou em um concurso de degustação de asas de frango.

Spence ganhou, embora Willa não tivesse ideia de como ele conseguia fazer isso. Spence era alto como uma árvore, e sua constituição era fina como a de um corredor; não havia no corpo dele um grama de gordura em excesso.

Mesmo assim, ele conseguiu dar cabo de vinte e cinco asinhas.

— Puta que pariu, vinte e cinco! — Archer disse espantado, depois de contar a pilha de ossos no prato de Spence. — Dez a mais do que o competidor que está logo atrás. — Ele olhou para Finn. — Agora depende de você, cara. Quer continuar tentando ou vai jogar a toalha para que declaremos Spence como o campeão?

Finn correu os olhos pelo seu bar e respirou fundo antes de responder.

— Vai jogar a toalha — Pru disse, antes que seu homem tivesse a chance de abrir a boca. — O que foi? — Ela ralhou quando ele a olhou com uma expressão indignada. — *Nenhum deles* vai ter que dormir com você essa noite. Como a única pessoa que irá dormir ao seu lado, voto que você desista antes que exploda.

— Isso! — Spence socou o ar triunfantemente, e então deixou escapar um tremendo arroto. — Desculpa aí, gente.

Willa olhava o tempo todo para a porta, na esperança de ver Keane entrar por ela, mas ele continuava desaparecido.

Os amigos se prepararam para o *Concurso anual de karaokê de Natal*. Willa continuava olhando para a porta a cada minuto, e nenhum de seus amigos chamou a sua atenção, embora ela tenha visto Elle e Archer trocarem olhares preocupados.

O prêmio no *karaokê* era o mesmo dado ao vencedor do concurso de asas: o direito de contar vantagem à vontade durante todo o ano seguinte.

E todos queriam esse direito de contar vantagem. É claro.

As garotas cantaram "Moulin Rouge".

Spence e Finn cantaram "Purple Rain".

Mas então Archer, que parecia não ter sido afetado pelo álcool que o grupo havia consumido — embora o gorro de Papai Noel todo torto que ostentava em sua cabeça fosse uma clara evidência de que estava bem relaxado —, cantou "Man in the Mirror", causando uma enorme sensação.

Depois da apresentação ele retornou ao seu lugar, sentou-se em sua cadeira, de frente para o encosto, e exibiu a todos um raro sorriso.

Elle o observava com um olhar estranho.

— O que você andou bebendo pra ficar assim? — Ela perguntou.

— Ele está tomando bebida sem álcool — Finn disse. — Ele disse que será o motorista dessa rodada.

— Então você está completamente sóbrio?! — ela perguntou a Archer, arregalando os olhos. — E conseguiu cantar desse jeito? Eu não sabia que você podia cantar assim.

— Você não sabe muita coisa a meu respeito.

Ele disse isso gentilmente, mas Elle franziu as sobrancelhas, como se tivesse ficado ofendida.

Ignorando a reação dela, Archer estendeu a mão para pegar alguns cookies que Haley tinha assado.

— Uau, esses cookies parecem ótimos — ele comentou.

— Parecem e estão, melhores do que nunca — Haley respondeu. Willa observava a cena enquanto massageava um nó no seu pescoço, que havia conseguido de tanto virar a cabeça na direção da maldita porta.

— Nós sempre fazemos noite de *karaokê* — Elle disse a Archer, aparentemente incapaz de deixar a questão de lado. — E você nunca cantou assim antes.

— Claro que cantei.

— Nunca — ela disse com determinação. — Você poderia participar de qualquer concurso musical do país e ganhar.

— Até que sim — ele comentou descontraidamente. — Mas eu não quero cantar para viver. Quero mesmo é pegar os canalhas e safados do mundo para viver.

— Mas por que escolher um trabalho tão perigoso se você poderia simplesmente subir num palco e ficar lá cantando e sendo admirado? — Haley perguntou.

— Porque eu *sou bom* em prender esses filhos da mãe e não sou bom em ficar em cima de um palco cantando e sendo admirado — Archer respondeu.

— Você só faz isso pra poder andar armado o tempo todo — Elle retrucou.

— Isso é verdade — ele disse, e se serviu de mais cookies. — Não está na hora dos presentes?

Archer se referia a uma espécie de amigo ladrão de Natal que faziam anualmente. A regra era simples: os presentes tinham que ser de menos de vinte dólares — o que não tirava de nenhum deles a vontade de competir ferozmente, como se o prêmio fosse uma barra de ouro.

No início a brincadeira transcorreu muito polidamente. Cada um deles colocou o seu presente embrulhado em uma pilha. Então, como adultos, de maneira tranquila e civilizada, todos se revezaram escolhendo e desembrulhando um presente.

Mas, em menos de dez minutos, o que estabelecia um novo recorde para eles, a coisa toda se transformou em luta livre quando Haley pulou nas costas de Archer e lhe mordeu a orelha para não deixar que ele pegasse a cortina de banheiro do Star Wars que ela tanto queria.

— Não, gente — Haley disse, minutos mais tarde, com a cortina de banheiro segura em suas mãos. — Não foi assim que aconteceu.

— O Spence já colocou tudo no Instagram — Elle contou.

— Saco!

Ainda houve mais um atrito por causa de uma pasta de dente sabor bacon, e depois todos compartilharam mais uma rodada da tradicional gemada de Natal.

Willa bebeu a sua terceira gemada e deu mais uma olhada na direção da porta de entrada do pub.

— Você está bem? — Pru perguntou a ela.

— Sim. — Mas então, ela balançou a cabeça, de modo negativo. — Na verdade, não. Não estou muito bem. Quer dizer, eu pensei que estivesse bem, sabe? Estava sozinha e tudo ia bem assim. Eu tinha desistido dos homens e isso estava funcionando para mim, até que o cara mais gostoso de todos os que existem no mundo, chamado Keane, me fez esquecer minha decisão de manter os homens longe, e agora... — Ela balançou a cabeça, desolada. — Agora, ficar sozinha deixou de ser bom para mim.

— Você pode mudar as coisas e passar a jogar no meu time — Haley sugeriu. — Mas já vou avisando, lidar com mulheres é ainda mais difícil do que lidar com homens. Acredite em mim.

— Eu não quero um time — Willa disse. — Acabaram-se as sessões de sexo, o que realmente é uma merda, porque eu e o Keane éramos bons nisso, *realmente* bons. Tá, tudo bem, *ele* é quem de fato é muito bom, mas...

— Epa, epa, querida — Elle disse, e pôs o dedo na frente da boca de Willa para sinalizar que seria melhor que ela parasse de falar.

Mas Willa não parou.

— Quer saber? Acho que vou jogar *sozinha,* no meu *próprio time.* Tenho uma boa ducha massageadora, então eu mesma vou dar um jeito nos meus problemas.

Esse comentário normalmente teria rendido boas risadas; porém, dessa vez, os melhores amigos que Willa tinha no mundo olharam para ela com expressões de censura e preocupação em seus rostos. *Ah, não.*

— Ele está bem atrás de mim, não é? — Willa sussurrou.

— Um pouquinho — Spence disse.

Ela não olhou. Não podia olhar; alguém havia colado os pés dela no chão.

Finn deu o toque final no drinque de Willa e a abraçou.

— Ei, não é tão ruim quanto você pensa.

Não. Era pior.

— Querida. — Elle se inclinou na direção de Willa. — Ei, homens *gostam* de mulheres que podem resolver seus próprios problemas.

Archer pareceu engasgar com a própria língua.

Pru deu um tapa no topo da cabeça de Archer e de Finn, empurrando o segundo para longe.

— *Cozinha* — ela disse com firmeza.

— Ei. — Haley rapidamente se pôs de pé. — Eu vou com vocês. Spence?

— Opa, claro. — Spence se voltou para Willa e abaixou o tom da sua voz. — Você aceitou ser uma de nós, Willa. Deixou que nós a amássemos. Mas talvez tenha chegado o momento de expandir seus horizontes para além desse grupo, sabe?

— Mas *você* não fez isso — ela disse com desespero.

— Tentar e falhar não é o mesmo que não tentar — Spence respondeu. E então ele acenou para o homem atrás dele e se foi.

Willa podia sentir Keane, mas não estava pronta para encará-lo.

— Seja lá o que você fizer — Elle disse em voz baixa —, faça-o de uma vez por todas e não deixe nada para trás. — Ela olhou para Spence, que se afastava. — Vou acompanhá-lo. Você sabe que o momento é difícil para ele. A menos que você precise que eu fique para chutar umas bundas e xingar...

— Vou ficar bem — Willa respondeu com determinação.

Archer era o último dos seus amigos que ainda estava no recinto. Ele pôs sua cerveja no balcão e olhou para Willa. Era difícil levá-lo a sério com o gorro de Papai Noel que usava.

— Deixa eu adivinhar o que você vai falar — ela disse, com voz desanimada. — Algo sobre seguir meu coração e esse tipo de clichê, não?

Isso arrancou de Archer uma rara risada.

— Nada disso, porra — ele respondeu.

Willa também deixou escapar uma risadinha, apesar do pânico que impedia o ar de entrar em seus pulmões. De todos os seus melhores amigos, Archer era o mais fechado. Ele era o senhor do seu próprio domínio, rei de seu próprio castelo, e ninguém além dele podia entrar.

— Eu ia lhe dizer para dar no pé, para sair correndo sem olhar pra trás — ele disse. — Mas eu acho que o Keane alcançaria você sem dificuldades. — O sorriso dele murchou, e ele abaixou um pouco a cabeça. — Mas se você mudar de ideia e não quiser mais que ele te alcance, me envie o bat sinal e eu vou até você, tá?

Willa olhou diretamente nos olhos do homem que faria qualquer coisa, de fato qualquer coisa, para manter seus amigos seguros.

— Pode deixar, Archer.

E então Willa ficou sozinha no bar com o único homem que havia realmente roubado um pedaço do coração dela. Ela se virou lentamente para encará-lo.

Keane parecia totalmente exausto. Devia ter chovido novamente, porque o cabelo dele estava molhado, assim como os seus longos cílios escuros. Ele não havia se barbeado naquela manhã, e provavelmente também não havia se barbeado na manhã do dia anterior.

— Me desculpe — ele disse.

— Por quê? — Willa deu de ombros.

— Por várias coisas, mas eu vou começar por essa noite. Eu quis chegar aqui mais cedo, era o que eu pretendia, mas... — Os olhos dele se escureceram, e a sua expressão se tornou sombria. Willa sentiu o medo tomar conta do seu coração.

— Algo de ruim aconteceu? — Ela perguntou, enquanto rezava por dentro para que não fosse um problema com a Sally.

— A Pê sumiu novamente, mas dessa vez eu acho que ela escapou da casa.

Willa engasgou.

— Quê?

— Havia pessoas entrando e saindo da casa o dia inteiro. Eu estava trabalhando no sótão e... que merda. — Keane correu a mão pelo cabelo úmido, deixando-o de pé nas pontas. — A gata foi embora. Eu a perdi, porra!

— Por que não me ligou mais cedo?

— Eu liguei. Você não atendeu. Imaginei que você estivesse brava porque eu não apareci. Eu vim até aqui para implorar a sua ajuda e...

— Eu não ouvi o meu telefone tocar... — Ela bateu nos bolsos, estavam vazios. Então girou o corpo lentamente, procurando por sua bolsa, que ela havia deixado num ponto do balcão, longe do seu alcance. Willa correu até a bolsa, pegou seu celular e viu as chamadas perdidas. — Ah, não. Eu peço mil desculpas por isso. — Ela saiu andando em direção à porta. — Vamos lá.

#AArteDeTomarDecisões

Keane dirigiu até Vallejo Street. Estava preocupadíssimo com Petúnia, mas ainda assim conseguia encontrar ânimo para apreciar o visual de Willa naquela noite; ela estava gostosa demais.

— Peço desculpas por te tirar da sua festa de Natal, Willa. — Keane a examinou demoradamente. — Gosto do seu vestido.

Willa deu uma olhada no seu pequeno vestido vermelho, realmente *pequeno*.

— Eu o vesti para você.

Ele sentiu uma onda de alívio preencher seu peito ao ouvir essas palavras.

— Willa, me diga uma coisa. — Ele olhou bem no fundo daqueles olhos verdes adoráveis. — O convite que me fez foi apenas para a festa? Ou foi para entrar na sua vida?

Ela mordiscou seu lábio inferior, mas manteve o olhar.

— As duas coisas.

Keane sentiu como se um peso fosse levantado de seus ombros. Ele estacionou na frente da sua casa e quando desligou o carro tudo o que se escutava era o som da chuva batendo no veículo. Então, ele se voltou para Willa, levou uma mão à sua nuca e a acariciou, enquanto mantinha a outra no volante.

Ela se inclinou sobre o console e o beijou, um beijo rápido e caloroso.

— Vamos nos concentrar na Petúnia antes de mais nada — ela disse, séria. — O resto fica para mais tarde. Teremos tempo.

— É sempre bom ouvir isso. — Com a palma da mão sob o queixo dela, Keane acariciou-lhe o rosto com o polegar. — Eu vou falar com os vizinhos, talvez alguém a tenha visto.

— Posso usar o seu escritório para fazer alguns pôsteres? — Ela perguntou, e Keane teve a impressão de tê-la visto estremecer.

— Pôsteres? — Ele retirou o seu suéter e o entregou a Willa.

— Pôsteres com a foto dela para dizer que ela desapareceu. — Willa apertou o suéter dele contra o corpo, inalando profundamente o perfume que vinha do tecido.

Keane enfiou a mão no bolso e retirou dele a chave que havia tentado dar a Willa no outro dia. Ele sorriu.

— Vai precisar disso para entrar na casa, Willa.

Quando ela pegou a chave, os dois seguraram as mãos um do outro e seus olhares se encontraram.

— Obrigada — ela disse. — Pela chave e pela paciência. — E então ela subiu correndo as escadas da casa, abriu a porta e entrou.

Keane ficou observando-a subir e entrar em casa. Então pegou uma outra jaqueta que estava no banco de trás do veículo. Momentos depois, estava percorrendo a rua de alto a baixo, perguntando sobre Petúnia, enquanto a mulher que ele queria para si, e que pelo visto o queria também, abria mão das suas comemorações da véspera de Natal para ajudá-lo, só porque ele havia pedido.

Uma hora e meia mais tarde, Keane não teve saída a não ser admitir a derrota. Ninguém tinha visto nem ouvido a gata.

As ruas estavam silenciosas e o trânsito estava muito tranquilo, praticamente inexistente, por causa da tempestade. Mais cedo, durante a hora do rush, o trânsito estava bem pesado. Provavelmente Petúnia tentara fugir de algo que a havia apavorado e acabou se perdendo. Ou havia sido levada por alguém.

Ou pior ainda: talvez um carro a tivesse atropelado.

Bastante molhado, Keane conseguiu se proteger um pouco da chuva, entrando debaixo de uma árvore cujas raízes haviam arrebentado a calçada, e começou a pensar e a se desesperar. O que iria dizer à sua tia, como iria encará-la novamente? Nesse momento, o seu celular tocou.

— Nossa, finalmente — disse Sharon, a sua corretora. — Eu liguei pro seu apartamento e a sua nova funcionária atendeu.

— Eu não tenho uma nova funcionária.

— Bom, então deve ser a sua nova namorada. Ela se ofereceu para anotar o meu recado, mas depois que contei a ela as novidades fabulosas eu...

— Que novidades?

— Pois é, é o que estou tentando dizer a você, Keane. Depois que passei o recado a ela, percebi que queria contar para você eu mesma. Por isso tentei ligar no seu celular e agora estamos aqui. Está pronto?

— Sim, mais do que pronto. Diga logo o que é.

— Ei, já percebi que você não está exatamente de bom humor hoje. Tudo bem. Mas isso vai mudar, porque...

— Pelo amor de Deus, Sharon, fale logo!

— Recebi uma oferta pela casa. Aliás, não é uma oferta, é A oferta. 15% acima do preço pedido! Puta merda, Keane, feliz Natal!

A surpresa o deixou paralisado, enquanto emoções conflitantes o engoliram como ondas gigantes. Não, foi mais como um tsunami. Diversas ofertas haviam surgido nos últimos dois dias, mas nada que fosse realmente especial. E ele repetia para si mesmo que o alívio que sentia era por causa da exaustão.

Mas agora a situação era bem diferente, porque uma oferta 15% superior ao já inflado preço que ele havia pedido era uma loucura, era mais do que ele esperava. Muito mais. Uma oferta dessas faria qualquer um pular de alegria. Ele dissera a si mesmo que queria vender e lutou tanto para alcançar esse objetivo que acabou conseguindo.

E agora ele estava ali, desejando para si o que havia construído para pertencer a outra pessoa.

— Keane?

— Oi. — Onde estava a sua euforia? Ou pelo menos a sensação de que estava fazendo a coisa certa? — Estou aqui — ele disse, fechando os olhos e fazendo uma careta quando o vento soprou mais forte e gotas da chuva acertaram o seu rosto.

— Diga-me que vai aceitar essa oferta — Sharon pediu.

Se essa casa fosse minha eu jamais a deixaria... As palavras de Willa dançavam na mente dele.

— Keane, ouça bem — Sharon disse, com voz subitamente séria. — Vou ser sincera. Esse seu silêncio está começando a me assustar. Assustar de verdade! Diga-me que nós vamos vender a propriedade. Diga isso em voz alta, diga claramente, porque eu estou prestes a sofrer um enfarte por sua causa. Não estou brincando, Keane. Se eu morrer disso, e começo a achar que vou, saiba que vou deixar meus cinco gatos pra você. *Cinco.*

— Tá — ele respondeu. — Eu entendi.

— Então eu posso aceitar a oferta?

Keane olhou para o alto, para além dos galhos da árvore, e contemplou o céu turbulento. Ele pôs a casa à venda por acreditar que a estabilidade que ela proporcionava não tinha serventia para ele. Não conseguia cuidar nem de um gato. Claro que agora as coisas pareciam caminhar bem com Willa, mas não havia garantias. Nunca havia garantia nenhuma.

— Aceite a oferta — ele disse.

Vibrando e comemorando ao telefone, Sharon encerrou a ligação, deixando-o ali, de pé debaixo da chuva forte, recebendo gotas de chuva gelada no rosto.

Ele deveria se sentir bem; mas, em vez disso, uma pontada em seu estômago o advertiu que talvez ele estivesse deixando algo importante escapar. Talvez Keane estivesse permitindo que a sua existência descompromissada e livre de amarras lhe subisse à cabeça e o dominasse, ignorando as mudanças profundas que vinham acontecendo dentro dele.

Keane respirou fundo e caminhou de volta para a casa. Ficou surpreso ao se deparar com Willa parada na sua varanda.

— Oi — ele disse. — Por que está aqui fora, na chuva?

— Não consegui ligar para você, Keane. — Ela mantinha os braços ao redor do corpo para se proteger do frio. E não estava mais vestindo o suéter dele. Keane começou a tirar a sua jaqueta para dar a ela, mas Willa, erguendo a mão, recusou a gentileza.

— Encontrei a Pê — ela disse.

— Sério? Onde?

— Você colocou uma grade na abertura do respiradouro em que ela entrou na última vez, e então pôs uma cadeira sobre a grade, provavelmente para desencorajar a Petúnia a tentar de novo. — Ela hesitou. — Ou talvez por uma questão estética, para que seus clientes ficassem seduzidos quando os seus corretores viessem mostrar o lugar.

Ah, merda. Ele não havia contado a Willa. Por que não contara a ela? *Porque você não acreditava que ela um dia pudesse vir a ser sua*, ele pensou. Keane abriu a boca para falar, mas ela foi mais rápida.

— De algum modo a Petúnia se enfiou debaixo da cadeira, puxou a grade para cima com as garrinhas e se meteu lá dentro de novo. — Willa deu de ombros. — Ela estava bem suja, por isso eu a limpei na pia do banheiro. Não precisa ficar preocupado, eu limpei bem todo o lugar, e o seu novo comprador não vai perceber nada. — Os olhos dela eram insondáveis. Indecifráveis. — Por falar nisso, meus parabéns.

— Eu ia lhe contar sobre a oferta — ele disse em voz baixa.

Willa fez que sim com a cabeça, com indiferença; não acreditava que ele se importava, já que nem se dera ao trabalho de avisá-la que tinha colocado a casa à venda.

— Willa, eu...

— Não — ela o interrompeu. — Você não me deve nenhuma explicação nem para isso nem para o fato de que você vai dar a Petúnia para outra pessoa. — A boca de Willa era uma linha reta, o retrato da seriedade. — Eu peço desculpa, mas o seu telefone estava tocando sem parar e eu acabei atendendo, por achar que se tratava de uma emergência. A amiga da Sally virá buscar a Petúnia amanhã de manhã.

Na verdade, Keane devia *sim* uma explicação a ela, porque aquilo não passava de um mal-entendido. Ele não estava evitando apegar-se, nem com a casa nem com a Petúnia. E muito menos com ela. Porque ele estava irremediavelmente apegado. Não poderia estar *mais* apegado.

Ele não havia contado a Willa que tinha colocado a casa à venda porque adiou demais o momento de contar; então, acreditou que poderia continuar adiando esse momento, e se perdeu. Jamais tomou a decisão consciente de omitir esse fato dela.

Quanto a Petúnia, Keane se arrependeu da decisão no instante em que concordou em abrir mão da gata. Ele pensava que sua vida seria mais fácil quando se visse livre da casa e da gata.

Mas, no final das contas, tudo acabou ficando mais difícil para ele.

— A amiga da Sally quer adotar a Pê para os seus netos — Keane revelou.

— Então você vai mesmo doá-la?

— Não é bem assim. A amiga da Sally quer adotá-la definitivamente.

— E você não.

Recriminação e desapontamento estavam estampados no rosto de Willa.

— A ideia não foi minha, Willa.

Ela ficou parada diante dele por um longo momento, observando-o.

— Bem, então é isso — ela disse por fim. — Fico feliz por ter a chance de me despedir.

— Willa, escute. Nós sempre soubemos que era uma situação temporária. Não tenho outra escolha.

— Eu discordo. Sempre existe outra escolha.

Keane havia pensado que seria difícil admitir que queria Willa em sua vida, mas estava enganado. O seu obstáculo principal era outro, que continuava em seu caminho. De que maneira conseguiria manter um relacionamento se não sabia nem por onde começar? Relacionamentos eram o seu calcanhar de Aquiles, e ele sempre fracassava ao tentar criá-los.

No caso de Willa, porém, ele estava mais do que disposto a aceitar o desafio. Keane começou a dizer isso para ela, mas um carro se aproximou, com os faróis acesos sob o aguaceiro, diminuiu a velocidade e então estacionou diante da casa.

Willa começou a descer as escadas, mas Keane a segurou.

— Willa...

— Tenho que ir, Keane, chamei um Uber.

Keane usou a outra mão para segurá-la e evitar que ela se fosse, e então a encarou. Sentia um estranho peso no coração.

— Por que, Willa?

— Você sabe por quê — ela sussurrou. — Isso não vai dar certo.

O motorista do Uber buzinou e Willa começou a se mover; mas Keane a deteve, e levantou um dedo para o motorista, fazendo sinal para que ele esperasse mais um instante.

— Tudo bem — ele disse, tentando se acalmar, mas incapaz de tirar as mãos dela. — Eu arruinei tudo, mas preci...

— Não, aí é que está o ponto — Willa discordou, interrompendo-o. — A culpa não é sua. A culpa é toda minha. Eu que pensei que poderíamos fazer isso. O cara que não precisa de nada nem de ninguém e a garota que secretamente sonha com o amor, embora não saiba como lidar com ele. — Willa pôs a mão no peito como se sentisse dor. — O erro foi meu, Keane. Eu me deixei levar pela fantasia. Diabos! — Ela deu uma leve risada. — Eu sempre faço essas coisas.

O motorista buzinou novamente e Willa fez menção de se virar para ir embora; mas Keane a impediu.

— Eu jamais quis magoar você — ele disse, enxugando com o polegar uma lágrima solitária que rolava pelo rosto de Willa. — Você acredita em segundas chances, lembra-se? Por que não me dá uma segunda chance?

— Não se trata de segundas chances, Keane. Nós somos assim. Nós dois somos muito bons em relacionamentos passageiros, verdadeiros especialistas em criar uma rota de fuga para nós mesmos.

O sorriso cintilante dela partiu o coração de Keane, e ele riu de modo patético.

— Quando me apaixonei por você, eu certamente não pensava em uma rota de fuga.

Willa ficou imóvel e olhou para ele.

— Espere... O que foi que você disse?

Jesus, será que ela havia escutado bem? Será que Keane resolvera abrir o coração justo agora, quando ela já estava praticamente indo embora?

— Keane?

Sim, ele havia mesmo feito isso, ele dissera as palavras. Mais tarde compararia essa experiência a sentir uma pontada de dor na cabeça ao tomar sorvete muito rápido. E por um longo momento, Keane sentiu apenas desespero e dor, enquanto sua mente entrava em queda livre. Ele a amava. Que Deus o ajudasse: *ele a amava.*

Mas quando ele finalmente conseguiu domar suas emoções e respirar, enviando um pouco de ar para seus pulmões deprimidos a fim de se recompor, Willa já havia se retirado e estava entrando no veículo que a aguardava.

E o deixou ali, sozinho na fria noite escura.

#LevantandoESacudindoAPoeira

Willa caminhou pelo pátio em direção à fonte. Seus passos produziam um estranho chiado abafado a cada vez que seus calçados encharcados se chocavam contra o chão. A fonte estava vazia, assim como o seu coração.

O som da água batendo no fundo da fonte era familiar, reconfortante. Willa ficou ali parada, com os braços em torno do seu corpo. Queria ter ficado com o suéter de Keane, mas o calor do corpo dele havia ficado no suéter junto com seu perfume.

Era a hora de cortar tudo isso pela raiz.

— Oi — Rory disse, andando na direção da fonte e aproximando-se de Willa.

— Olá. O que está fazendo aqui fora tão tarde? Está muito frio.

— Eu estou bem — Rory disse. — Só vim fazer um pedido, pela paz mundial e essas coisas todas.

Willa sorriu.

— Desde quando você se tornou a adulta da nossa dupla?

— Desde quando você me fez virar adulta na marra, aos gritos e pontapés. — Sorrindo, Rory tirou da bolsa uma pequena caixa embrulhada para presente e a entregou a Willa. — Feliz Natal.

Willa balançou a cabeça, sentindo-se encantada.

— Querida, não precisava se...

— Você me tirou das ruas. Você me deu um emprego. Você me ensinou o valor da ética, da honestidade e da confiança. — Os olhos de Rory brilharam de emoção. — Por isso, te dou esse presente. É pequeno, mas é de coração.

Willa deu um forte abraço nela.

— Eu amo você, Rory, você sabe.

Rory deu uma risadinha, envergonhada.

— Bom, sei lá, você nem precisa abrir o presente agora. Eu acho até que você vai odiar.

Willa arrancou o papel de embrulho e então sorriu emocionada ao ver o lindo chaveiro com vários amuletos, cada um com uma foto de um animal dos clientes favoritos dela.

— Eu adorei, Rory!

— Estou indo para casa — Rory disse, tensa. — Estou nervosa como nunca, e poderia até vomitar se ficasse pensando muito nisso, mas obrigada por me arranjar uma carona. Archer me ligou e disse que vou partir daqui a uma hora e meia. Devo chegar a Tahoe ao amanhecer.

— Vai me telefonar para contar como estão as coisas?

— Sim.

Willa a encarou.

— Tá bom, eu não vou ligar — Rory disse. — Odeio falar ao telefone. Mas vou mandar mensagens de texto.

Já era alguma coisa. Willa a abraçou forte.

— Amo você mesmo assim.

— Bem, se você vai mesmo ficar toda sentimental... — Rory a abraçou com força também, e ficou assim por um momento. — Então eu acho que amo você também. — Ela recuou, fungando. — Pensei que você estaria com o Keane essa noite.

— Por quê?

— É, porque não tem nada rolando entre vocês, né? Me poupe.

— Certo, pode ser que antes eu estivesse errada sobre isso, mas agora nós realmente não temos mais um lance, foi melhor assim.

Rory revirou os olhos e pôs a língua para fora, numa careta que mostrava claramente que não acreditava em uma palavra do que Willa dizia.

— Se você me ama, então você aaaaaaaaaaaama o Keane — Rory comparou.

Willa não teve coragem de dizer à garota que, às vezes, só amar não é o suficiente.

— Eu não sei se daria certo com ele.

— Por que não?

— É... complicado — Willa respondeu.

— Complicado? Porque te assusta o fato de ele não ser um cachorro, um gato ou um adolescente que precisa de alguém tomando conta dele até que consiga arranjar um lar definitivo?

Willa bufou.

— Bem, por que você não me diz o que realmente está pensando?

— Me desculpe. — Rory sorriu gentilmente. — Mas ele é um cara legal, Willa, e todos nós achamos isso. Se você não pode confiar em si mesma, então talvez possa confiar na certeza unânime das pessoas que a amam e se importam com você. Não o mande para nenhum lar permanente que não seja o seu, Willa.

Essa observação fez Willa rir.

— Ele não é um cachorro, Rory!

— Exatamente. — E ao dizer isso, Rory a beijou no rosto e foi embora.

Willa se voltou para a fonte. Durante meses ela havia jogado moedas dentro da água sem parar, desejando encontrar o amor. Depois, quando o seu desejo se tornou realidade, ela aparentemente entrou em pânico.

— Droga! — Ela murmurou. — Todos eles estão certos.

— É claro que nós estamos, meu bem.

O coração de Willa quase saltou da garganta quando ela se virou e viu Eddie, que vestia uma bermuda e um suéter de Natal feio de matar.

— Mas então sobre o que nós estamos certos? — Ele perguntou, sorrindo.

— Eu às vezes sou teimosa e obstinada demais para dar ouvidos à razão.

— Às vezes?

Willa suspirou com vigor.

Eddie fez uma careta de desgosto quando viu a tristeza no rosto de Willa.

— Veja só, é por isso que eu nunca consegui ficar casado. Havia todas essas discussões tempestivas em que eu entrava de cabeça e acabava explodindo.

A culpa não é sua, é minha. Era por isso que ela havia desistido de Keane. Não porque ele não lhe contara sobre a venda da casa ou sobre a Petúnia, mas porque ela estava com medo de tudo o que pensava que quisesse. Tudo o que, pela primeira vez em sua vida, havia verdadeiramente estado ao seu alcance e bem na frente dela.

— Ah, Deus. — Willa olhou para Eddie. — Eu cometi um engano terrível. Preciso de uma carona.

— Minha amiga — ele disse, balançando ligeiramente a cabeça. — Eu faria qualquer coisa por você e você sabe disso, mas eles tomaram a minha licença de motorista há uns vinte anos.

Quando disse "eles", Eddie se referia ao estado da Califórnia, e o problema mencionado por Eddie provavelmente tinha algo a ver com o fato de ter sido pego com maconha para fins medicinais escondida no carro.

— Não faz mal. — Willa entregou a ele todo o dinheiro que tinha no bolso, vinte dólares, e lhe deu um rápido abraço. — Feliz Natal — ela disse, antes de correr para as escadas. Entrou em seu apartamento, enfiou algumas coisas numa mochila e voltou a sair. Em dois tempos estava na frente do pub, batendo na porta.

Sean atendeu e Willa entrou, passando rapidamente por ele na direção do palco, onde seus amigos estavam envolvidos numa disputa encarniçada em busca do melhor desempenho no *karaokê*, dessa vez no estilo hip-hop.

Archer tinha certeza absoluta de que a sua versão de "Ice Ice Baby" era melhor que a versão de "Baby Got Back" de Spence e Finn. Finn estava rindo tanto que chegou a se jogar no chão. Elle estava sentada no balcão, fazendo as unhas, ouvindo algo que Pru lhe dizia e acenando com a cabeça, em concordância.

Todos pararam e olharam para ela, fazendo-a perceber que estava ensopada de chuva, uma verdadeira bagunça.

Por fora *e* por dentro.

— Sim, eu sei, sou cabeçuda demais e isso me impediu de enxergar a verdade. E, como se não bastasse isso, eu ferrei com tudo — Willa acrescentou. — Preciso de uma carona.

Todos ficaram olhando para ela.

— Preciso *agora* — ela frisou. Depois, caminhou rapidamente em direção à porta, sabendo que não precisaria esperar muito. Seus amigos lhe dariam apoio. Keane também lhe daria apoio, e Willa devia saber disso. Ela abriu a porta do pub e saiu à rua, e então se voltou para ver quem iria levá-la, para saber a qual carro deveria se encaminhar.

Porém, todos os seus amigos, sem exceção, estavam ali, vestindo seus agasalhos e saindo apressadamente pela porta, atrás de Willa. Ela sentia que seu coração ia explodir de tanta alegria.

— Obrigada — ela sussurrou, emocionada.

Spence se aproximou dela e lhe deu um forte abraço.

— Fazemos tudo por você — ele disse ao ouvido dela. — Nunca duvide disso.

— Mesmo sabendo que eu sou tão tapada?

— Principalmente por isso — Archer respondeu, puxando uma mecha molhada de cabelo dela. — Vamos embora.

— Todos nós? — Pela primeira vez, Willa hesitou. — Não sei se preciso de audiência para isso.

— Nem comece — Elle respondeu. — Você é da família. E no Natal a família sempre fica reunida.

Os olhos de Willa se encheram de lágrimas.

— Ainda não é Natal — ela argumentou.

— Espere um pouco. — Spence consultou as horas no seu telefone celular. — Onze e meia — ele avisou. — Estamos quase lá.

Todos se enfiaram na caminhonete de Archer, porque ele era o único do grupo que estava realmente sóbrio.

— Para onde vamos? — Ele perguntou a Willa.

— Para a casa do Keane.

— Não me diga. — Archer sorriu. — Eu preciso de um endereço, não acha?

Tudo bem. Willa tentou se lembrar, e de repente se agitou em seu assento.

— Precisamos comprar uma árvore de Natal primeiro! Ele não tem, quero levar uma para ele.

Spence bufou, mas Archer nem piscou. Dez minutos depois, todos estavam numa loja de árvores, olhando para as duas árvores que restavam ali.

— Essa — Pru disse, apontando para uma árvore bem pequena com três galhos.

— Não, essa aqui. — Elle apontou para uma árvore maior, mas igualmente feiosa.

Archer olhou para Willa. Depois, se voltou para o dono da loja.

— Você tem mais alguma coisa?

O homem fez que sim com a cabeça.

— Tenho uma no meu trailer. Está um pouco usada, mas é a melhor árvore dessa loja.

— Você não a quer? — Willa perguntou.

O sujeito sorriu.

— Vou sair com a minha patroa hoje. É uma noite especial, então eu prefiro ter os cinquenta paus no bolso.

— Quarenta — Archer disse, e pagou o cara.

A árvore foi colocada na traseira da sua caminhonete, e dez minutos depois eles estavam em frente à casa de Keane.

Willa ainda não tinha uma ideia exata do que iria dizer; só sabia que tinha de dizer alguma coisa, *qualquer coisa*, para reparar a situação.

Porque estava cansada de fugir.

Quando Archer estacionou na frente da casa, todos os amigos olharam para Willa.

Ela olhou para a casa, reunindo coragem para entrar em ação. Felizmente, seus amigos não a pressionaram e se limitaram a ficar em silêncio, coisa de que ela precisava desesperadamente. Quando, enfim, sentiu que talvez pudesse sair do veículo sem que as suas pernas ficassem paralisadas de ansiedade, abriu a porta. Olhando para trás, viu as pessoas que mais amava no mundo espremendo-se dentro da caminhonete, praticamente umas em cima das outras, observando-a com atenção e apreensão.

— Eu estou bem — ela disse aos amigos, agradecendo aos céus, mais uma vez, pela imensa sorte de tê-los em sua vida. De saber que era amada. De acreditar em si mesma porque eles acreditavam nela.

Keane não tinha nada disso em sua vida e mesmo assim era um dos homens mais incríveis que ela já havia encontrado. Ele nunca havia aprendido a amar e ainda assim foi capaz de sentir amor a ponto de dizer que a amava.

Sim, Keane havia feito isso. Disse que a amava. E, como resposta, recebeu de Willa apenas o silêncio. Na verdade, ela deixou que Keane pensasse que não merecia uma segunda chance. E que Deus a ajudasse agora, porque embora ela não merecesse, queria muito uma segunda chance. Queria desesperadamente.

— Obrigada pela carona, gente. Falo com vocês amanhã.

— Ah, não, nós não vamos a lugar nenhum — Elle avisou. — Vamos ficar sentados aqui, quietinhos, e vamos nos comportar. Não é, pessoal? — Ela lançou um olhar expressivo ao grupo, como advertência. — E sem guerra de pum aqui dentro, senão vamos todos morrer.

— Ei, não fui eu quem fez isso da última vez. — Spence protestou. — Não sou eu que tem intolerância à lactose.

— Vai me crucificar por isso? — Finn reclamou. — Como eu poderia saber que o smoothie que a Pru me serviu aquela noite era feito com leite?

— Ele não ingeriu nenhum laticínio hoje — Pru disse a Elle. — Está com 0% de lactose.

— Vocês não precisam ficar — Willa insistiu.

Archer balançou a cabeça numa negativa. Eles ficariam.

— Queremos ter certeza de que você ficará bem — Archer disse, e o grupo costumava acatar o que ele decidia sem discutir. — Acene quando estiver pronta para entregar a árvore e nós a levaremos até vocês.

Então assim seria. Willa subiu os degraus e bateu à porta. Não sabia ao certo o que esperar, mas quando Keane abriu a porta, ela ficou sem fala.

Ela notou que Keane também ficou surpreso. Depois de vê-la, ele avistou a caminhonete estacionada mais além, com os cinco rostos que os observavam, comprimidos contra uma janela embaçada.

— Não ligue para eles — Willa disse. — Não tinha nada de bom passando na TV agora à noite.

Keane ensaiou uma risada, e isso não passou despercebido por ela. Como se fosse uma bola de futebol, Petúnia estava encaixada debaixo do braço dele, deitada confortavelmente em seu antebraço forte.

Keane vestia apenas camiseta e calça de moletom, e estava descalço. Seu cabelo parecia desarrumado. Ele parecia cansado, desconfiado e nada feliz.

Culpa dela.

— Quanto tempo eles pretendem ficar lá? — Ele perguntou.

— Até que eu consiga consertar a minha vida. — Willa se adiantou e puxou a porta da mão dele, fechando-a na cara dos seus amigos bisbilhoteiros.

— Eles sabem que isso pode demorar algum tempo? — Keane perguntou, irônico.

Willa riu e olhou para ele direto nos olhos.

— Você me ama? — Ela perguntou com ternura na voz.

— Ah, então você me *ouviu*. — Keane pegou na mão dela e a levou até a cozinha, aonde colocou a gata no chão, perto da sua tigela de comida. Como era de se esperar, Petúnia se ajeitou na frente da tigela e abaixou a cabeça na direção dela como se estivesse há cinco dias sem comer nada.

Keane balançou a cabeça e sorriu, e então pegou um pano de prato limpo e começou a enxugar o cabelo de Willa com ele.

— Você está congelando — ele disse, posicionando-se perto dela, muito perto. Enquanto a secava, os dois ficaram se olhando como se não existisse mais nada nem ninguém no mundo além deles dois. — Você precisa de um banho quente e...

Willa segurou os punhos de Keane, contendo os movimentos dele.

— Você me ama, Keane.

Ele jogou a toalha de lado e segurou carinhosamente o rosto dela entre as mãos.

— Desde o primeiro instante em que a vi, quando você me deixou entrar na sua loja. — Keane sorriu. — E mudou minha vida com o seu jeito afetuoso, seu enorme coração e o sorriso mais lindo do mundo.

— Oh... — ela suspirou, completamente encantada. Os olhos dela se encheram de lágrimas, e por um momento ela nem conseguiu abrir a boca, tomada de emoção. — Eu também amo você, Keane. — Ah, Deus. Ela jamais na vida havia falado essas palavras em voz alta. Sentiu subitamente uma vertigem e precisou se curvar por um segundo, com as mãos nos joelhos.

Duas mãos fortes a suspenderam. Quando ela o encarou, Keane estava sorrindo ligeiramente.

— Doeu tanto assim me dizer isso? — ele perguntou.

— Nada em comparação com a dor de não dizer. Eu sinto muito por ter fugido daquela maneira. Foi como quando você tentou me dar a chave, eu... entrei em pânico.

— E?

— E eu culpei você por me afastar, mas a culpa foi minha. Eu deixei você entrar e me apaixonei. Perdidamente. Então, de repente, aconteceu como naquele pesadelo em que você vai para a escola nua. Fiquei apavorada.

— Eu sei, Willa. Venha cá. — Em vez de esperar que ela se aproximasse mais, Keane a puxou para os seus braços. — Está assustada agora?

— Não — ela respondeu, abraçando-o com força.

— Então, no fundo, você confia um pouco em mim e sabe que não vou magoá-la.

— Eu sempre confiei em você — ela respondeu. — Eu levei algum tempo para confiar em *mim mesma*.

— Mas não foi tudo culpa sua, Willa. Também foi minha. Eu deveria ter te contado quando coloquei a casa à venda. Deveria ter te contado das ofertas que recebi. Mas o fato é que você estava certa o tempo todo. Eu não quero vendê-la.

— Então... por que vai fazer isso, Keane?

— Eu não vou. — Ele balançou a cabeça numa negativa. — Voltei atrás na minha decisão e recusei a oferta.

Willa ficou apenas olhando para ele, imóvel, sem acreditar no que estava ouvindo.

— Mas por quê?

— Porque esta casa não é só mais uma propriedade para mim — ele respondeu. — É a minha casa. E eu quero que seja sua também. — Ele inclinou a cabeça até sua testa tocar a de Willa e segurou o queixo dela entre os dedos. — Eu espero que você aceite o que ofereço. Acha que consegue lidar com isso?

Ela enlaçou a cintura de Keane.

— Tem um homem que eu conheço que é incrível. Ele me deixou observá-lo enquanto ele aprendia que fechar-se para as emoções é um erro e que vale a pena deixar alguém entrar.

— Nossa. — Ele sorriu. — Esse sujeito parece ser bem inteligente. Provavelmente é sexy como o diabo também, não é?

— Mais sexy impossível... — Willa riu e o apertou ainda mais nos braços, quase sem poder acreditar que aquilo estava de fato acontecendo.

Keane olhou no fundo dos olhos dela.

— Eu amo você, Willa. Passei anos arriscando tudo em nome dos meus negócios, o tempo todo. Chegou a hora de arriscar o meu coração por você.

— Arriscar o seu coração inclui me deixar colocar uma árvore de Natal na casa?

— Acho que é meio tarde pra isso.

— Na verdade, não é, não. — Ela correu até a porta da frente, onde todos os seus amigos obviamente ainda estavam a postos na caminhonete de Archer. Willa acenou para o grupo.

Archer e Spence saíram do carro, tiraram a árvore do veículo e subiram as escadas da propriedade com ela.

Keane arregalou os olhos de surpresa.

— Serviço de entrega de árvores — Spence brincou. — Onde quer que a gente coloque isso?

Keane olhou para Willa.

— Onde ela quiser.

— Boa resposta — Archer murmurou, e eles carregaram a árvore para dentro.

Os dois a colocaram na grande sala de estar. Em seguida, Spence saiu pela porta da frente e Archer o seguiu. Antes de sair, porém, ele se virou para Willa:

— Você está bem?

Ela abriu um largo sorriso.

— Nossa — Archer disse, tentando até sorrir. — Tá bem até demais.

E, então, eles foram embora.

Keane coçou o queixo e examinou a árvore, que estava um pouco torta. O gorro de Papai Noel estava no topo dela.

— Vai ser uma loucura em datas comemorativas, né? — ele perguntou.

Ela sorriu — um sorriso que veio do fundo do seu coração — e segurou a mão dele.

— Com certeza. Está com medo?

— Que venham todos, eu estou preparado!

Rindo, Willa se lançou nos braços de Keane, abraçando-o forte. Então, se aconchegou e sorriu, com os lábios encostados nos dele.

— Uau. Você sentiu mesmo a minha falta. — Ela mexeu os quadris, esfregando seu corpo no dele. — Ao menos uma parte sua sentiu, com certeza.

Ele mergulhou os dedos no cabelo dela e a beijou com intensidade, com emoção.

— Senti falta de você, sim — ele disse. — Cada célula do meu ser sentiu. Preciso de você na minha vida. Você é a minha vida. Vamos fazer isso juntos, Willa. E vai ser maravilhoso.

Willa sentiu arrepios de antecipação.

— Sim, por favor. Nós fizemos na minha cozinha, mas não na sua...

Ele riu e a beijou mais uma vez.

— Você sabe muito bem do que eu estou falando, mas a sua ideia é muito boa. E depois da cozinha temos o banheiro do andar de cima. Tem uma ducha de mão lá que você vai gostar. — Ele piscou para ela e sorriu ainda mais. — Vai *amar*.

— Tem certeza? — Ela passou a mão no queixo dele devagar.

— Absoluta. Aquela ducha vai resolver todos os seus problemas...

Rindo, ela fez menção de beijá-lo, mas Keane a deteve.

— Quero que você fique bem com tudo isso — ele disse. — Que fique bem comigo.

— Eu sei. Eu me sinto bem com você. Tão bem! Sou completamente sua, Keane.

As palavras dela pareceram iluminá-lo inteiramente.

— E quero que você me avise se achar que vai ser mais do que você pode suportar. Não quero que você fuja e...

Willa cobriu a boca dele gentilmente com os dedos.

— Essa noite, quando eu pensei que tivesse estragado tudo com você, eu percebi que nada poderia ser mais insuportável do que aquilo. Agora, me diga você. Vai me avisar se eu te deixar maluco?

— Eu adoro quando você me deixa maluco! — Keane riu, descontraído. — *Eu amo você*, Willa. De todo o meu coração, com toda a força do meu ser, eu amo você.

— Oh! — Ela suspirou emocionada. — Você é bom...

— Me dê cinco minutos naquele chuveiro e vai ver que eu posso ser ainda melhor do que pensa...

Willa sorriu com malícia, com os lábios bem próximos aos dele.

— Eu ainda não te dei o seu presente de Natal.
— O que é? — Keane perguntou.
— Eu.

O sorriso largo estampado no rosto dele ficou ainda mais radiante do que todas as luzes da cidade.

— Melhor presente do mundo! — ele disse, e Willa soube que o Natal, bem como o resto da sua vida, nunca mais seria o mesmo.

Na verdade, tudo seria melhor do que ela jamais seria capaz de imaginar, mesmo nos seus sonhos mais loucos.

EPÍLOGO

#BomDiaFlorDoDia

Na manhã de Natal, Keane acordou como sempre fazia — lentamente. Respirou fundo e sorriu quando o perfume do shampoo de Willa invadiu as suas narinas. O cabelo dela estava espalhado no rosto dele. Willa havia se mexido durante o sono e metade do seu corpo estava em cima de Keane, como se ele fosse um enorme travesseiro.

O dia mal havia começado e Keane já considerava aquele o melhor Natal de toda a sua vida. Foram necessárias apenas quatro palavras, "Eu amo você, Keane", para tornar seu mundo completo. Mas, na verdade, era muito mais do que isso. Era o fato de ele ter percebido que a mulher que ele amava mais do que tudo na vida também o amava, com a mesma paixão e intensidade. Era o fato de ela saber que poderia se perder em Keane, porque também se encontraria nele. Willa sabia que podia confiar nele, acreditar nele. Acreditar *neles*.

Ela estava dormindo do jeito que Keane mais gostava: não usava nada além da roupa com que veio ao mundo, ou seja, sua pele nua. E Keane correu lentamente a mão por toda aquela pele sedosa e quente que ele tanto amava.

— Hunf — Willa murmurou, sem se mover um centímetro.

Ele parou. Não queria acordá-la, pois sabia que Willa precisava dormir, já que havia a mantido acordada durante quase toda a noite, realizando itens da sua lista de fantasias.

Keane conseguiu uma fantasia de Duende Mau e Willa se transformou nele. A imagem dela usando nada além de um gorro de elfo e amarrada à cabeceira da sua cama havia se tornado sem dúvida a sua favorita; não que ele não estivesse disposto a superá-la, é claro.

Ainda deitada em cima dele, Willa moveu o corpo.

— Por que parou? — Ela perguntou, grogue, com os olhos ainda fechados.

Keane voltou a acariciá-la. Sempre que parava, Willa se agitava e soltava um murmúrio queixoso, fazendo-o rir.

— Feliz Natal — sussurrou ao ouvido dela, mordiscando o lóbulo da sua orelha.

Willa ergueu o corpo e se sentou.

— É Natal! — Ela exclamou, como se realmente tivesse esquecido a data.

— Pois é — Keane disse, com as mãos na bunda dela, apertando-a contra si, encantado com os suspiros que ela deixava escapar. Agora em uma missão, ele começou a tornar as carícias ainda mais íntimas e intensas, e...

— Espere — ela disse com voz embargada, e então se desvencilhou dele e correu nua até sua mochila no chão. — Tenho outro presente para você.

— Hum... — Keane exclamou, deliciado, observando enquanto ela se agachava para vasculhar a mochila. — Você está me dando um presente nesse exato momento...

Willa pegou uma camisa dele que estava jogada em um canto e a vestiu. Então se virou e voltou para Keane, saltando sobre ele como uma criança... bem, como uma criança na manhã de Natal.

— Abra! — Ela pediu.

Era uma sacola vermelha. Keane deu uma olhada dentro e retirou... uma cueca boxer coberta de desenhos de olhos com óculos.

— Que interessante — ele disse.

— Merda! — Ela tirou a cueca dele e a colocou de volta na sacola. — Isso é pra Haley. — Willa correu até sua mochila de novo e voltou com outra sacola vermelha, do mesmo tamanho da outra.

Dessa vez, Keane tirou da sacola uma caixa de preservativos com dizeres engraçados e sugestivos: *Tamanho É Importante! Pense Grande!* Ele riu e estendeu a caixa na direção dela.

— Esse é um presente que precisa de demonstração de uso e...

— Não, espere um pouco — ela disse, rindo e fingindo que não o havia escutado. — Esse é da Pru! — E Willa foi de novo trocar a sacola, dessa vez conferindo o que estava dentro antes de entregar a Keane. — Agora, sim! *Este* é o seu presente.

Keane percebeu o sorriso instável e a ansiedade de Willa. Ela estava nervosa. Ele pôs o presente sobre a cama, sentou-se, colocou os travesseiros atrás das costas e então puxou Willa para junto dele, em seu colo.

— Assim está melhor — Keane disse, e voltou a pegar a sacola com o presente. Seu espanto foi total quando ele tirou da sacola uma trena vintage. — Isso é...

— Da virada do século vinte — ela explicou. — Tem revestimento em latão e uma tabela de conversão do outro lado. Eu me lembrei do que você me falou sobre o tempo que passou trabalhando com o seu tio e do quanto você gostava das ferramentas antigas dele e pensei que você poderia gostar disso.

— Gostar? Eu *amei!* — Keane respondeu, maravilhado com o presente. — Onde você encontrou isso?

— Comprei numa loja de antiguidades em Divisadero Street. — Ela ficou agitada, visivelmente envergonhada. — Não é grande coisa, e eu nem sei se funciona de fato. Eu só...

Keane se inclinou para a frente e deu um beijo nela, silenciando-a.

— É uma ferramenta perfeita, Willa. Você é perfeita — ele disse, e sorriu.

E ela sorriu também, mais relaxada.

— Ótimo, vamos nos levantar. Tenho uma coisa para dar à Petúnia antes que venham buscá-la.

— Ninguém virá buscá-la.

— Como assim?

— A Pê não vai a lugar algum. Eu liguei para a tia Sally e disse que ela tem que ficar aqui porque estou tendo problemas com ratos na casa.

Ela deu uma risada abafada.

— Não está falando sério, não é?

— Claro que não, sua boba. — Ele deu uma piscadela. — Eu disse à Sally que a gata tinha de ficar porque pertencia a esta casa, porque acabei me apaixonando pela Pê e precisava das minhas duas meninas aqui comigo.

— Eu não vou me cansar de ouvir isso tão cedo, viu?

— *Miau.*

Os dois olharam para Petúnia, que estava parada na entrada do quarto.

— Acho que ela está querendo comer — Keane disse.

Rindo, Willa se desvencilhou dele.

— Vou dar comida pra ela e já volto.

Keane ouviu Willa caminhar até a cozinha. Depois ouviu enquanto ela enchia a tigela com comida de gato, e então não ouviu mais nada.

Ele sabia porque Willa havia parado. Sabia exatamente o que ela havia encontrado. Segundos depois, ela entrou correndo no quarto e, pela segunda vez naquela manhã, foi direto para a cama e saltou em cima de Keane.

Willa se sentou sobre ele com as pernas abertas, os olhos brilhando intensamente.

— Que foi? — Ele perguntou inocentemente.

— Da *Tiffany?* — Ela disse, mostrando a caixa azul-esverdeada.

— Por que não abre logo em vez de ficar conversando?

Ela retirou a fita prateada da caixa, levantou a tampa devagar e engasgou.

— Ah, meu Deus! — Willa murmurou, de queixo caído, diante do colar em platina com um W incrustado de diamantes. — Você se lembrou do colar que a minha mãe me deu quando eu era pequena. — Com lágrimas nos olhos, ela deixou que Keane colocasse o colar em seu pescoço.

Aquela peça com certeza não ia deixar o seu pescoço verde.

— É lindo! — Ela disse, contemplando o colar. — Nunca na minha vida eu recebi um presente tão perfeito e tão delicado.

— Fica muito bem em você. — Keane estendeu a mão e a acariciou, com suavidade.

— Você já fez amor debaixo de uma árvore de Natal alguma vez na sua vida? — Willa sussurrou.

— Não, mas já estou a fim. — Ele a abraçou com firmeza e se levantou, colocando-a sobre o ombro, mantendo a mão plantada em uma de suas nádegas. — Uma nova tradição está prestes a se iniciar.

Ela riu sem parar enquanto Keane a carregava até a árvore de Natal, que ainda não tinha nenhuma decoração. Quando chegaram, ele a pôs no chão, e os dois se posicionaram debaixo da árvore, deitados de costas. As mãos deles se entrelaçaram, enquanto eles contemplavam o emaranhado de galhos da árvore.

— Aos novos começos — Willa disse.

Keane se apoiou em um cotovelo e tocou o rosto dela.

— Para sempre, Willa?

— Para sempre, meu amor.

CONHEÇA TAMBÉM OS ROMANCES DE LAUREN BLAKELY!

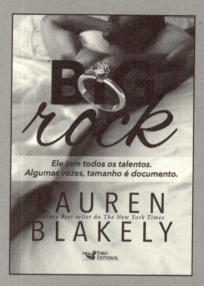

BIG ROCK

Ele tem todos os talentos.
Às vezes, tamanho
é documento.

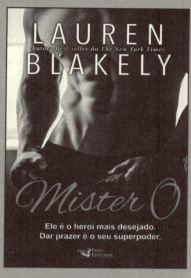

MISTER O

Ele é o herói mais desejado.
Dar prazer é o seu superpoder.

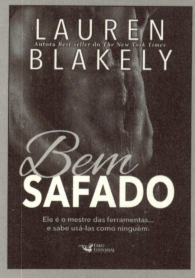

BEM SAFADO

Ele é o mestre das
ferramentas... e sabe usá-las
como ninguém.

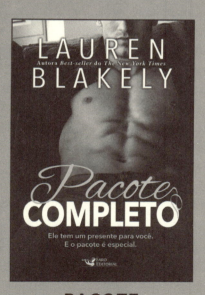

PACOTE COMPLETO

Ele tem um presente para você.
E o pacote é especial.

ASSINE NOSSA NEWSLETTER E RECEBA INFORMAÇÕES DE TODOS OS LANÇAMENTOS

www.faroeditorial.com.br

Há um grande número de portadores do vírus HIV e de hepatite que não se trata. Gratuito e sigiloso, fazer o teste de HIV e hepatite é mais rápido do que ler um livro.
FAÇA O TESTE. NÃO FIQUE NA DÚVIDA!

ESTA OBRA FOI IMPRESSA PELA
GRÁFICA KUNST EM MAIO DE 2019